LA PROMESSE DES LOUPS

À paraître
Aux Éditions Albin Michel

LE VOYAGE DES LOUPS
L'ESPRIT DES LOUPS

Dorothy Hearst

LA PROMESSE
DES LOUPS

*

ROMAN

*Traduit de l'anglais
par Marina Boraso*

Albin Michel

Je dédie ce livre à ma famille et à mes amis,
et à Happy, le meilleur chien qui ait existé,
et à Emmi, le chien le meilleur
(et le plus brillant) qui existe aujourd'hui.

PREMIÈRE PARTIE

LA MEUTE

Prologue

L e froid s'abattit sur le pays. Et ce froid fut si rude, raconte la légende, que pendant de longs mois les lapins ne quittèrent plus leurs terriers et que les élans cherchèrent asile au plus profond des grottes, tandis que les oiseaux du ciel s'abîmaient à terre, les ailes gelées en plein vol.

Le froid était si intense que l'air devenait givre devant les loups en chasse de la Grande Vallée. Le seul fait de respirer leur brûlait les poumons, et leur épaisse fourrure ne suffisait plus à les protéger. Le loup est fait pour supporter l'hiver, mais aucun n'aurait été capable d'endurer celui-ci.

Le Soleil demeurait de l'autre côté de la Terre, et la Lune, balise vibrante autrefois, n'était plus qu'ombre noire et glacée.

Le roi des corbeaux disait que cet hiver-là annonçait la fin du monde. Il durerait trois longues années, et toutes les créatures qui avaient besoin de chaleur pour survivre seraient anéanties. Lydda, elle, savait simplement que la faim la tourmentait et que sa meute n'était plus en mesure de chasser.

Elle s'éloigna de sa famille, sans même prendre la peine de suivre la piste des campagnols ou des lièvres qui croisaient son chemin. Tachiim, le chef de la meute, avait prévenu les siens que l'on ne chasserait plus, car les élans se faisaient trop rares dans la Grande Vallée, et la meute n'avait pas la force de traquer ceux qui restaient. Désormais, ils attendaient seulement que le froid glacial de la mort succède à celui qui régnait autour d'eux. Lydda, elle, ne pouvait se résoudre à en faire autant. Si elle se tenait à l'écart de ses compagnons, c'était avant tout pour fuir le spectacle des louveteaux décharnés, avec leurs grands yeux qui criaient famine. Dans la meute, il incombait à tous les adultes – même aux jeunes comme Lydda – de pourvoir à la subsistance des petits, et elle ne mériterait plus son nom de loup si elle manquait à ses devoirs.

Même sa fourrure légère semblait accabler Lydda tandis qu'elle progressait au milieu des hautes congères. Elle savait maintenant que l'interminable hiver, plus long qu'aucun loup n'en avait connu, ne s'achèverait jamais. En voyant les corbeaux tournoyer au-dessus de sa tête, elle rêvait de posséder des ailes qui pourraient l'emmener vers le terrain de chasse. Lydda était en quête du plus grand et du plus farouche de tous les élans qu'elle pourrait trouver, et elle allait le défier et le combattre jusqu'à la mort. Affaiblie comme elle l'était, elle avait conscience de courir à sa perte.

Parvenue sur la crête de la colline enneigée, Lydda se coucha sur le ventre, le souffle court. Elle se releva brusquement, son pelage brun clair tout hérissé. Elle venait de flairer l'odeur d'un humain, et elle savait qu'elle devait se tenir à distance, car une loi immémoriale proscrivait toute association entre les humains et les loups. Pourtant elle ne put s'empêcher de se moquer d'elle-même. Qu'avait-elle à craindre, dans le fond ? C'était la mort qu'elle recherchait, et l'homme l'aiderait peut-être à parvenir à ses fins.

Elle fut déçue en le découvrant appuyé contre un rocher, en pleurs. Comme elle, il entrait tout juste dans l'âge adulte, et il paraissait aussi peu redoutable qu'un renardeau. Il ressemblait aux autres créatures de la vallée, maigre et mal nourri, et le grand bâton meurtrier que ses semblables portaient avec eux était posé près de lui, inoffensif. L'homme leva les yeux lorsqu'elle se rapprocha, et si Lydda y lut d'abord la peur, elle fut bientôt remplacée par la résignation et une espèce de joie.

« C'est pour moi que tu viens, loup ? lui demanda-t-il. Emporte-moi, alors. Je ne suis pas capable d'apporter à manger à mes frères et sœurs affamés, car je n'ai pas la force de chasser l'élan fougueux. Je ne peux plus rentrer bredouille auprès des miens. Emporte-moi. »

Dans les yeux brun foncé de l'homme, Lydda vit se refléter son propre désarroi. Tout comme elle, il voulait nourrir les petits de son peuple. Attirée par la chaleur de sa chair, elle se surprit à avancer doucement vers lui. Jetant loin de lui son bâton pointu, il ouvrit grands les bras, offrant son corps à une attaque mortelle. Sa chair nourrirait la meute une journée, peut-être. Sa faiblesse et son peu de résistance faisaient de lui une proie idéale. Mais Lydda ne le voyait pas ainsi. Pour elle il était une personne, au même titre qu'un membre de la meute de retour après un long périple.

C'était la première fois qu'elle contemplait aussi longuement un humain. Jusque-là, on le lui avait toujours défendu.

Tachiim les avait naguère avertis, elle et les autres petits de sa portée :

« Si un loup a commerce avec les humains, il sera mis au ban de la meute. Ce sont des prédateurs comme nous, et ils nous considèrent comme des proies. Une force aussi puissance que l'instinct de la chasse vous attirera vers eux. Ne vous approchez pas, ou vous cesserez d'être des loups. »

Le regard posé sur le jeune homme, Lydda ressentait cette attraction, semblable à celle qu'exerçaient les louveteaux ou un mâle avec qui elle aurait pu s'accoupler. Elle se sentit ébranlée au plus profond d'elle-même, tel le lapin prisonnier que le loup secoue dans sa gueule. Sa raison lui conseillait de fuir, ou même de déchirer la chair de l'homme. Pourtant on aurait cru que son cœur voulait s'échapper de sa poitrine pour aller le rejoindre. Elle s'imaginait allongée près de lui, chassant le froid dans ses os. Elle se reprit et commença à reculer, mais lorsqu'elle voulut se détourner de l'homme, elle ne put se soustraire à l'emprise de son regard. Poussée par une bourrasque de vent froid, elle fit un pas en direction du garçon. Il avait baissé les bras, mais voilà qu'il les levait de nouveau, d'un geste hésitant.

Elle alla se blottir dans ses bras, couchée sur ses genoux, la fourrure de sa tête appuyée contre sa poitrine. Au-dessous des couches de peaux de bêtes dont il couvrait son corps quasiment dépourvu de poils, elle sentait sa propre chaleur. Passée la première surprise, il l'entoura de ses bras. Pas un instant elle ne détacha les yeux de son visage.

L'un près de l'autre, ils restèrent allongés assez longtemps pour que leurs deux cœurs battent un millier de fois, accordant leur rythme, celui du garçon cognant plus vite pendant que celui du loup s'alentissait. Lydda sentit la force grandir en elle, et le garçon éprouva certainement la même chose, car ils se levèrent d'un même mouvement et se tournèrent vers le terrain de chasse.

Ils partirent sur la plaine à la rencontre de leur proie et, sans échanger une parole, jetèrent leur dévolu sur un mâle. À leur approche, l'élan secoua nerveusement la tête, trahissant une vulnérabilité qui le désignait comme proie. Aussi vive qu'un trait de lumière, Lydda s'élança derrière lui pour le prendre en chasse. La sensation de fatigue avait quitté ses pattes. Elle le traqua sans répit, jouant à l'égarer et à épuiser ses forces. Puis, accélérant brusquement sa course, elle l'accula face au bâton que le garçon tenait prêt à servir. Le bâton pointu s'envola et se ficha profondément dans la poitrine de l'animal, et lorsqu'il s'effondra, Lydda lacéra à mort ses entrailles.

Tandis qu'elle déchirait la chair de l'élan, enivrée par l'odeur et le goût d'une nourriture si longtemps convoitée, un choc brutal la rejeta de côté. C'était le garçon qui la repoussait pour venir prélever sa part. Elle retourna à sa place en grondant, et ils dépecèrent tous les deux la carcasse. Avant d'être trop repue pour pouvoir bouger, Lydda reprit conscience de ses devoirs et s'appliqua à détacher une cuisse de la bête pour la rapporter aux siens. Le temps qu'elle l'arrache, le garçon avait découpé l'autre à l'aide d'une pierre aiguisée, et il s'attaquait maintenant à une autre partie de la carcasse. Elle saisit dans sa gueule la lourde patte, soulagée de savoir la meute relativement proche, puis, revigorée par la viande qu'elle venait d'engloutir, elle se mit en route vers sa famille.

Tout à son ventre plein et au parfum de cette bonne viande fraîche, elle oublia momentanément l'humain. Arrivée à la lisière de la forêt, elle se retourna pour le regarder. Lui aussi s'était arrêté, le lourd cuissot reposant sur ses maigres épaules, traînant d'une main une côte de l'élan. Il lui adressa un salut de sa main libre. Posant un instant son butin, elle hocha la tête pour lui répondre.

Ses compagnons flairèrent l'odeur alléchante avant même qu'elle ait atteint la clairière abritée. Lorsque Lydda apparut sur le repaire, les adultes contemplèrent d'un œil incrédule la nourriture qu'elle rapportait. Tout doucement, elle la déposa devant eux.

Il n'y en avait pas suffisamment pour des loups aussi nombreux, c'était malgré tout de la viande, et elle restait synonyme d'espoir. En trois semaines, c'était le premier véritable repas auquel ils avaient droit. Dès que la meute comprit que cette viande était bien réelle, et non un rêve suscité par la mort, ils se pressèrent autour de Lydda, oubliant leur faiblesse pour l'accueillir joyeusement. S'écartant légèrement, Lydda s'inclina devant Tachiim et lui offrit la viande. Il l'effleura du museau et fit signe à la meute de se la partager, puis, escorté des loups assez alertes pour courir, il suivit la piste de Lydda vers la bête qu'elle avait tuée.

Lydda s'occupa des petits, qui s'étaient mis à japper en reniflant la chair fraîche. Elle se pencha vers eux, et comme l'un d'eux lui donnait une chiquenaude au coin du museau, elle régurgita la part qui leur était destinée. Tout son corps affamé réclamait cette nourriture qu'elle leur abandonnait, mais le plaisir qu'ils prirent à manger la dédommagea amplement. Les louveteaux de la Grande Vallée ne mourraient plus de faim.

Lydda se lança à la suite de Tachiim et des autres pour prendre sa part de ce qui restait de la proie. Elle était si excitée par son succès à la chasse, si satisfaite de nourrir sa meute et si bouleversée par sa rencontre avec l'homme qu'elle ne remarqua pas dans l'atmosphère, nouvelle et de plus en plus marquée, une onde de tiédeur si subtile qu'elle pouvait passer pour une illusion.

Lydda et le garçon se reposaient contre le rocher près duquel ils s'étaient connus, sur un morceau de terre tiède que la fonte des neiges venait de dégager. Durant un cycle entier de la Lune, les loups de la meute de Lydda avaient chassé en compagnie des humains. Pendant toute une Lune, ils avaient partagé la viande des hommes et joué avec leurs petits, couru à leurs côtés dans la lumière de l'aube et du crépuscule. Lydda passait tout le temps qu'elle pouvait auprès de son humain, car il lui semblait retrouver en lui une chose qu'elle ne se souvenait même plus d'avoir perdue.

Ils restaient assis contre leur rocher, Lydda pelotonnée contre les jambes robustes du garçon, qui passait les doigts dans sa fourrure. Le Soleil répandait sur eux sa lumière, et la Terre faisait jaillir des brins d'herbe pour venir les saluer. La Lune attendait jalousement son tour pour les contempler. Et le Ciel, vigilant, s'étendait tout autour d'eux.

Car les Anciens attendaient, et cette attente était pleine d'espoir. Ils ne désiraient pas vraiment la disparition des êtres vivants

1

S i l'on en croit la légende, quand le sang d'un loup de la
Grande Vallée se mêle à celui d'un étranger, le loup issu
de cette union se tient pour toujours à la limite des deux
mondes. On raconte qu'un tel loup possède le pouvoir de
détruire non seulement sa meute, mais aussi l'ensemble de
l'espèce. C'est pour cette raison, et pour aucune autre, que
Ruuqo est venu pour nous tuer, mon frère, mes sœurs et moi,
aux premières lueurs de l'aube, quatre semaines après notre
naissance.

Les loups ont horreur de tuer un petit. C'est pour eux un acte
si révoltant et contre nature que beaucoup aimeraient mieux se
ronger une patte que s'en prendre à un louveteau. Mais ma
mère n'aurait jamais dû nous mettre au monde. N'étant pas la
louve dominante, elle n'était pas en droit d'avoir une progéni-
ture. Cette faute, toutefois, aurait pu lui être pardonnée, si elle
n'avait violé en même temps l'une des lois fondamentales de la

Grande Vallée, celles qui assurent la pureté de nos lignées. Ruuqo ne faisait alors qu'accomplir son devoir.

Il avait déjà donné à Rissa une portée de louveteaux, comme on l'attendait du couple dominant de la meute. Sauf si le chef lui en accorde la permission, aucun autre loup ne peut se reproduire, car ce sont les loups les plus forts qui engendrent les petits les plus résistants. C'est une règle cruelle mais cependant nécessaire, car un trop grand nombre de louveteaux risquerait de conduire à la famine, à moins que l'année ne soit exceptionnellement bonne. À l'époque où je naquis, des conflits déchiraient la vallée, et les proies se faisaient toujours plus rares. Nous partagions la Grande Vallée avec quatre meutes de loups et plusieurs tribus humaines. Alors que la plupart des loups respectaient les frontières de notre territoire, ce n'était pas le cas des hommes, qui nous séparaient de nos proies dès qu'ils en avaient l'occasion. Au moment de ma naissance, la meute du Fleuve Tumultueux avait tout juste de quoi subsister. Malgré cela, je pense que ma mère ne croyait pas vraiment que Ruuqo nous ferait du mal. Sans doute espérait-elle qu'il ne soupçonnerait pas notre sang étranger, qu'il ne flairerait pas son odeur sur nous.

Peu avant l'aurore, deux jours avant que Ruuqo ne vienne pour nous tuer, je me hissai impatiemment avec mon frère Triell vers la sortie de notre tanière, grimpant la pente de terre molle et fraîche. Une vague clarté filtrait jusqu'à la cavité profonde, et les parois de notre abri répercutaient l'écho des jappements et des hurlements des loups qui se trouvaient au-dehors. Intrigués par les odeurs et par les bruits du monde que nous devinions au-dessus de nous, nous cherchions à nous faufiler à l'extérieur dès que nous n'étions pas en train de dormir ou de manger.

« Attendez, protesta notre mère en nous barrant la route. Il vous reste d'abord certaines choses à apprendre. »

Triell essaya de l'amadouer, une lueur espiègle dans les yeux : « On veut juste voir comment c'est, dehors. »

Nous tentâmes alors de filer malgré son interdiction, mais elle posa sur nous sa lourde patte pour nous immobiliser.

« Chaque petit doit subir l'inspection avec succès avant d'être accepté dans la meute. Celui qui échoue ne survivra pas. Il faut que vous écoutiez ce que j'ai à vous enseigner. » Sa voix, habituellement douce et rassurante, avait une note d'inquiétude que je ne lui connaissais pas. « Quand vous rencontrerez Ruuqo et Rissa, les chefs de la meute, vous devrez leur montrer que vous êtes sains et vigoureux. Il faudra leur prouver que vous êtes dignes d'appartenir à la meute du Fleuve Tumultueux, et leur témoigner la déférence qui convient à leur rang. »

Elle nous libéra avec un dernier regard anxieux, puis se pencha pour nettoyer mes sœurs, qui nous avaient suivis jusqu'à la sortie. Pendant ce temps, je me retirai dans un coin avec Triell, afin d'élaborer un plan pour réussir à entrer dans la meute. Je ne pense pas avoir envisagé un instant que nous pourrions échouer.

Deux jours plus tard, quand nous sortîmes enfin de notre tanière, nous découvrîmes les cinq petits de Rissa qui trottinaient d'un pas incertain dans la clairière. Nés deux semaines avant nous, ils étaient prêts à être présentés à la meute et à recevoir un nom. Rissa se tenait un peu en retrait tandis que

Ruuqo surveillait les louveteaux. Notre mère nous pressa de les rejoindre, alors que nous titubions sur nos pattes encore faibles.

Notre mère s'arrêta pour observer la petite clairière poussiéreuse.

« Rissa laisse à Ruuqo la décision d'accepter ou non les louveteaux, expliqua-t-elle, le museau crispé par l'angoisse. Inclinez-vous devant lui, vous devez le saluer et rechercher ses faveurs. Plus il vous apprécie, plus vous augmentez vos chances de survie. » Sa voix se durcit. « Écoutez, mes enfants. Faites en sorte de lui plaire, et vous vivrez. »

Au-delà de la tanière, le monde était encore un fouillis d'odeurs inconnues et curieuses, mais aucune n'était plus puissante ni plus stimulante que celles de la meute. Tout autour de nous, les loups s'étaient rassemblés pour assister à l'accueil des petits. Au moins six odeurs de loups différentes se mêlaient au parfum des feuilles, des arbres et de la terre, égarant nos narines et nous tirant des éternuements. La tiédeur de l'air embaumé nous appelait, nous attirait loin de la sécurité du giron maternel. Notre mère nous suivit en gémissant sourdement.

Ruuqo la regarda, puis détourna sa tête grise avec une expression indéchiffrable. Ses propres petits, plus grands et plus gros que nous, jappaient autour de lui, tremblotants, léchant son museau baissé et roulant sur le dos pour lui offrir leur ventre doux. Il les renifla un à un, les tourna doucement d'un côté et de l'autre, à l'affût d'une maladie ou d'une tare. Au bout d'un moment, il en laissa un seul de côté et accepta les autres au sein de la meute en prenant délicatement leur museau dans sa gueule.

« Bienvenue, petits. Vous appartenez à la meute du Fleuve Tumultueux, et chacun des loups de la meute vous protégera et vous donnera de quoi manger. Bienvenue Borlla. Bienvenue Unnan. Bienvenue Reel. Bienvenue Marra. Vous êtes notre avenir. Vous êtes les loups du Fleuve Tumultueux. »

Le louveteau qu'il avait ignoré et laissé à l'écart était chétif et piteux, et il ne lui avait pas donné de nom. Une fois qu'un petit a reçu un nom, tous les loups de la meute ont l'obligation de le protéger, si bien qu'un chef évite de nommer un louveteau dont la survie lui semble par trop compromise. Rissa rampa au fond de son repaire et en tira une minuscule forme inanimée, un petit qui n'avait pas vécu assez longtemps pour saluer la meute. Elle l'ensevelit rapidement en bordure de la clairière.

La meute se lança alors dans un concert de hurlements afin de souhaiter la bienvenue aux plus jeunes. Chaque loup à son tour s'avança en bondissant vers les petits pour les accueillir, agitant la queue et dressant les oreilles pour exprimer son contentement. Ils se mirent ensuite à jouer, se poursuivant et se roulant dans la terre et les feuilles avec des jappements frénétiques. Je les regardai danser de joie, et cette joie leur venait de louveteaux qui nous ressemblaient beaucoup. Je donnai un coup de patte sur la joue de Triell.

« Il n'y a rien à craindre, lui assurai-je. Il suffit de montrer que tu es fort et de les traiter avec respect. »

Triell remuait doucement la queue en observant la cérémonie de bienvenue. En étudiant son regard vif et son petit cou robuste, j'eus la conviction que nous étions tous aussi bien portants et aussi dignes d'entrer dans la meute que la portée de

Rissa et Ruuqo. Ma mère s'était inquiétée pour rien. Bientôt viendrait notre tour de solliciter l'approbation de Ruuqo, et de recevoir un nom et une place au sein de la meute du Fleuve Tumultueux.

Ruuqo vint vers nous en baissant les yeux. C'était lui le plus imposant de tous – large de poitrail et dépassant en taille les autres loups du Fleuve Tumultueux. Laissant ses petits avec le reste de la meute, il s'avança lentement, avec toute l'autorité des muscles puissants que l'on devinait sous sa fourrure grise. Il marqua une hésitation, penché vers nous, puis il ouvrit ses larges mâchoires. Notre mère s'interposa pour l'empêcher de nous atteindre.

« Frère, l'adjura-t-elle – car Rissa et elle étaient issues de la même portée et avaient rejoint en même temps la meute du Fleuve Tumultueux –, tu dois leur laisser la vie sauve.

– Du sang d'Étranger coule dans leurs veines, Neesa. Ils voleront la viande de mes enfants. La meute ne peut pas se permettre de nourrir des bouches supplémentaires. »

Il y avait dans sa voix tant de froideur et de colère que je me mis à trembler. Près de moi, Triell ne cessait de gémir.

Ma mère leva la tête vers lui, et ses yeux couleur d'ambre ne cillèrent pas une fois. Elle était bien plus petite que Ruuqo.

« Nous nous en sommes tirés alors que les proies étaient rares. C'est seulement la nouveauté qui t'effraie. Un lâche comme toi ne mérite pas de mener la meute du Fleuve Tumultueux. Il n'y a que les lâches pour tuer des louveteaux. »

Ruuqo se jeta sur elle en grondant et la plaqua à terre.

« Tu crois vraiment que je tue les petits de gaîté de cœur ? Alors que les miens sont tout près, à quelques foulées de là ? Il ne s'agit pas simplement de "nouveauté". Ils portent l'odeur des Étrangers. Ce n'est pas moi qui les ai mis au monde, Neesa, et ce n'est pas moi qui ai enfreint la loi. C'est toi qui es responsable. »

Il referma les mâchoires sur son cou et ne la libéra pas avant qu'elle ne jappe de douleur.

Elle se releva tant bien que mal dès que Ruuqo l'eut relâchée, puis elle recula, nous livrant à ses dents meurtrières. Reculant à notre tour, nous allâmes nous blottir contre elle tandis qu'elle protestait :

« Mais ils ont reçu un nom ! »

Au mépris des traditions établies parmi les loups, notre mère nous avait donné un nom à notre naissance.

Si vous avez un nom, avait-elle déclaré, *vous appartenez à la meute. Il ne pourra pas vous tuer.*

Pour mes trois sœurs, elle avait choisi les noms des plantes qui croissaient près de notre tanière, et le nom de mon frère, Triell, désignait les ténèbres d'une nuit sans lune. De toute la portée c'était le seul loup noir, et ses yeux brillaient comme des étoiles sur sa figure sombre. Quant à moi, je reçus le nom de Kaala, fille de la lune, à cause du croissant pâle qui se détachait sur la fourrure grise de ma poitrine.

Triell et moi étions debout près de notre mère, tout tremblants, tandis que mes sœurs s'étaient couchées craintivement contre son autre flanc. Quand notre mère avait affirmé que nous trouverions notre place au sein de la meute, nous l'avions crue sur parole. Je m'étais même moquée de ses appréhensions. Nous tous, nous étions persuadés qu'il suffisait de se conduire en loup digne de ce nom pour se faire accepter. À présent, nous découvrions qu'on allait peut-être nous refuser la moindre chance de vivre.

« Ils ont reçu un nom, Frère, répéta ma mère.

– Ce n'est pas moi qui le leur ai donné. Ils ne sont pas légitimes, et ils ne font pas partie de la meute. Écarte-toi.

– Il n'en est pas question. »

À ce moment-là, une louve presque aussi grande que Ruuqo, dont la gueule et le cou étaient sillonnés de cicatrices, fondit sur ma mère pour la repousser de côté. Ruuqo se joignit à elle afin d'éloigner notre mère de nous.

« *Tueur de louveteaux !* gronda celle-ci. Tu n'es pas mon frère. Tu n'es pas digne d'être un loup. »

Même pour moi, il était clair que les mots de ma mère avaient blessé Ruuqo, qui la poursuivit en grondant jusqu'à l'entrée de notre tanière, nous laissant seuls sur une éminence ensoleillée, à l'extrémité de la clairière. La grande louve monta la garde jusqu'au retour de Ruuqo. Rissa s'avança également, laissant ses petits qui se mirent à geindre en essayant de la suivre. Elle se plaça à côté de Ruuqo.

« Compagnon, lui dit-elle, c'est là une tâche qui me concerne autant que toi. J'aurais dû surveiller ma sœur plus attentivement. Je ferai ce qu'il faut. »

Sa voix avait des accents riches et profonds, et sa fourrure blanche miroitait dans la lumière du matin. Il émanait d'elle l'odeur de la force et de l'assurance.

Ruuqo lui lécha le museau et reposa un instant sa tête contre son cou blanc, comme s'il puisait du courage en elle. Ensuite il la repoussa en douceur et l'écarta de nous. Les autres loups de la meute se tenaient autour de la clairière. Certains gémissaient, d'autres se contentaient de regarder, mais aucun ne s'approcha de Ruuqo, qui à présent nous surplombait de toute sa masse. Encore aujourd'hui, il m'arrive de le revoir se dresser au-dessus de moi, prêt à me saisir par le cou et à me secouer jusqu'à ce que j'aie cessé de bouger. Ce fut le sort qu'il réserva à mes trois sœurs et à Triell, mon frère, mon préféré.

Azzuen soutient qu'il est impossible que je m'en souvienne, puisque j'avais tout juste quatre semaines, mais moi j'affirme le contraire. Ruuqo prit mes sœurs entre ses mâchoires, l'une après l'autre, et les secoua pour leur ôter la vie. Ensuite il s'empara de Triell. Mon frère était couché contre moi, et l'instant d'après il n'était plus là, la chaleur de sa chair et de sa fourrure m'avait brusquement été retirée, et il jappait tandis que Ruuqo le soulevait dans sa gueule. Son regard ne quittait pas le mien, et, oubliant ma terreur, je tentai de me hausser sur mes pattes de derrière pour parvenir à sa hauteur. Pourtant mes forces me trahirent, et je m'affalai au sol alors que les crocs acérés de Ruuqo se refermaient sur le corps tendre de Triell. Ses dents emprisonnèrent mon frère bien-aimé et le broyèrent jusqu'à ce que la lumière s'éteigne dans ses yeux et que son corps flasque cesse de remuer dans sa bouche. Je ne pouvais pas croire qu'il était mort, que jamais plus il ne relèverait la tête pour me regarder. Mais ses paupières s'étaient baissées pour toujours, et son corps s'était figé. Ruuqo l'abandonna près des dépouilles inertes de mes sœurs.

Il se tourna alors vers moi. Ma mère s'était furtivement éloignée de l'entrée de la tanière et rampait maintenant vers nous, les oreilles rejetées en arrière, la queue dissimulée sous son ventre, implorant Ruuqo d'arrêter. Il l'ignora.

Une vieille louve allégua avec douceur :

« Il ne fait que son devoir, Neesa. Les petits ont du sang d'Étranger. Il agit comme doit agir tout bon chef pour protéger sa meute. Ne lui rends pas la tâche plus difficile. »

Je restai debout, levant les yeux vers la silhouette massive de Ruuqo. Mon frère et mes sœurs n'avaient rien gagné en suppliant et en s'aplatissant devant lui. Lorsque le corps de Triell tomba de la gueule de Ruuqo pour atterrir au sol avec un petit bruit sourd, mon effroi se changea en fureur. Triell et moi avions dormi et mangé côte à côte, et nous avions rêvé ensemble de trouver notre place dans la meute. Et voilà qu'il était mort. Je retroussai les babines, imitant le grondement de Ruuqo. Il fut si dérouté qu'il recula en s'ébrouant avant de revenir vers moi.

La colère effaçant toutes mes craintes, je me jetai sur lui pour le prendre à la gorge. Mes pattes trop faibles ne me propulsèrent que jusqu'à sa poitrine, et il n'eut aucun mal à me contrer. Pourtant, on aurait cru que le Loup de la Mort en personne venait d'apparaître devant ses yeux. Immobile, il m'observa un long moment tandis que je grondais, les crocs découverts, avec toute la rage dont j'étais capable.

« Je suis navré, louveteau, fit-il doucement, mais je suis forcé d'agir dans l'intérêt de la meute. Je dois m'acquitter de mes devoirs ».

Il pencha alors la tête et écarta les mâchoires pour m'écraser entre ses dents. Les autres loups frissonnaient et se serraient les uns contre les autres en poussant des hurlements affligés.

Il faisait grand jour, à présent, et la vive lumière matinale me blessait les yeux pendant que je regardais venir ma mort.

« Je crois que celle-ci a envie de vivre, Ruuqo. »

Ruuqo se figea, la gueule toujours béante, ses yeux d'un

jaune pâle écarquillés de surprise. À ma grande stupéfaction ses mâchoires tueuses se refermèrent, et il releva la tête, les oreilles aplaties, avant de s'éloigner pour saluer le nouveau venu.

Suivant son regard, je découvris le loup le plus grand que j'eusse jamais vu. Le museau de Ruuqo lui arrivait à peine à la poitrine, et son cou large et robuste me semblait situé dans les mêmes hauteurs que les rayons de soleil qui filtraient maintenant jusqu'à la clairière. Il y avait dans sa voix un grondement amusé. Je m'étonnai de la nuance verte de ses yeux, si différente du jaune d'ambre de ceux des adultes et des prunelles bleues des louveteaux. Un peu plus tard, il fut rejoint par un second loup aussi gigantesque que lui, qui s'approcha lentement. Ses yeux étaient verts également, mais sa fourrure plus sombre et ébouriffée.

Tous les loups de la meute de ma mère, qui se tenaient en bordure de la clairière, se hâtèrent de venir saluer ces étranges et effrayantes créatures. Tout dans leur attitude marquait la déférence – les oreilles couchées, la queue baissée et le ventre au ras du sol pour leur rendre dignement hommage.

« Ce sont les Grands Loups, chuchota ma mère, qui avait rampé vers moi au moment où ils avaient pénétré dans la clairière. Jandru et Frandra. Il en reste très peu dans la Grande Vallée. Ils communiquent avec les Anciens, et nous leur devons obéissance. »

Les Grands Loups acceptèrent de bonne grâce les marques de respect que leur prodiguaient les membres de la meute.

« Soyez les bienvenus, Seigneurs des Loups, leur dit humblement Ruuqo, l'échine courbée. Je suis en train d'accomplir mon devoir. Cette portée est venue au monde sans ma permission, et je dois veiller au bien de tous. »

Jandru s'inclina pour toucher du museau la forme immobile de Triell.

« Tu n'ignores pas, Ruuqo, qu'il est déjà arrivé qu'une deuxième portée soit épargnée. Il y a tout juste quatre ans, toi-même et tes frères avez eu la vie sauve. Ce temps te paraît peut-être lointain, mais pas à moi.

– Mais, Seigneur, c'était une époque d'abondance.

– Un louveteau ne mange pas tant que cela. J'aimerais qu'on la laisse vivre. »

Ruuqo garda un moment le silence, réticent à encourir la colère de Jandru.

« Ce n'est pas tout, intervint Rissa en s'approchant. Ce louveteau a du sang d'Étranger. Il ne nous est pas possible d'enfreindre les lois de la vallée.

– Du sang d'Étranger ? » Toute trace d'amusement s'était évanouie de la voix de Jandru, qui fixa Ruuqo d'un œil furieux. « Pourquoi ne m'as-tu rien dit ?

– Je craignais que tu ne me juges incapable de contrôler ma meute », admit Ruuqo en baissant encore la tête.

Un long moment, Jandru l'observa en silence, avant de se tourner rageusement vers ma mère.

« Comment as-tu pu oser mettre en péril ta meute et ton peuple ? »

Frandra, la louve qui accompagnait Jandru, intervint pour la première fois. Elle semblait encore plus grande que lui et parlait d'une voix ferme et assurée. Ses yeux brillaient dans sa fourrure sombre. Sa voix tonnante me jeta dans une telle alarme que je reculai d'un bond et culbutai sur le dos.

« Tu as beau jeu de parler ainsi, Jandru, toi qui peux procréer où et quand tu le désires sans crainte des conséquences. Elle n'était pas seule pour concevoir. »

Embarrassé, Jandru aplatit légèrement les oreilles. Frandra le regarda un moment, puis reporta son attention sur ma mère.

« Pourquoi les as-tu laissés vivre assez longtemps pour qu'ils sachent qu'ils sont des loups ? Tu aurais dû savoir qu'ils n'avaient pas droit à la vie. Il te fallait les tuer dès leur naissance.

– Je voulais qu'ils fassent partie de la meute, répondit ma mère d'une voix faible et apeurée. Je pensais qu'ils avaient un rôle à jouer. J'ai rêvé qu'ils sauvaient notre peuple. Dans certains rêves, ils empêchaient les proies de quitter la vallée, dans d'autres ils chassaient les humains loin d'ici. Et à chaque fois ils nous sauvaient. Vous voyez comme elle est téméraire ? »

Je me dressai à nouveau sur mes pattes, m'efforçant de les empêcher de trembler, afin d'avoir l'air d'un loup digne de ce nom.

« Seigneurs, ajouta Rissa, ma sœur a toujours souhaité occuper une place plus importante au sein de la meute. Ses rêves nous ont parfois favorisés pour la chasse, mais elle a toujours désiré une descendance.

– Peu importe, coupa brusquement Jandru. Le louveteau au sang étranger ne peut pas vivre. Fais ton devoir, Ruuqo. »

En se détournant, Jandru faillit me piétiner, et je me défendis en grondant.

« Je suis désolé, Petites-Dents, je t'épargnerais volontiers, mais je ne peux pas aller à l'encontre du pacte. Puisses-tu revenir dans la Grande Vallée. »

L'injustice de cette décision me fit le même effet que les souffles froids et humides qui s'insinuaient quelquefois dans la tanière de ma mère. Comment se pouvait-il que le détenteur d'une telle puissance n'ait pas le loisir d'agir selon sa volonté ? Je promenai mon regard autour de la clairière, en quête d'un endroit où me dissimuler. J'étais près de détaler lorsque Frandra m'immobilisa sous ses pattes, faisant obstacle aux crocs aiguisés de Ruuqo. Elle se mit à gronder.

« Je ne te laisserai pas tuer ce louveteau. D'ordinaire les choses ne se passent pas ainsi, mais nous abordons une ère nouvelle, et il convient de porter sur la situation un regard différent. Les humains nous dérobent notre nourriture et font fi des légendes. Les plus belles proies fuient la vallée. L'Équilibre est déjà perturbé. Nous ne pouvons pas continuer comme si rien n'avait changé. Nous aussi nous devons changer, et tout de suite. » La louve abaissa son regard vers moi. « Si elle a du sang d'Étranger, eh bien tant pis. Il est peut-être temps que nous considérions de plus près les lois de la vallée. Il se peut que nous prenions des risques en épargnant ce farouche louveteau, mais sa volonté de vivre est trop forte pour que nous n'en tenions pas compte. Nous devons écouter les messages que les esprits nous adressent.

– Frandra…

– Jandru, fulmina-t-elle, tu as perdu l'usage de ton nez et de tes oreilles ? Tu sais bien que le temps nous est compté. Et nous sommes guettés par l'échec.

– Je refuse de courir un tel risque, décréta Jandru. Nous n'avons pas autorisé cette exception, et nous ne pouvons pas nous mettre en porte à faux avec l'assemblée des Grands Loups. Telle est ma décision.

– Tu n'es pas seul à décider, objecta Frandra en soutenant

son regard. Est-ce que tu tiens à m'affronter ? Viens donc te battre si c'est ton intention. »

Un bref instant, Jandru se pétrifia dans une immobilité de mort, et Frandra chuchota d'un ton pressant, si bas que ma mère et moi étions les seules à l'entendre :

« Elle porte la marque de la lune, le signe de l'Équilibre. Et si c'était elle ? Peut-être les Anciens l'ont-ils choisie pour nous l'envoyer ?

– Je lui ai donné le nom de Kaala, dit alors ma mère, fille de la lune. »

Après m'avoir longuement observée, Jandru me renversa sur le dos pour mieux voir le croissant de lune sur ma poitrine. Et là, retenue par sa patte presque aussi grosse que moi, je cherchai désespérément un moyen de le convaincre que je méritais de vivre. Cependant, je ne pus que fixer ses yeux verts pendant qu'il décidait de mon sort. Il finit par s'écarter de moi pour s'incliner devant Frandra.

« Laisse-lui une chance, dit-il à Ruuqo. Si jamais nous nous sommes trompés, les Grands Loups en assumeront les conséquences.

– Mais, Seigneur...

– Tu ne tueras pas ce louveteau, petit loup, ordonna Frandra, le dominant de toute sa hauteur. Ce sont les Grands Loups qui instaurent les règles de cette vallée, et ils ont toute licence d'y déroger quand bon leur semble. Nous avons de bonnes raisons d'épargner ce louveteau. »

Ruuqo voulut répondre, mais la Grande Louve se mit à gronder et le força à s'aplatir au sol, les pattes appuyées sur son dos. Quand elle le libéra, il se remit debout en baissant la tête en gage de soumission, mais la rancœur flambait dans son regard. Frandra l'ignora.

« Bonne chance, Kaala Petites-Dents. » Frandra me sourit, écartant ses puissantes mâchoires, puis elle poussa Jandru de l'épaule et partit vers les bois en trottant. « Je pense qu'on se reverra un jour. »

Jandru lui emboîta le pas. Alors que les Grands Loups s'éloignaient de la clairière, ma mère se précipita à mes côtés.

« Écoute-moi bien, Kaala, chuchota-t-elle d'un ton impérieux. Ruuqo ne m'autorisera pas à demeurer avec les siens, j'en ai la certitude. Mais toi tu dois rester, et tu dois vivre. Ne recule devant rien pour assurer ta survie et entrer dans la meute. Quand tu auras grandi et qu'elle t'aura acceptée, tu devras revenir vers moi. Il y a des choses qu'il te faut savoir au sujet de ton père et de moi-même. Tu me promets de le faire ? »

Devant l'insistance de son regard, je ne pouvais pas refuser.

« Je t'en fais la promesse, murmurai-je. Mais je ne veux pas te quitter.

– C'est impossible. » Elle frotta son doux museau contre le mien, et j'emplis mes narines de son odeur. « Tu dois rester ici et t'intégrer à la meute. Tu m'en as fait le serment. »

J'aurais voulu qu'elle m'explique pourquoi, et qu'elle me dise aussi comment je pourrais la rejoindre, mais elle n'en eut même pas l'occasion. Dès que les Grands Loups furent trop loin pour l'entendre, Ruuqo revint vers ma mère et lui mordit sauvagement le cou. Alors qu'elle jappait de douleur, du sang coulant de sa blessure, Ruuqo la renversa à terre, et dans sa chute elle me poussa d'un coup de reins. Je basculai en arrière et atterris sur le dos. En me remettant debout, j'entendis Ruuqo gronder :

« Tu as apporté le chaos pour notre groupe, pour mes enfants et pour moi-même, obligeant la meute du Fleuve Tumultueux à entrer en conflit avec l'Équilibre. »

En règle générale, les loups évitent de se blesser lorsqu'ils se battent, car la plupart d'entre eux connaissent leur rang dans la meute et fuient le conflit. Mais Ruuqo ne pouvait pas déverser sa rage sur moi, et encore moins s'insurger contre les Grands Loups. Il choisit donc d'assouvir sa colère sur ma mère. Elle essaya bien de résister, mais lorsque Minn, un jeune mâle d'un an, et la grande louve aux cicatrices l'attaquèrent à leur tour, elle s'en fut en gémissant vers l'extrémité de la clairière. Quand elle fit mine de revenir, ils l'agressèrent à nouveau et la chassèrent. J'aurais aimé courir vers elle pour lui porter secours, mais mon courage m'avait abandonnée, et je ne fis que contempler la scène d'un œil terrifié.

Rissa, prenant dans sa gueule le petit le plus proche, Reel, s'empressa de retourner dans sa tanière.

« Frère, plaida ma mère, au désespoir, permets-moi au moins de rester pour l'allaiter. Ensuite je m'en irai.

– Va-t'en tout de suite. Tu n'appartiens plus à la meute. »

Il la repoussa jusqu'au bord de la clairière, et chaque fois qu'elle tentait de rebrousser chemin, il l'attaquait de nouveau, soutenu par les deux autres loups. Gémissante et couverte de sang, elle finit par filer vers la forêt, pourchassée par ses trois assaillants.

À son retour, Ruuqo lança un aboiement impérieux, et tous les adultes, à l'exception de Rissa, quittèrent la clairière avec lui. Il ne leur restait que quelques heures pour la chasse, avant que le soleil ne devienne trop chaud, et Ruuqo avait une meute à nourrir.

Malgré mon désir de suivre ma mère dans les bois, une telle lassitude avait gagné mon corps et mon âme que je me laissai tomber sur la terre dure, sans que la tiédeur du soleil parvienne à me réchauffer.

Deux des louveteaux les plus grands de Rissa, Unnan et Borlla, s'approchèrent crânement de moi et m'examinèrent sans se gêner. Borrla, plus costaude que son frère, m'assena de méchants coups de museau dans les côtes.

« Je crois qu'elle ne vivra pas longtemps, dit-elle à Unnan.

– Je parie qu'un ours en fera son casse-croûte, renchérit son frère.

– Hé, Repas des Ours, me lança Borrla, je ne te conseille pas de nous prendre notre lait.

– Ou bien on terminera ce que Ruuqo a commencé », ajouta Unnan en me fixant de son petit œil malveillant.

Là-dessus, les deux louveteaux se dirigèrent en trottinant vers la tanière où Rissa s'était déjà retirée. En chemin, Borlla donna une tape au plus frêle de la portée, le petit mâle souffreteux qui n'avait pas reçu de nom, tandis qu'Unnan renversait la petite Marra en grondant. Très contents d'eux, ils dressèrent la queue en panache et rejoignirent la tanière d'un air triomphal. Au bout d'un moment, Marra se releva pour les suivre, mais le tout-petit resta affalé sans bouger.

Seule dans la clairière, je passai la journée à attendre ma mère, et même la chaleur oppressante du soleil ne réussit pas à me décourager. Je me disais que si je patientais assez longtemps, elle reviendrait me chercher et m'emmènerait avec elle dans son exil.

Pourtant ma mère ne reparut pas ce jour-là, ni même au cours de la nuit. J'attendis jusqu'à ce que la meute revienne pour la sieste de l'après-midi, puis reparte chasser le soir, jusqu'à ce que le hululement des chouettes et les cris de créatures inconnues me fassent de nouveau craindre pour ma vie, mais ma mère ne revint pas. J'étais vivante, certes, mais livrée à la solitude, à l'effroi et au mépris de la meute qui aurait dû prendre soin de moi.

2

Je répugnais à retourner dans la tanière de ma mère, car elle conservait l'odeur de mes frères disparus et ne me promettait que la solitude. Cependant je sentais l'odeur du lait et des corps tièdes, et j'entendais les bruits inimitables de l'allaitement. L'aiguillon de la faim finit par m'arracher à la torpeur qui me laissait pelotonnée à terre. Une part de moi-même s'étonnait que je songe à manger alors que ma mère était partie pour toujours, mais je trouvais par ailleurs absurde d'avoir résisté à Ruuqo pour mourir de faim un peu plus tard, à quelques foulées à peine du lait tiède de Rissa. Je n'étais pas du tout sûre qu'elle accepte de m'allaiter, bien que je fusse l'enfant de sa sœur et que le même sang coulât dans nos veines. Il me fallait tenter ma chance. Je n'avais pas oublié les menaces d'Unnan et de Borlla, mais l'impulsion de la faim balaya la peur : me détournant des corps sans vie de mes frères, je me glissai vers les odeurs délicieuses et les bruits alléchants qui s'échappaient de la tanière de Rissa. Je m'arrêtai toutefois en avisant le petit pitoyablement roulé en boule à l'entrée de la tanière.

« Tu mourras de faim si tu restes là. »

Il leva les yeux vers moi, mais ne répondit pas. La patte de Borlla lui avait fait une entaille au-dessus de l'œil droit, et sa fourrure grise et emmêlée lui donnait l'air encore plus chétif. Pourtant il avait un regard éveillé, brillant comme l'argent. Ce fut à cause de ce regard singulier, qui me rappelait tant celui de Triell, que je retardai mon repas pour m'intéresser à son sort.

« Petit-loup, lui dis-je, employant le surnom affectueux que nous donnait notre mère, si tu te laisses brutaliser, tu resteras toujours un souffre-douleur. »

Il y a un souffre-douleur dans la plupart des meutes, celui que l'on malmène, qui reçoit les plus maigres parts de nourriture et se voit relégué en marge de la horde. Le petit louveteau n'aurait même pas l'occasion d'occuper cette place s'il ne se dépêchait pas de manger et de se réfugier dans la tanière.

Sa maigre queue enroulée autour de ses pattes, il regarda les herbes grêles qui poussaient là. Son regard brillant se rembrunit.

« Facile à dire pour toi, qui as le soutien des Grands Loups. Moi, *tout le monde* veut que je meure. C'est pour ça qu'on ne m'a pas donné de nom. »

Je me détournai de lui, exaspérée. Je n'allais tout de même pas gaspiller mon temps pour un louveteau qui ne voulait pas s'accrocher à la vie. Mon frère Triell aurait donné n'importe quoi pour qu'on lui offre une telle chance de vivre, et ne se serait jamais contenté de geindre et de trembler de peur. Une meute n'avait que faire d'un pareil loup. Je fourrai le museau dans la tanière et j'entendis parler Rissa :

« Venez, mes petits. Nourrissez-vous et prenez du repos. »

Rassérénée, je fis mine de m'engouffrer dans la tanière, mais au dernier moment je jetai un regard au petit louveteau. Taraudée par le souvenir de ma propre solitude et de mon exclusion, je ne pouvais me résoudre à le laisser périr de faim Faisant demi-tour, je le poussai par-derrière sans prendre la peine de discuter davantage et je le fis basculer dans la tanière. Il dégringola avec un jappement surpris, et je commençai à ramper derrière lui.

La tanière de Rissa était plus vaste que celle de ma mère, ses parois compactes consolidées par les racines de l'immense chêne qui dominait le paysage, mais elle restait assez petite pour que l'on s'y sente à l'abri. Les quatre louveteaux tétaient goulûment les mamelles de leur mère. Quand je m'approchai avec le tout-petit, Unnan se mit à gronder en nous jetant un regard torve. Mon compagnon, tout frémissant, se prépara à battre en retraite.

À la tristesse d'avoir perdu mon frère et mes sœurs, s'ajoutait la colère d'être si mal traitée par la meute. Ma fourrure se hérissa, une sensation de chaleur envahit mon corps contracté. Voyant Unnan et Borlla se gaver, accaparant voracement leur mère, je repoussai Unnan pour nous ménager une place. Sur le moment, je ne daignai pas réfléchir à ce qu'il me coûterait de me faire un ennemi d'Unnan. Ce fut la colère qui l'emporta. Comme le tout-petit hésitait, je l'attrapai par la douce fourrure de son cou et le traînai vers une place libre.

« Allez, nourris-toi ! »

Indifférente aux persécutions d'Unnan et aux grognements de Borlla, je me frayai un chemin jusqu'au riche lait de Rissa, porteur de vie. Le petit se nicha entre moi et Marra, la plus gentille de la portée. Rassasiés et bien au chaud, nous nous endormîmes contre le corps robuste de Rissa.

Le lendemain matin, Unnan et Borlla tentèrent de se débarrasser de moi pour de bon. Rissa, lassée de son confinement prolongé, nous confia aux deux loups âgés d'un an et bondit aux côtés de Ruuqo pour se joindre à la chasse de l'aube. En l'absence des adultes, il n'est pas rare que les jeunes loups prennent soin des plus petits. Minn, la brute qui avait aidé Ruuqo à chasser ma mère, n'avait pas spécialement envie de s'occuper de nous, mais il craignait sa sœur Yllin, qui prenait ses responsabilités très au sérieux. Ils jouèrent avec nous sans nous ménager, et j'adorai leur façon de gronder et leurs simulacres de bagarres. Quand ils en eurent assez qu'on leur saute dessus en leur mordillant la queue, ils allèrent se mettre à l'ombre pour surveiller nos échauffourées. Lorsqu'ils s'assoupirent, je chahutai avec Marra et le tout-petit. Même s'il était né deux semaines avant moi, nous avions à peu près la même taille, et il ne possédait pas la force physique nécessaire à la survie d'un loup. Toutefois, en examinant de plus près ses yeux argentés, je n'y trouvai plus l'expression de lassitude et de désespoir d'un louveteau résigné à mourir. Il semblait vif et alerte, malgré le peu qu'il avait avalé et les brimades incessantes d'Unnan et Borlla. À la fois surprise et heureuse de ce revirement, je me jetai sur lui, et il roula au sol en jappant d'allégresse.

Parce qu'il n'avait pas de nom et qu'il n'était guère plus gros que mon frère disparu, j'avais l'impression que nous nous connaissions depuis longtemps. Au milieu de la mêlée, je le gratifiai d'un coup de museau affectueux. Ravi, il enfonça sa truffe froide dans ma figure, assez fort pour me faire tomber. Je

m'aplatis au sol sans élégance, soulevant un nuage de poussière. Il prit d'abord une mine alarmée et navrée, puis il bondit
sur moi pour se lancer dans une lutte joyeuse. Marra se joignit
en jappant à nos ébats, alors que les trois autres louveteaux
nous ignoraient. Borlla, la plus grasse de tous, gardait l'odeur
du lait dont elle s'était gorgée avant les autres. Son pelage clair,
loin d'avoir la blancheur éclatante et immaculée de celui de
Rissa, était d'une teinte terne et sans charme. Unnan, lui, avait
une vilaine couleur gris-brun, et son museau effilé et ses yeux
minuscules lui donnaient une allure de blaireau. Reel, quoique
plus grand que Marra et le tout-petit, n'avait pas la stature
d'Unnan et de Borlla, et il redoublait d'efforts pour suivre les
grands dans leurs jeux brutaux. Je continuai à lutter et à jouer
avec Marra et le tout-petit jusqu'à n'en plus pouvoir de fatigue,
puis j'allai me reposer près d'un buisson de houx épineux pendant que Marra poursuivait le petit sous le chêne. Les yeux
clos, je me laissai bercer par la tiédeur du soleil levant et la délicieuse fatigue de nos jeux partagés.

Je surpris mes assaillants quelques instants avant l'attaque et
bondis aussitôt sur mes pattes. Fondant sur moi d'un même
mouvement, Unnan, Reel et Borlla me renversèrent sur le dos.
Prise au dépourvu, je me retrouvai plaquée à terre, à la merci
de leurs morsures. Yllin et Minn, qui nous regardaient en som-
nolant à l'ombre, pouvaient s'imaginer qu'il s'agissait d'un
jeu. Pourtant les louveteaux ne jouaient pas. Leurs dents
s'enfonçaient dans ma chair, et ils s'efforçaient de me couper
le souffle.

« Ruuqo a été trop faible pour t'achever, gronda Unnan, mais
nous allons nous en charger à sa place.

– Il n'y a pas de place pour toi dans *notre* meute », murmura Borlla en essayant de me transpercer la gorge à coups de dents.

Pendant ce temps, Reel tâchait sans un mot de me déchirer le ventre.

Je ripostai de toutes mes forces, mordant et grondant à mon tour, mais ils étaient trois contre moi, et je savais que même s'ils ne me tuaient pas, ils pouvaient m'infliger des blessures assez graves pour compromettre ma survie.

Alors que j'allais défaillir, quelque chose écarta violemment de moi Unnan et Borlla. Mordant Reel à l'épaule, je me remis debout. Le tout-petit s'était porté à mon secours, et son arrivée avait tellement surpris ses frères qu'ils s'étaient gauchement affalés au sol. Mais à présent, Unnan l'immobilisait à terre pendant que Borrla se préparait à lui lacérer la gorge. Je me jetai sur Borlla et atterris sur Unnan, que je fis rouler loin du petit, plantant mes dents dans sa vilaine fourrure au goût de terre. Délaissant le petit, Borlla vint lui prêter main-forte. À tous les deux, ils réussirent à me bloquer au sol.

« Ton père était une hyène, ricana Borlla, campée au-dessus de moi, et ta mère, une traîtresse et une froussarde.

– C'est pour ça qu'elle t'a abandonnée », conclut Unnan en montrant les dents.

Tous les deux grondaient en exhibant leurs crocs, pensant m'intimider par leur taille et leur force. Si j'avais été indignée de les voir se liguer contre le tout-petit, leurs insultes envers ma mère ne faisaient qu'attiser ma rage.

Une voix résonnait dans ma tête, assez puissante pour couvrir les bruits de la clairière. Dans mes narines, la puanteur du sang camouflait les odeurs du chêne, du houx et des loups.

Comment osent-ils ? Tue-les. Ils ne méritent pas d'être des loups.
Pour la deuxième fois, la fureur s'empara de moi comme le
vent soulève une feuille, et je me dégageai de la prise des deux
louveteaux. Je les aurais tués à coup sûr si Reel n'avait pas
coincé le tout-petit, m'obligeant à lui porter secours. Dès que
je l'eus délivré, il vint se placer près de moi, et nous affrontâ-
mes ensemble nos trois adversaires, babines retroussées.
J'entendis Marra qui courait vers nos gardiens pour leur réclamer de l'aide. Alors que je flairais la haine chez Unnan et
Borlla, c'était la peur que je devinais chez Reel. Le petit me jeta
un regard en biais, où je lus un mélange de crainte et de respect. Du côté gauche, ma patte arrière saignait par une profonde estafilade que je n'avais pas remarquée dans le feu du
combat, et je la sentais de plus en plus faible. Le petit, lui, évitait de prendre appui sur sa patte avant droite, comme si elle
était trop sensible.

Jetant un regard par-dessus nos adversaires, j'aperçus Yllin
qui traversait la clairière à toute allure, suivie d'un Ruuqo fou
de rage. Ayant surpris mon regard, Borlla, Unnan et Reel firent
vivement volte-face et s'aplatirent devant lui. La meute était
rentrée de bonne heure après une chasse infructueuse. Comme
ils approchaient, j'entendis Yllin dire doucement, les oreilles
couchées :

« Pardonne-moi, chef. Ils étaient en train de jouer, et les plus
grands ont attaqué. Les petits n'ont fait que se défendre. » Et
elle reprit après une pause : « Ils se sont bien battus. »

Je la trouvai courageuse d'oser ajouter cela, car Ruuqo devait
lui en vouloir d'avoir laissé dégénérer la bagarre. Celui-ci dressa
les oreilles, mais s'abstint de la punir. Je devinais qu'il aimait

bien Yllin et qu'aucun autre jeune loup ne bénéficiait d'une telle indulgence. Il déclara en nous embrassant du regard :

« Un loup ne tue jamais sans raison un membre de sa meute, ni ne le blesse gravement. Si vous n'êtes pas capables d'apprendre cela, vous n'appartiendrez jamais à la meute. Tous les loups du Fleuve Tumultueux connaissent la différence entre un simple défi et une lutte à mort. » Il s'adressa à un Reel tout penaud : « Quelle est la différence, petit ? »

Reel quêta du regard l'aide d'Unnan et Borlla, mais Ruuqo le rappela à l'ordre d'une tape.

« C'est toi que j'interroge, pas tes frères. Alors ? »

Sans répondre, Reel roula sur le dos en gémissant.

« S'il te plaît, Yllin, demanda alors Ruuqo, explique la différence. »

Dressant la queue et les oreilles, elle dit :

« Un loup doit passer par le défi pour gagner sa place au sein de la meute, et le chef y a recours pour sanctionner le groupe et y maintenir l'ordre. Et l'on ne fait pas à l'adversaire plus de mal que nécessaire. Dans une lutte à mort, en revanche, un loup fait en sorte de blesser ou d'éliminer son adversaire. Et il n'y recourt que s'il y est contraint. »

Ruuqo aboya pour marquer son approbation.

« Un loup incapable de se battre ne sera jamais admis dans la meute, mais seul le chef peut tuer un membre de la meute ou ordonner sa mise à mort. Et nous, loups du Fleuve Tumultueux, nous ne tuerons un autre loup que si nous sommes menacés par une meute rivale, ou si la survie de la nôtre est en jeu. »

Ruuqo frappa encore Borlla quand elle voulut se relever, tandis que Reel et Unnan manifestaient assez de bon sens pour ne même pas essayer. Il se tourna ensuite vers moi et le tout-petit. Le ventre collé au sol, nous attendions les représailles, mais il se contenta de donner un léger coup de museau au petit, tout en m'ignorant complètement.

« Être un loup, dit-il, ne se résume pas à se montrer assez fort pour remporter un combat, ou assez rapide pour capturer une proie. » Il parlait suffisamment haut pour que toute la meute l'entende, mais il s'adressait de toute évidence aux louveteaux qu'il venait de corriger. « La taille, la puissance et la vivacité contribuent à faire un loup digne de ce nom, mais le courage et l'honneur sont d'une égale importance. Ce sont les intérêts de la meute qui doivent primer, et chaque loup est là pour la servir. Les loups incapables d'apprendre cela ne sont pas les bienvenus dans la meute du Fleuve Tumultueux », conclut-il à l'intention de Borlla, Reel et Unnan.

Ce n'était certainement pas charitable, mais j'avoue que je me délectai de voir Borlla et Reel trembler et gémir. Le plus effrayé était Unnan, tellement aplati au sol qu'il semblait près de disparaître sous terre. Ruuqo fit alors quelque chose qui m'étonna beaucoup. D'ordinaire, un loup qui n'a pas reçu de nom peut attendre trois bons mois avant d'être accepté dans le groupe, et il est quasiment sûr d'y occuper un rang inférieur. Ruuqo se tourna vers le petit et lui dit doucement :

« Tu as manifesté bravoure, sens de l'honneur et force d'âme, trois des qualités d'un véritable loup. Je te souhaite la bienvenue dans la meute du Fleuve Tumultueux. »

Il prit le museau du petit dans sa gueule.

Rissa s'avança fièrement, la queue en panache, sa fourrure blanche brillant au soleil.

« Nous te nommons Azzuen, dit-elle avant que Ruuqo ait pu continuer. Un nom de guerrier, et le nom de mon propre père. Sache t'en montrer digne, et fais honneur à la meute du Fleuve Tumultueux. »

Ce fut ainsi que le petit entra dans la meute. Tout s'était déroulé si vite qu'en moi bonheur et jalousie se mêlaient : je possédais un nom choisi par ma mère, mais personne ne voulait l'utiliser. Je m'étais battue plus farouchement qu'Azzuen, pourtant Ruuqo me traitait par le mépris et refusait de reconnaître mon courage. J'ai honte de l'admettre, mais pendant un instant, j'eus envie de saisir Azzuen par la peau du cou et de le secouer. Mais en le voyant retourner vers la tanière, avec sa petite queue si tentante qui s'agitait fièrement, je fus incapable de résister. Mes mauvaises pensées s'envolèrent, et je lui sautai dessus sans prévenir en lui mordillant la queue. Je lui souris quand il se tourna vers moi, tout étonné, avant de me précipiter dans la tanière de Rissa. Avec un aboiement incroyablement sonore pour un petit de sa taille, il bondit derrière moi pour se couler sous la terre aux effluves de lait. Je ne pourrais jamais ramener Triell à la vie, mais avec Azzuen, je venais de retrouver un frère.

Même s'il se refusait à défier les Grands Loups et à me tuer lui-même, Ruuqo persista à ignorer mon nom et ne fit rien pour favoriser ma survie. La première fois que Rissa nous allaita hors de la tanière, il se plaça devant elle, la mine féroce, et s'il s'écarta pour livrer passage aux autres, il gronda et montra les dents quand je tentai de m'approcher. Je dus rassembler tout mon courage pour me faufiler malgré lui jusqu'à mon repas. Il se mettait à grogner chaque fois qu'il me voyait, secondé par Unnan et Borlla qui, sans oser attenter à ma vie, me rudoyaient à la moindre occasion.

Trois nuits après que les Grands Loups eurent intercédé en ma faveur, Ruuqo hurla pour rassembler la meute et annonça que l'on se mettrait en route au matin.

Rissa, qui se reposait près de la tanière, leva la tête avec humeur :

« *Ruuqo !* Aucun des petits n'est en âge de voyager.

– Quel voyage ? demanda Reel à Borlla.

– Nous allons retrouver notre repaire d'été », répondit Yllin, la jeune femelle qui avait pris notre défense après le combat. Elle se tenait près de nous, à côté du grand chêne qui ombrageait notre tanière. « C'est notre lieu de rassemblement le plus sûr, vous y serez en sécurité pendant que nous irons chasser pour vous rapporter à manger. La tanière est trop petite, et il y fait trop chaud pour que nous y passions l'été.

– Est-ce que c'est loin ? demandai-je.

– Pour un louveteau, oui, en effet. Souvent, le repaire d'été d'une meute est proche de la tanière, mais comme le nôtre se trouve désormais sur le territoire des loups de l'Aiguille de Pierre, nous sommes obligés de pousser un peu plus loin. » Elle se rembrunit. « L'année dernière, Ruuqo a attendu huit semaines avant de nous faire déplacer. Je ne comprends pas ce qui lui passe par la tête. »

Rissa, les yeux plissés, regardait Ruuqo arpenter la clairière.

« Tu as l'intention de désobéir aux Grands Loups, l'accusa-t-elle. Tu souhaites la mort de la petite louve. » Nous comprenions tous de qui il était question. Elle se leva et s'approcha de lui, le museau contre sa joue. « On a décidé à ta place, Compagnon. Tu ne peux pas t'opposer à la volonté de Jandru et Frandra.

– Non, tu as raison. Mais je ne peux pas davantage provoquer la colère des esprits. Tu sais que les loups de la Grande Vallée doivent préserver la pureté de leur sang, ou bien en supporter les conséquences. Si nous lui laissons la vie sauve, les esprits risquent d'envoyer sur nous la sécheresse, ou un grand froid qui tuera toutes nos proies, ou encore une épidémie. Ces choses-là se sont déjà produites. Les légendes nous l'ont appris. » Il secoua la tête, contrarié. « Et que feront Jandru et Frandra si d'autres Grands Loups la voient, et qu'elle leur déplaît ? Ou d'autres meutes de la vallée ? Les Grands Loups ne sont pas exposés aux mêmes risques que nous, et ils ont pourtant le droit de nous imposer des décisions susceptibles de causer notre perte. Je ne veux pas que ma meute ait à en souffrir. »

Werrna, la louve aux cicatrices qui était la seconde de Rissa et Ruuqo, prit alors la parole :

« Les loups du Fleuve Tumultueux ont tué la meute du Bois Pluvieux – sous les yeux d'un couple de Grands Loups – parce qu'ils avaient laissé la vie à une portée de sang-mêlé. Et nous, nous ne risquons pas de cacher la vérité, observa-t-elle en me regardant. La petite louve porte la marque de la mauvaise fortune. Qui sait si elle n'attirera pas la mort sur nous. »

Rissa l'ignora.

« Je porterai les plus petits, s'ils n'ont pas la force de traverser la plaine.

– Il n'est pas question de porter un seul louveteau, protesta Ruuqo. Un petit qui n'est pas capable de faire le voyage n'est pas digne d'appartenir à la meute du Fleuve Tumultueux. Si le Loup de la Lune tient à ce qu'*elle* vive, qu'il en soit ainsi. Mais pour ma part, je n'accepte que les loups robustes au sein de la meute.

– Je ne te laisserai pas mettre mes petits en danger au nom de ton orgueil, se rebella Rissa.

– Ce n'est pas de mon orgueil qu'il s'agit, mais de notre survie. Et nous partirons dès le point du jour. »

Il était très rare que Ruuqo adopte ce ton d'autorité pour s'adresser à Rissa, et il ne la rudoyait pratiquement jamais. Lorsque cela se produisait, cependant, il ne laissait aucune ambiguïté quant à sa position. Rissa pesait quelques livres de moins que lui, et l'allaitement l'avait affaiblie. Si elle le provoquait, elle n'aurait pas le dessus.

« Rissa, reprit Ruuqo sur un ton plus affable, nous avons toujours su qu'il fallait honorer le pacte. Et ce ne sera pas la première fois que nous lui consentirons un sacrifice. »

Jamais encore je n'avais perçu de tristesse dans sa voix, et je n'en comprenais pas le motif.

Rissa le regarda longuement, puis elle s'éloigna à pas lents. Ruuqo la suivit des yeux, les oreilles couchées, la queue basse.

Le lendemain au lever du jour, la meute se mit en marche. Refusant de participer à la cérémonie du départ, Rissa demeura à l'écart pendant que les autres se rassemblaient pour toucher Ruuqo et échanger des vœux pour le succès du voyage. Médusée, je regardai les adultes lui tourner autour et frotter leur museau contre sa figure et son cou. Lui, en retour, leur posait la tête sur le cou ou sur l'épaule, ou léchait les têtes tendues vers lui.

« Rissa, demanda-t-il, tu ne te joins pas à nous ? Une cérémonie bien faite garantit un voyage réussi.

– Non, c'est une organisation avisée qui assure les voyages réussis, répliqua Rissa avec hargne. Je refuse de célébrer ce départ. »

Ruuqo n'insista pas, mais sa voix enfla en un grondement impressionnant. Un par un, les autres vinrent se placer près de lui, élevant leur chant vers le ciel.

Et le périple commença.

Nous quittâmes la tanière et le vieux chêne, gravissant l'éminence qui protégeait le site. La clairière touchait à un boqueteau qui abritait notre refuge, et au-delà des arbres s'étendait une vaste plaine. Le terrain montait en pente douce, et je n'en voyais pas le bout.

La première étape du voyage m'a laissé peu de souvenirs. Je n'avais que quinze jours de moins que les petits de Rissa, mais la différence était sensible. Mes pattes étaient plus courtes en proportion, mes poumons plus faibles, mes yeux moins perçants. Ma patte blessée n'était pas encore guérie, et elle me faisait souffrir si je reposais mon poids dessus. Azzuen aussi avait toujours mal, je le voyais bien. Dans notre terreur d'être laissés en arrière, nous oubliions d'identifier les nouveaux sons et les odeurs inconnues. La situation était spécialement difficile pour Azzuen, Marra et moi, les trois plus petits. Très vite, nous nous laissâmes distancer. Après avoir cheminé un temps infini, nous vîmes les loups qui nous précédaient faire halte à l'ombre d'un gros rocher. Nous nous dépêchâmes de les rattraper, avant de nous effondrer, recrus de fatigue. Même Borlla et Unnan ahanaient sous l'effort, trop éreintés pour songer à m'importuner. Les adultes ne nous accordèrent qu'un bref repos, puis nous obligèrent à nous lever pour reprendre le voyage. Arrivée la dernière près du rocher, je m'étais reposée moins longtemps que les autres, et je me dressai sur des pattes chancelantes. Depuis le sommet de la longue pente, nous apercevions un bouquet d'arbres dans le lointain.

Rissa émit un puissant hurlement.

« Louveteaux, votre nouveau gîte se trouve de l'autre côté. Une fois que vous serez dans les bois, sur le repaire de l'Arbre Tombé, vous serez en sécurité. Vous aurez réussi votre première épreuve de Loup. »

La meute se mit à hurler en chœur.

« Continuez d'avancer. Rassemblez toutes vos forces. »

Nous entreprîmes l'interminable traversée de l'immense plaine, intimidés par le ciel sans limites. Habitués à voir des arbres au-dessus de nos têtes, nous nous sentions submergés par le spectacle et les bruits de cette vaste étendue sans relief. Après une équipée qui me parut sans fin, je m'aperçus en consultant la position du soleil que la moitié de la journée s'était déjà écoulée, et je doutais que nous atteignions l'autre côté sans devoir dormir d'abord sur cet espace découvert. Ruuqo et Rissa ouvraient la marche, suivis de la meute dont les adultes encadraient les petits. Rissa, les jeunes loups et Trevegg l'ancien veillaient sur les retardataires et se relayaient pour marcher à nos côtés. Marra, née deux semaines avant moi et mieux nourrie qu'Azzuen, se débrouilla pour garder le rythme, mais l'écart ne tarda pas à se creuser entre le gros de la troupe et les traînards : Azzuen et moi étions loin derrière.

Ruuqo aboya pour que les adultes qui nous accompagnaient le rejoignent. Le vieux Trevegg, qui était resté près de nous, me souleva délicatement dans sa gueule, mais Ruuqo lui lança un aboiement hargneux.

« Les louveteaux doivent avancer tout seuls. Celui qui n'arrive pas sur ses quatre pattes n'est pas digne d'être un loup. »

Trevegg hésita un instant, puis me déposa au sol.

« Continue, petite. Si tu n'abandonnes pas, tu nous retrouveras. Sois forte, tu es une partie de l'Équilibre. »

Lorsque Trevegg m'eut reposée à terre, je fus incapable de me relever. Je regardai la meute s'éloigner, désespérée, près d'Azzuen qui ne cessait de gémir.

C'est alors qu'Yllin, la jeune femelle au caractère décidé, se détacha de nouveau du groupe pour courir vers moi. Il ne fallut qu'une poignée de secondes à ses pattes puissantes pour franchir la distance qui me séparait du groupe, et je doutai que mes pattes fourbues aient un jour la force de me porter aussi loin et aussi vite. Connaissant la langue acérée d'Yllin et son peu de tolérance devant la faiblesse, j'aurais parié qu'elle venait me railler. Pourtant, quand elle s'arrêta, ignorant la mise en garde furieuse de Ruuqo, c'est de la malice que je devinai dans son regard d'ambre.

« Viens, petite sœur. Je compte bien devenir un jour chef de la meute du Fleuve Tumultueux, et j'aurai besoin d'une seconde. Ne me déçois pas. » Penchée vers moi, elle parlait si bas que j'étais la seule à l'entendre. « C'est une tradition parmi les loups. Il s'agit de la première des trois épreuves qu'il te faut réussir. Si tu sors victorieuse des trois – la traversée, la première chasse et le premier hiver –, Ruuqo devra t'accorder la *romma*, la marque qui scelle l'acceptation de la meute, et chaque loup que tu rencontreras par la suite saura que tu appartiens à la meute du Fleuve Tumultueux, et que tu es un loup digne de ce nom. » Elle marqua une pause. « Quelquefois, un chef de meute aide le louveteau le plus faible à subir ces épreuves. Nous aimons tous les petits, et nous désirons les voir vivre. Nous préférerions renoncer à la chasse et brouter de l'herbe que faire du mal à un louveteau. Mais si un chef décide d'éprouver la résistance de l'un d'eux, il peut lui imposer des défis. Si le petit se révèle de taille à les relever, c'est qu'il mérite d'appartenir à la meute. Dans le cas contraire, il y aura davantage à manger pour les autres. »

Avant que Ruuqo ait pu revenir sur ses pas et la punir de sa désobéissance, Yllin détala pour rejoindre le reste du groupe, la queue basse, et je la vis présenter des excuses à Ruuqo.

À mesure que la meute s'éloignait, je distinguais moins bien les silhouettes sombres sur la plaine dégagée. Pourtant, la bonté de Trevegg et le défi chaleureux d'Yllin m'avaient redonné courage : je me relevai et posai douloureusement une patte devant l'autre. Azzuen m'emboîta le pas. Au bout d'une heure, cependant, le souffle me manqua, et je ne levai quasiment plus la tête pour repérer la meute devant moi. Ma plaie à la patte s'était rouverte et saignait, provoquant à chaque pas une douleur cuisante. Comme Azzuen peinait à me suivre, je ralentis encore l'allure pour qu'il puisse me rattraper.

La marche se poursuivit. Et elle dura si longtemps que j'en eus les pattes meurtries, et chaque inspiration me coûtait tellement que j'aurais voulu pouvoir me passer d'air. À présent je ne voyais plus la meute, et son odeur devenait si ténue que je n'étais même pas sûre de suivre la bonne piste.

Le ciel s'obscurcit. Un loup adulte aime à se déplacer de nuit pour éviter les chaleurs du plein jour, mais un louveteau est une proie facile, et toute meute qui tient à ses petits se garde bien de les entraîner nuitamment sur un espace découvert, tant qu'ils ne sont pas en âge de se défendre seuls.

Repas des Ours. C'est ce qu'Unnan m'avait chuchoté le matin même, avant notre départ. Absorbée par la querelle de Rissa et Ruuqo au sujet du voyage, je ne l'avais pas entendu s'approcher derrière moi.

« Un ours t'aura croquée avant demain matin. À moins qu'une lionne ne fasse de toi un en-cas pour ses lionceaux. »

Je m'étais éloignée de lui avec toute la dignité possible, mais à présent que j'étais seule et sans protection, ses mots revenaient me hanter.

Pourtant nous avons persévéré, Azzuen et moi. Même si j'étais peinée et fâchée que mon sort indiffère la meute, je n'avais nulle part où aller, et elle constituait ma seule famille. Aussi m'obstinai-je à marcher jusqu'à ce que mes pattes se dérobent sous moi et que mes narines n'arrivent même plus à détecter l'odeur des autres loups. Alors qu'un crépuscule nuageux enveloppait le ciel, je me laissai choir à terre pour attendre la mort. Azzuen se tassa près de moi.

Le sommeil arriva et apporta des rêves peuplés d'ours et de dents pointues. Cependant, en sombrant plus profondément je vis paraître le doux visage d'une jeune louve. Je ne l'avais jamais vue auparavant, ne connaissant que les membres de la meute. Elle exhalait un parfum de sapin, associé à une odeur chaude et âcre, inconnue de moi. Comme moi, elle avait sur la poitrine le croissant de lune que j'étais la seule à porter dans la meute. Je me demandai s'il s'agissait d'une vision de ma mère surgie de temps lointains et plus heureux.

Mais la louve du rêve me détrompa en riant :

« Non, Petites-Dents, même si je suis l'une de tes nombreuses mères, plus ancienne que tu ne saurais l'imaginer. »

Une onde de chaleur se diffusa en moi, soulageant mon corps endolori.

« Tu n'es pas destinée à mourir aujourd'hui, petite sœur. Tu as promis à ta mère de survivre et de t'intégrer à la meute. Tu dois vivre et poursuivre ma tâche. Tu as beaucoup à faire. » Un voile de mélancolie passa sur son doux visage. « À cause de cela il te faudra souffrir. » La tristesse s'envola aussitôt. « Mais tu connaîtras aussi d'immenses joies. À présent, lève-toi, petite sœur. Mets-toi en marche, ma fille ; tu emprunteras toujours une voie difficile, aussi dois-tu prendre l'habitude de t'acharner quand tout semble perdu. Va, Kaala Petites-Dents. Emmène ton ami et va trouver ton repaire. »

Effarée, je fis un effort pour me relever, surmontant la douleur de ma patte blessée. Je tapotai Azzuen pour le réveiller et, ignorant ses protestations, je le fis lever sans ménagements, n'hésitant pas à le mordre quand il retomba au sol.

« Debout, sifflai-je, la gorge trop sèche pour parler plus haut. Je m'en vais et tu viens avec moi. Pas question que je te laisse mourir ici. »

Azzuen chuchota d'un air désolé :

« Ils m'ont donné un nom, et pourtant ils se moquent bien que je m'en tire ou pas. Ils m'ont abandonné, tout simplement. »

Excédée par ses jérémiades, je le mordis derechef, plus durement que la première fois.

« Cesse de te morfondre, lui ordonnai-je, sans pitié pour son jappement de douleur. Tu m'as sauvé la vie quand les louveteaux ont voulu me tuer, alors tu dois m'accompagner. Montre-leur que tu as ta place dans la meute. Tu préfères conforter Unnan et Borlla dans l'opinion qu'ils ont de toi, les autoriser à dire que tu es trop faible pour appartenir à la meute ? »

Azzuen réfléchit un moment, secoué de tremblements.

« Je me fiche de Borlla et Unnan. C'est toi qui m'as donné envie de vivre, qui t'es souciée de savoir si je mangeais à ma faim. Je te suivrai partout. »

Il me regarda avec la confiance candide qu'aurait pu lui inspirer un loup adulte, et la foi qu'il mettait en moi parvint à raviver mes forces. Azzuen comptait sur moi pour le conduire en sûreté, et je ne le décevrais pas.

La douleur de mes pattes et de ma poitrine sembla se détacher de moi, tandis que l'odeur de la louve de mon rêve remplaçait pour me guider celle de la meute. J'ignorais si elle m'aiderait à arriver jusqu'à eux, mais puisque je ne percevais plus l'odeur de ma famille, il ne me restait qu'à suivre celle-là. Dans le ciel rayonnait la formidable lumière de la pleine lune, assez vive pour éclairer mon chemin. Même si elle ne prodiguait pas de chaleur, comme le soleil, sa clarté me mettait du baume au cœur, et je progressais résolument. J'apercevais du coin de l'œil la silhouette de la louve de rêve qui me montrait la voie. Chaque fois que j'essayais de la regarder directement, elle s'évanouissait, et j'avais l'impression qu'elle se moquait de moi. Quand la fatigue tourmentait mes pattes, je pensais à la confiance d'Azzuen qui s'échinait à mes côtés, et je poursuivais mon chemin.

Plus tard, alors que je croyais ne plus pouvoir avancer, la nuit s'assombrit autour de moi et mes pattes foulèrent une terre plus fraîche. Au-dessus de ma tête s'élevaient de grands arbres qui estompaient la clarté de la lune. J'avais réussi à traverser la grande plaine. La forme de la louve se fondit dans le clair de lune et la douleur se diffusa dans tout mon corps. Être seule dans la forêt ne me semblait guère plus enviable que me trouver isolée sur la plaine, et mes narines fatiguées ne décelaient même pas l'odeur de la meute, mais je finis quand même par identifier un parfum familier.

« Je t'ai attendue. » C'était Yllin, dont la silhouette élancée se dressait en lisière de la forêt. « J'étais sûre que tu saurais venir jusqu'ici, petite sœur. Bienvenue à toi aussi, petit », ajouta-t-elle en souriant.

Épuisée comme je l'étais, je ne pus qu'approcher ma truffe de son museau baissé, emplie de gratitude. Retrouvant la trace de la meute, nous marchâmes une heure vers le repaire avant de nous effondrer de fatigue.

Ruuqo ne daigna même pas nous saluer, se bornant à couler un regard vers Rissa, qui l'observait d'un air de défi.

« Elle peut rester tant qu'elle n'a pas sa fourrure d'hiver, dit-il. Mais je ne m'engage pas pour autant à l'accepter dans la meute. »

Je ne comprenais pas bien ce qu'il voulait dire, mais Yllin avait déjà fait une remarque dans le même sens. Les forces me manquaient pour y réfléchir plus avant, et au bout d'un moment je cessai de m'en préoccuper, car Rissa, imitée par les autres, vint me saluer et me lécher et m'appela par mon nom.

3

L e lieu qui devait nous abriter pendant que nous prendrions des forces et nous initierions aux façons de la meute était une vaste clairière située à une heure de marche de la lisière du bois. Elle était enfermée entre les mêmes houx et épicéas que la tanière, et il en émanait un parfum de sécurité. Du côté nord, une petite colline nous procurait un excellent point de vue sur la forêt. Plus tard, j'appris que Ruuqo choisissait toujours un lieu en fonction de ses postes d'observation – collines, rochers ou souches d'arbres tombés –, afin d'assurer à tous une meilleure protection.

Deux chênes odorants montaient la garde à l'entrée ouest de la clairière, et le tronc abattu d'un épicéa la barrait quasiment de part en part. Ne manquaient ni la mousse tendre pour se coucher, ni la terre meuble où s'ébattre, ni même les grands arbres qui nous feraient de l'ombre quand viendraient les torrides après-midi d'été. Tout cela me récompensait largement de ma longue marche terrifiante et de ma douleur à la patte.

En compagnie de Marra et d'Azzuen, je contemplai les lieux d'un œil émerveillé, installée près des racines de l'épicéa. Borlla et Unnan, blottis contre un gros rocher, nous épiaient en chuchotant. Reel fourrait son museau entre eux deux pour essayer d'entendre. Je savais bien qu'ils manigançaient un mauvais tour, mais avant qu'ils aient eu le temps d'agir, le vieux Trevegg traversa la clairière en trottinant et les entraîna vers nous. Je me retins à grand-peine de renverser Borlla quand elle écrasa délibérément la patte blessée d'Azzuen, lui arrachant un jappement de douleur.

« Écoutez, les petits, commença Trevegg sans nous laisser le temps de riposter, nous sommes sur le repaire de l'Arbre Tombé, l'un des cinq repaires, des cinq lieux de rassemblement que compte notre territoire. Apprenez-le et ne l'oubliez jamais. »

Trevegg, l'aîné de la meute, était également l'oncle de Ruuqo. S'ils avaient sous les yeux les mêmes cercles sombres, le regard de Ruuqo était toujours empreint d'inquiétude, alors que Trevegg arborait une expression franche et avenante. Sa fourrure avait pâli autour des yeux et du museau, ce qui lui prêtait un air de gentillesse et de cordialité. Il ouvrit la gueule pour aspirer les senteurs de notre nouveau refuge.

« Nous venons dans notre repaire pour organiser la chasse et élaborer des stratégies afin de défendre nos territoires. C'est ici qu'un loup peut se rendre quand il s'est éloigné des siens, et que les louveteaux peuvent prendre des forces pendant que la meute est à la chasse. Un loup peut partir seul de son côté pour chasser, mais la puissance de la meute dépend d'un repaire bien choisi, sûr et salubre. » Son regard se perdit dans la clairière. « N'oubliez jamais un repaire, vous ne savez pas à quel moment vous risquez d'en avoir besoin. »

Le nez au vent, je reniflai le parfum de glands de l'Arbre Tombé. Je confiai à ma mémoire les ondoiements de la brise et enfouis mon museau dans la terre qui gardait l'odeur de la meute.

« Regardez, les petits ! »

Yllin nous appelait, à l'autre bout de la clairière. Elle prit appui sur une épaule avant de se renverser sur le dos, se roulant dans la terre avec des grognements satisfaits. Yllin et son frère Minn n'avaient pas plus d'un an, ils étaient issus de l'avant-dernière portée de Rissa et Ruuqo. Même s'ils avaient quasiment la stature d'un loup adulte et étaient membres de la meute à part entière, ils n'étaient pas encore sortis de l'enfance. Nous les observâmes, intrigués. Pendant qu'Yllin se vautrait joyeusement dans la terre, Trevegg nous expliqua :

« Quand on laisse une part de soi-même dans la terre, sur un buisson, ou sur un arbre, ou sur le corps d'un animal dont l'esprit est retourné à la Lune, on communique avec l'Équilibre. » Quand il nous enseignait quelque chose, Trevegg paraissait rajeuni, comme si le poids de longues années de chasse et de luttes s'effaçait de son visage. « L'Équilibre est ce qui assure la cohésion du monde. Chaque créature, chaque plante, chaque souffle d'air en fait partie. Dans tout ce que nous faisons, nous devons penser à respecter le monde qui nous a été offert. Ainsi, chaque fois que nous prenons quelque chose – l'eau de la rivière, ou la viande d'une chasse fructueuse –, nous déposons aussi un fragment de nous-mêmes en signe de gratitude envers les dons que nous prodigue l'Équilibre. »

L'un après l'autre, nous mîmes une épaule à terre avant de nous rouler à l'endroit où un lapin était mort quelques semaines plus tôt. Un renard l'avait emporté depuis longtemps, mais l'odeur de cette vie disparue persistait. Tout en nous imprégnant d'elle, nous ajoutions aux lieux notre propre essence, revendiquant comme nôtre le site de l'Arbre Tombé. Je pris alors conscience d'une chose : que Ruuqo m'accepte ou non dans la meute du Fleuve Tumultueux, rien ne pouvait m'empêcher d'être un loup et un élément de l'Équilibre. Je remarquai Unann et sa figure de blaireau : il m'observait d'un air entendu. *Je suis là*, pensais-je, *et tu n'y changeras rien.* Je levai la tête pour embrasser du regard mon nouveau gîte.

Soudain, fatiguée d'avoir marqué mon territoire et exploré notre repaire, je fus submergée par une vague d'épuisement qui me fit tituber. J'aperçus une étendue de mousse moelleuse à l'abri d'un gros rocher et, près de dormir debout, je me dirigeai d'un pas chancelant vers cette agréable retraite ; à peine étais-je à mi-chemin que Borlla et Unnan me barraient brusquement la route, soulevant un nuage de poussière agressif.

« Tu ne vas quand même pas à notre rocher ? » demanda Borlla en plissant les yeux.

La fourrure hérissée, je fus tentée de lui arracher la gorge. Elle haletait, les mâchoires écartées, attendant que je porte le premier coup. La voix d'Azzuen se fraya un chemin à travers ma fureur ·

« Par ici, Kaala. »

Marra et lui venaient de repérer un coin ombragé à côté de l'arbre mort. Je réussis à endiguer ma colère, plus désireuse de dormir que de donner une leçon à Borlla, et trottinai vers mes amis en levant dédaigneusement le nez à l'intention d'Unnan et Borlla, la queue dressée pour leur montrer mon derrière. Sous l'épicéa, la terre était délicieusement molle et humide, et il passait juste assez de soleil pour qu'il n'y fasse pas trop frais. Je m'abandonnai avec reconnaissance à cette terre accueillante, frottant mon museau contre le cou soyeux d'Azzuen. Marra s'endormit aussitôt, la tête sur le dos de son frère, mais Azzuen passa un long moment à me regarder.

« Merci, finit-il par me dire. Sans ton aide, je crois que je ne serais pas venu à bout du voyage.

– Nous nous sommes soutenus mutuellement, lui répondis-je, gênée.

– Non, fit-il en secouant sa tête gris sombre, dérangeant Marra dans son sommeil. C'est toi la plus forte. »

J'eus envie de lui dire qu'il se trompait, que je n'étais pas aussi forte qu'il le croyait, et de lui raconter comment l'esprit-loup était venu à moi sur la plaine, pour me communiquer sa force. Notre périple côte à côte et nos luttes communes contre les louveteaux avaient tissé un lien solide entre Azzuen et moi, et la solitude me pesait. Pourtant, je ne lui révélai rien. À quoi bon accentuer ma différence aux yeux des autres ? Je me bornai donc à le toucher du museau, avant de me laisser glisser dans le sommeil.

Je fus subitement réveillée par une douleur aiguë à l'oreille, qui ne fit que s'accentuer lorsque je tentai de me lever. Quelqu'un essayait résolument de la déchirer. Je secouai la tête, me demandant qui donc, au nom de la Lune, était encore en train de me harceler, mais quand je voulus reculer, je ne parvins pas à me dégager. Près de moi Azzuen ronflait, inconscient de ce nouveau péril. Je ne voyais pas Marra, mais je devinais son odeur non loin de nous. À force de me tortiller, je roulai sur le dos, espérant voir l'ennemi, mais je ne réussis qu'à aggraver la douleur.

Je continuai de me débattre, ma tête près de se détacher de mon cou, et rencontrai alors une paire d'yeux ronds enchâssés dans une petite tête lustrée. Je vis de longues plumes noires, un parfum de feuilles et de vent pénétra dans mes narines. Un grand oiseau noir au plumage brillant me tenait prisonnière, pinçant mon oreille dans son bec pointu. Un gargouillis s'échappait de son gosier, et il semblait très content de lui. Voyant que je le regardais, il serra encore plus fort. Quand je me mis à gémir, l'oiseau relâcha sa prise et m'observa de ses yeux luisants. Enfin, il se mit à croasser à tue-tête :

> *Louveteau succulent,*
> *Réveillé juste à temps.*
> *Tant pis pour mon repas.*

Déroutée par le langage singulier de l'oiseau, je me contentai de l'observer bouche bée. Lui aussi me regardait, guettant ma réaction. Comme je balayais la clairière du regard, en quête d'un secours, je vis que d'autres oiseaux noirs pourchassaient Yllin et Minn, qui les poursuivaient à leur tour sous le regard de leurs aînés. Pourquoi donc ne venaient-ils pas à notre aide ?

S'agissait-il d'une épreuve supplémentaire ? Je me serais volontiers roulée en boule en pleurant, si je n'avais pas tant redouté ce bec pointu. Tout d'abord l'oiseau ne fit que me regarder, la tête penchée de côté, sans attaquer de nouveau. Je me relevai péniblement, avec un grondement qui, même pour ma propre oreille, manquait beaucoup de conviction. Marra s'était réveillée et examinait l'oiseau sans bouger, debout près de moi. Je bousculai Azzuen pour attirer son attention. Il souleva lentement les paupières et considéra à son tour l'oiseau inconnu. Ébahi, les yeux écarquillés, il poussa un jappement et fila se réfugier derrière moi. L'oiseau battit des ailes en ricanant et envoya sur nous une pluie de terre et de brindilles qui nous fit tousser.

> *Cache-toi vite, bébé loup.*
> *Est-ce que le corbeau te prendra ?*
> *Peut-être, ou peut-être pas.*

De nouveau, je sollicitai l'assistance de la meute, mais le plus grand désordre régnait maintenant dans la clairière. Même les adultes participaient à l'échauffourée, mais à ma grande surprise, aucun ne semblait prendre la bagarre au sérieux. Les oiseaux fondaient sur eux, tâchant de refermer leur bec sur une oreille, une queue ou une croupe, pendant que les loups claquaient des mâchoires en faisant mine de happer un oiseau. Je remarquai cependant qu'ils ne montraient pas des crocs furieux et qu'ils ne leur faisaient pas de mal. Ils jappaient simplement d'excitation en remuant la queue.

« Ils s'amusent, fit Marra tout doucement. Ils jouent avec ces stupides volatiles. »

Je crus d'abord qu'elle délirait, puis, voyant Ruuqo cabrioler derrière un oiseau, je compris qu'elle avait raison. Je voulus compter les oiseaux, mais ils se déplaçaient trop vite dans la clairière pour que je puisse les dénombrer précisément. Il me sembla qu'ils étaient une douzaine. Un oiseau particulièrement grand, plus gros que la tête d'Yllin, se posa sur son cou et se sauva avant qu'elle n'ait pu l'attraper. Il voletait juste au-dessus d'elle et la narguait.

Mon agresseur, après un moment d'observation, tourna brusquement la tête pour saisir mon autre oreille et la tirer violemment. Je me mis à glapir :

« Lâche-moi, l'oiseau ! »

Lâche-moi, lâche-moi,
Le louveteau a eu grand-peur.
Petit pleurnicheur.

Il libéra mon oreille, mais comme je secouais la tête, soulagée, il se prépara à m'agripper par la truffe. Je m'écartai en jappant et culbutai sur Azzuen.

« Imbécile d'oiseau, soufflai-je, j'aimerais bien te croquer. »

Il me regarda en riant et s'envola à l'instant où Minn et Yllin se jetaient sur lui par-derrière.

« Allons, Chant de Pluie, laisse les petits tranquilles, lui dit Yllin. As-tu peur d'un loup adulte ? » Elle se tourna vers Minn, une lueur amusée dans les yeux. « Oui, je crois bien qu'elle a peur des loups adultes. »

J'étais impressionnée de l'entendre parler si librement, mais tout de même, elle était autrement plus volumineuse que cet oiseau ridicule.

« Un loup adulte ? répéta Chant de Pluie, abandonnant son étrange langage. Je te revois quand tu n'étais qu'un louveteau vagissant qui mangeait de la bouillie dans la bouche de sa mère. »

Elle battit des ailes au-dessus d'Yllin qui sauta en l'air, le corps arqué dans un incroyable bond d'acrobate. J'étais persuadée qu'elle allait s'emparer de l'oiseau, mais Chant de Pluie fut la plus prompte. Avec un grand rire rocailleux, elle s'éloigna à tire-d'aile. Marra, la plus aventureuse d'entre nous, tenta un coup de patte pour l'arrêter, mais elle était trop petite pour l'attraper.

« Yllin, questionna Azzuen, pourquoi est-ce qu'ils nous attaquent ? » La fatigue et la peur faisaient trembler sa voix. « Je croyais qu'ici, on serait en sûreté. » Et, jetant aux oiseaux un regard furieux : « Pourquoi ne pas les tuer, tout simplement ? »

Sans cesser de surveiller Chant de Pluie, Yllin lui rétorqua :

« Mais ils ne nous attaquent pas, nigaud ! Tu ne connais donc pas la différence entre le combat et le divertissement ? Si tu n'es même pas capable de t'amuser, comment feras-tu pour chasser ?

– Sois gentille, Yllin. Toi aussi tu as été un louveteau », rappela Rissa, qui s'était approchée en trottinant.

Rissa écarta le corbeau perché sur son dos, dont les plumes noires offraient un contraste saisissant avec sa blanche fourrure. Elle tourna un regard enjoué vers l'oiseau en question, qui s'ingéniait vainement à attraper sa queue mobile. Quoique amaigrie par la naissance et l'allaitement de sa portée, Rissa débordait de vitalité, et devant son entrain communicatif, je sentis ma queue s'agiter. Sans présenter la moindre excuse, Yllin lança en poursuivant deux corbeaux :

« Oui, mais moi je n'ai jamais été une mauviette pareille.

– Mais si », fit Rissa en portant sur sa fille un regard affectueux.

Voyant l'attention dont nous faisions l'objet, Borlla, Unnan et Reel déboulèrent aussitôt, quittant l'abri de leur rocher. Deux corbeaux qui les suivaient de près s'arrêtèrent pile comme ils se heurtaient à Rissa et se cachèrent derrière elle. Avec des cris narquois, les oiseaux s'envolèrent pour rejoindre leurs compagnons.

« Écoutez, les petits, fit Rissa en nous mordillant gentiment pour s'assurer de notre attention. Il existe des créatures qui ne sont pas des loups, mais qui ne sont pas non plus des proies ou des adversaires. » Nous avions sûrement l'air perplexe, car elle réfléchit quelques instants avant de reprendre : « Le monde se partage entre ce qui est loup et ce qui n'est pas loup. Et parmi les loups, rien n'est aussi important que la meute. L'intérêt de la meute l'emporte sur celui d'un loup particulier, quel qu'il soit. » Elle nous laissa nous imprégner de ses paroles et poursuivit : « Au-delà de la meute, il existe d'autres loups qui ne lui appartiennent pas. Certains sont nos ennemis, d'autres nos amis Dans ce qui n'est pas loup, il y a les proies, que nous tuons. N'importe quelle proie peut être tuée, dans la mesure où vous respectez les règles de la chasse.

– Comment sait-on qu'on a affaire à une proie ? » s'enquit Azzuen

J'avais déjà remarqué qu'il était le plus prompt à poser des questions et qu'il comprenait toujours tout avant les autres.

« Tu le verras bien, lui dit Yllin, qui nous avait rejoints, pantelante. Si elle se met à courir, tu te lances à sa poursuite.

– C'est un peu plus compliqué que cela, corrigea Rissa avec un sourire épanoui. Vous en saurez davantage quand vous serez en âge de participer à la chasse. Écoutez ! » Elle donna une petite tape à Unnan, qui s'était accroupi pour bondir sur la queue de Marra. « À côté des proies, nous avons également des concurrents, qui présentent un danger plus ou moins grand. Il nous faut tenir compte des renards, des dholes et des chacals, et les empêcher de nous voler le gibier, mais ils ne représentent pas une menace pour un loup adulte. En revanche, les ours, les *kersons* et les lions à dent de sabre, capables de tuer un loup adulte, constituent un véritable péril. Ensuite il y a toutes les autres créatures, qui sont chacune une partie de l'Équilibre, mais qui ne jouent pas un rôle central dans la vie d'un loup. »

Je songeai alors à toutes celles que j'avais déjà rencontrées, ainsi qu'à celles, plus nombreuses, qu'il me restait à découvrir, les insectes et les petits animaux des bois, les hiboux qui m'effrayaient tant. J'avais l'impression que mon esprit n'était pas assez vaste pour toutes les contenir. Je tâchai de mon mieux de comprendre le discours de Rissa et de le garder en mémoire.

« Il y aussi, continua-t-elle en regardant deux corbeaux s'approcher en douce de Ruuqo, des créatures qui sont presque loups. Ce sont les plus proches de nous au sein de l'Équilibre, et elles possèdent certains des privilèges du loup. Les corbeaux en font partie. Ils nous aident à trouver de la nourriture et nous assurent une meilleure chasse. »

Elle s'ébroua de nouveau, délogeant Chant de Pluie qui oscillait au rythme de ses paroles, perchée sur son dos.

Il y avait là matière à réflexion. Je remarquai que Borlla et Unnan se trémoussaient d'impatience, alors qu'Azzuen s'efforçait de tout comprendre, parfaitement immobile.

« Ce n'est pas si compliqué, nous assura Yllin en donnant de petits coups de museau dans les côtes d'Azzuen. On participe à leurs jeux, et ils nous guident pour la chasse. »

Et Rissa d'ajouter en riant :

« Je peux vous garantir, mes enfants, que jouer avec les corbeaux est un bon entraînement à la chasse. Et il n'est jamais trop tôt pour s'y préparer. »

Elle se dirigea vers le milieu de la clairière, où Minn, Ruuqo et Trevegg livraient bataille contre une nuée d'oiseaux. Unnan, Borlla, Marra et Reel lui emboîtèrent le pas, tandis qu'Azzuen les considérait d'un air sceptique.

« On appelle ça jouer ? » me dit-il tout bas. Il poussa un soupir. « Allez, viens, Kaala. Je crois qu'on ferait bien d'aller jouer. »

Il se joignit à regret au reste de la meute, avec des airs de vieux sage que je trouvai hilarants.

Timidement, je m'approchai en tapinois d'un petit corbeau qui se tenait à l'écart des autres. Le frisson de la chasse fit battre mon cœur, et je focalisai mon regard sur son dos et sa queue emplumés. Je me coulai dans sa direction, certaine de le prendre au dépourvu et de l'attraper sans encombre. Ramassée sur mes pattes arrière, ignorant ma blessure, je fis un bond vers lui, mais le petit corbeau se retourna avant de s'élever au-dessus de ma tête, agitant ses ailes devant ma figure.

> *Le loup empoté ne sait pas sauter.*
> *Tlitoo va trop vite pour toi,*
> *Le corbeau gagne à chaque fois.*

Ulcérée, je m'assis par terre en le foudroyant du regard. Il me rendit mon regard, cligna plusieurs fois des yeux et ouvrit le bec comme pour parler. Il fut aussi surpris que moi lorsque Minn faillit l'attraper par-derrière. Gonflant ses plumes, Tlitoo se retira pour chercher la protection de ses aînés, mais son regard ne se détachait pas de moi, intense et troublant.

Sur un signal qui m'échappa, loups et corbeaux interrompirent leurs jeux. Le corbeau le plus gros et le plus brillant s'installa près de Ruuqo sur le gros rocher qu'avaient accaparé Unnan et Borlla.

« Alors, Lisse-Plume, lui dit Ruuqo, s'adressant à lui d'égal à égal, quelles sont les nouvelles de la vallée ? Je n'ai pas aperçu un seul élan dans la grande plaine.

– Les proies continuent à fuir la vallée, mais il y a moyen de faire bonne chasse. L'elkryn est toujours là. »

Apparemment, les corbeaux étaient capables de tenir un langage ordinaire quand ils le souhaitaient. Lisse-Plume était un oiseau racé, grand et fier, et ses compagnons gardaient le silence pendant qu'il s'exprimait. À présent qu'ils avaient cessé de voltiger de-ci de-là, je constatai qu'ils n'étaient que sept au lieu de douze et que la plupart ne dépassaient guère la taille de Tlitoo.

« Les loups de l'Aiguille de Pierre et les humains capturent tout ce qu'ils peuvent, continua Lisse-Plume, mais il reste des proies pour des loups intelligents. Les chevaux sont encore très nombreux, ainsi que les fougueux elkryn.

– Juste ce qu'il nous faut, commenta Minn. De fougueux elkryn.

– Ah, fit Lisse-Plume, un petit de l'année dernière. »

Plus posé que Chant de Pluie, il ne se refusait tout de même pas quelques taquineries :

« Une proie fougueuse te demande des efforts plus soutenus et t'empêche de devenir gras et empoté. » Il regarda Minn d'un œil matois. « L'aurochs est très savoureux. La semaine dernière, un lion à dent de sabre en a tué un pour nous, et c'était un régal. Tu veux en capturer un, petit Minn ? »

Trevegg nous avait déjà parlé des aurochs : la viande d'un seul animal pouvait nourrir la meute une semaine entière, mais c'étaient des animaux dangereux, cinq fois plus gros qu'un loup.

« Mais si, je suis capable de chasser l'aurochs », protesta Minn, piqué au vif. Et il plaida auprès de Ruuqo : « Pourquoi on ne chasse pas l'aurochs ? Comme ça, ceux de l'Aiguille de Pierre sauraient qui commande dans la vallée.

– On ne chasse l'aurochs que faute d'une autre proie, expliqua patiemment Ruuqo. Laissons-les aux Grands Loups, ainsi que les côtes cassées qui vont avec. C'est déjà assez ennuyeux qu'il nous faille chasser l'elkryn. Laisse-le en paix, Lisse-Plume.

– On ne peut plus plaisanter ? maugréa Lisse-Plume, aussi irascible qu'un louveteau qu'on vient de rabrouer. Depuis quand les loups sont-ils aussi sérieux ? Ne vexons pas le pauvre petit louveteau, de peur qu'il ne soit pas un bon chasseur. »

Et il se mit à croasser lorsque Minn bondit vers lui :

Le loup n'est pas dégourdi,
L'aurochs est trop rapide pour lui.
Pauvre bébé affamé.

« Lisse-Plume ! » l'avertit Ruuqo.

Petit Minn trop froussard pour chasser,
Le corbeau il voudrait croquer.
Mais le corbeau est trop futé.
Tant pis.

Cette fois, le grognement de Ruuqo était bel et bien une mise en garde. Il sauta sur Lisse-Plume, qui se réfugia près du tronc d'arbre, suivi de Chant de Pluie.

« Tu manques d'humour, Ruuqo, lui reprocha Lisse-Plume en lustrant ses plumes gonflées.

– Pas étonnant que tu sois vieux avant l'âge, renchérit sa compagne. Sans vouloir t'offenser, mon beau Trevegg. »

Elle le regarda en clignant des yeux, et le vieux loup lui sourit.

« La charmante Rissa risque de chercher bientôt un nouveau compagnon, insinua Lisse-Plume, battant des ailes comme s'il voulait fondre sur Ruuqo.

– Ça suffit comme ça, Lisse-Plume, coupa celui-ci. Si tu ne veux pas manger des punaises et des baies cette saison, dis-moi vite où trouver des proies. »

L'oiseau secoua ses plumes et se réinstalla avec un soupir offensé. Du coin de l'œil, je vis Tlitoo, le petit corbeau, venir se glisser près de lui. Le chef des oiseaux l'avait forcément vu, mais il ne fit rien pour le renvoyer.

« Les humains et la meute de l'Aiguille de Pierre éloignent les proies de la grande plaine. » Je m'étonnai de sa gravité soudaine. Azzuen se fit une place à côté de moi pour écouter le corbeau. « Ni les loups de l'Aiguille de Pierre ni les hommes ne sont disposés à partager avec nous. En outre, il y a quelque chose qui cloche. » Il jeta un regard furieux à Ruuqo qui voulait l'interrompre. « Non, loup, pire que cela. Et j'ignore de quoi il s'agit. Mais il y a quelque chose d'anormal chez les proies. Quelque chose dans l'atmosphère. Et nous sommes concernés. »

Il agita encore ses plumes, et une expression espiègle éclaira de nouveau son regard.

« Cependant, la plaine aux Grandes Herbes est abondamment peuplée, et les elkryn se déplacent sur le territoire. Ils retourneront dans la plaine. Grâce à notre aide, votre chasse sera fructueuse. »

Marra, installée près de moi, demanda impatiemment :

« Qui sont les humains ? Et qui sont les loups de l'Aiguille de Pierre ?

– Tais-toi, chuchota Azzuen, je veux écouter.

– La plaine aux Grandes Herbes est trop proche du territoire de l'Aiguille de Pierre, objecta Ruuqo sans prêter attention à nous. C'est un terrain litigieux, et il est trop proche aussi de l'actuel repaire des humains.

– Si c'est là que se trouvent les proies, c'est là que nous allons, décréta Rissa d'un ton résolu. J'en ai assez que les loups de l'Aiguille de Pierre empiètent sans cesse sur nos terres. Il est temps de prendre ce qui nous appartient.

– Je saurai m'en souvenir, répondit Lisse-Plume, une lumière dans le regard. Allons, organisons les chasses à venir. Je suis las de manger des taupes et des mulots. Ils n'ont que la peau sur les os. »

Il posa sur nous un regard de convoitise, comme si le reprenait l'envie de piquer vers nous, mais il se contenta de pousser un long soupir et de rejoindre Rissa sur le haut rocher qui dominait le paysage.

Ruuqo, Trevegg et deux des corbeaux les accompagnèrent, et ils tinrent un conciliabule à voix basse, serrés les uns contre les autres. J'essayai de saisir leurs propos, mais ils parlaient vraiment trop bas.

Pendant ce temps, les autres loups s'étiraient pour détendre leurs pattes, se préparant à la chasse nocturne, tandis que les corbeaux sautillaient nonchalamment dans la clairière. Assise dans mon coin, j'observais ce qui se passait.

Tout à coup, on me tira brutalement par la queue. Je réprimai un jappement, de peur d'être traitée de bébé, et découvris derrière moi le petit Tlitoo qui me regardait.

« Bonjour, bébé-loup. Viens avec moi. »

Sa voix était plus légère et plus claire que celle des corbeaux plus grands. Arrivé en bordure de la clairière, il s'arrêta près des grands chênes et se retourna pour m'attendre. Je jetai un regard vers lui, cajolant ma queue pincée, et lui retournai, sur la défensive :

« Je n'ai pas le droit de quitter notre repaire. »

J'aurais parié que ses frères et sœurs s'étaient embusqués un peu plus loin, prêts à l'assaut. L'oiseau se mit à croasser :

Bébé-loup pleurnicheur,
Il ne sait que gémir, son ombre lui fait peur.
Il n'est pas drôle, ce vermisseau.

Je l'observai sans bouger jusqu'à ce qu'il revienne vers moi, le bec tout près de mon oreille. Je me raidis, craignant une nouvelle morsure.

« Les Grands Loups te demandent de venir, Kaala Petites-Dents. »

Il s'envola avant que j'aie pu répliquer et se percha sur une haute branche du chêne le plus élevé.

Je lui obéis, étonnée de ma propre inconscience, en m'assurant tout de même que personne ne me voyait sortir de la clairière. Je fis une halte un peu au-delà de la limite ouest du repaire, sur un coin d'herbe semé de cailloux, et Tlitoo vola vers moi.

« Les Grands Loups m'ont parlé de toi, dit-il. Tu n'es pas un vrai loup.

– Si ! m'écriai-je, indignée. J'ai réussi à traverser la grande plaine. J'ai reçu un nom. Je suis membre de la meute du Fleuve Tumultueux. »

Je préférai ignorer la voix qui s'élevait dans ma tête et qui disait que Ruuqo ne m'avait toujours pas acceptée, que j'étais encore une intruse.

L'oiseau tourna la tête d'un côté et de l'autre.

« Tout ce que je sais, c'est que les Grands Loups prétendent que tu es à la fois plus et moins qu'un loup, et que je dois prendre soin de toi. Moi aussi, se vanta Tlitoo, je suis plus et moins qu'un corbeau. Je porte le nom de notre ancêtre, qui s'entretenait avec les Anciens au nom de toutes les créatures. J'ai sa marque sur moi. » Il souleva une aile pour me montrer le croissant blanc dessiné sur son côté. « Je suis né pour sauver mon peuple ou pour le détruire, comme toi.

– Tu veux bien m'expliquer pourquoi tu m'as emmenée avec toi ? Je risque de gros ennuis en venant ici. »

Tlitoo croassa doucement :

« Si tu passes ton temps à redouter les ennuis, nous n'arriverons jamais à rien.

– Dis-moi à quoi nous sommes censés arriver, toi qui es si savant ! »

Il croassa de nouveau en clignant les yeux.

« Bébé-loup, s'impatienta-t-il, les Grands Loups m'ont commandé de venir te chercher. Ils m'ont chargé de te dire que tu devais aller à eux et prendre garde à ne pas t'attirer de problèmes avec ta meute. Ils ont dit aussi que nous devions veiller l'un sur l'autre, toi et moi. C'est tout. »

Son air contrarié m'amusait. Je soupçonnais que les Grands Loups lui en avaient confié moins long qu'il ne l'aurait souhaité. J'aurais voulu lui soutirer davantage d'informations et savoir ce que les Grands Loups avaient vraiment dit, mais je n'eus pas le loisir de l'interroger. Rissa m'appela avec colère, et l'oiseau prit son essor tandis que je détalais vers la clairière.

« Évite de t'éloigner, me dit Rissa, quand je me glissai dans notre repaire. Tu veux qu'un ours fasse de toi son déjeuner ? Tu n'as pas assez d'expérience pour partir seule dans la forêt. »

En voyant le sourire malveillant d'Unnan et de Borlla derrière leur mère, je compris qu'ils m'avaient dénoncée.

« Kaala, je sais que tu es heureuse de vivre avec la meute, mais n'oublie pas qu'il te reste beaucoup à apprendre. »

Elle me donna un coup de langue avant de rejoindre

Ruuqo et les corbeaux, toujours plongés dans leur débat. Jetant un regard vers la forêt, j'aperçus un éclair noir, accompagné d'un froissement de feuilles. Quelque part au milieu des buissons, je savais que deux petits yeux ronds étaient braqués sur moi.

4

Bientôt il se mit à faire plus chaud, et les jours s'allongèrent. À mesure que nos forces grandissaient, nous avions moins besoin de repos et pouvions mieux nous accorder au rythme des loups. Nous réservions au sommeil les heures brûlantes de l'après-midi et profitions de la fraîcheur de l'aube, du crépuscule et du clair de lune pour jouer, manger et apprendre. Nous apprîmes ainsi que la lune n'était pas toujours semblable, mais qu'elle changeait chaque jour suivant un cycle immuable et rassurant, qui nous permettait de mesurer le temps et le passage des saisons. Trevegg nous expliqua que lorsqu'elle serait devenue ronde et brillante cinq fois de plus, nous serions prêts à chasser avec la meute. Nous nous exercions sur notre repaire, poursuivant les campagnols qui s'y aventuraient, pendant que Tlitoo et les autres jeunes oiseaux du clan de Lisse-Plume continuaient de nous initier à leurs jeux. Par deux fois, la lune prit l'aspect d'un cercle fermé et scintillant, et je frissonnai au souvenir de notre long périple à travers la plaine.

Ce fut dans ce repaire que je goûtai à la viande pour la première fois, quand Rissa eut cessé de nous prodiguer son lait nourrissant, et que les loups de la meute nous rapportèrent à manger dans leur ventre. Trevegg pencha son museau vers nous qui le regardions, déconcertés, flairant l'odeur de viande sans comprendre d'où elle provenait. Azzuen plissa alors ses yeux intelligents et poussa de la truffe le museau grisonnant de Trevegg. Le vieux loup hoqueta par deux fois, et de la bonne viande s'échappa de sa gueule. Une fois que nous eûmes tous compris, nous fîmes de même avec les autres loups, qui régurgitèrent de la chair fraîche et tendre.

En même temps que nos forces, s'accroissait notre curiosité envers le monde au-delà de l'Arbre Tombé. Nous harcelions sans répit nos aînés, les pressant de nous emmener avec eux quand ils partaient chasser ou explorer les territoires, mais ils ne nous entraînaient jamais à plus d'une demi-heure de marche de notre retraite. Enfin, trois lunes après notre installation sur le repaire de l'Arbre Tombé, une occasion se présenta.

Peu après l'aube, Lisse-Plume et Chant de Pluie étaient arrivés d'un vol indolent dans la clairière. Même si le loup préfère chasser la nuit, le corbeau vit plutôt le jour, et nous le suivons volontiers vers les proies à la lumière du soleil. Lisse-Plume se posa sur la tête de Ruuqo pendant que celui-ci inspectait la clairière. Agacé, Ruuqo l'accueillit en faisant claquer ses mâchoires.

« Loup ingrat ! s'indigna Lisse-Plume. Si les nouvelles que j'apporte ne t'intéressent pas, j'irai trouver la meute des Mangeurs de Campagnols. Ils seront ravis de me voir. »

Ruuqo répondit par un bâillement.

« Les Mangeurs de Campagnols te procureront au mieux un jeune cerf. Si tu décides de partager la nourriture avec eux, prépare-toi à une saison de disette.

– Je peux toujours engloutir des louveteaux pour calmer ma faim », rétorqua Lisse-Plume, piquant sans prévenir sur Azzuen et moi.

Cependant, nous étions prêts à parer l'attaque, et je m'esquivai à gauche tandis qu'Azzuen se dérobait sur la droite. Lisse-Plume s'arrêta juste à temps, à deux doigts de mordre la poussière.

« Il faudra être plus vif que ça pour capturer un petit du Fleuve Tumultueux, observa Rissa. Quelles nouvelles nous apportes-tu, Lisse-Plume ?

– Puisque c'est toi qui poses la question, fit l'oiseau en lissant son plumage avec un regard furieux vers Ruuqo, il y a sur la plaine aux Grandes Herbes une jument tuée depuis peu, et seule une petite ourse s'y est attaquée.

– Bien, répondit Rissa, les babines retroussées, je crois que nous allons obliger cette ourse à écourter son repas. D'ailleurs, comment une ourse a-t-elle pu attraper un cheval malgré sa lenteur ?

– Il boitait, et il était déjà à demi mort. Pourtant, l'ourse se comporte comme si personne d'autre dans la plaine n'avait été capable de tuer ce cheval. Cela dit, elle n'est ni forte ni rapide. Des loups vaillants devraient pouvoir lui arracher sa proie. »

Une lueur de défi dansait dans son regard.

« Je croyais qu'on devait capturer nous-mêmes nos proies, fit remarquer Marra, déconcertée.

– Cette viande en vaut une autre, petit-loup, répondit Minn. Si un ours est assez bête pour tuer du gibier à notre place, nous prendrons avec plaisir ce qui nous revient. C'est assez souvent qu'ils nous volent nos proies.

– L'ourse gloutonne n'est pas d'accord pour partager avec nous, prévint Lisse-Plume. Elle accapare le cheval tout entier et nous menace dès que nous approchons. Mais vous, vous partagerez avec vos amis corbeaux, n'est-ce pas ?

– Oui, dit Rissa, découvrant dans un sourire ses crocs acérés, si vous nous conduisez à ce cheval avant que l'ourse ait fini de le manger. Veux-tu bien nous guider, avisé Lisse-Plume ?

– C'est loin pour des louveteaux, dit l'oiseau en nous regardant. Les petits du loup sont si longs à grandir ! Pensez-vous que les bébés puissent aller jusqu'à la plaine aux Grandes Herbes ? »

Je dressai les oreilles en entendant cela. Étions-nous enfin assez grands pour qu'on nous permette de voir de près une proie ? J'entendis le cœur d'Azzuen qui cognait plus fort et le souffle rapide et saccadé de Marra.

« Mes petits sont résistants, assura calmement Rissa, refusant de répondre aux sarcasmes de Lisse-Plume. Ce sont des loups du Fleuve Tumultueux. »

Je me redressai de toute ma hauteur. Certes, la perspective d'un autre grand voyage me causait du souci, mais je n'allais surtout pas montrer ma peur. Et puis nous n'étions pas si petits que ça, tout de même. Notre tête arrivait presque aux épaules des adultes. Azzuen poussa un jappement enthousiaste. Unnan se moqua de lui, levant les yeux au ciel et le désignant à Borlla d'un coup de patte. Cela ne l'empêchait pas de remuer la queue, impatient qu'il était de se lancer dans l'aventure.

L'excitation de la chasse à venir s'était communiquée à Yllin et à Minn. Par jeu, Yllin saisit dans sa gueule le museau de son frère, qui la renversa d'un coup de patte. Elle lui échappa, bondit par-dessus un rocher tapissé de mousse et atterrit dans une flaque en l'éclaboussant d'eau boueuse. Alors elle roula sur le ventre en souriant, l'invitant à se jeter sur elle. Lorsque Minn sauta, mordant à l'hameçon, Yllin fit un écart et le plaqua au sol avant d'aller s'ébrouer au sommet du rocher, aspergeant d'eau fangeuse la figure qu'il levait vers elle.

Pendant que les plus jeunes chahutaient, Rissa préparait la meute à la chasse, passant d'un loup à l'autre pour renforcer les liens de la horde. Elle appuya la tête contre l'épaule de Trevegg et frotta sa truffe contre le museau noir de Werrna. Dans la hiérarchie, celle-ci venait juste après Ruuqo et Rissa, et c'était une louve rigide et imperturbable. Elle tenait ses cicatrices des combats qu'elle avait livrés au temps de sa jeunesse. Guerrière chevronnée, elle mettait au point toutes les batailles de la meute du Fleuve Tumultueux. Sa figure au poil gris sombre et aux oreilles ourlées de noir ne se déridait jamais, et c'était la seule qui ne jouait quasiment pas avec les petits. Son comportement me déconcertait. Après avoir rendu gauchement ses caresses à Rissa, elle s'assit pour regarder jouer les loups. Rissa grogna et s'approcha de Ruuqo pour poser les pattes sur son dos. Je crus qu'il allait se fâcher, mais au contraire, un sourire lui fendit la gueule et il se coucha sur le dos, luttant avec elle comme s'ils étaient toujours des louveteaux. Minn et Yllin coururent rejoindre les autres, le ventre aplati à terre pour se faire accepter de leurs aînés. Même Unnan et Borlla se joignirent à eux, ainsi que Marra et Azzuen. Je restai assise à les regarder, avec le sentiment d'être exclue.

Ruuqo se releva, éternuant dans la poussière, et la meute cessa aussitôt de jouer pour le regarder attentivement. Rissa, assise, émit un puissant hurlement, la gueule largement ouverte. Ruuqo alla s'asseoir auprès d'elle et joignit ses hurlements aux siens. Un par un, les loups adultes leur firent écho, leurs voix emplissant le site. Chaque hurlement possédait sa tonalité propre, mais le chœur qu'ils formaient était la voix de la meute du Fleuve Tumultueux. Leur concert sonna à mes oreilles comme un appel à la chasse.

« Venez, les petits, nous invita Rissa. Cette chasse est aussi pour vous. »

Même si nos voix n'avaient pas la puissance de celles des adultes, nous participâmes à leur chant. Les vibrations des hurlements fouettaient le sang dans nos veines. Le cœur de la meute commença de battre à l'unisson, et notre souffle épousa le rythme du sien. Dans les yeux de tous, je vis apparaître une expression de férocité et de concentration, et j'eus l'impression que les miens devenaient plus brillants tandis que ma vision gagnait en acuité. La tête résonnant de tous ces hurlements, je perçus le monde différemment. J'avais cessé d'enregistrer les multiples odeurs de l'Arbre Tombé, je n'entendais plus aucun bruissement autour de moi. Alors que les loups s'élançaient hors de la clairière, seul l'appel de Rissa retentissait à mes oreilles, et je sentais uniquement l'odeur de la meute, mes sens tendus dans l'effort de suivre le groupe vers mon prochain repas. Poussés par Trevegg, nous nous enfonçâmes dans les bois à la suite des adultes.

Je n'en revenais pas d'avoir pris autant de forces. Au cours des semaines passées sur le site de l'Arbre Tombé, j'avais rattrapé Marra et dépassé en taille Azzuen et Reel, tandis que mes jeux avec les corbeaux développaient ma vigueur et ma résistance nerveuse. Loin de rester à la traîne, je disputai la première place à Unnan et Borlla. Peu à peu les bois se firent plus clairsemés, de rares bouleaux succédant aux épicéas et aux chênes plus serrés de notre repaire.

C'était une matinée idéale, encore assez fraîche pour que nous courions sans peine, et embaumée du parfum capiteux des dernières fleurs de l'été. Je me serais volontiers arrêtée à chaque pas pour inspirer l'arôme des fleurs et des buissons, mais la meute progressait à un rythme soutenu, et tous les petits suivaient la cadence. Aucun ne voulait subir l'affront d'être renvoyé vers notre repaire.

Tout à coup je m'immobilisai, grisée par des senteurs suaves et épicées, à deux doigts de tomber la tête la première Les autres s'étaient arrêtés en même temps que moi. Borlla, puis Unnan plongèrent sous le buisson d'où provenait ce parfum, et les autres ne tardèrent pas à les imiter, enivrés par ces riches effluves. Azzuen s'avança le dernier. J'entendis un grattement derrière moi et vis son expression étonnée : on le tirait par la queue. La figure couturée de Werrna, plissée par la contrariété, reparut sous les feuilles du buisson, et la louve saisit Marra par la peau du cou pour l'entraîner au-dehors. Les autres firent de leur mieux pour sortir à l'appel de Ruuqo.

« Petits ! cria-t-il. Il ne faut jamais s'éloigner de la meute, ni interrompre une chasse. Sortez tout de suite, ou vous ne mangerez que des fleurs et des feuilles.

– Le dernier sorti mangera après tous les autres ! » avertit Yllin.

Reel, le plus proche de l'extrémité du taillis, jaillit comme une flèche, et je l'aurais talonné de près si Unnan et Borlla ne m'avaient pas fait obstacle, s'assurant avant d'émerger qu'ils m'avaient repoussée dans les profondeurs du buisson. Il me fallut un certain temps pour me dépêtrer des épais branchages et des feuilles collantes. Libérée mais désorientée, je tâtonnai un moment avant de détecter l'odeur de la meute. Éternuant, secouant ma fourrure pleine de terre, je me frayai un passage hors du hallier et les trouvai en train de m'attendre, à bout de patience. Borlla et Unnan arboraient un sourire goguenard.

Ruuqo me jeta un regard courroucé.

« Petite, si tu n'es pas capable de suivre, tu n'auras rien à manger. Je ne te conseille pas de traîner de nouveau en chemin. »

Je sentis mes yeux picoter devant tant d'injustice. Ruuqo se montrait beaucoup moins strict envers le reste des louveteaux. Sans plus me regarder, il donna le signal du départ.

Suivre, pensai-je alors. *Je ferai beaucoup mieux que ça.*

Mes pattes étaient pleines de force et d'assurance quand je m'accroupis pour prendre de l'élan, bondissant par-dessus un Azzuen éberlué. Je me mis à courir, convaincue que mes pattes me porteraient partout où je voudrais. Je dépassai les autres, encouragée par les jappements d'Yllin, et constatai avec surprise que Marra était le seul louveteau capable de me suivre.

Même si elle était sensiblement plus petite que Borlla et Unnan, elle avait des pattes longues et vigoureuses, et une ossature légère. Elle courait à mes côtés d'une foulée aisée, et sans haleter comme moi. J'avais l'impression qu'elle aurait pu me distancer si elle l'avait voulu. Je lui souris, hors d'haleine.

« On va leur montrer, à ces mauviettes », dis-je en accélérant l'allure, doublant Borlla pour me rapprocher de la croupe grise de Werrna.

Je savais que les adultes auraient pu avancer plus rapidement s'ils avaient voulu – nous leur arrivions tout juste à l'épaule – mais cela m'était bien égal. Nous continuâmes à courir, à une vitesse que nous n'avions jamais atteinte jusquelà. Les parfums de la forêt me frappaient les narines, la terre desséchée de l'été s'élevait sous mes pattes en un tourbillon de poussière. Je trébuchai et fis la culbute, et Marra tourna autour de moi pendant que je me relevais. J'avais vaguement conscience qu'Azzuen peinait pour nous suivre, le souffle rauque. Je me disais que j'aurais dû l'attendre, que ç'aurait été plus gentil de ma part, mais je prenais trop de plaisir pour ralentir.

Excitée par ma sortie de la clairière, par ma propre force et ma rapidité, et par la débauche de sons et de parfums qui m'environnait, je ne captai même pas les relents de la viande, ni l'odeur âcre d'une créature inconnue en lisière des bois. Rissa se pencha brusquement pour m'empêcher de foncer bille en tête, et Marra me heurta par-derrière.

« La rapidité est une qualité, mes petits, fit Rissa en riant doucement, mais il faut savoir la maîtriser. Vous seriez bien embêtés de tomber là-dessus. »

Les bois venaient brusquement de s'achever, et une pente raide descendait vers une étendue d'herbe sèche. Les fleurs sauvages de l'été passé parsemaient les hautes herbes jaunies. Les adultes avaient fait halte à la limite des arbres. Rissa pointa son museau vers la plaine, où une gigantesque bête brune dépeçait la carcasse d'un cheval. C'était elle qui dégageait cette odeur piquante, mêlée à celle, entêtante, de la viande. Beaucoup plus loin, de robustes chevaux étaient en train de brouter, sur le qui-vive.

« Ils restent là tranquillement alors qu'un des leurs se fait dévorer ? » demanda Marra, que notre course n'avait même pas essoufflée.

Azzuen nous rejoignit en titubant, à bout de souffle, et me regarda d'un air de reproche.

« Les chevaux sont différents de nous, lui répondit Minn avec suffisance. Ce sont des proies, et ils ne réagissent pas de la même manière à la perte d'un des leurs. Les troupeaux sont nombreux et leurs membres ont peu de liens, contrairement aux familles de loups. La mort ne les affecte pas beaucoup.

– Je n'en suis pas certain, Minn, intervint le vieux Trevegg. Comment savoir ce qu'ils ressentent ? J'ai vu une jument rester deux jours entiers auprès de son poulain gisant à terre, nous privant ainsi de notre repas. J'ai aussi entendu parler d'un mammouth qui a refusé de se nourrir après la mort de sa mère, et qui s'est laissé mourir près de sa dépouille. » Il ajouta d'un air pensif : « Nous sommes obligés de tuer si nous voulons vivre, mais il faut reconnaître le prix des vies que nous dérobons. Nous devons remercier la Lune pour chaque créature qui nous est offerte, et pour cela, il nous faut respecter les créatures que nous tuons. Chacune est une partie de l'Équilibre. »

Minn opina, puis son regard mobile se reporta sur la plaine. Un grondement impatient monta de sa gorge.

« Doucement ! sifflèrent en même temps Rissa et Ruuqo.

– Tu dois apprendre à te contrôler, Minn, le rabroua Rissa, ou tu ne mèneras jamais une chasse. »

Minn coucha les oreilles pour demander pardon.

« Petits, nous enjoignit Ruuqo, restez à l'abri. Vous nous suivrez seulement quand nous vous aurons confirmé qu'il n'y a pas de risque. Sinon je vous arrache les oreilles et je les colle à votre derrière avec de la résine de pin. » Il mit en garde les deux jeunes loups : « Minn, Yllin, ne perdez pas la tête. Je sais bien que vous vous croyez adultes, mais conformez-vous aux instructions de Werrna.

– Elle n'est pas si grosse que ça, cette ourse », bougonna Minn, mais il ne tarda pas à baisser les oreilles devant le regard furieux de Ruuqo et déclara humblement : « Je promets d'obéir, chef. »

Yllin se contentait d'observer l'ourse avec attention, les yeux plissés.

Quant à moi, je la trouvais d'une taille plus que respectable. Je l'avais d'abord vue penchée sur le cheval, mais quand elle se redressa pour scruter nerveusement la plaine, je m'aperçus qu'elle était quatre fois plus haute qu'un loup. J'avais peine à croire que Rissa et Ruuqo envisageaient de se mesurer à elle.

Ce fut Rissa qui donna le signal de l'assaut. Aplatie au ras du sol, elle rampa vers la limite des arbres, suivie par les autres adultes.

« Werrna, chuchota-t-elle à sa seconde, emmène Minn et Yllin et placez-vous derrière cette ourse pataude. Attendez mon signal, et rejoignez la mêlée. N'oubliez pas, il nous manque un loup. »

Ma mère, pensai-je. *C'est elle, le loup qui manque.* Une vague de tristesse m'envahit. Les autres louveteaux avaient un père et une mère, ils prenaient la famille comme un acquis. Rissa veillait sur moi comme sur ses propres petits, mais il n'en allait pas de même pour Ruuqo, et il n'y avait personne dont je sois réellement proche. Je me demandai d'ici combien de temps je pourrais partir à la recherche de ma mère. Depuis que j'étais assez solide pour songer à autre chose qu'à me nourrir suffisamment et à suivre les autres, je réfléchissais beaucoup. Je m'étais engagée à la retrouver quand je serais assez grande pour le faire, pourtant je ne voyais pas comment je pourrais honorer ma promesse. Comment faire pour la rejoindre ? Je ne savais pas du tout de quelle manière m'y prendre. Je ravalai une plainte de chagrin et de colère, et regardai l'ourse encerclée par la meute. C'était la première chasse collective à laquelle je participais, et ma mère aurait dû être près de moi.

J'avais cru camoufler mes sentiments, mais Azzuen me lécha la joue, et je lus de la compassion dans ses yeux.

« D'après Yllin, ta mère était la plus rapide de la meute, dit-il d'un air gêné. Tu as hérité de sa vivacité. »

Le cœur lourd, je préférai me taire plutôt que de trahir le tremblement de ma voix. Refusant de montrer ma faiblesse et ne sachant comment le remercier de sa sympathie, je me bornai à observer l'attaque, le museau posé sur les pattes.

Werrna entraîna les jeunes loups le long du rideau d'arbres et émergea à une trentaine de foulées de là, sur le flanc droit de l'ourse. Ils la dépassèrent en courant, se maintenant à une distance suffisante pour qu'elle ne se sente pas menacée. Elle leva brièvement les yeux avant de reprendre son festin, convaincue qu'elle ne risquait rien. Werrna, immobilisée non loin de l'ourse, sur sa droite, dit quelque chose à Yllin, qui se coucha au sol. Trevegg et Minn poursuivirent la manœuvre d'encerclement et se postèrent en arrêt juste derrière l'ourse, pendant que Minn se plaquait au ras du sol et que Werrna décrivait un demi-cercle pour aller se placer sur une éminence, à la gauche de l'animal.

Cernée sur trois côtés, l'ourse ne se rendait compte de rien. Rissa et les autres complétèrent le cercle et le piège se referma.

« Pensez-vous que six loups suffisent ? » s'enquit Trevegg, et il avoua d'un air contrit : « Je n'ai plus ma rapidité d'autrefois.

– Mais tu es notre sagesse et notre force, père loup, le rassura Rissa en lui léchant la joue. Combien d'ours as-tu affrontés jadis ? Personne mieux que toi ne sait comment s'y prendre avec eux. Ta nièce et ton neveu sont puissants et rapides. La meute est forte. » Elle sourit de toutes ses dents. « Et comme le disait Minn, cette ourse n'est pas si grosse que ça. »

Un cri exaspéré nous fit tous sursauter.

« Vous comptez attendre que le soleil incendie la prairie ? s'impatienta Lisse-Plume, que nous n'avions pas vu se poser sur une branche, juste derrière nous. Quand vous aurez terminé vos bavardages, il ne restera plus rien de ce cheval. »

Bla, bla, bla

Le loup jacasse pendant que la vilaine ourse fait bombance.

Limaces ! Il a grand faim, le corbeau.

Il prit son essor en croassant bruyamment, escorté par Tlitoo et une petite nuée de corbeaux.

« C'en est fini de l'effet de surprise, soupira Ruuqo, alors que l'ourse levait la tête, alertée par le tapage.

– Dans ce cas, inutile d'attendre le clair de lune », fit Rissa.

Du fond de sa gorge s'échappa un son ténu qui ressemblait à une plainte. La voix revêche de Werrna lui répondit de l'autre côté de la prairie, et à cet instant Minn chargea l'ourse par l'arrière tandis que Werrna bondissait du tertre pour se jeter sur elle.

L'ourse se dressa de toute sa hauteur : ses pattes étaient presque aussi grosses que la tête d'un loup, et elle avait des dents immenses. Avisant les trois loups qui se ruaient sur elle au milieu des herbes, elle fit volte-face avec un grondement de fierté outragée. Je n'avais nul besoin de connaître son langage pour savoir ce qu'elle disait : elle ne se laisserait pas priver de son repas par des misérables loups. Yllin, Minn et Werrna s'élançaient et reculaient tour à tour, esquivant les pattes meurtrières. Les trois loups finirent par lui sauter dessus d'un même mouvement, alors que Rissa, Ruuqo et Trevegg, profitant de ce que l'ourse était occupée par l'assaut, dévalaient la colline. En dépit de ses craintes, Trevegg suivait très bien le rythme des plus jeunes, et tous trois bondirent au même instant, déséquilibrant l'ourse complètement dépassée.

Les loups, jusque-là silencieux, poussaient des grognements féroces.

Près de moi, Azzuen émit un jappement apeuré. Face à cette adversaire furieuse et sauvage, je doutais que la meute se tire indemne du combat. Pourtant, les loups frappaient et se dérobaient avec une agilité remarquable, encouragés par les corbeaux qui planaient au-dessus de leur tête. À présent, je saisissais mieux l'utilité de nos jeux avec les oiseaux. Sur le moment, j'avais pensé que les adultes gaspillaient leur énergie, mais je compris soudain que les loups devaient constamment exercer leurs réflexes s'ils comptaient affronter les ours. Les rotations élégantes d'Yllin et les sauts de Minn n'étaient que des variantes de leurs jeux avec la famille de Lisse-Plume. Je mesurais aussi à quel point un loup affaibli pouvait nuire à sa meute. Il suffisait qu'un seul d'entre eux ne s'acquitte pas de sa tâche pour que l'ours blesse ou tue un de ses compagnons.

Les chacals et les dholes – ces médiocres imitations du loup – montaient la garde, espérant ramasser les reliefs du repas. Dans le ciel, le clan de Lisse-Plume mit en fuite un aigle solitaire qui planait au-dessus de nous. Les loups attaquèrent l'ourse sans pitié et réussirent à l'éloigner. Elle revint toutefois à la charge dans l'intention de récupérer sa proie, mais elle n'était pas de taille à vaincre six loups déterminés. Je m'aperçus alors qu'elle était extrêmement jeune, presque autant qu'Yllin et Minn, beaucoup trop en tout cas pour triompher d'une meute de loups intelligents. Avec un rugissement enragé, elle s'en alla d'un pas lourd à travers la plaine, gravit une éminence et disparut de l'autre côté. Werrna et sa troupe la poursuivirent afin de s'assurer qu'elle ne reviendrait pas, pendant que Rissa,

Trevegg et Ruuqo demeuraient sur place pour protéger la carcasse des chacals et des dholes.

Werrna et les jeunes loups revinrent au petit trot, les oreilles dressées et la queue en panache, et s'approchèrent de la proie en adressant des grondements farouches aux chacals et aux dholes voraces. La meute, fêtant son succès, exécuta une danse autour de Rissa et de Ruuqo. Celui-ci, couché sur le ventre, mordit le premier dans la chair du cheval, puis les autres se disposèrent autour de lui et entreprirent de dévorer chaque partie de la proie.

« Venez, les petits ! » appela Rissa.

Mais elle nous tança vertement en nous voyant débouler en trombe, pointant vers les charognards son museau couvert de sang :

« N'oubliez pas de regarder derrière vous ! Si ces profiteurs ne peuvent pas s'emparer de notre cheval, un louveteau fera aussi bien leur affaire. Quand les adultes auront fini de manger, vous pourrez venir. »

Tout en tenant à l'œil les chacals, les dholes et l'aigle solitaire, la meute déchiquetait la carcasse. Nous patientâmes comme convenu, pendant un temps qui nous parut infini, puis nous nous avançâmes avec précaution. J'avais beau saliver, l'estomac contracté, la férocité avec laquelle se repaissait la meute ne laissait pas de m'intimider. Alors que Lisse-Plume et les siens mangeaient à leurs côtés sans se tracasser des crocs et des mâchoires qui déchiraient la jument, je craignais pour ma part de recevoir un coup de dents si je m'aventurais trop près.

L'ourse n'avait pas eu le temps de se servir copieusement, et la meute se régalait. Au bout d'une éternité, Rissa nous appela de nouveau :

« Qu'est-ce que vous attendez, les petits ? Venez donc chercher votre repas. Vous êtes trop vieux pour qu'on vous rapporte à manger dans notre ventre. »

Nous nous approchâmes en rampant, nous arrêtant sans cesse pour vérifier auprès de Rissa et Ruuqo, qui dévoraient le ventre du cheval, que nous ne nous attirerions pas d'ennuis. Gémissant humblement, nous nous faisions tout petits pour bien signifier aux adultes notre conscience d'être soumis à leur bon vouloir. Minn et Yllin se trouvaient sur l'avant de la carcasse, Trevegg et Werrna à l'arrière. Minn et Yllin grondèrent à notre approche, mais Rissa leur commanda en grognant :

« Laissez manger les petits ! Vous avez eu votre content. »

Encore en position subalterne, Minn et Yllin s'écartèrent à regret sans cesser de gronder. Nous prîmes timidement notre place. J'étais un peu vexée qu'Yllin ait grondé contre moi, mais le goût de la viande fraîche ne tarda pas à me la faire oublier.

Je déchirai la chair de la jument. La première bouchée avalée, je continuai à me gaver sans retenue. La saveur de la chair fraîche me possédait, me suffoquait presque. Résolue à m'emparer de toute la viande possible, je grondais et mordais les autres louveteaux. Le sang battait follement dans mes veines, et mon cœur semblait sur le point d'éclater. *Je comprends pourquoi Yllin a grondé contre nous*, me dis-je alors. Et quand Unnan voulut me repousser, je répliquai par une morsure au museau qui le fit rouler au sol en geignant. Je me mis aussi à gronder lorsque Marra me bouscula par mégarde, l'obligeant à reculer. J'allai même jusqu'à montrer les dents au chef des corbeaux, Lisse-Plume, qui en retour me piqua sans pitié la tête avec son bec. Je grimaçai de douleur, mais sans interrompre mon repas.

J'étais toujours là à arracher des lambeaux de bonne viande quand Minn, après un bref grondement d'avertissement, m'écarta d'une tape. Yllin et Werrna repoussèrent Unnan et Borlla. Malgré nos plaintes et nos efforts pour revenir sur la carcasse, les adultes nous chassèrent, et nous fûmes réduits à les regarder manger. C'est à ce moment-là que je constatai qu'Azzuen, Marra et Reel avaient déjà été exclus. Je me rappelais confusément les avoir tous mordus quand ils essayaient de se nourrir. Et même si j'étais désolée pour eux, je me disais malgré moi que s'ils rechignaient à se battre pour manger, c'était tant pis pour eux. Couchée à terre, j'observai les adultes. Borlla et Reel se tenaient assis côte à côte, et Unnan, somnolent, vint s'installer près d'eux. Fatiguée moi aussi, j'allai poser la tête sur la douce fourrure du dos d'Azzuen, mais il se déroba d'un air offensé pour aller se mettre près de Marra.

Yllin, que Werrna avait éloignée de la carcasse, se dirigea alors vers moi, le ventre alourdi.

« C'est une bonne chose d'être forte, petite sœur, me dit-elle, mais ça ne t'oblige pas à devenir une brute. » Elle posa sur Borlla et Unnan un regard chargé de mépris. « La louve dominante doit se battre pour prendre sa part, mais elle doit également surveiller la meute et user de sa force avec discernement. Celle qui dirige la meute ne doit pas se laisser submerger par la colère et l'avidité. »

Son discours aurait eu plus de poids si elle n'avait pas grondé farouchement contre moi un peu plus tôt et n'avait pas trottiné aussi sec vers la carcasse et mordu Minn à la patte pour lui prendre sa place. Je compris cependant ce qu'elle voulait dire en voyant Marra me fuir peureusement et Azzuen, si gentil

avec moi au début de la journée, lever effrontément le museau
en refusant de dormir à mes côtés. Même Tlitoo se contentait
de planer au-dessus de moi. Quand je le regardai pour savoir ce
qu'il mijotait, je reçus un gros caillou sur l'échine.

« Bébé-loup est un goinfre », dit-il avant de s'envoler.

La honte s'empara de moi. J'aurais dû réfléchir à ce que je
faisais. Encore récemment, c'était moi la plus faible de la
meute, et je ne voulais surtout pas ressembler à Unnan et à
Borlla. Il faudrait que je prenne garde à brider mes emporte-
ments, faute de quoi je me retrouverais vite seule. J'aurais bien
aimé me réconcilier avec Azzuen et Marra, mais j'avais le ventre si plein que mes yeux se fermèrent avant que j'aie pu trouver un moyen d'y parvenir.

Réveillée par un souffle de vent frais, je constatai que les
adultes sommeillaient près de nous. C'était l'heure du repos, le
moment le plus chaud de la journée, qui ne se prêtait ni à la
chasse ni à la course. Le riche parfum de viande porté par le
vent me fit venir l'eau à la bouche. Werrna et Rissa veillaient
sur la proie, assoupies juste à côté d'elle. Pendant que les loups
dormaient, plusieurs corbeaux sautillèrent sur la carcasse pour
manger les restes. Je compris qu'ils se chargeraient par ailleurs
de donner l'alarme si des charognards faisaient mine d'approcher. Mais si c'était moi qui venais, pensais-je, ils n'alerteraient
pas forcément les autres. Le ventre au ras du sol, je me coulai
subrepticement vers la dépouille. Je parvins à me faufiler entre
Werrna et Rissa, mais à l'instant où je saisissais dans ma gueule
un morceau de ligament coriace, Rissa leva la tête et s'éveilla
en grondant. Voyant qu'il s'agissait de moi, elle se détendit,
mais ne m'en écarta pas moins.

« Ça suffit, petite, tu as eu ta part, me dit-elle avec un sourire. Une bouchée de plus et tu finirais par éclater. Il faudrait aller récupérer les morceaux sur toute la plaine. »

Elle referma les yeux, le museau posé sur les pattes

Je retournai auprès des autres louveteaux. Lassée d'attendre le réveil de la meute, je parcourus la plaine d'un regard impatienté. J'aurais volontiers réveillé Azzuen, si je n'avais pas craint qu'il ne me garde toujours rancune. Il faisait trop chaud pour jouer, et le croissant de lune sur ma poitrine me démangeait douloureusement, d'une manière que je ne connaissais pas.

C'est à cause de cette douleur que je fus la première à voir les étranges créatures. Elles étaient deux, et elles nous observaient depuis l'autre bout de la plaine, là où les herbes cédaient la place à un nouveau bosquet. Comme le vent soufflait dans leur direction, aucun de nous n'avait détecté leur présence. Elles se dressaient sur deux pattes, comme l'ourse au moment de nous affronter, mais elles n'étaient pas aussi hautes qu'elle, et nettement moins massives. Leurs pattes de devant pendaient sur les côtés et tenaient de longs bâtons. Je n'aurais pas su définir si leur pelage était peu abondant, ou seulement très court par endroits. Le vent tourna, apportant leur odeur jusqu'à mes narines. Comme les chevaux sur la prairie, elles avaient la peau moite et dégageaient une odeur forte et humide. C'était une odeur particulière, âcre comme celle des pins et cependant familière. Sur le qui-vive, j'aboyai pour prévenir les autres.

Mes compagnons tournèrent vers moi des regards agacés. Bientôt, toutefois, ils flairèrent l'odeur inconnue et découvrirent ce que je venais de voir.

Les adultes se levèrent sur-le-champ, encerclant la carcasse en grondant. Les corbeaux prirent leur envol en jetant des cris aigus. Alors les étranges créatures abaissèrent leurs bâtons pour les diriger vers nous, et je m'aperçus à ce moment-là qu'elles avaient des extrémités pointues, pareilles à de gigantesques épines. Les créatures avancèrent de plusieurs pas. Elles se trouvaient encore à une quarantaine de foulées de nous, mais j'ignorais leur vitesse à la course. Pour un lion à dent de sabre, par exemple, un instant aurait suffi pour couvrir la distance.

Ruuqo poussa un grondement sourd, tandis que sa fourrure hérissée et menaçante le faisait paraître deux fois plus large. Les babines retroussées, il exhiba quarante-deux dents aiguisées. Autour de lui, les loups du Fleuve Tumultueux grondaient avec toute la férocité dont ils étaient capables. Les deux créatures aux longues pattes commencèrent à se retirer, abaissant leurs bâtons pointus, et disparurent dans les bois. La meute resta un moment immobile, grondant pour protéger la proie.

« Werrna, dit Ruuqo à son acerbe seconde, sont-ils partis ?

– Ils ont traversé la rivière, chef, répondit-elle, ses oreilles aux pointes noires tendues en avant. Pour le moment nous sommes en sûreté. »

Alors que la douleur se dissipait dans ma poitrine, je pris conscience qu'elle s'était aggravée pendant que les créatures approchaient.

Ruuqo se détendit légèrement. Les autres loups se réinstallèrent, mais cette fois ils se regroupèrent à proximité de la carcasse. Seule Rissa demeurait à l'écart, regardant dans la direction des étranges créatures, tendue, la fourrure hérissée, la queue dressée. Ruuqo se rendit compte qu'elle ne s'était pas jointe au reste de la meute.

« Compagne ? »

Elle se tut quelques instants.

« Cela ne me dit rien de bon, fit-elle. Je n'aime pas ça du tout. Dès que la lune sera levée, annonça-t-elle après avoir coulé un regard vers nous, nous franchirons la rivière. Il est temps que les petits apprennent à connaître les humains. »

5

L a meute ne fit plus un bruit. Mes oreilles percevaient tout ce qui se passait autour de nous : les corbeaux qui se disputaient un bout de viande, le petit gibier qui se déplaçait dans les buissons, et même les tiques sautant dans la fourrure du vieux Trevegg. Ruuqo et Rissa échangèrent un long regard.

« Les humains, dit-il. Tu veux emmener les petits voir les humains, alors qu'ils n'ont pas plus de quatre lunes ? Je te croyais plus prudente que cela, Rissa.

– Mais je le suis, se récria-t-elle en marchant fièrement vers lui. Et c'est même pour cela que je tiens à les y conduire tout de suite. Toi, ça ne t'a pas gêné de leur faire traverser la grande plaine, dans le seul but de satisfaire ton orgueil. C'est à moi de prendre la décision ! »

Ruuqo recula maladroitement. Si je n'avais été moi-même aussi interloquée, j'aurais ri de bon cœur de sa stupéfaction. Quiconque pensait que Ruuqo régnait sans partage sur la meute aurait changé d'opinion devant la colère de Rissa. Lisse Plume et Chant de Pluie, perchés sur la carcasse, les observèrent un moment, la tête inclinée de côté, puis reprirent leur festin en gonflant leurs plumes.

« Les humains, répéta doucement Azzuen en savourant le mot. Ce ne sont pas des créatures comme les autres. Est-ce que ce sont des proies ou des adversaires ? demanda-t-il, le front plissé par la perplexité.

– Depuis quand les humains viennent-ils sur la plaine aux Grandes Herbes en été ? s'étonna Rissa. À cette époque de l'année, ils devraient se trouver sur les contreforts des montagnes, ou au bord du lac des salamandres. Mais certainement pas ici. Ils ne restent plus dans les limites de leur territoire et vont partout où il leur plaît, à n'importe quel moment. Tu préfères que les petits tombent sur eux sans y avoir été préparés ? À la prochaine lune ils se déplaceront seuls. Il faut qu'ils sachent d'ici là. »

Ruuqo gronda, comme pour contrebalancer son humilité de tout à l'heure. Rissa retroussa les babines, ses yeux réduits à deux fentes. Elle s'était remise de la gestation et pesait presque aussi lourd que lui. Sa fourrure blanche était lisse et pleine de vigueur, ses épaules larges et puissantes. Son message était on ne peut plus éloquent : elle ne céderait pas de terrain. Le mâle et la femelle dominants du Fleuve Tumultueux s'affrontaient du regard, l'œil furieux. Autour d'eux, le reste de la meute commençait à s'agiter. Personne n'aime qu'un conflit éclate entre les chefs, car il risque toujours de diminuer la force de la meute. Trevegg s'approcha pour chuchoter quelques mots à l'oreille de Ruuqo, mais celui-ci le renvoya. Minn poussait des gémissements inquiets, sa frêle ossature secouée de tremblements. L'appréhension me nouait l'estomac. Qu'allait-il se passer si Ruuqo et Rissa se battaient pour de bon ? Près de moi, Azzuen tremblait comme une feuille, et Marra haletait. Seules Yllin et Werrna semblaient vouloir se mêler de l'affaire. Les yeux d'Yllin allaient de Rissa à Ruuqo. J'entendais presque ses pensées pendant qu'elle les observait, réunissant toutes les informations qu'elle pouvait sur la position de chef. Werrna, elle, regardait la scène d'un œil froidement intéressé en émettant un grondement à peine audible.

Si un des chefs trahissait la moindre faiblesse, un loup ambitieux y verrait aussitôt une chance de progresser dans la hiérarchie. L'idée d'avoir Werrna à la tête de la meute ne me plaisait pas du tout.

« Je ne pense qu'au bien de la meute, Rissa. »

Sans être prêt à baisser la garde, Ruuqo évitait d'acculer Rissa à la bagarre. Il essaya de la raisonner :

« La meute de l'Aiguille de Pierre est forte, et il faut s'enfoncer dans son territoire pour observer les humains. Nous ne pouvons pas nous permettre de perdre des louveteaux cette saison. Une fois l'hiver venu, les chasseurs ne seront jamais trop nombreux. Le gibier n'est plus ce qu'il était. »

Je sentis la colère enfler dans ma poitrine. Ruuqo se moquait bien qu'Azzuen et moi traversions ou non la grande plaine, et il aurait laissé Unnan et Borrla nous réduire en bouillie. Je l'avais entendu déclarer à Werrna que toutes les meutes perdaient des louveteaux et que les pattes cassées ne l'intéressaient pas. Et voilà qu'il prétendait s'inquiéter de notre sécurité. Même si j'avais envers le chef un devoir de loyauté, il ne m'inspirait guère de sympathie. Je réprimai un grondement.

Rissa en revanche se radoucit, car elle prenait pour de la sollicitude les arguments de Ruuqo.

« C'est vrai, le gibier n'est plus ce qu'il était. Et si nous en sommes là, c'est parce que les humains l'accaparent. Le temps de nos voyages d'hiver sera bientôt venu, Compagnon, et nous les verrons sans doute à ce moment-là. Les petits doivent être instruits, et sans attendre.

– Je n'aime pas ça, répondit Ruuqo, mais sa fourrure s'aplatit de nouveau. En prenant garde, nous pouvons les ignorer jusqu'à l'hiver.

– Comme Hiiln les a ignorés ? »

Ruuqo fit la grimace. J'avais entendu les adultes chuchoter au sujet de ce Hiiln, banni de la meute avant notre naissance.

« On ne peut pas ignorer le lion qui nous dispute une proie, Compagnon, allégua Rissa. Tu sais aussi bien que moi qu'il faut que ce soit fait. Nous attendrons que la lune soit levée. La nuit, les humains y voient aussi peu que des oisillons nouveau-nés. Nous ne risquerons pas grand-chose. »

Les épaules de Ruuqo s'affaissèrent légèrement, mais il pencha la tête pour signifier son approbation.

« Minn et Trevegg resteront avec moi pour veiller sur la proie. Toi tu emmèneras Yllin et Werrna. »

Yllin et Werrna savaient se battre. Tout compte fait, peut-être Ruuqo se souciait-il sincèrement de notre sort. Ou de celui de Rissa, tout au moins. Elle appuya doucement son museau contre son cou, et je sentis autour de moi le soulagement de la meute. Les corbeaux, qui semblaient tout à leur festin, firent entendre des gargouillis satisfaits. Puis Lisse-Plume ouvrit le bec et lança un cri d'avertissement.

Dans ma poitrine, l'étrange fourmillement se manifesta de nouveau. Avant que j'aie pu alerter quiconque du retour des humains, les oreilles de Werrna se dressèrent.

« Ils reviennent, et ils sont plus nombreux. » Un grondement profond monta de sa poitrine. « Ils viennent nous voler notre proie ! »

Tous les regards se braquèrent vers Ruuqo.

« Combien sont-ils ? demanda-t-il à Werrna.

– Sept, indiqua Lisse-Plume en soulevant les ailes. Tous adultes, et uniquement des mâles. » Il poussa un soupir rauque. « Mieux vaut emporter tout ce que nous pourrons, avant qu'il ne reste que de l'herbe rouge sang.

– Vous pourriez venir avec nous trouver les humains, proposa Rissa d'un air amusé.

– Nous le ferions si vous n'aviez pas peur de les voir en plein jour, répliqua Chant de Pluie. Nous ne craignons rien, *nous*, et nous allons où il nous plaît.

– Les humains lancent sur nous toutes sortes de choses, confia Tlitoo en se posant près d'Azzuen et de moi. Mais ils abandonnent des choses bonnes à manger aux abords de leurs foyers. Si l'on évite de se montrer, il y a beaucoup à prendre. » Et il ajouta en clignant de l'œil : « Moi je vous emmènerai si la meute ne veut pas le faire. Je connais le chemin.

– Penses-tu qu'il faudra se battre ? » demanda Werrna, une expression dure et impatiente dans le regard.

J'attendais que Ruuqo donne ordre d'attaquer, espérant que cette fois les louveteaux auraient le droit de participer. Un frisson d'excitation me traversa. Je comprenais que les adultes nous aient interdit de combattre l'ourse, qui aurait pu nous tuer d'un seul coup de patte. Par contre, ces humains avaient l'air si chétifs qu'ils nous laisseraient certainement les affronter. Ils n'étaient guère imposants, et leurs membres n'avaient pas la puissance de ceux de l'ourse.

« Quel vacarme ! » chuchota Marra, alors que les humains s'approchaient bruyamment de la plaine aux Grandes Herbes. Ils étaient encore loin, mais nous les entendions distinctement. « C'est de la bêtise, ou de la négligence ? Nous, on n'a pas le droit de faire tout ce raffut.

– Ils ont peut-être des raisons de ne pas s'inquiéter, suggéra Azzuen, la figure crispée par la concentration. Même tout à l'heure ils n'ont pas paru effrayés – seulement prudents. Ce qui est certain, c'est qu'ils sont à part.

– Ce sont des concurrents, imbécile, intervint Unnan. Tu es trop bête pour comprendre ça. »

Azzuen ne se laissa pas démonter.

« Non, fit-il. Il y a autre chose. Tu ne le sens pas ? »

Unnan se détourna en levant les yeux au ciel, mais Marra hocha lentement la tête. J'aurais aimé leur raconter ce que j'avais éprouvé, leur décrire cette sensation de chaleur sur le croissant de lune de ma poitrine quand les humains approchaient. Pourtant je n'osai pas leur en parler. Azzuen était sûrement assez malin pour m'aider à comprendre, mais je ne voulais pas courir le risque d'être entendue des autres.

L'impression de chaleur s'accentua encore dans ma poitrine, et je m'imaginai bondissant dans les airs pour terrasser une des créatures. Azzuen serait près de moi, et à nous deux nous triompherions de l'une d'elles. Mais je ne la mettrais pas à mort. Je choisirais de l'épargner, et peut-être deviendrions-nous amis. Si incongrue que fût cette idée, je me voyais courir aux côtés de l'un d'eux, filant au milieu des bois et des prés. Je chassai aussitôt cette image. On ne gambadait pas avec une proie ou un adversaire. On les chassait, ou bien on les combattait. De nouveau, je me tournai vers Ruuqo.

« Retirez-vous, loups ! nous somma-t-il aussitôt. Emportez tout ce que vous pouvez et réfugiez-vous dans les bois. »

Yllin, Werrna et Trevegg se mirent à arracher des lambeaux de viande. Je n'arrivais pas à croire que Ruuqo optait pour la fuite. Minn me mordit méchamment à la patte.

« Au nom de la Lune, qu'est-ce que tu attends ? » Pour la première fois, je remarquai combien sa mince figure ressemblait à la tête de blaireau d'Unnan. Et ils avaient aussi le même caractère. « Fais ce qu'on t'a dit ! »

Toujours aussi perplexe, je m'approchai de la carcasse. Yllin avait réussi à détacher une patte antérieure, entraînant une grande partie de l'épaule et plusieurs côtes, et la tirait péniblement vers les bois. Je me précipitai avec Azzuen pour l'aider, pendant que Trevegg poussait les louveteaux le long de la côte et dans les bois. Chacun serrait un morceau de viande dans sa gueule.

« Dépêchez-vous ! les pressa Trevegg. Aujourd'hui les humains marchent vite.

– Pourquoi nous ne nous battons pas ? » demanda Yllin, alors que je me cramponnais à l'épaule du cheval.

Azzuen, lui, tira sur le bas de la patte, et Tlitoo se percha en équilibre sur la pièce de viande, picotant l'épaule du bec pendant que nous nous escrimions.

« Parce que Ruuqo a peur des humains », expliqua Yllin,

s'arrêtant pour reprendre haleine. Après avoir vérifié derrière elle que personne ne pouvait entendre, elle poursuivit à voix basse : « Son frère, Hiiln, a été proscrit parce qu'il côtoyait trop souvent les humains. C'est pour ça que Ruuqo est devenu le chef de la meute. Rissa était destinée à Hiiln, et non à lui. Ce qui explique qu'il doute autant de son propre pouvoir. Il a l'impression d'être un simple remplaçant. D'ailleurs son nom signifie "le deuxième fils". Son père l'a nommé ainsi alors qu'Hiiln et lui n'avaient que quatre semaines. »

Rissa s'approcha en trottant, la gueule refermée sur un gros morceau de viande, et nous félicita d'un sourire en avisant la taille de notre butin.

« Pressons ! » fit Yllin en reprenant l'épaule dans sa gueule, tirant d'un coup sec qui faillit renverser Tlitoo. Lequel agita les ailes pour retrouver son aplomb et lui lança un regard de reproche

« Tu es aussi empruntée qu'un aurochs bancal », marmonna l'oiseau.

Je lui souris et serrai entre mes mâchoires l'épaule du cheval, en tirant bien fort. Avec l'aide d'Yllin et d'Azzuen, je parvins à la traîner à l'abri des arbres, plus près de l'endroit où se cachait la meute. Ralentis par notre fardeau, nous fîmes encore une pause, le souffle court. Tlitoo nous jeta un regard dégoûté avant de s'éloigner à tire-d'aile en direction de la proie. Yllin le regarda partir.

« Il est vrai, dit-elle, que nous n'avons pas grand-chose à faire avec les humains. C'est une règle parmi les loups, mais Ruuqo l'applique trop rigoureusement. Tant qu'ils ne nous menacent pas, nous n'avons pas le droit de les tuer ou de les blesser. En revanche, il nous est permis de les voler et de protéger nos proies, pourvu que cela n'entraîne pas la mort d'un humain. Si c'était moi qui dirigeais la meute, je me battrais contre eux.

– Mais ce n'est pas toi le chef, Yllin, pas encore. » Yllin s'aplatit en reconnaissant Trevegg, mais le vieux loup semblait plutôt amusé. « Tu sais comme moi qu'il nous est interdit d'entretenir avec les humains plus de relations que nécessaire. Le chef de la meute a pour devoir de faire respecter cette loi. Maintenant, enfouissons cette viande, avant que même le piètre nez des humains ne la repère.

– Bien, Vieux Loup », fit docilement Yllin, sans toutefois coucher les oreilles.

Cette marque d'insubordination n'avait pas échappé à Trevegg, qui la réprimanda :

« Tu vas exercer une mauvaise influence sur les plus jeunes. Allons, petite. On a toujours quelque chose à apprendre d'un ancien. »

Sous nos regards admiratifs, il saisit la patte tout entière, avec l'épaule et les côtes qui y étaient attachées, et se chargea de l'emporter dans les bois. Yllin bondit derrière lui, comme si la rebuffade n'avait jamais eu lieu.

Tapis dans les fourrés comme des lapins, nous n'assistâmes pas à l'enlèvement de notre proie. Les humains faisaient autant de tapage que des corbeaux, comme s'ils se moquaient bien d'alerter tous les ours et les lions à dent de sabre de la vallée. Nous enfouîmes la viande à la lisière des arbres, dans un coin de terre meuble que Rissa appelait l'Orée du Bois, un petit lieu de rassemblement que nous utilisions lors des chasses dans la plaine aux Grandes Herbes.

Une fois la viande dissimulée, Rissa réunit les louveteaux autour d'elle. Trevegg était assis à ses côtés, encore un peu essoufflé par la chaleur. Les uns après les autres, les loups de la meute se joignirent à nous, cherchant pour s'installer les coins d'ombre les plus accueillants. Seul Ruuqo se tenait à l'écart, le regard braqué vers la proie que les humains achevaient d'emporter. Quand elle fut assurée de l'attention de tous, Rissa se mit à parler :

« La Grande Vallée n'est pas un lieu comme les autres, et nous ne sommes pas semblables aux autres loups. Nous avons été choisis pour l'accomplissement d'une tâche grandiose et nous avons fait le serment de respecter certaines lois. Par conséquent, je vous demande de m'écouter avec toute l'attention possible. »

Même si Rissa ne posa pas les yeux sur moi en mentionnant les lois, je sentis converger vers moi les regards de la meute. Tous gardaient en mémoire la discussion de Ruuqo et des Grands Loups concernant ma naissance interdite par les lois de la Grande Vallée. Azzuen se serra contre moi, mais je m'aperçus que je n'avais pas peur. J'allais peut-être apprendre enfin ce qui me rendait si différente et justifiait l'aversion de Ruuqo à mon encontre. Je me penchai en avant, soucieuse d'entendre chacun de ses mots.

« Ce soir, poursuivit Rissa, nous vous emmènerons voir les humains qui partagent avec nous la vallée. Ils portent en eux plus de périls que l'ours lui-même, plus que l'oiseau rapace pour un bébé louveteau. Il vous est défendu de les approcher. Si vous les rencontrez en l'absence d'un chef, éloignez-vous sur-le-champ, dussiez-vous renoncer au plus succulent des gibiers. Si un chef vous y autorise, vous pouvez les voler, ou les affronter pour une proie, morte ou vivante. »

Yllin poussa un grondement sourd, toujours fâchée que Ruuqo ne nous ait pas laissés disputer le cheval aux humains. Rissa l'ignora.

« Un loup qui s'associe aux humains au-delà de ces limites sera banni non seulement de la meute, mais aussi de la Grande Vallée. »

Je promenai un regard autour de moi. Depuis notre retraite dans les bois, je ne voyais ni les montagnes ni les collines qui entouraient le site, mais la vallée était vaste. Je n'imaginais pas la quitter un jour.

« La chose essentielle, continua Rissa, est qu'il ne faut jamais tuer un humain, à moins qu'il ne vous menace, vous ou la meute. Si vous en tuez un sans raison, vous et votre meute serez mis à mort. Les Grands Loups anéantiront tous les loups de votre sang. »

Notre attention était acquise. Cessant de gigoter en regardant de-ci de-là, nous fixions tous Rissa du regard.

« Le temps est venu, dit-elle, que vous preniez connaissance du pacte de la Grande Vallée. »

Elle marqua une pause et jeta un regard vers Ruuqo, comme si elle s'attendait à ce qu'il reprenne la querelle. Il soutint froidement son regard.

« Si tu les conduis vers les humains quand ils ne sont que des louveteaux mal dégrossis, gronda-t-il, autant leur raconter les légendes. »

Il s'éloigna de quelques foulées et s'allongea sur un morceau de terre humide près d'un tronc vermoulu, nous tournant le dos.

« Très bien, fit Rissa, refusant de répondre à sa colère. Il y eut un temps où les loups et les humains se combattirent, et où notre espèce faillit disparaître. » Elle s'interrompit un instant. « Vous vous souvenez de ce que vous avez appris au sujet des Anciens ?

– Soleil, Lune, Terre, et Ciel, s'empressa de répondre Azzuen, répétant ce que nous avait enseigné Trevegg plusieurs lunes auparavant. Ils ont conçu les créatures et l'Équilibre, et nous devons respecter leurs lois. C'est tout ce que Trevegg nous a dit. »

Rissa se mit à rire devant le ton exaspéré d'Azzuen. Il ne supportait pas de ne pas tout connaître.

« C'est juste, lui dit-elle, et tu en apprendras davantage en temps utile. Pour l'heure, tu dois seulement savoir que nos ancêtres ont promis aux Anciens que la paix régnerait sur cette vallée. C'est la signification de ce pacte. Pour cette raison, il nous appartient de tenir la promesse, et le destin de toute l'espèce repose sur nos épaules. »

Les intonations de Rissa étaient celles des conteuses qui transmettent les légendes au fil des générations.

« Il s'agit d'une très ancienne promesse, faite en un temps où les loups venaient de devenir ce qu'ils sont, et où les humains n'étaient pas encore des hommes. Un loup nommé Indru rencontra un humain à la limite nord d'un immense désert. La faim les tenaillait tous les deux, et l'un et l'autre menaient leur famille, en quête de nourriture.

– C'était un temps, intervint Trevegg, où les humains n'étaient pas si éloignés que cela des autres créatures. » Le vieux loup s'allongea avec un soupir satisfait. « Ils surpassaient certaines par leur intelligence et se montraient plus aptes que d'autres à survivre, mais il y en avait aussi qui les supplantaient dans ces deux domaines. Ils étaient moins nombreux qu'aujourd'hui et avaient le corps recouvert de fourrure comme les créatures ordinaires – ils n'allaient pas à demi nus comme aujourd'hui. »

Borlla ricana, et un sourire fendit la gueule de Trevegg.

« Déjà en ce temps-là, ils marchaient sur leurs pattes de derrière et ils savaient un peu se servir des outils, même s'ils n'en possédaient pas un si grand nombre qu'aujourd'hui. »

Azzuen posa avant moi la question qui me préoccupait :

« Qu'est-ce que c'est, des outils ?

– Vous avez vu comment les corbeaux écorcent des brindilles et les utilisent pour extraire des larves de l'intérieur des arbres ? Eh bien, c'est la même chose, expliqua Trevegg. Cette brindille est un outil, et aucune créature ne les manie aussi adroitement que les humains. Cela fait partie des dons que les Anciens leur accordèrent, comme on nous a attribué la rapidité à la course et l'habileté à la chasse.

– Mais leurs outils ont beaucoup changé, coupa Yllin d'un ton assuré. L'ébauche d'être humain qu'a rencontrée Indru ne disposait que d'un bâton pour creuser et d'une pierre aiguisée pour découper. Ses propres ancêtres, et les ancêtres de ceux-ci les utilisaient déjà. Il n'avait pas encore eu l'idée d'accrocher une pierre au bout d'un bâton, ni de tailler un bâton en pointe pour en transpercer sa proie. »

Tout à coup, Yllin s'aperçut à sa grande confusion qu'elle s'était approprié le récit, mais un signe de Rissa l'incita à poursuivre.

« À cette époque, dit la jeune louve, les humains étaient des charognards qui se nourrissaient surtout des proies des autres, attrapant du petit gibier quand ils le pouvaient.

– Ce ne sont que des charognards ? s'étonna Unnan. Dans ce cas, pourquoi se soucier d'eux ?

– Tais-toi, petit ! » ordonna Ruuqo, allongé près du tronc d'arbre.

Près de moi Azzuen sursauta et Marra émit un petit jappement. J'avais cru Ruuqo assoupi, alors qu'il ne perdait rien de ce que nous disions. Unnan coucha les oreilles, mais Ruuqo le fixa un certain temps avant de se détourner de notre groupe.

« Ils étaient des charognards dans le temps, corrigea Trevegg en foudroyant Unnan du regard. Mais ce n'est plus le cas. »

L'embarras d'Unnan me tira un grognement de plaisir étouffé, et je m'installai sur mon arrière-train.

« C'était une rude époque, reprit Rissa, comme si Yllin ne l'avait jamais interrompue, et la nourriture se faisait rare. Les futurs humains étaient près de perdre leur combat pour la vie. La meute d'Indru se trouvait elle aussi dans une situation critique, et il l'avait entraînée très loin pour chercher de quoi manger. Les loups se portaient mieux que les humains, mais ils ne pouvaient pas se permettre de laisser partir le gibier. Et aux yeux d'un loup, les faibles créatures faisant face à sa meute auraient dû justement servir de gibier. »

Je me rappelais ce que j'avais éprouvé à la vue des hommes sur la plaine aux Grandes Herbes, déchirée entre le désir de me battre et l'envie de courir à leurs côtés. Je m'imaginai près d'Indru, en train de les observer, et les mots jaillirent sans que je l'aie voulu :

« Mais lui, il ne les voyait pas comme des proies », murmurai-je.

Ma respiration se bloqua quand je réalisai ce que je venais de dire, et je couchai les oreilles pour prévenir les remontrances.

Rissa retroussa à peine les babines, puis elle poussa un soupir avant de confirmer avec douceur :

« En effet, il ne les considérait pas comme des proies. En plongeant son regard dans les yeux des humains, il eut l'impression d'y reconnaître quelque chose, comme s'il y voyait la même chose que dans ceux d'un loup. »

Près du tronc d'arbre, Ruuqo gronda légèrement et leva la tête.

« Contre toute logique, et au mépris de toute raison, Indru ne donna pas ordre à sa meute de chasser les humains. Au lieu de cela, il invita ces créatures sur deux pattes à s'associer aux jeux de sa meute. Et quand le soleil monta dans le ciel et qu'il fit trop chaud pour courir, ils se couchèrent ensemble et sommeillèrent côte à côte. »

Rissa baissa à demi les paupières.

« Et quand ils s'éveillèrent, ils n'étaient plus les mêmes. Indru s'aperçut que les humains n'étaient pas vraiment différents des loups, et lorsqu'il y regarda de plus près, il vit combien les humains étaient malingres, combien ils étaient proches de la mort. Indru ne voulait surtout pas qu'ils meurent. Il désirait passer du temps avec eux, courir en leur compagnie comme il courait avec la meute. Il n'acceptait pas plus de les livrer à la mort qu'il n'aurait supporté qu'un de ses louveteaux souffre de la faim quand lui était rassasié. Il décida alors d'enseigner certaines choses aux humains, afin qu'ils puissent survivre. On raconte que lorsque le loup et l'humain se couchèrent côte à côte, leurs âmes s'enlacèrent, et que même quand ils se relevèrent et se séparèrent, chacun garda pour toujours un fragment de l'âme de l'autre.

– Cela n'appartient pas à l'histoire originelle », s'emporta Ruuqo en se levant brusquement. Tout le monde sursauta tandis qu'il s'avançait vers nous. « Ce n'est pas de cette manière que l'on doit raconter la légende.

– C'est ce que j'ai entendu lorsque j'étais enfant, insista Rissa. Le fait que tu n'y croies pas ne signifie pas que c'est faux. »

Un grondement sourd s'éleva de la gorge de Ruuqo. Retournant près du tronc pourri, il se mit à tourner nerveusement en rond. J'attendais qu'il s'allonge de nouveau, mais il revint et s'assit près de Rissa, en appui sur ses pattes arrière comme s'il se préparait à bondir. Rissa fit entendre un petit grognement ennuyé avant de poursuivre :

« Les loups apprirent aux humains comment ils pouvaient s'associer pour capturer des proies et ne plus dépendre des autres pour attraper leur nourriture. Ils leur apprirent aussi à désigner des lieux de rendez-vous où se réunir pour se reposer et organiser leurs plans.

– Ces secrets appartenaient aux clans de notre espèce, coupa Ruuqo, et Indru a eu tort de les révéler aux futurs hommes. Toutes les créatures détiennent des secrets – des savoirs transmis par les Anciens –, et il leur est interdit de les partager. Car les Anciens savaient que si une créature venait à acquérir trop de connaissances, elle deviendrait trop puissante et perturberait l'Équilibre. Indru était tellement aveuglé par les sentiments qu'il portait aux humains qu'il passa outre les prescriptions des Anciens et s'obstina à inculquer aux hommes des choses qu'ils n'auraient jamais dû savoir. Bientôt, les humains ne furent plus les mêmes. »

Il se tut et retourna auprès du tronc d'arbre. Quand elle fut certaine qu'il ne parlerait plus, Rissa reprit le fil de son récit :

« Le changement était immense. Depuis qu'ils chassaient en groupe, leur nourriture était plus abondante et leurs forces croissaient en conséquence. À la faveur de leurs réunions sur leurs lieux de rassemblement, ils s'aperçurent qu'ils gagnaient à conjuguer leurs facultés. Ils découvrirent de nouveaux moyens de se procurer de la nourriture, ainsi que des abris plus sûrs. Et par une nuit glaciale, lassés de grelotter et de se cacher des bêtes qui les traquaient, ils apprirent à maîtriser le feu. »

Dans la forêt, il m'était arrivé de voir le feu dévorer les buissons et les arbres. J'avais peine à croire qu'un quelconque être vivant soit capable de le contrôler, et malgré moi, une telle créature ne laissait pas de m'intriguer. La voix de Rissa coupa court à mes réflexions. Je repris mes esprits et me rapprochai en rampant.

« Quand les humains eurent acquis la maîtrise du feu, ils n'eurent plus besoin de leur fourrure épaisse, et elle se sépara de leur corps comme les feuilles tombent d'un arbre. Ils mirent au point de nouveaux usages pour leurs outils et en inventèrent d'autres que leurs ancêtres n'auraient jamais imaginés. Ils découvrirent de nouvelles façons de tuer et de se battre. Et leur cœur s'emplit d'orgueil et d'arrogance. "Nous sommes différents, proclamaient-ils, nous sommes supérieurs aux autres créatures. Ne voyez-vous pas qu'aucune autre ne sait allumer un feu ? Que nous sommes les seuls à fabriquer des outils en bois et en pierre ?" »

Un battement d'ailes nous fit lever les yeux. Lisse-Plume se posa devant Rissa et Trevegg, le bec rougi par le sang de son festin. Mon estomac se mit à gargouiller au souvenir de cette délicieuse viande maintenant inaccessible.

> *De l'homme et du loup,*
> *Qui a le plus d'orgueil ?*
> *C'est au corbeau de leur enseigner*
> *L'humilité.*

Il tira sur l'oreille de Rissa et agita ses ailes au nez de Trevegg. Il s'envola pour échapper aux mâchoires du vieux loup et alla rejoindre Chant de Pluie perchée sur une branche. Je me demandais si les corbeaux étaient là depuis longtemps et ce qui les incitait à écouter nos légendes. Rissa leur jeta un regard méfiant avant de revenir à son récit :

« Les humains décrétèrent que toutes les créatures devaient les servir. Les loups refusèrent, et ils entrèrent en conflit. Les humains, fous de rage, tuèrent toutes les créatures qui ne voulaient pas se soumettre. Ensuite ils mirent le feu à la forêt qui les avait abritées. »

Un frisson me parcourut. Je savais par Trevegg que les flammes avaient dévasté deux de nos lieux de rassemblement favoris, trois ans plus tôt. Je n'imaginais pas que l'on puisse se livrer volontairement à un tel saccage.

« C'est ce qui attira l'attention des Anciens, enchaîna Trevegg. Et lorsqu'ils apprirent que les humains avaient reçu

l'enseignement des loups, et qu'ils virent comment ils se com-
portaient, ils surent que ces créatures seraient une menace pour
l'Équilibre. Qu'elles s'acharneraient à semer autour d'elles la
destruction et la mort. Les Anciens ne toléraient pas qu'il puisse
en être ainsi. Alors Ciel annonça à tous les loups et à tous les
humains de l'univers que le temps de leur mort était venu.

« Quand Indru apprit cela, il hurla de tristesse et de désespoir. Il gravit la plus haute montagne qu'il put trouver et
appela les Anciens pour les supplier d'épargner la vie des loups
et des humains. Tout d'abord ils refusèrent de l'entendre. »

Rissa leva les yeux vers Lisse-Plume et Chant de Pluie posés
dans l'arbre au-dessus d'elle. Tous les deux soulevèrent leurs
ailes, mais ce fut Chant de Pluie qui parla :

« Alors Tlitookilakin, le roi des corbeaux, qui observait les
loups et les hommes, s'envola jusqu'à Soleil et piqua l'Ancien
du bout de son bec pointu. Soleil abaissa ses regards, et alors il
vit Indru et demanda aux autres Anciens – Lune, Terre, et Ciel
leur aïeul – de l'écouter. Tlitookilakin retourna auprès d'Indru,
car il ne voulait pas que ses corbeaux meurent de faim à cause
de l'inconséquence des loups. »

Le corbeau tourna la tête de-ci de-là, puis se réinstalla sur sa
branche.

« Les oreilles humblement couchées, et la queue discrètement serrée entre ses pattes, Indru se présenta devant les
Anciens. Et quand il leur parla, ce fut avec un courage digne
des loups les plus braves. "Ne châtiez pas tous les loups et tous
les humains, supplia-t-il, car seuls moi-même et ma meute
sommes coupables de ce qui est advenu. Ne nous ôtez pas la
vie. Il nous reste encore tant de choses à apprendre, tant de

choses à découvrir." Alors Ciel fit passer dans sa fourrure une tiède brise et lui dit avec douceur : "Pour chaque créature, il y a un temps pour vivre et un temps pour mourir. Il est temps que vous cédiez la place à ce qui doit venir après vous. Depuis toujours les choses sont ainsi, et c'est ainsi qu'elles demeureront." Indru, au désespoir, contemplait Ciel sans savoir que faire. Le roi des corbeaux lui piqua vivement la croupe, et le loup implora derechef : "Notre temps n'est pas encore écoulé. Nous avons à peine commencé d'explorer ce monde si beau dans lequel nous vivons." En guise de merci pour ce compliment, Terre poussa un grondement qui ébranla la montagne. Indru se rassit et modula un chant si doux et si mélancolique que Ciel lui-même frémit, et que Lune et Terre s'immobilisèrent pour la première fois de leur longue existence.

« Les Anciens observaient Indru avec une immense curiosité. Jamais ils n'avaient vu une créature se tenir devant eux et plaider sa cause avec tant de calme et de courage. Ils avaient tous vécu très, très longtemps, et chacun s'était lassé de la compagnie des autres. Ils éprouvaient un sentiment de solitude, tel un loup privé de sa meute. Dans le hurlement du loup, ils pressentirent la promesse d'une présence capable d'alléger leur solitude. Indru et Tlitookilakin patientèrent, transis de froid au sommet de la montagne, pendant qu'ils tenaient conseil. Et après un temps qu'Indru trouva infini, Ciel prononça des mots qui firent battre son cœur : "Nous acceptons de satisfaire ta requête, mais tu dois en échange nous promettre une chose. Nous faire une promesse que tes enfants et les enfants de tes enfants seront à leur tour tenus d'honorer. – Je vous promettrai ce que vous voudrez", répondit Indru.

« Ciel approuva d'un grondement. Il n'en attendait pas moins. "Puisque désormais les humains se jugent supérieurs au reste des créatures, dit-il, le pouvoir qu'ils possèdent aura raison de leur intelligence. Ils allumeront des feux plus terribles que tu ne peux l'imaginer. Ils combattront et ils donneront la mort, et peu leur importera de dévaster tout ce qui n'est pas à leur image. Si on les laisse agir à leur guise, ils iront jusqu'à détruire l'Équilibre lui-même, et alors nous n'aurons plus qu'à mettre fin à l'existence non seulement des loups et du genre humain, mais aussi du monde entier." »

Trevegg s'interrompit pour nous regarder.

« Vous souvenez-vous de ce que je vous ai dit à propos de l'Équilibre, quand vous étiez encore de petits louveteaux ? Il assure la cohésion du monde, et chaque créature, chaque plante, chaque souffle d'air en est une partie. Ciel, qui est le chef des Anciens, craignait qu'une fois l'Équilibre détruit, les Anciens ne périssent également. Aussi prit-il un risque démesuré en accordant sa confiance à Indru. Mais la solitude lui était pénible, et il aspirait au succès des loups. »

Le vieux loup s'étira de nouveau en fermant les yeux, comme pour se représenter Indru au sommet de la montagne.

« Ciel lui annonça alors : "Nous enverrons des épreuves aux humains, de formidables tempêtes, des sécheresses terribles et une mort cruelle, depuis les montagnes et les cieux. Cela les empêchera de développer trop de force et d'arrogance. Ils devront se battre, et la peine qu'ils prendront ainsi les occupera trop pour qu'ils puissent nous nuire. Mais tu dois me promettre une chose, loup. Jamais plus tu ne devras leur venir en aide. Toi et les tiens, ne les approcherez plus. Vous fuirez toujours leur compagnie."

« Indru, en digne chef qu'il était, aurait consenti à n'importe quoi pour sauver sa meute. Si Ciel l'avait exigé de lui, il aurait sacrifié jusqu'à ses propres dents et ses propres narines. Mais cette promesse-là, il ne pouvait se résoudre à la faire. Il ne concevait point de passer sa vie entière à l'écart des êtres humains. À ses yeux, c'était presque aussi grave que de laisser mourir sa meute. Sans répondre, il détourna la tête de Ciel et de Soleil.

« Sous ses pattes Terre trembla. "Il n'y a pas d'autre moyen", déclarèrent les Anciens. Soleil frappait sur la tête d'Indru de toute la force de ses rayons. "Si tu ne renonces pas à eux, dit-il, ils deviendront si puissants que même nous, nous ne pourrons plus les contrôler. Vous finirez par vous battre contre eux." Et Lune s'écria bien fort, pour être entendue depuis l'autre face de Terre : "Tel est le prix à payer." Cependant, il fallut que Tlitookilakin pique violemment Indru à la tête pour que le loup, gémissant de douleur, accepte de répondre. Inclinant la tête, il promit à Ciel que les loups fuiraient pour toujours la compagnie des humains. »

Trevegg fit une pause, et pendant une fraction de seconde son regard croisa le mien. Il se détourna aussitôt et poursuivit :

« Pendant de longues années, les loups firent en sorte de rester fidèles à la promesse d'Indru. Mais en dépit de tous leurs efforts, il leur fut impossible de ne plus jamais s'approcher des humains. »

Lorsque Trevegg s'arrêta de nouveau, ce fut Rissa qui reprit le récit :

« Ils n'avaient pas mesuré à quel point ce serait difficile. Ni les loups ni les Anciens n'avaient saisi combien était forte l'attirance mutuelle de l'homme et du loup. Que la raison en fût leur âme commune – elle regarda Ruuqo pour le défier de la contredire – ou bien le temps qu'ils avaient passé ensemble, les descendants d'Indru ne furent pas capables d'éviter les humains. Il arrivait parfois qu'ils se rencontrent, et chaque fois Ciel se mettait en rage et les séparait de nouveau. Des années et des années plus tard, bien après le temps d'Indru, une jeune louve – guère plus vieille que vous ne l'êtes aujourd'hui – alla chasser avec les humains et apprit à sa meute à en faire autant. Il s'ensuivit une guerre effroyable, qui fut à l'origine du pacte de la Grande Vallée.

« Les Anciens avaient averti les loups que s'ils échouaient à tenir leur promesse, l'ensemble des loups et des hommes seraient condamnés à mourir. Afin de les faire périr, Ciel envoya un hiver qui dura trois longues années. Ce fut à cette époque, quand tout semblait perdu, qu'apparurent les loups géants, dépêchés jusqu'à nous, à les en croire, pour nous servir de gardiens. Ce furent là les premiers des Grands Loups qui, racontent certains, seraient descendus des cieux en marchant sur les rayons de Soleil et seraient une émanation des Anciens eux-mêmes.

« Les Grands Loups vinrent à nous pour nous offrir une dernière chance. Ils avaient charge de surveiller les loups et de s'assurer qu'ils ne rompraient jamais plus la promesse faite par Indru. Et comme les Grands Loups savaient que leur séjour sur Terre s'achèverait un jour, ils cherchèrent des loups qui pourraient leur succéder dans le rôle de gardiens et veiller sur leurs semblables afin qu'ils ne s'associent plus jamais aux humains. Ils parcoururent le monde entier, cherchant des loups assez forts pour s'acquitter de cette tâche, et quand ils les eurent trouvés, ils les conduisirent ici, dans la Grande Vallée. Alors les Grands Loups isolèrent la vallée et décidèrent lesquels parmi les loups pourraient se reproduire, écartant tous ceux qui ne juraient pas obéissance aux lois issues du pacte.

– Se tenir aussi éloigné que possible des humains, cita Trevegg.

– Ne jamais tuer gratuitement un homme, continua Yllin.

– Sauvegarder la pureté de notre sang et s'accoupler seulement avec les loups de la vallée, acheva Rissa. Ces trois règles seraient transmises à chacun des loups venus au monde dans la vallée, et ceux qui ne les respecteraient pas seraient bannis ou mis à mort. Si une meute ne les appliquait pas, elle serait éliminée. Depuis lors, les Grands Loups sont nos gardiens et les garants de la promesse. Mais plus tard, lorsqu'ils retourneront vers Ciel, c'est nous qui prendrons leur place. Nous devons nous montrer à la hauteur de la mission qui est la nôtre. Quand le jour viendra, il faudra nous tenir prêts, sous peine de voir disparaître notre espèce. »

6

Ce fut Unnan qui posa la première question :
« Pourquoi est-il aussi important de ne pas s'accoupler avec des loups étrangers à la vallée ? » Et, me fixant ostensiblement des yeux, il ajouta : « Et pourquoi est-il si grave de laisser la vie sauve à un sang-mêlé ? »

Trevegg le regarda d'un air mécontent, mais il accepta néanmoins de répondre :

« Les sang-mêlé se révèlent parfois dangereux. Certains éprouvent une trop forte attirance pour les humains, d'autres ne peuvent s'empêcher de les tuer. Dans un cas comme dans l'autre, il s'agit d'une violation du pacte, et d'un échec dans l'accomplissement de notre mission. Il existe enfin des sang-mêlé qui ne ressemblent ni aux premiers ni aux seconds, et qui sont pris de folie. Nul ne peut prévoir ce qu'ils feront.

– Ainsi, nous nous mettons en danger en ayant un sang-mêlé dans la meute ? » raisonna Borlla avec une feinte innocence.

Je ravalai mon envie de lui arracher les oreilles, tandis que Marra, faisant semblant d'écraser une puce, lui enfonçait les griffes dans la cuisse. Borlla lui sauta dessus en grondant, mais Tevegg la prit par la peau du cou et l'écarta de nous avant que n'éclate une bagarre générale.

« Assez ! coupa le vieux loup. En certaines circonstances, nous pouvons mêler notre sang à un sang étranger. Parfois, les Grands Loups amènent ici des loups extérieurs à la vallée, afin que notre sang ne s'affaiblisse pas outre mesure.

– On finit avec des loups à deux museaux et à trois oreilles », plaisanta Yllin.

Elle donna une tape espiègle à Unnan, qui roula sur le flanc en la foudroyant du regard.

« Nous laissons vivre un sang-mêlé lorsque les Grands Loups en ont décidé ainsi, dit Rissa. Comme cela s'est produit avec Kaala.

– Mais les Grands Loups risquent de s'être trompés, n'est-ce pas ? insista Borlla. Il se peut qu'elle soit dangereuse.

– Ce n'est pas à toi d'en juger, petite », lui rétorqua Trevegg.

Encore une fois, Ruuqo leva la tête pour me regarder. Rissa s'approcha de moi et me lécha la tête.

« La discussion est close, déclara-t-elle. Les Grands Loups l'ont voulu ainsi, et nous avons agi selon leur volonté. N'oubliez pas ce que je vous ai dit concernant les humains et le pacte. Reposez-vous, à présent, dans quelques heures vous devrez être prêts à courir. »

Rissa nous réveilla deux heures après le lever de la lune. Je me roulai joyeusement dans l'air frais du soir, de bien meilleure humeur qu'avant de m'endormir. La cérémonie du départ fut brève et sobre, ponctuée seulement de petits jappements et de quelques hurlements. Les humains s'étaient éloignés de la carcasse, ne laissant que le souvenir de leur odeur, mais il était exclu de courir le moindre risque. Rissa affirmait que nos cris les troublaient, même quand ils les entendaient au loin.

Laissant l'Orée du Bois derrière nous, nous nous dépêchions de traverser la plaine aux Grandes Herbes pour pénétrer dans la forêt, les louveteaux s'efforçant de suivre le rythme des adultes. Avant le départ, Ruuqo nous avait mis en garde contre d'éventuelles désobéissances :

« Si un petit ne se plie pas aux ordres, il sera renvoyé tout seul en arrière. Ne vous écartez sous aucun prétexte du chemin que vous montre Rissa. Un louveteau qui n'est pas capable d'obéir n'a qu'à rester ici. »

Le ton était sans appel, et nous avions tous juré obéissance.

De ce côté-là de la plaine aux Grandes Herbes, des arbres et des buissons inconnus de moi exhalaient des senteurs pénétrantes, mais nous ne prîmes pas le temps de détailler ces nouveaux parfums. Une puissante odeur humaine imprégnait les prés et les bois, âcre et entêtante. Il était facile de la suivre, même pendant plusieurs heures, et notre progression était rapide au clair de lune. La lumière d'une demi-lune créait des contrastes tranchés, découpant des formes nettes et précises. La clarté lunaire soulignait le contour des feuilles, des lueurs diaprées baignaient la terre, et nos yeux voyaient bien plus loin que sous le soleil aveuglant. C'était l'heure de la chasse, et nous repérions sans mal les brindilles cassées et la terre remuée que ces humains négligents laissaient dans leur sillage. Leur odeur était si prononcée que nous aurions pu suivre leur trace par une nuit sans lune, mais j'étais heureuse que l'astre éclatant veuille bien nous seconder en illuminant l'univers nocturne.

Nous entendîmes la rivière avant même de la voir. Son bruit était pareil au souffle du vent à travers des centaines d'arbres aux épaisses frondaisons. Elle avait l'odeur de l'eau, bien sûr, mais il s'y mêlait des relents de terre humide et de bois pourrissant, de riche humus et de petites bêtes dodues – lézards et souris dont nous ne ferions qu'une bouchée. Je commençai à haleter d'excitation en approchant de cette rivière qui séparait notre territoire de celui des humains. Au-delà des eaux, me demandai-je, les terres seraient-elles si différentes des nôtres ?

La rivière était plus large que je ne l'escomptais, et le courant plus impétueux. On y descendait par une pente douce, mais sur l'autre rive, le terrain semblait plus escarpé. Arrivée au bord de l'eau, je marquai une hésitation. Les autres louveteaux firent de même.

« Ce n'est que de l'eau, les petits », nous rassura Rissa en guettant les éventuels dangers.

Elle pencha la tête pour boire, et je pris conscience en entendant ses clappements sonores de l'intensité de ma soif. Nous ne nous étions pas désaltérés depuis le repas, et je trouvai l'eau délicieuse, avec ses saveurs de feuilles, de poissons et de pays lointains.

« Je me demande où elle s'achève, dit Marra en regardant pensivement vers l'aval.

– Moi, répliqua Azzuen en fixant anxieusement l'autre rive, je m'inquiète surtout d'arriver en face. »

Unnan ricana méchamment, et la queue d'Azzuen s'abaissa légèrement.

« Venez, les petits ! » appela Rissa avec entrain. Elle entra rapidement dans la rivière et se retourna vers nous. « Il faut que vous soyez à votre aise dans un cours d'eau. Certaines de nos proies savent nager, et vous devez être à même de les poursuivre. Ce serait dommage que le gibier s'enfuie à la nage », fit-elle en souriant.

Rissa atteignit le milieu de la rivière en pataugeant et n'eut à nager qu'à partir de là. Nous, en revanche, il nous fallut nager presque tout le temps. Elle se hissa sans effort sur la berge opposée, s'ébroua et se tourna pour nous observer. Werrna commença à marcher dans l'eau et s'arrêta lorsqu'elle devint plus profonde.

La rivière était aussi mouvante que le vent. J'aimais bien nager, et j'avais eu plaisir à barboter dans l'étang près de notre repaire, mais cette expérience était nouvelle pour moi. Je trempai d'abord une patte dans l'eau, rassemblant mon courage pour entreprendre la traversée.

Tout à coup, un coup violent m'atteignit par-derrière et je tombai brutalement. De l'eau fangeuse plein la bouche, je remontai tant bien que mal sur la berge, toussant et m'ébrouant pour chasser l'eau de mon poil et de mes yeux. Sans prendre la peine de réfléchir, j'oubliai l'injonction de Ruuqo et me jetai sur Borlla pour la coucher dans la boue. Elle aurait pu me faire noyer, et elle m'avait sans doute tournée en ridicule. Pas question qu'elle s'en tire comme ça.

« Petits ! tonna Wernna, rebroussant chemin pendant qu'Yllin dissuadait Unnan et Azzuen de se mêler à ce qui avait tout l'air d'une belle bagarre.

– Vous n'avez pas honte de vous conduire ainsi ? Vous n'êtes plus des bébés ! On attend de vous que vous soyez assez responsables pour vous déplacer sans une surveillance constante. Dois-je vous renvoyer à Ruuqo ? »

À regret, je m'écartai de Borlla. La colère étincelait dans ses yeux, et je devinais qu'elle voulait se battre. Pourtant, je savais qu'elle attendrait une autre occasion, n'étant pas plus disposée que moi à renoncer à une chance de voir les humains. Courbant la tête devant Werrna, je m'aplatis au sol, et Borlla en fit autant. Elle me planta tout de même une patte dans les côtes, mais je résistai à l'envie de lui mordre le cou, car Werrna nous tenait à l'œil. Quand elle eut l'assurance que nous ne nous battrions pas, elle entra de nouveau dans l'eau, aussi aisément que si le vif courant lui faisait l'effet d'une brise légère. Elle restait paisiblement debout dans la rivière, la fourrure plaquée contre son corps, ses yeux brillant sourdement sous le clair de lune.

« Vous comptez attendre là toute la nuit ? fit-elle en nous voyant hésiter. La lune aura passé les monts que vous n'aurez toujours pas eu le cran de vous mouiller les pattes. »

De l'autre côté, Rissa arpentait la berge.

« Venez donc, nous invita Yllin comme aucun de nous ne bougeait. À cette saison les eaux sont calmes. Vous verrez après les pluies, elles coulent aussi vite que je cours. »

Après une profonde inspiration je plongeai les pattes dans l'eau, aussitôt bousculée par Borlla.

« Il y a des loups qui s'effraient d'un rien, et d'autres pas », persifla-t-elle en pénétrant dans l'eau avec assurance.

Elle pataugea un moment avant de poursuivre à la nage. Unnan ne tarda pas à l'imiter, mais il fit une pause pour éclabousser Azzuen.

Bien qu'efficace, leur manière de nager manquait beaucoup de grâce : leurs pattes brassaient les flots avec frénésie, et ils maintenaient péniblement la tête hors de l'eau.

« Je crois que je n'y arriverai pas », souffla Azzuen d'une voix étranglée, recroquevillé près d'Yllin.

J'aurais dû revenir le chercher, mais Unnan et Borlla avaient presque rejoint Werrna, au milieu de la rivière.

Marra me poussa le flanc du bout du museau.

« On fait la course », me dit-elle avant de plonger.

Je sautai à mon tour en criant à Azzuen de venir, mais je ne me retournai pas pour vérifier qu'il me suivait. Même si Marra me prit de vitesse, j'eus moins de peine à traverser que je ne l'avais craint. Comme nous n'avions pas autant de force que Rissa, le courant nous entraînait vers l'aval, et elle trottinait le long de la berge pour rester à notre hauteur.

« Félicitations, les petits », nous dit-elle avant de scruter la rive opposée.

Ce n'est qu'à ce moment-là que j'accordai un regard à Azzuen : lui et Reel, toujours de l'autre côté, observaient craintivement les flots mouvants. Yllin leur mordilla l'arrière-train, et l'eau porta ses railleries jusqu'à nous :

« Vous voulez m'obliger à vous porter ? Que va dire Ruuqo en apprenant que vous avez eu si peur ? »

Allez, Azzuen, pensai-je avec impatience. S'il leur laissait voir sa frayeur, ils ne l'accepteraient jamais dans la meute. Après maintes hésitations, il finit par entrer dans l'eau, suivi de Reel. Azzuen, qui nageait gauchement et lentement, se fatigua aux trois quarts du chemin et commença à couler.

« Continue de nager ! l'exhortai-je. Si cet idiot d'Unnan peut le faire, alors toi aussi ! »

Comme si ma voix lui procurait un sursaut d'énergie, Azzuen réussit à traverser, et il grimpa sur le rivage en secouant sa fourrure trempée. Je me sentais fière de lui, partagée entre la joie de l'avoir aidé par mes encouragements et la culpabilité de ne pas l'avoir attendu.

« Je savais que tu en étais capable.

– Oui, dit-il en frottant son museau contre ma joue. Il ne me reste plus qu'à faire le chemin en sens inverse. »

Je regardai Borlla, pensant qu'elle se moquerait de nos gestes d'affection, mais ses yeux ne quittaient pas la rivière. Reel était en difficulté. Il ne savait manifestement pas nager, et il cessa de remuer les pattes au beau milieu de la rivière, s'enfonçant rapidement sous l'eau.

Rissa poussa un bref aboiement, et Yllin et Werrna tentèrent de rejoindre Reel, que le courant emportait vers l'aval.

Borlla bondit alors dans l'eau, nagea vigoureusement vers Reel et le saisit par la peau du cou. Elle réussit à maintenir leurs deux têtes hors de l'eau jusqu'à ce qu'Yllin vienne chercher Reel et l'emmène en lieu sûr. Rissa vérifia soigneusement qu'il ne s'était pas blessé, puis elle se mit à le lécher, comme pour le laver de tout péril. Borlla regagna la rive toute seule et se coucha dans la boue, pantelante. Timidement, Reel s'approcha d'elle et la remercia d'un coup de langue. Je pensais qu'elle allait le railler pour sa faiblesse, mais elle lui posa tendrement le museau contre le cou. Un élan de jalousie s'empara de moi, qui n'avais même pas songé à réconforter Azzuen. Je constatai qu'il m'observait d'un œil circonspect, mais Rissa prit la parole avant que j'aie pu dire quoi que ce soit.

« Tu as agi pour le bien de ta meute, dit-elle à Borlla sur un ton d'approbation qui me mit hors de moi. Et toi, dit-elle à

Reel, se permettant d'être sévère à présent qu'il était sain et sauf, tu vas devoir prendre des forces. »

Une fois encore, elle frotta son museau contre sa tête et acheva de s'ébrouer.

« Petits, reprit-elle, c'était la partie la moins dangereuse de notre nuit. Suivez-moi sans faire de bruit. Nous ne nous arrête-rons plus avant d'avoir atteint le repaire des humains. »

Un par un, de manière à ce qu'un loup passant par là ne puisse pas nous dénombrer, nous nous enfonçâmes au cœur des bois touffus, vers l'odeur toujours plus affirmée des hom-mes.

Les bois se faisaient moins denses comme nous nous appro-chions du pied d'une petite colline sèche couverte de hautes herbes d'été et de buissons épineux. L'odeur des humains me submergeait. Rissa ordonna une halte et nous rassembla autour d'elle pour nous mettre en garde :

« Juste au-delà de cette colline, nous verrons le lieu de ras-semblement des êtres humains. Ne vous en approchez sous aucun prétexte et restez toujours à côté d'un adulte. »

L'excitation emballait mon cœur. Aussi concentrés et silen-cieux que nos aînés pendant qu'ils suivaient l'ourse, nous ram-pâmes vers le sommet de la colline. Nous ne voyions pas vraiment les humains, mais nous les entendions et nous sen-tions leur odeur. Rissa s'arrêta de nouveau, et nous patientâmes auprès d'elle. Yllin et Werrna nous surveillaient tout en s'assu-rant qu'aucun danger ne nous menaçait. Azzuen, assis près de moi, s'était mis à trembler légèrement. Je me tournai pour lui lécher la figure et prendre son museau dans ma gueule, comme le faisait Rissa quand nous avions peur. J'entendis son cœur se calmer à mesure que je le rassurais. Marra, si hardie au bord de la rivière, vint me trouver en gémissant tout bas. Je pris aussi son museau dans ma gueule, et elle poussa un soupir de soulagement. En regardant les autres louveteaux, je vis Borlla faire de même avec Reel. Elle me jeta un regard de défi.

Sur un signe de Rissa, nous commençâmes à ramper, le ventre au ras du sol, camouflés par les hautes herbes sèches. Rissa avait beau dire que les humains ne voyaient pas dans le noir, je ne m'en réjouissais pas moins d'être à l'abri des herbes et des buissons épineux. Azzuen, bientôt imité par Marra, poussait de petites plaintes d'excitation et de frayeur, et il fallut un regard furieux de Rissa et les coups de dents d'Yllin pour les réduire au silence. Enfin, parvenus en haut de la colline, nous plongeâmes nos regards sur le repaire des humains. À présent nous pouvions les voir, en même temps que nous les sentions et les entendions.

Il y avait plusieurs hordes de créatures sur deux pattes. Pareils à des ours avant l'assaut, ils évoluaient pesamment à travers une clairière six fois plus grande que notre lieu de rassemblement. Leurs corps élancés étaient lisses comme celui du lézard ou du serpent, mais parsemés de fourrure plaquée. Beaucoup avaient ceint leurs épaules et leurs hanches de peaux de bêtes mortes. Ils dégageaient une odeur de sel et de viande, de peaux d'animal et d'eau de rivière. Pourtant, leur odeur particulière était noyée par cette senteur âcre qui les rendait si faciles à repérer, même à une grande distance. C'était celle du feu, réalisai-je brusquement, mêlée à une odeur inconnue de pierres brûlées. Des cercles de cailloux circonscrivaient le foyer. Il y avait quelque chose d'insolite dans cette odeur, un élément que je n'arrivais pas à définir.

Les humains étaient réunis par groupes de la taille d'une petite meute, adultes et enfants mélangés. Les petits se déplaçaient dans la clairière en piaulant et en couinant. Par leur stature, ils se situaient entre le louveteau de quelques semaines et le loup presque adulte. Les plus jeunes titubaient maladroitement dans la clairière, si semblables à des louveteaux que ma queue commença à frétiller. La plupart des adultes étaient plus imposants que des loups adultes, et la fourrure des mâles plus fournie que celle des femelles. J'éprouvai brusquement un sentiment de solitude, comparable à celui qu'avait suscité le départ de ma mère.

« Pas étonnant qu'ils prennent tout le gibier de la vallée ! » La stupéfaction de Werrna rendait sa voix râpeuse. « Ils n'ont jamais été aussi nombreux. Dans le temps leurs meutes étaient plus réduites !

– Ils sont pires que les loups de l'Aiguille de Pierre, confirma Rissa. Cela ne leur suffit plus de s'emparer de la nourriture dans les limites de leur territoire. Je crois qu'ils pourraient empiéter sur nos lieux de rassemblement sans même se rendre compte qu'ils commettent une erreur. »

Je restais abasourdie. Un loup n'aurait jamais pénétré sur le territoire d'un autre sans savoir qu'il courait au-devant du danger. On ne le fait jamais à moins d'y être contraint, et dans ce cas, on agit avec la plus grande prudence. Et on se tient prêt au combat.

« Si leurs meutes deviennent trop nombreuses, ils n'ont qu'à écarter certains de leurs membres, comme nous le faisons, observa Borlla, les babines retroussées par le mépris. Ils ressemblent moins à une meute qu'à un troupeau de gibier.

– Ce sont des chasseurs, lui rappela Rissa. Ne l'oublie jamais. Des chasseurs qui ne respectent ni les territoires ni les règles de la chasse. C'est pour cela que vous devez les rencontrer si tôt, les petits. Quand j'étais jeune, il suffisait de les ignorer pour honorer le pacte. Nous nous écartions de leur chemin, et ils faisaient de même. Aujourd'hui il y en a partout, et vous devez constamment faire attention à eux. »

Une femelle humaine se blottit dans les bras d'un mâle. Une autre femme traversait la clairière, un petit suspendu à son cou. Un gémissement monta dans ma gorge, et je m'empressai de le réprimer. Je ne trouvais pas normal que nous ne puissions pas côtoyer les humains, mais après tout ce qu'avait raconté Trevegg sur mon sang mêlé, je ne risquais pas de demander quoi que ce soit.

Je surpris le regard d'Azzuen posé sur moi.

« Pourquoi on ne peut pas rester un peu avec eux ? Je comprends qu'on ne puisse pas s'attarder en leur compagnie, ni leur venir en aide, mais qu'est-ce qui nous empêche de nous approcher d'eux ? »

J'aurais aimé lui sauter dessus pour le remercier, mais je me contentai d'un regard de gratitude.

« Une fois que l'on commence à les côtoyer, expliqua Rissa, on ne peut plus s'en passer. On a envie de les aider et de leur enseigner des choses, comme l'a fait Indru. » Elle détourna les yeux. « C'est du moins ce que l'on m'a raconté dans ma jeunesse. Et puis... » Elle se tut un instant, comme si elle hésitait à en révéler davantage. « Il y a quelque chose dans l'âme des loups et dans celle des hommes qui les empêche de vivre ensemble. La plupart des humains craignent la sauvagerie qui appartient au loup, car ils n'ont aucune emprise sur elle. Quand nous passons trop de temps avec eux, ou bien nous renonçons à ce côté sauvage pour leur faire plaisir, ou bien nous encourons leur colère en refusant de l'abandonner. À moins que ce ne soit nous qui nous mettions en rage au point d'essayer de les tuer, si bien que les Grands Loups doivent éliminer toute une meute. C'est pour cela que nos ancêtres ont promis que les loups de la Grande Vallée éviteraient tout contact avec les humains. Sauf évidemment... – une lueur fit briller son regard – pour les dépouiller à la première occasion. »

Azzuen semblait réfléchir à ces paroles.

« Pourquoi, demanda-t-il, les Anciens n'ont-ils pas tué les loups quand le jeune loup a chassé avec les humains, dans les légendes ? Les loups ont failli à la promesse d'Indru. S'il est si dangereux de les côtoyer, pourquoi les Anciens nous ont-ils offert une deuxième chance ?

– Tu ferais mieux de t'en réjouir, gronda Werrna en lui jetant un regard courroucé. Et rien ne t'autorise à remettre les légendes en question. »

Mais Azzuen insista en se levant brusquement :

« Pourtant il ne suffit pas de les éviter, n'est-ce pas ? Puisque les humains prennent ce qui n'est pas à eux et ne respectent pas les territoires. Et Lisse-Plume a dit qu'ils chassaient les proies de la vallée.

– Assis, petit ! gronda Rissa. Et en silence ! »

Azzuen retomba sur ses fesses, décontenancé par la sévérité de sa mère. Il ouvrit la bouche pour répliquer, mais elle se mit à grogner :

« On t'a dit de ne pas discuter les légendes. Maintenant, tais-toi, ou tu te débrouilleras pour retraverser tout seul la rivière. »

Atterré par la rebuffade, Azzuen s'aplatit autant qu'il le pouvait. Je frottai ma truffe contre sa figure, me sentant un peu coupable qu'il ait posé la première question à ma place. Mon attention se reporta bientôt sur les humains.

À les voir, on ne pouvait pas croire qu'ils étaient dangereux. Une petite fille était lovée aux pieds d'un couple qui semblait être ses parents. Elle avait le parfum de l'averse qui vient de tomber. Yllin observait deux jeunes mâles en train de lutter comme des louveteaux d'un an.

« Tu auras forcément envie de t'approcher d'eux, fit-elle doucement. Envie de les toucher et d'être près d'eux, de communiquer avec eux comme avec un de nous. Mais c'est ton devoir de loup de résister. Tes obligations envers la meute et le pacte priment sur tes propres désirs. »

Rissa approuva d'un hochement de tête.

« Ils ne vont pas flairer notre odeur ? s'enquit Reel en reculant un peu.

– Leur nez a autant d'utilité que des ailes sur un aurochs, se moqua Werrna. Tu peux faire un pet juste derrière eux, ils ne le sentiront même pas.

– C'est un peu exagéré, intervint Rissa en riant malgré elle, mais il est exact que leur odorat est moins développé que le nôtre et qu'ils ne nous sentent pas à cette distance. »

Cette révélation me laissa pantoise. Comment une créature

pouvait-elle survivre sans être capable de détecter l'odeur des concurrents et des proies ? Mes propres narines s'employaient à démêler les odeurs de leur site, tracassées par cette étrange odeur de feu. Je finis par l'identifier. Le mélange du feu et de la viande. De la viande brûlée. L'odeur était choquante et contre nature, et en même temps irrésistible. Elle m'attirait avec autant de force que les créatures elles-mêmes. Elle éveillait ma faim. C'était de cette viande que je me sentais avide, mais aussi d'autre chose, au plus profond de mon corps. Je demandai, m'efforçant de dissiper cette sensation :

« Comment est-ce qu'ils vivent ? Comment font-ils pour chasser s'ils ne sentent rien ? »

Azzuen se serra contre moi avec une légère plainte. Je posai délicatement mon museau sur son cou, et il se calma aussitôt.

« Ils vivent et chassent comme nous, dit Rissa. Leurs yeux sont tout à fait efficaces en plein jour, et ils sont regroupés en meutes. Mais au lieu d'avoir des griffes et des crocs, ils fabriquent les outils qui leur servent à tuer. Des piques – des espèces de longues épines – ainsi qu'un autre bâton qui sert à projeter le premier. Ils sont capables de tuer une proie à distance. Ce sont de bons chasseurs », conclut-elle d'un air songeur.

Tout le monde se tut pour contempler le repaire des humains. À présent, je comprenais qu'il existe une loi sévère pour nous interdire de nous mêler à eux. Ils nous ressemblaient d'une étrange manière, plus encore que les corbeaux. Les sons qu'ils produisaient évoquaient un langage, et l'expression de leurs corps était aussi éloquente que celle des loups. Les petits s'accroupissaient et s'amusaient de la même façon que nous. Je devinais que le chef du groupe était un mâle grand et musclé. L'odeur du pouvoir se dégageait de lui, et les jeunes hommes sveltes et fluets quêtaient visiblement son approbation. Je me demandais bien comment il faisait régner la discipline sur une meute aussi étendue, mais je n'en étais pas moins subjuguée.

Près de moi l'air se fit plus tiède, et je devinai la présence d'un autre loup. Je connaissais son odeur, mais il ne faisait pas partie de ma meute. Je trouvai étonnant qu'un loup étranger se joigne à nous sans saluer d'abord Rissa, et sans que mes compagnons lui demandent des comptes. Je découvris en tournant la tête une jeune louve à peu près du même âge qu'Yllin, qui posait sur les humains un regard empreint de désir. Je n'avais pas envie de la déranger, mais elle paraissait si malheureuse que je lui donnai un petit coup de museau.

La louve étrangère se tourna alors vers moi et, avisant le croissant de lune sur sa poitrine, je sus pourquoi elle m'était familière. C'était la louve qui était venue à moi quand j'avais perdu courage sur la grande plaine, et que j'avais prise pour une invention de ma fatigue et de mon désespoir. Elle était assez ordinaire, pas très grande et un peu maigre. Mais c'était son odeur que j'avais suivie à travers la plaine pour retrouver la meute – celle qui nous avait sauvés, Azzuen et moi. Tout à coup, je m'aperçus que la composante âcre de son odeur se rapprochait du mélange feu-roche-viande du campement des hommes. La louve inconnue avait une odeur humaine.

« Tu as bien grandi, Petites-Dents, dit-elle en effleurant du museau le croissant de lune sur ma poitrine. Bientôt tu ne seras plus un louveteau. Dis-moi, comment les choses se passent-elles avec la meute du Fleuve Tumultueux ? »

L'odeur humaine de la louve me perturbait encore.

« Tu fais partie de la meute d'hommes ? lui demandai-je.

– Pas tout à fait. »

Son regard chargé de désir revint sur le repaire des humains, puis se tourna vers Rissa et les petits. Je trouvais invraisemblable que mes compagnons ne viennent ni la saluer ni la provoquer.

« De quelle meute es-tu, alors ?

– Du Fleuve Tumultueux, ma petite. Et qui plus est, ta meute est la mienne. »

Je nageais en pleine confusion. J'avais entendu dire que des petits de la portée d'Yllin et Minn avaient quitté la meute pour s'accoupler, et reviendraient peut-être pour les voyages d'hiver. Mais un loup de retour dans la meute aurait immanquablement salué Rissa. J'aurais aimé en savoir plus sur elle, mais je m'abstins de la questionner. Si elle avait été bannie de la meute, elle n'avait peut-être pas envie d'en parler. Mais si c'était bien le cas, pourquoi Rissa lui avait-elle permis de se coucher près de nous ?

Je la regardais bouche bée, désorientée, et la louve inconnue se mit à rire.

« C'est les humains que tu es censée observer, petite. Pas moi. Regarde-les donc. Plus que tout autre loup de la Grande Vallée, tu dois les connaître.

– Pourquoi cela ? demandai-je, tout étonnée.

– Ma fille, j'ai commencé un périple que tu dois achever. »

Un hurlement profond et lointain nous fit sursauter toutes les deux. Les jeunes loups dressèrent les oreilles.

« Je dois partir, petite sœur. Prends soin de ma meute. » Elle jeta un dernier regard aux humains. « De tous ses membres. »

Encore une fois, elle toucha le croissant de lune sur ma poitrine, avant de disparaître dans la forêt. Je frissonnai légèrement dans l'air rafraîchi, tentée de suivre la louve dans les bois. Sur ma poitrine, la lune gardait la chaleur de son contact, et j'aurais voulu comprendre ce qu'elle cherchait à me dire en me recommandant de veiller sur la meute. Mais à ce moment-là, quelque chose m'attira vers le campement des humains, si puissamment que je fus incapable de résister. Je fis un pas pour descendre la colline.

« Couche-toi ! » gronda Werrna.

Mes pattes tremblaient, et j'avais le vertige. Ma poitrine était brûlante comme les foyers qu'entretenaient les humains, et j'eus l'impression qu'une vigne invisible enroulait ses vrilles autour de mon cœur pour m'entraîner vers leur camp. Sur leur repaire, tout devenait plus net, plus limpide. Leur langue ne me faisait plus l'effet d'un caquetage inintelligible, elle était aussi claire désormais que les mots d'un loup. Voyant un enfant humain blotti dans les bras de sa mère, j'eus envie que ces bras se referment sur moi. Je désirais goûter à cette viande à la saveur de feu, sentir sur ma fourrure la tiédeur des flammes. L'attirance que j'avais déjà éprouvée s'était décuplée, je ne pouvais plus la combattre.

Je fis encore un pas, puis un autre, et bientôt je dégringolais le versant de la colline. Soudain, je me sentis écrasée par une hanche et une poitrine qui se cognaient violemment à moi. Je ne pus refouler un jappement lorsque Werrna bondit sur moi pour me plaquer à terre.

« Tais-toi, imbécile de louveteau, siffla Werrna. Tu veux que tous les habitants de la forêt sachent que tu es là ? »

J'essayai malgré tout de rejoindre les humains, me débattant sous le corps puissant de Werrna. J'eus mal lorsqu'elle m'arrêta. La douleur dans ma poitrine, qui avait reflué pendant que je me rapprochais des humains, s'intensifiait maintenant qu'on m'empêchait de les rejoindre. Je m'obstinai à combattre Werrna, mon désir d'atteindre les humains l'emportant largement sur la peur des représailles ou de la souffrance. Finalement, elle m'infligea une brutale morsure à l'épaule, et l'odeur des hommes perdit un peu de son ascendant sur moi. Je me rappelai que j'étais un loup et que j'appartenais au Fleuve Tumultueux. Je me laissai traîner en haut de la colline où Rissa m'attendait, folle de rage. Azzuen et Marra me contemplaient avec de grands yeux. Même Unnan et Borlla restaient sans voix.

« Au nom de la Lune, me dit Rissa, qu'est-ce qui t'est passé par la tête ? Après tout ce qu'on t'a raconté, comment oses-tu t'approcher des humains ? »

Je ne trouvai aucun argument à lui opposer. Je ne pouvais pas lui parler de cette louve qui n'était peut-être pas réelle, et je ne pouvais pas davantage lui avouer combien les humains m'attiraient, à quel point je me sentais leur semblable. Rissa me prendrait pour une insensée, ou bien elle penserait que j'étais prête à suivre les hommes et qu'il fallait me bannir de la meute. À la seule pensée des humains, j'avais la sensation de chuter du haut d'une falaise et de dégringoler inexorablement. Je gardai la tête basse.

« Réponds ! Ou je te renvoie toute seule dans la plaine, de l'autre côté de la rivière. » Jamais je n'avais vu Rissa dans une telle colère contre un des louveteaux. Je lui jetai un regard anxieux. « Dis-moi pourquoi tu m'as désobéi !

— Je suis désolée, murmurai-je, quelque chose m'a attirée vers eux. »

Werrna et Rissa échangèrent des regards inquiets, et j'entendis Borlla qui marmonnait tout bas à propos des sang-mêlé. Azzuen m'observait d'un œil soucieux. Je devinais qu'il aurait voulu venir vers moi, mais qu'il n'osait pas. Si j'étais touchée par sa sollicitude, son tempérament pusillanime m'horripilait. Quant à Yllin, j'évitai de croiser son regard pour ne pas y lire de la déception.

« Qu'est-ce que tu veux dire ? insista Rissa. Attirée comment ? »

— Comme si j'étais en feu, soufflai-je, et que le seul moyen d'éteindre ce feu était de les rejoindre. Je suis navrée. »

Je ne lui parlai pas de la louve inconnue. Je ne pouvais pas m'y résoudre.

« Tu as ça dans le sang, déclara Werrna en me toisant. À peine quatre lunes, et c'est déjà arrivé.

— Tais-toi donc, Werrna, coupa Rissa. Cette petite a seulement une imagination trop fertile. Nombreux sont les louveteaux qui tentent d'approcher les hommes la première fois qu'ils les voient. Ça ne veut rien dire. »

Elle me regardait pourtant d'un air préoccupé, et poussa sa truffe contre le croissant de lune sur ma poitrine.

« Ça ne veut rien dire, fit Werrna. Tout de même, est-ce que tu comptes en parler à Ruuqo ?

– Non. » Elle leva la tête et planta son regard dans celui de Werrna. « Et tu ne lui diras rien non plus. »

Werrna eut un instant d'hésitation, puis elle coucha les oreilles en détournant la tête.

« Comme tu voudras. »

Elle se tourna pour mordiller une touffe de poils sur sa patte.

Borlla rejoignit Rissa en se pavanant et déclara méchamment :

« Moi aussi j'ai senti qu'ils m'attiraient, mais je n'ai pas pour autant essayé d'aller vers eux. »

Unnan hocha la tête avec véhémence pour lui donner raison.

« Aucun de nous ne s'est approché, à part Kaala.

– Silence, vous deux ! ordonna Rissa. Et je ne veux plus entendre un mot là-dessus. C'est bien compris ? Kaala, tu attendras au pied de la colline. *Loin* des humains. Nous autres, nous allons reprendre une partie de ce qu'ils nous ont volé.

– Ruuqo sera mécontent, prévint Werrna.

– Ce n'est pas lui qui décide de tout pour la meute, lui rétorqua Rissa. Si nous ne pouvons pas empêcher les humains de nous dérober notre gibier, nous pourrons au moins emporter ce qu'ils abandonnent négligemment aux abords de leurs lieux de rassemblement. » Elle jeta un bref regard à Werrna. « Tu peux rester ici avec les plus jeunes louveteaux. »

Werrna ouvrit la bouche pour protester, mais l'expression de Rissa l'en dissuada.

« Bien, chef. Remuez-vous, les petits, fit-elle en poussant Azzuen et Reel sans ménagement.

– Toi aussi, commanda Rissa en me voyant hésiter. Tu n'as pas assez de maîtrise de toi-même pour participer. »

Si Werrna elle-même s'abstenait de contredire Rissa, ce n'était sûrement pas moi qui allais m'y hasarder. Tâchant de mon mieux d'oublier la douleur dans ma poitrine, je me détournai de mes compagnons, m'éloignant des humains qui exerçaient tant d'attrait sur moi.

7

J e redescendis le versant de la colline, essayant d'ignorer la
douleur. La tête levée vers le croissant de lune, j'avais envie
de hurler mon insatisfaction. Mais Rissa m'avait déjà rabrouée
une fois pour mon impulsivité. Je continuai donc de marcher
en gémissant doucement, le désespoir au cœur, sensible au
moindre grain de terre sous mes pattes. Je m'arrêtai en entendant derrière moi un bruit de pas légers et rapides.

« Je t'accompagne », dit Azzuen en courant vers moi, sa
petite figure empreinte d'inquiétude.

J'en éprouvai plus de reconnaissance que je ne voulais
l'admettre. C'était déjà pénible de se faire renvoyer et d'être
séparée des humains, et la solitude ne faisait qu'aggraver la
situation. Une fois arrivés en bas, nous nous assîmes tous les
deux pour contempler la lune à travers les arbres.

« Werrna ne va pas remarquer que tu es parti ? »

Azzuen fit un sourire.

« Elle enrage beaucoup trop de devoir rester en arrière pour
remarquer que je me suis éloigné. Un des avantages quand on

fait partie des petits, c'est que les adultes se fichent éperdument que l'on s'en aille. De toute manière, ils sont persuadés qu'on sera morts de faim avant la fin de l'hiver.

– C'est faux ! protestai-je, bouleversée par la piètre idée qu'il avait de lui-même et de sa place dans la meute. Il leur importait, au contraire, que tu parviennes à traverser la rivière.

– D'accord, ils ne souhaitent pas nous voir mourir, mais ils ne comptent pas que Reel et moi survivions à l'hiver.

– Moi je m'assurerai que tu survis. »

Je me sentis honteuse de lui avoir fait cette réponse, car elle sous-entendait qu'il était faible. Azzuen garda un moment le silence, réfléchissant à mes propos. Il reprit la parole pour me parler des humains :

« Pourquoi donc es-tu allée vers eux ? Après tout ce que Trevegg et Rissa nous ont expliqué à propos du pacte. Nous avons tous ressenti une attirance. Mais tu risquais d'être exclue de la meute. Ou pire. »

Azzuen ne cherchait pas à m'accuser, il était simplement curieux.

« Pour moi c'était différent, Azzuen. Au début ce n'était qu'une attirance, comme tu le disais, et puis ça a changé. Je ne pouvais pas *m'empêcher* d'y aller. Comme Rissa le racontait au sujet d'Indru. Quand j'y réfléchis, je sais que j'ai mal fait, mais ça ne change rien. Si je n'étais pas sûre d'être arrêtée par Rissa et Werrna, j'irais même tout de suite. »

Azzuen me regarda attentivement, et je remarquai qu'il avait le visage plus plein. Même s'il prétendait compter parmi les petits, il était en train de prendre des forces.

« La prochaine fois que tu as envie d'y aller, préviens-moi. Je m'assiérai sur toi. »

Je me mis à rire, et la douleur diminua un peu. Entendant un bruissement d'ailes au-dessus de moi, je tressaillis. Tlitoo se posa devant moi et entreprit de se lisser les plumes.

« Tu n'es pas très futée », dit-il.

Interrompant sa toilette, il tira de sous son aile une brindille qu'il me lança.

« Les Grands Loups ne pourront pas t'aider si tu es proscrite de la meute, bébé-loup. Il va falloir que tu apprennes à mieux te contrôler. La marque sur mon aile me brûle quand je vois des humains, mais j'ai appris à ne pas en tenir compte. Tu n'es pas censée obéir à toutes tes impulsions, tu sais.

– Qu'est-ce que tu fais ici, dans le noir ? lui-demandai-je, hargneuse. D'habitude, les corbeaux n'aiment pas l'obscurité. Pourquoi n'es-tu pas avec ta famille ?

– Moi je ne suis pas un bébé-loup, j'ai l'âge de rester seul quand j'en ai envie. Et il faut bien que quelqu'un t'empêche de te lamenter toute la nuit. » Tlitoo me regarda, ses yeux brillant au clair de lune. « Les Grands Loups seront mécontents. »

Je n'avais certainement pas besoin qu'on vienne me critiquer en plus de tout le reste.

« Où sont-ils donc, si ça les intéresse tant ? » répliquai-je.

Jamais je n'avais eu à ce point envie de les voir. Je leur aurais demandé qui était mon père et s'il était vrai que du sang d'Étranger coulait dans mes veines. J'avais besoin de savoir si je représentais un danger pour la meute, si quelque chose n'allait pas chez moi.

Avec un croassement guttural, Tlitoo ébouriffa les plumes au-dessus de ses pattes.

« Les Grands Loups ne viennent que s'ils le désirent, bébé-loup. Ils ont des choses plus importantes à traiter que ta contrariété. Idiot de loup.

– Attention à ce que tu dis », le menaça Azzuen en se postant près de moi, dans une attitude protectrice qui me surprit beaucoup.

Tlitoo pencha la tête.

« C'est bon d'avoir des amis. Arrange-toi pour les garder. Un jour tu auras intérêt à ne pas être seule.

– Tu as terminé ? » demandai-je, irritée.

J'en avais assez qu'il vienne sans cesse me trouver avec ses messages sibyllins et ses communications des Grands Loups, sans jamais me donner de réelle information.

« Écoute-moi bien ! » Sa soudaine gravité me troubla. Azzuen se serra contre moi, mais cette fois il m'offrait du réconfort au lieu de m'en réclamer. « Ne te fais pas bannir alors que tu es trop jeune pour assurer ta subsistance. Prends garde à ne pas exhiber ta différence. Ne te distingue pas autant des autres. Tu crois être capable d'y arriver ? De réflé-chir un peu ? »

Je ne savais que lui répondre. Appuyée contre Azzuen, je me contentais de le regarder.

Sa voix se radoucit légèrement.

« Tu sais depuis toujours que tu es différente. Sinon, pour-quoi les Grands Loups t'auraient-ils sauvé la vie ? » Il plongea doucement le bec dans la fourrure de ma tête, chantonnant à voix basse : « Moi non plus je n'aime pas les secrets des Loups-

Grincheux, mais je ne m'arracherai pas les plumes pour autant. Dans l'immédiat tu as des soucis plus urgents. »

Son affection me surprenait. J'allais le remercier, mais il se tourna pour agiter devant moi les plumes de sa queue.

> *Petit-loup se lamente beaucoup trop.*
> *Il en a assez, le corbeau,*
> *Il va le tirer par la queue.*
> *Ce sera bien mieux.*

Il souleva les ailes comme pour fondre sur moi. À ma grande stupéfaction, Azzuen répondit par un bond qui le fit s'écarter avec de joyeux gargouillis.

« Ah, enfin un loup qui n'est pas mortellement sérieux. »

Il ne dit plus rien, penchant la tête comme s'il écoutait quelque chose. Azzuen promenait son regard entre nous deux.

« C'est le corbeau le plus bizarre que j'aie rencontré, déclarat-il, amusé. Et depuis quand les corbeaux se déplacent-ils de nuit ? » Il se pencha vers moi pour me chuchoter : « Je crois que nous ne devrions pas croire tout ce qu'il dit, Kaala. »

Je sentis naître en moi une bouffée d'affection pour Azzuen. Comme il affichait de nouveau son expression de vieux sage, je me demandai si sa personnalité aurait le temps de se développer, s'il en aurait l'occasion. Reel et lui étaient décidément les plus fragiles de la meute. S'ils survivaient, l'un d'eux hériterait forcément de la position de souffre-douleur. Et si je pouvais y faire quelque chose, ça ne tomberait pas sur Azzuen.

Mais Tlitoo avait encore des réponses à me fournir. Je le fixai, les yeux étrécis.

« Maintenant, c'est toi qui vas m'écouter..., dis-je d'un ton aussi posé que je le pus.

– Vous feriez bien d'y aller, bébés-loups », coupa brusquement l'oiseau. Son regard s'attarda sur moi. « Tâche de ne pas te faire remarquer comme un bec ensanglanté. »

Et il prit son essor dans un ricanement caverneux dont l'écho se répercuta à travers l'obscurité.

Derrière nous, j'entendis un grand raffut au milieu des buissons. Mes compagnons étaient en train de dévaler la colline, portant presque tous de la viande dans leur gueule. Les clameurs du campement humain résonnaient dans leur sillage. Les yeux d'Yllin brillaient, et elle tenait un morceau de viande entre les mâchoires – la viande passée au feu.

« Ça, observa Azzuen, elle ne l'a pas pris aux abords du camp !

– Non, ils y sont entrés ! » dis-je avec envie.

Moi, je m'étais attiré des ennuis simplement en m'approchant. L'odeur de la viande brûlée me faisait saliver, mais nous n'avions pas le temps de nous arrêter pour manger.

Rissa aboya sans lâcher son morceau de viande, adoucissant par un sourire son ordre péremptoire. Nous foncions à travers bois sans plus nous soucier du bruit. Nous filions dans la fraîcheur de la nuit claire, courant vers notre territoire avec de la viande plein la gueule. Galopant avec Azzuen en queue du cortège, j'aurais juré voir l'ombre d'une jeune louve à nos côtés.

Les humains abandonnèrent rapidement la poursuite. Leur course poussive et maladroite ne leur laissait aucune chance

contre nous, et comme leur odorat et leur ouïe étaient médiocres, ils ne risquaient pas de suivre notre piste. Une fois hors de
portée de leurs piques, nous étions en sécurité. Pourtant nous
avons continué de courir. Les bois avaient l'odeur des loups de
l'Aiguille de Pierre, et les cris humains qui nous escortaient
vibraient de colère. Je ne pus m'empêcher de rire devant leurs
vains efforts pour nous rattraper. Nous filions aussi vite que le
vent, l'euphorie de la chasse martelant nos poitrines.

Marra, Borlla et Unnan, qui portaient dans leur gueule de
petits morceaux de viande volée, remuaient fièrement la
queue. Moi qui pouvais en remontrer à tout le monde, je
devais pourtant courir la gueule vide à côté de Reel et
d'Azzuen. Unnan laissa tomber un petit bout de chair que
j'engloutis sans ralentir l'allure. Marra me surprit, et je lui fis
un sourire. Me surveillant du coin de l'œil, elle allongea sa foulée pour rattraper Rissa, étirant ses longues pattes.

« Que de la frime », dis-je en riant, le souffle un peu court.

Enfin la troupe passa à un petit trot paisible, se déplaçant en
file indienne au clair de lune. À mesure que nous approchions
de notre territoire, l'odeur des loups de l'Aiguille de Pierre
s'estompait, et je sentais mes compagnons se détendre. À
entendre la respiration sifflante de Reel et d'Azzuen, je compris
qu'ils se réjouissaient que nous modérions l'allure.

Je pensais que Rissa nous reconduirait à l'endroit où nous
avions franchi la rivière tout à l'heure. Elle nous engagea au
contraire sur une piste bien aplanie, ouverte par les cerfs qui
allaient se désaltérer, et nous fit longer les rives bourbeuses,
très en amont du point où nous avions traversé. Je ne comprenais pas ce qui justifiait un tel détour. Après deux heures de

marche – autant que pour aller de la plaine aux Grandes Herbes jusqu'au campement humain – nous avions seulement atteint le bord de la rivière. J'avisai alors un aulne tombé qui enjambait le cours d'eau. Surprise, je regardai l'arbre mince que Rissa avait déjà commencé à franchir. Werrna aida Reel à passer, et Borlla et Unnan leur emboîtèrent le pas.

« Pourquoi nous avoir fait traverser à la nage, demandai-je à Marra, puisque cet arbre est là ? »

Ce fut Yllin qui me donna la réponse :

« Tous les loups doivent savoir nager quand ils vont à la chasse. » Nous étions les trois derniers à passer, Azzuen sous la surveillance d'Yllin. « Et puis l'arbre est très éloigné. L'énergie gaspillée ne pourrait plus servir à la chasse. »

Elle jeta un regard vers Rissa, qui attendait sur la berge opposée.

« Je crois que Rissa n'avait pas prévu que les plus petits auraient tant de mal à nager. Ils n'étaient pas vraiment en péril – Werrna et moi pouvions toujours les rattraper – mais nous ne pouvons pas à la fois veiller sur les plus faibles et transporter de la viande. » Elle plissa les yeux, amusée. « En plus, la dernière fois où nous avons voulu nager en portant de la viande, Minn a laissé tout un cuissot partir à la dérive. Voilà pourquoi nous passons souvent sur l'arbre quand nous revenons du campement humain.

– Ça arrive souvent, que nous volions les humains ? » demanda Marra d'un air surpris.

Yllin fit un sourire.

« Assez souvent pour que nous disposions d'un moyen sûr de passer la rivière. Allez, venez. »

Ramassant son morceau de viande, elle trotta sans effort vers les autres.

Je ne comprenais toujours pas.

« Azzuen et Reel auraient pu se noyer », dis-je à Marra.

Après tout ce que Rissa avait dit sur notre sécurité, je ne voyais pas pourquoi elle avait accepté de prendre un tel risque. M'efforçant d'écarter ces pensées, je cherchai Yllin des yeux.

« Ils nous mettaient encore à l'épreuve », dit Marra, suivant mon regard.

Elle avait réussi à saisir une côte de cerf faisandée où restaient accrochés des lambeaux de viande, qu'elle avait posée au sol en attendant de franchir la rivière. Les premières lueurs de l'aube coloraient le ciel, et mes yeux durent s'accoutumer à la lumière agressive du jour.

« Ils ne voulaient pas qu'Azzuen ou Reel se noient, ils cherchaient juste à savoir qui sont les plus forts d'entre nous. Tout comme ils voulaient voir qui emporterait les plus beaux morceaux de viande. » Elle ajouta en souriant : « Tu aurais dû voir Yllin. Elle s'est élancée quand les hommes avaient le dos tourné et leur a chipé la viande sur le feu. C'est pour ça qu'on s'est enfuis à toute vitesse. Rissa a fait semblant de se fâcher, mais dans le fond elle était impressionnée. »

Ainsi, Rissa était impressionnée qu'Yllin ait dérobé toute cette bonne viande et que Borlla ait aidé Reel à traverser la rivière. Et pour couronner le tout, on m'en voulait de ne pas avoir su résister aux humains. Je poussai un soupir. Borrla, je m'en aperçus bientôt, avait elle aussi emporté de la viande cuite.

« Pourquoi Borlla a-t-elle pu pénétrer sur le campement des hommes ? demandai-je, révoltée.

– Elle n'y est pas allée, me détrompa Marra en étirant son dos long et mince. Elle a juste ramassé un morceau qu'Yllin avait laissé tomber. Même si à l'entendre, c'est elle qui a eu l'idée de s'emparer de la viande cuite.

– Qu'est-ce que vous attendez, petits paresseux ? » appela Rissa. Marra partit au trot, son butin entre les mâchoires, et je la suivis. Rissa embrassa du regard la viande dérobée.

« Loups du Fleuve Tumultueux, déclara-t-elle en s'arrêtant au bord de l'eau, vous avez bien mérité de manger un morceau. »

Elle tria la viande du bout du museau, gardant la plus belle part pour Ruuqo et les autres. L'eau me montait déjà à la bouche. Je notai qu'elle nous réservait la totalité de la viande cuite.

« Ruuqo n'en voudrait pas, de toute façon, allégua-t-elle devant l'air réprobateur de Werrna. Pour lui, la viande passée au feu n'est pas une vraie nourriture. » Elle secoua la tête, faisant remuer ses oreilles. « Nous lui épargnerons le désagrément de devoir y goûter. »

Tout le monde se jeta sur la viande cuite, mais Werrna m'écarta brutalement.

Avec un gémissement offusqué, je tentai de me faufiler vers la viande, pourtant Rissa et même Yllin me repoussèrent à leur tour. Reel et Azzuen subirent le même sort que moi. Si eux baissèrent la queue, ce fut la colère qui prévalut chez moi. Je ne faisais pas partie des mauviettes. Je risquai quelques pas en avant, bientôt arrêtée par le regard glacé et furieux de Werrna. Sur le point de gronder, je me rappelai l'avertissement de Tlitoo. Il m'avait recommandé d'éviter les bêtises, aussi ravalai-je ma colère pendant que mes compagnons se gavaient. Quand il ne resta plus qu'un morceau, Rissa donna le signal du départ.

Cependant, elle s'immobilisa en grognant au bout de quelques pas, la fourrure hérissée. Déposant sa viande à terre, elle se planta pattes écartées, rejointe par Werrna qui nous surveillait en queue du cortège.

« Les loups de l'Aiguille de Pierre sont sur notre rive », gronda-t-elle.

Je constatai alors que deux loups imposants, un mâle et une femelle, nous barraient la route. Le mâle attira spécialement mon attention. Comparées aux siennes, les cicatrices de Werrna étaient presque négligeables. Le côté gauche de sa gueule était à moitié arraché, et une membrane de peau flasque fermait aux trois quarts son œil. Son odeur non plus ne me disait rien qui vaille, âcre et fétide, avec des relents de maladie. Avec une odeur pareille, il n'aurait jamais dû tenir debout sur ses pattes, encore moins afficher tant de puissance et de vitalité. Pourtant il était évident qu'il s'agissait d'un chef. Les deux loups étaient plus grands que Ruuqo, et extrêmement musclés. Affronter trois rivaux ne semblait pas les inquiéter le moins du monde.

Rissa les salua, les pattes raides et la queue bien droite, sa fourrure blanche dressée sur son dos.

« Torell, Ceela. »

Elle était flanquée de Werrna et Yllin, qui tenaient la queue moins haute, mais tout aussi rigide.

« Ce n'est pas la première fois que vous empiétez sur les terres du Fleuve Tumultueux. »

Malgré son ton mesuré, la colère se diffusait autour d'elle comme une nappe de brume.

« Rissa, fit le mâle en inclinant imperceptiblement la tête. Werrna. » Il ignora Yllin et les louveteaux. « Je crois que tu as tort de nous accuser si hâtivement. Cette nuit même, tu es entrée sur notre territoire.

– C'est un terrain partagé, Torrell. Tu sais que l'accès est libre jusqu'au campement des humains. Il fallait que nous les montrions à nos petits. Toutes les meutes sont d'accord là-dessus.

– Je n'ai jamais donné mon consentement, répondit-il aussi posément que Rissa. Cette décision concernant mon territoire a été prise sans mon accord. Pourtant je veux bien fermer les yeux, même si tu as pris de la viande sur mes terres.

– Tu as intérêt, grogna Werrna, car nous sommes plus nombreux que toi. »

Torell ne releva pas.

« Ce sont vos louveteaux de l'année ?

– Tous ceux qui ont survécu à la première lune, confirma fièrement Rissa.

– Et chez vous, combien ont survécu ? s'enquit Yllin en relevant la queue. L'année dernière il n'y en a eu que deux, me semble-t-il. Et ils ont tous les deux quitté la vallée.

– Tais-toi ! » lui ordonna Rissa.

Ceela, qui n'avait encore rien dit, retroussa à demi les babines. Elle était un peu plus petite que Torell et son pelage brun tirait sur le jaune.

« Peut-être inculqueras-tu de meilleures manières à la nouvelle portée. J'en vois d'ailleurs qui risquent fort de ne pas passer l'hiver. »

Son regard s'était posé sur Reel et Azzuen.

« Ce ne sont pas tes affaires, répondit Rissa. Petits, voici Ceela et Torell, chefs de la meute de l'Aiguille de Pierre. Vous n'êtes pas obligés de les saluer.

– Comme si on en avait l'intention, chuchota Azzuen.

– À présent vous allez sortir du territoire du Fleuve Tumultueux, décréta Rissa en s'écartant légèrement. Nous vous laisserons passer sans vous causer aucun mal. »

Ceela retroussa les babines dans une piètre tentative de sourire.

« Pour cette fois nous nous en irons. Mais écoute-moi bien, Rissa. Nos territoires sont en péril. Les hommes s'emparent de nos proies. Sur nos terres, les lions à dent de sabre sont déjà en train de mourir. Il n'est pas question que notre meute soit lésée parce que nous avons la malchance d'être du mauvais côté de la rivière. » Son regard fit le tour de nous tous. « Les terres du Fleuve Tumultueux comptent parmi les plus riches de la vallée. Nous avons bien l'intention de prélever notre part. »

Rissa se remit à gronder, et cette fois, Werrna et Yllin l'accompagnèrent. On sentait le sol vibrer sous nos pattes.

« Je crois qu'il est temps que vous partiez », dit Rissa.

Torell consulta Ceela du regard et hocha à peine la tête, puis ils se mirent en marche. L'étroitesse du chemin les obligeait à nous frôler au passage, à moins de couper à travers bois et de voir leur fuite compromise en cas d'agression.

Le regard de Torell s'attarda sur les louveteaux, et il se figea en me voyant.

« Qu'est-ce que c'est ? siffla-t-il sans me quitter des yeux. Elle porte la marque des maudits, et son odeur est celle des Étrangers.

– Écarte-toi », m'enjoignit Yllin en se plaçant près de moi.

Je fus incapable du moindre mouvement.

« Je t'ai déjà dit que les affaires du Fleuve Tumultueux ne te concernaient pas », rétorqua Rissa, alors que Werrna pivotait pour faire face à Ceela.

Ainsi, les loups de l'Aiguille de Pierre étaient encadrés par Yllin et Werrna d'un côté, et Rissa de l'autre.

« Nous n'aimons guère nous répéter. Préférez-vous sortir librement de notre territoire, ou avez-vous besoin d'une escorte ?

– Dans l'immédiat nous acceptons de partir », concéda Torell en plissant les yeux.

Pourtant son regard restait braqué sur moi, et Rissa dut faire mine de s'approcher pour qu'ils grimpent enfin sur le tronc d'arbre. Après l'avoir rapidement franchi, ils nous observèrent depuis l'autre berge.

« Allons-y, les petits, dit Rissa. Ce n'est pas ce soir qu'ils reviendront sur notre territoire. »

Elle saisit la viande cuite posée à terre, et sa fourrure revint se plaquer sur son échine. Le périple reprit, à une allure plus soutenue. Je ne pouvais m'empêcher de trembler, glacée jusqu'aux os par le regard de Torell, par le ton haineux de sa voix. Cependant je l'écartai bientôt de mes pensées, car mon esprit débordait déjà de choses inconnues. Obnubilée par la crainte que quelqu'un ne dénonce à Ruuqo ma tentative pour approcher les humains, je reléguai au second plan Torell et sa meute.

8

Le soleil s'élevait bien au-dessus des montagnes de l'Est quand nous atteignîmes la plaine aux Grandes Herbes, épuisés par les péripéties de la nuit. Les autres nous attendaient à l'Orée du Bois, rongeant faute de mieux les restes du cheval que nous avions réussi à conserver. Rissa informa Ruuqo de notre confrontation avec les loups de l'Aiguille de Pierre. Après l'avoir écoutée attentivement, il lui lécha le museau et lui parla doucement. Il ne semblait pas s'inquiéter. Les litiges entre meutes sont aussi communs que la pluie, et celui-ci ne s'était pas soldé par un combat. Il se montra satisfait de ce supplément de viande, et s'il fut contrarié que Rissa ait permis à Yllin et aux autres de s'aventurer sur le campement, il n'en laissa rien paraître. Il ne fit pas non plus de commentaire sur les relents de viande cuite qu'il avait dû détecter dans l'haleine des loups assez chanceux pour y avoir goûté. Rissa fit glisser vers Trevegg la part qu'elle lui avait mise de côté. Le vieux loup marmonna un merci et l'engloutit voracement.

À mon grand soulagement, Rissa s'abstint de rapporter à Ruuqo que j'avais voulu aller vers les humains, et je savais qu'elle avait interdit aux autres d'y faire allusion. Malgré tout, la peur me nouait l'estomac dès que Borlla ou Unnan s'approchait de lui. S'il pensait que mon père était un Étranger et qu'il cherchait un motif pour se débarrasser de moi, mes efforts pour rejoindre les hommes lui fourniraient le prétexte attendu. Toutefois personne ne souffla mot. En revanche, Rissa raconta à Ruuqo que Borlla avait aidé Reel à traverser la rivière et qu'elle s'était débrouillée pour dérober de la viande.

« Je te félicite, jeune louve, lui dit Ruuqo. Tu seras un atout pour la meute du Fleuve Tumultueux. »

C'était la première fois qu'il appelait l'un de nous autrement que « petit » ou « louveteau ». Le « jeune loup » était un louveteau qui avait réussi sa transition, et qui cessait d'être entièrement dépendant pour apporter sa contribution à la meute. Borlla se rengorgea à s'en faire craquer la peau. Ruuqo complimenta ensuite Unnan, puis Marra. Malgré moi, je pris ombrage de ces félicitations. Ce fut Borlla, en tout cas, qui s'attira la plus grande part de louanges, tant pour son habileté à chaparder la viande que pour sa bravoure dans la rivière. Yllin, Trevegg et même l'acariâtre Werrna ne tarissaient pas d'éloges à son sujet.

Voyant que je l'observais, Borlla se pavana jusqu'à moi et me souffla dans les narines le fumet suave et puissant de la viande cuite. Lorsqu'elle me tourna le dos en dressant la queue, je sentis la colère enfler en moi, mais je me retirai sans faire d'histoires.

À cet instant, un battement d'ailes se fit entendre dans le ciel, et Borlla poussa un cri de dégoût. Une superbe fiente venait de s'étaler au sommet de son crâne et dégoulinait jusque dans ses yeux. Tlitoo ne cessait de piquer vers elle et de reprendre son envol, tout en la narguant dès qu'elle cherchait à l'attraper :

> *Qu'il est joli le louveteau,*
> *Avec sa blanche fourrure.*
> *Dites merci au corbeau.*

Yllin fut la première à éclater de rire, imitée par Minn et le reste de la meute.

« Borlla, il faudra que tu progresses en rapidité », plaisanta Rissa avant d'éternuer, le museau au ras du sol.

Trevegg riait à gorge déployée, renversé au sol et agitant les pattes. Ruuqo se mit lui aussi de la partie, sautant sur Trevegg qui venait de rouler à terre. Yllin coucha Borlla sur le dos, et sa gaîté ne fit que redoubler quand elle l'entendit gronder.

« Ça t'apprendra à être moins arrogante, ma petite », lui dit-elle avec dédain.

Elle libéra Borlla et s'esquiva d'un saut devant une nouvelle avalanche de fientes. Tlitoo, dépité d'avoir manqué ses deux cibles, se dirigea à nouveau vers Borlla qui se retrancha sous le ventre de Rissa. Celle-ci riait à n'en plus pouvoir, tandis que Tlitoo, à court de munitions, allait se poser sur un rocher voisin.

Malgré la fureur qui contractait sa figure, Borlla n'osait pas provoquer Rissa et le reste des adultes. Les oreilles couchées et les épaules basses, elle se réfugia discrètement sous le couvert des arbres.

Réconfortée, j'aidai les autres à enterrer la viande volée près des réserves que nous avions déjà cachées. Je m'appropriai un vieux morceau de chair d'élan, en me disant qu'à défaut de viande cuite, je pouvais au moins manger ce reste, mais Werrna le reprit en me faisant tomber.

« Tu n'as pas gagné cette viande, petite. »

Je sollicitai l'aide de Rissa, qui se borna à détourner le regard. Ce fut mon tour de me retirer dans mon coin en grognant doucement. Ruuqo annonça qu'on se reposerait jusqu'à ce que la fraîcheur soit de retour, et les adultes s'installèrent à l'ombre.

« Petits, nous dit Rissa, vous pouvez explorer les alentours si vous n'avez pas sommeil, mais ne vous éloignez pas. »

Je me tins à l'écart, mortifiée d'occuper un rang aussi bas au sein de la meute. Je méritais une position égale à celle de Borlla et d'Unnan. Est-ce que je ne me débrouillais pas aussi bien qu'eux, moi qui avais pris la plus grosse part sur la carcasse du cheval, et nagé aussi bien que les autres ? Je craignais que la meute ne me garde rancune d'avoir voulu m'approcher des humains.

Je cheminai jusqu'aux limites de la plaine aux Grandes Herbes, Azzuen me suivant à quelque distance. C'est à ce moment-là que Borlla émergea des bois. Elle avait plus ou moins réussi à se nettoyer et pleurnichait près du rideau d'arbres, assez loin sur ma gauche, tout en guettant Tlitoo d'un œil circonspect. Unnan et Reel s'approchèrent d'elle avec précaution.

Marra fouillait des buissons chargés de baies acides près de l'endroit où nous avions enfoui la viande, mâchonnant les feuilles collantes. Fourrant le museau dans le trou abandonné d'un gaufre à poches, j'effritai la terre du bout de la patte, espérant dénicher quelque chose d'intéressant. Retentit alors la voix de Borrla, poussée dans les aigus pour se faire entendre.

« Tu sais bien qu'ils seront incapables de chasser, le moment venu », disait-elle à Unnan.

Ruuqo leva la tête, tiré de sa sieste.

J'étais contrariée qu'elle s'ingénie à nous desservir aux yeux de Ruuqo, à nous présenter comme de mauvais chasseurs.

« Un peu de subtilité ne lui ferait pas de mal, bougonna Azzuen.

– Ils n'ont même pas réussi à franchir la rivière, insistait Borlla, ni à voler de la viande. Comment veux-tu qu'ils aillent à la chasse ? »

Reel fit la moue. Je la trouvai vraiment méchante, car elle était censée veiller sur le plus petit. Ruuqo posa un long regard sur Borlla, puis sur Azzuen et moi avant de s'étendre sur le lit de sauge pour se rendormir.

Pourtant Borlla venait de me donner une idée. J'avais décelé dans l'air le fumet d'un cheval vivant, et je suivis la piste sur quelques foulées avant de repérer plusieurs chevaux grands et robustes, occupés à brouter l'herbe sèche.

« On verra bien qui est un bon chasseur, marmonnai-je.

– Mais qu'est-ce que tu vas faire ? » s'alarma Azzuen.

Je commençai par m'asseoir pour observer le troupeau. D'ici peu de temps nous participerions à la chasse, et si j'étais le premier louveteau à toucher une proie vivante, les calomnies de Borlla n'auraient plus aucune valeur. Et peut-être que plus personne ne me reprocherait d'avoir un Étranger pour père. Qui sait si je ne pouvais pas capturer moi-même une proie ? J'avais le cœur qui cognait à l'idée de ce que j'allais faire. Après un coup d'œil à Azzuen, je m'avançai vers le troupeau. Je fis quelques pas avant de m'arrêter, et Azzuen me suivit à contrecœur. Je croisai alors le regard de Marra, qui délaissa l'exploration des buissons pour nous rejoindre et me mettre en garde :

« Tu sais qu'on n'a pas le droit de s'éloigner autant. »

Elle lorgnait les chevaux et ne semblait pas spécialement intéressée. Elle tenait juste à me dire à quel point je déraisonnais.

« Je sais, mais j'aimerais bien les voir de plus près. Pas toi ?

– Si, bien sûr, admit Marra en souriant. Arrange-toi juste pour ne pas te faire prendre. Moi, je n'ai pas autant que toi le goût des ennuis. Je trouve que tu prends trop de risques. »

Quel toupet ! De nous tous, Marra était la plus portée à l'aventure. Je me rapprochai encore un peu avant de m'élancer, Azzuen et Marra derrière moi.

À mi-chemin, je perçus un bruit dans mon dos. C'étaient Borlla, Unnan et Reel qui couraient pour nous rattraper. Nous fîmes aussitôt volte-face, prévoyant une bagarre, mais ils passèrent devant nous sans nous attaquer. Je compris alors qu'ils avaient l'intention d'arriver avant nous près des chevaux et de s'approprier tout le prestige de notre bonne idée. Une fois de plus, Ruuqo et Rissa féliciteraient Borlla et persisteraient à m'ignorer.

Je me lançai à leurs trousses, bien décidée à les prendre de vitesse. Je doublai facilement Reel et rattrapai Unnan et Borlla qui s'arrêtèrent à une bonne dizaine de foulées des chevaux. Marra venait juste derrière moi, et un Azzuen résolu mais pantelant fermait la marche. Je me penchai vers l'oreille maculée de blanc de Borlla.

« Je parie que tu n'auras pas le cran d'approcher un cheval. Je suis sûre que dans le fond, tu n'es pas assez courageuse pour chasser. Il ne s'agit pas cette fois d'une proie couchée à terre, attendant que tu viennes la déchiqueter. »

Sans me répondre, Borlla promena son regard entre moi et le troupeau, puis leva le museau en détournant la tête. J'entendis Azzuen ricaner derrière moi. Borlla fit un pas de plus en direction du troupeau, mais s'arrêta lorsque Reel se blottit contre elle en geignant. Avec un regard implorant, il lui chuchota quelque chose. Son expression se radoucit, et elle le toucha tendrement du museau. Encore une fois, l'étroitesse de leurs liens provoqua en moi un pincement de jalousie.

« Je le savais », dis-je alors.

J'aurais pu en rester là, mais je voulais à tout prix prouver à Unnan et à Borlla – et plus encore à Ruuqo – que je méritais une place dans la meute. Nous aurions d'ici peu notre fourrure d'hiver, et les louveteaux devaient d'abord affirmer leur position dans la hiérarchie de la horde. J'invitai Azzuen et Marra à me suivre.

Les pattes tremblantes, je me rapprochai de quelques pas. À cette distance, les chevaux paraissaient plus gros, et nettement plus redoutables que celui qu'avait tué l'ourse. Ils dégageaient une odeur de gibier, mélange de sueur et de chair tiède. Leur haleine sentait l'herbe mâchée et la terre. Je constatai en me retournant que Marra et Azzuen m'observaient avec inquiétude. Il n'était pas question que j'agisse seule. Je les suppliai du regard, et ils finirent par se décider. Eux aussi savaient bien que cette entreprise contribuerait à définir notre place dans la meute, mais je les remerciais quand même de leur soutien.

Comme je m'y attendais, Borlla et Unnan nous emboîtèrent le pas, déterminés à nous devancer. Même Reel se joignit à eux après une brève hésitation. Il me faisait un peu de peine, celui-là. Ce n'était pas une brute comme Borlla et Unnan, et pris isolément il n'avait pas l'air bien mauvais. Mais je n'avais pas le temps de penser à lui. Quand j'entendis les deux autres accourir derrière moi, je fonçai comme une tornade pour être la première auprès des chevaux.

Nous étions maintenant au milieu des robustes animaux, flairant le fumet de leur chair et le parfum d'herbe de leur fumier. Leur souffle, dont la tiédeur me surprit, se fit plus haché tandis que nous sautions autour de leurs jarrets. Au loin, j'entendis un aboiement menaçant de Ruuqo, mais je n'en tins pas compte. Je n'avais pas la patience de l'écouter. Mon cœur de chasseuse tambourinait dans ma poitrine pendant que j'évoluais au milieu des chevaux. Exaltée, j'interpellai Azzuen en riant :

« Ce sont juste des imbéciles de proies ! Pas de quoi effrayer un loup ! »

Le cœur battant la chamade, je sentais le sang filer dans mes veines. Je dilatai les narines pour absorber chaque parcelle d'odeur, dressai les oreilles pour ne pas perdre le moindre son. Je n'avais pas prévu que la chasse me ferait cet effet. Ça n'avait rien à voir avec la poursuite des souris ou la traque des lapins. Jamais je ne m'étais sentie aussi vivante, aussi avide. Ces crétins de chevaux restaient plantés là comme des blocs de pierre. Ils étaient destinés à être tués, à servir de gibier. Je comprenais à présent que si nous étions les plus doués des chasseurs, c'est parce que nous nous entendions naturellement à prendre les lambins et les imbéciles.

Je me rappelai alors qu'il aurait fallu avant toute chose repérer les malades et les moins rapides du troupeau, mais impossible de me concentrer sur cette tâche. L'odeur et les bruits du gibier, les sensations que suscitait sa proximité captaient toute mon attention. Prise de vertige, je sentais mon estomac bondir dans mon ventre. Le souffle précipité, j'avais l'impression que ma tête flottait à distance de mon corps.

D'où venait donc cette frénésie ? Elle possédait les autres tout autant que moi. Oubliant nos craintes, nous nous poursuivions entre les pattes des chevaux, incapables de rester en place. Un frisson me parcourut lorsque je m'imaginai à la tête d'une chasse, enfonçant mes crocs dans la chair tendre de la panse d'un cheval.

L'humeur du troupeau changea sans prévenir. Le cheval le plus proche de Reel baissa la tête et renâcla avec colère, puis il se mit à piaffer en secouant la tête et se cabra. Près de lui, un autre cheval poussa un hennissement furieux et se rua sur Marra en claquant des mâchoires. Elle se déroba à l'assaut avec un piaulement de frayeur. Autour de nous, un cercle de chevaux emballés caracolaient et lançaient leurs sabots vers nos têtes. Cernée par le mouvement incessant de leurs pattes et le fracas de leurs sabots, je renonçai à chercher une issue et m'aplatis peureusement au sol. Levant les yeux, je ne vis que la masse des chevaux galopant autour de nous à une vitesse invraisemblable.

« *Courez !* hurla Trevegg. Courez avant de vous faire écraser. »

À travers la multitude des chevaux, j'aperçus les adultes qui se précipitaient vers nous. La voix de Trevegg m'atteignit malgré ma terreur, et je parvins à tenir debout sur mes pattes. Luttant pour ne pas m'écrouler, je me penchai pour arracher Azzuen à la stupeur de l'épouvante. Il me regardait d'un œil hagard, sans oser se redresser.

« Lève-toi ! criai-je. Dépêche-toi de t'écarter ! »

Je flairais sa frayeur et son égarement. Nous étions encerclés par un tourbillon de poussière et un martèlement de sabots. À présent que la première vague d'effroi était passée, mes sens étaient plus affûtés que jamais. Refoulant la peur au fin fond de mon esprit, je criai pour dominer le vacarme :

« Il faut éviter leurs sabots jusqu'à ce que les adultes nous attrapent, bougeons, bougeons sans arrêt. »

Une bribe d'une de nos leçons de chasse me revint en mémoire.

« Si vous êtes beaucoup plus petits que votre proie, avait expliqué Rissa, il est inutile d'essayer d'utiliser votre poids pour la renverser. Vous n'arriveriez qu'à rouler à terre. C'est votre intelligence que vous devez solliciter, car c'est d'elle que vous viennent vos talents de chasseurs. Attaquez et retirez-vous. Misez sur la stratégie, et non sur la force. »

Je vis Borlla gronder, debout face à un cheval, l'œil menaçant, pour protéger Reel recroquevillé derrière elle. Elle ne manquait pas d'audace, mais c'était tout de même idiot de sa part. Ils étaient trop loin de moi pour que je puisse leur parler. Marra s'était déjà mise en mouvement et louvoyait habilement au milieu des chevaux, avec sur la figure un air de farouche concentration. Azzuen, lui, restait pétrifié à mes côtés, son œil hagard braqué sur les chevaux. À une foulée de nous, Unnan s'était aplati à terre. Je donnai une violente poussée à Azzuen pour l'éloigner des sabots. Chaque fois qu'il s'arrêtait, je le poussais de nouveau. Les adultes finirent par se frayer un passage jusqu'à nous, grondant pour maintenir les chevaux à distance. Werrna se jeta sur celui qui s'apprêtait à piétiner Unnan, déstabilisant l'animal pris par surprise. Malgré ma terreur, je fus éblouie par son courage. Pendant ce temps, les autres loups s'employaient à former un cercle protecteur autour de nous. Marra se débrouilla pour plonger à l'intérieur du cercle et observa la scène en haletant depuis ce havre de relative sécurité. Le hasard de mes esquives m'ayant rapprochée d'Unnan, je l'expédiai en direction des adultes. Yllin le saisit et le déposa au centre du cercle. Au prix d'un muscle froissé, j'attrapai ensuite Azzuen par la peau du cou, mais un cheval me faucha d'un coup de tête à l'instant où je l'envoyais vers les adultes. Je feintai avant de détaler et de tenter une nouvelle esquive. Borlla non plus n'avait pas réussi à se réfugier dans le cercle, et elle poussait toujours de farouches grondements, non loin de Reel qui gémissait faiblement, aplati au ras du sol.

Je me remis à hurler :

« Continuez de bouger ! Ne vous arrêtez pas ! »

Borlla me foudroya du regard et leva les yeux vers un cheval gigantesque. Je me jetai sur elle afin de l'écarter, puis je roulai sur moi-même pour éviter l'énorme sabot qui menaçait de me frapper à la tête. À travers un nuage de poussière, je perçus un hurlement de loup, un cri affreux de souffrance et d'horreur.

Aussi brusquement qu'elle s'était déchaînée, la panique des chevaux s'apaisa. Yllin et Wernna les repoussèrent de l'autre côté de la prairie pendant que Rissa faisait le tour des louveteaux pour s'assurer que tous étaient sains et saufs. Je restai accroupie, encore hébétée, et lui rendis chaleureusement ses caresses lorsqu'elle se pencha pour me lécher. Elle cajola ensuite Azzuen, qui se redressa sur ses pattes flageolantes, Unnan, qui avait une entaille au-dessus de l'œil gauche, et Marra, qui observait, debout, la débandade des chevaux. Enfin, elle baissa la queue avec une plainte angoissée et poussa du museau une petite forme pâle dont l'odeur était presque celle de Reel. Le gémissement se fit plus profond, et Ruuqo et Trevegg la rejoignirent à pas lents. Ils eurent beau solliciter Reel, il demeurait inerte, la tête couverte de sang, le corps étrangement aplati.

« Lève-toi, Reel », s'impatienta Borlla en poussant le corps immobile.

Rissa l'écarta avec douceur et s'assit avec un long hurlement désolé. Ruuqo, Trevegg et Minn joignirent leurs voix à la sienne. Yllin et Werrna, qui s'en revenaient après avoir chassé les chevaux, se figèrent sur place et entonnèrent à leur tour un chant de deuil. Je sentis que ma gueule s'ouvrait, et un hurlement profond qui ne me semblait pas provenir de moi monta de ma gorge.

Incrédule, je contemplais la petite forme maculée de terre qui gisait dans l'herbe piétinée. J'avais la tête douloureuse, et un poids m'écrasait la poitrine. L'estomac vrillé, je craignis de vomir le bout de viande que j'avais avalé. Il n'y avait pas si longtemps, Reel courait près de moi vers les chevaux, et voilà qu'il ne restait plus de lui qu'une boule de poils sans mouvement. Rejoints par Yllin et Werrna, nous avions tous fait cercle autour de Reel. Sous le soleil ardent de l'après-midi qui chauffait notre échine, je sentais ma nausée s'accentuer.

Je ne sais combien de temps nous avons patienté, espérant que Reel reviendrait à la vie, mais c'était terminé. Je n'avais pas tellement d'affection pour lui, il ne m'importait pas outre mesure, mais c'était quand même une espèce de frère pour moi, et il faisait partie de la meute. Et j'aurais très bien pu me trouver à sa place. C'était moi qui l'avais mis au défi d'aller vers les chevaux. J'aurais voulu me coucher sur la plaine et m'ensevelir sous la terre. Rissa émit un hurlement plus profond et plus prolongé, accompagnée par la meute qui faisait ses adieux à Reel. Seule Borrla se contentait de le fixer d'un œil incrédule, tandis que le vent faisait doucement ondoyer la fourrure sur le corps inanimé.

Après un dernier regard à Reel, Rissa entraîna la meute loin de la plaine aux Grandes Herbes. Mais Borlla refusait de partir.

« Vous ne pouvez pas le laisser comme ça ! s'écria-t-elle. À la merci des hyènes et des lions à dent de sabre.

– Les choses sont ainsi, petite, lui dit Trevegg d'un ton compatissant. Il a rejoint l'Équilibre. Il va retourner à la terre, et c'est ce qui attend chacun de nous. Il enrichira l'herbe qui va nourrir le gibier que mangera la meute. Ainsi va le monde.

– Moi je ne veux pas l'abandonner », s'obstina Borlla.

Jamais aucun de nous n'avait répliqué sur ce ton à un adulte.

« Il le faut bien, insista Trevegg. Tu es un loup du Fleuve Tumultueux, et en tant que tel tu dois suivre la meute. »

Voyant que Borlla ne bougeait toujours pas, il la poussa sans la brusquer et l'obligea à se joindre à la meute.

Tout le monde se dirigea lentement vers la lisière du bois. Borlla et Unnan s'attardaient en arrière pour regarder Reel, si bien que Trevegg et Werrna durent faire plusieurs fois demi-tour pour les rappeler gentiment à l'ordre. Borlla n'était plus un bébé, mais Werrna finit tout de même par la saisir entre ses puissantes mâchoires. Elle commença par se débattre, puis, découragée, elle cessa de lutter et laissa pendre mollement ses pattes. Pendant le trajet du retour, on n'entendit pas d'autre bruit que ses légères plaintes. À peine avions-nous fait quelques pas qu'Unnan me renversa et posa les pattes sur ma poitrine, sa figure étroite contractée par la colère.

« C'est toi qui l'as tué, accusa-t-il d'une voix haineuse. Le cheval aurait dû te tuer à sa place. C'est toi qui devrais être morte. »

Je n'avais guère le cœur à riposter. Ce que disait Unnan, je l'avais déjà pensé. Je me dégageai et m'éloignai clopin-clopant, rechignant à me défendre. Pourtant, quand il me saisit à la gorge en me coupant le souffle, je le mordis assez fort pour lui arracher un cri.

Ruuqo ordonna une halte, et la meute se rassembla autour de nous. Werrna déposa Borlla à terre.

« Qu'est-ce que tu racontes, Unnan ? demanda Ruuqo.

– C'est elle qui nous a poussés à y aller, expliqua Unnan. Nous, on dormait tranquillement, et elle nous a obligés. C'est à cause d'elle que Reel est mort. »

La poitrine oppressée, j'arrivais tout juste à respirer. Ruuqo me fixait du regard, attendant une justification de ma part, mais les mots me manquèrent. Ce fut Marra qui s'exprima à ma place :

« L'idée est peut-être venue de Kaala, mais tout le monde était d'accord.

– Personne ne t'a forcé, Unnan, renchérit Azzuen, tu aurais pu rester à l'écart, et Reel aussi. On avait tous envie de voir les chevaux de près. Et puis Kaala nous a sauvés, Unnan et moi, quand on n'arrivait pas à s'échapper. Elle a su comment nous tirer d'affaire. »

Je posai sur lui un regard de gratitude.

« Et toi, petite, qu'as-tu à avancer pour ta défense ? » me demanda Ruuqo.

J'avais l'impression qu'autour de moi, arbres et fourrés m'enserraient à m'étouffer. Je m'affalai sur le ventre, heurtant la terre dure. J'aurais voulu me justifier, incriminer les provocations d'Unnan et de Borlla, rejeter la faute sur les chevaux emballés. Mais le regard de Marra et d'Azzuen m'en dissuada : ils avaient eu le courage de prendre ma défense, et je n'allais pas me conduire en lâche.

« Oui, c'est ma faute, avouai-je d'une voix chancelante. C'est bien moi qui ai eu l'idée d'approcher les chevaux. Je ne savais pas qu'ils réagiraient de cette façon, ni qu'ils étaient capables de courir comme ça. » Je m'aplatis avec toute l'humilité possible. « Je ne voulais vraiment pas que quelqu'un soit blessé.

– Tu as au moins le mérite de reconnaître tes fautes. Un menteur n'a pas sa place dans ma meute. Pourquoi as-tu entraîné les autres vers les chevaux ? »

J'avais eu raison de ne pas user de faux-fuyants. Toujours collée au sol, je m'appliquai à coucher les oreilles autant que je le pouvais.

« Je voulais savoir si j'étais capable de chasser. » Et je précisai, trouvant l'explication inexacte : « Je voulais être la première à toucher une proie.

– L'orgueil signe la mort d'un loup, déclara Ruuqo. Et c'est à la fois l'orgueil et l'imprudence qui t'ont conduite à approcher une proie sans la respecter, sans posséder suffisamment de connaissances sur la chasse. »

La gorge serrée, j'attendis le verdict de Ruuqo. J'étais si tendue que mes yeux me faisaient mal et que je sentais palpiter leurs petits vaisseaux. Depuis ma naissance, Ruuqo cherchait un prétexte pour se débarrasser de moi, et j'étais certaine qu'il allait me bannir. Mais son regard embrassa la meute avant de s'arrêter sur Rissa. Elle s'avança vers lui, suivie des autres adultes, et tous se serrèrent contre lui, puis lui tournèrent autour en parlant à voix basse. Rissa plaida en pressant son museau contre le cou de Ruuqo :

« Il est vrai que Kaala a incité les louveteaux à s'approcher des chevaux, mais tu sais comme les petits sont curieux. Ils veulent toujours s'essayer à la chasse avant même d'être prêts. Un loup n'est pas un loup s'il ne se frotte pas au gibier. Et Kaala n'y est pour rien si les chevaux étaient agités aujourd'hui. En outre, elle a eu le cran et la présence d'esprit de secourir les autres quand ils se sont emballés. Sans elle, ce ne serait pas un petit que nous aurions perdu, mais trois ou quatre. »

Et Trevegg ajouta :

« Moi qui ai déjà connu huit portées, je n'ai jamais vu un louveteau si jeune protéger ainsi ses frères. »

Yllin courba l'échine avant de prendre la parole, car les jeunes n'étaient pas censés participer à ce genre de discussion :

« Moi je n'en aurais pas été capable, et pourtant je suis plus grosse que Kaala. »

À ma grande surprise, Werrna, qui ne prenait jamais mon parti, poussa un grondement approbateur. En revanche Minn protesta :

« Elle a causé la mort d'un autre louveteau ! »

Il coucha les oreilles devant le regard furieux de Rissa.

Les oreilles de Ruuqo remuèrent. Il prit le museau de chaque loup dans sa gueule avant de s'éloigner, le front plissé par la réflexion. Je m'aperçus alors que j'avais suspendu mon souffle, et j'inspirai bien fort pour emplir mes poumons. L'énergie qui irradiait de la meute me rappelait les moments où les adultes se concertaient pour choisir une proie. C'est au chef qu'il revient de prendre les décisions, mais son autorité est inévitablement entamée s'il n'y a personne pour le soutenir. Il me semblait voir fonctionner l'esprit de Ruuqo, évaluant les désirs de la meute et les siens. Il me regarda avec une animosité qui me fit frissonner.

Trevegg s'avança vers lui et lui dit doucement :

« Ruuqo, un loup ne suffit pas à faire une meute. La meute souhaite qu'elle demeure parmi nous. Tu le sais bien. Si tu t'entêtes à contrecarrer la volonté générale, tu risques de nous perdre. Nous chercherons peut-être un nouveau chef. »

Il regarda à la dérobée la figure couturée de Werrna.

« Crois-tu que je serais assez sot, s'emporta Ruuqo en écartant Trevegg, pour laisser mes sentiments envers ce louveteau compromettre la sécurité de la meute ? Je sais reconnaître la force d'un loup, même s'il n'a pas mes faveurs. »

Il fit face à la horde et croisa le regard franc et limpide de Rissa.

« Tu as raison. Sans Kaala, nous aurions perdu d'autres louveteaux. Son énergie est bénéfique à la meute. »

Je me tournai vers lui, sidérée. Je n'aurais pas été plus ébahie de le voir se dresser sur deux pattes et brandir un bâton pointu. Son regard fit le tour du groupe.

« Les choses sont ainsi. Ce sera une leçon pour nous tous. Et nous tiendrons cette petite à l'œil, fit-il en me jetant un regard qui me glaça les entrailles. Si ces marques d'instabilité viennent à se répéter, nous rediscuterons de son maintien parmi nous. »

Un tremblement de colère souleva le corps d'Unnan.

« Mais elle s'est approchée des hu... »

Rissa secoua rageusement la tête, et Werrna le frappa.

« Tais-toi ! Ton chef t'a donné un ordre, et tu vas obéir ! »

Unnan lui décocha un regard plein de rancœur, mais il n'osa pas insister. Ce fut alors mon tour de me mettre à trembler, mais c'était sous l'effet du soulagement.

Tout s'était déroulé si vite que je me sentais encore étourdie. Je finis par me reprendre et par ramper vers Ruuqo pour le remercier. Il devina probablement ma stupéfaction, car il me demanda rudement, alors que je lui léchais le museau :

« Qu'est-ce qui te surprend autant, petite ? »

J'étais bien obligée de lui donner une réponse, et seule la vérité se présenta à mon esprit :

« Je croyais que tu ne voudrais plus de moi !

– Penses-tu que je sois assez bête et assez égoïste pour faire passer mes désirs avant ceux de la meute ? »

Je me bornai à le dévisager, ne trouvant rien à répondre.

« Je t'ai à l'œil, petite. Tu représentes une menace pour ma meute, et je m'en souviendrai. » Et il murmura, assez bas pour que personne d'autre n'entende : « Évite les incartades. » Il s'adressa ensuite aux autres : « Aujourd'hui nous ne restons pas à l'Orée du Bois. Nous retournons à l'Arbre Tombé. »

Sur ces mots il s'éloigna d'un pas résolu en direction de notre lieu de rendez-vous. Cette fois Borlla marcha toute seule, même si elle se retournait sans cesse vers le lieu où Reel était mort. Moi je ne pouvais m'y résoudre. La tête basse, m'efforçant de ne pas trop m'appesantir sur mon rôle dans sa disparition et ma position si précaire au sein de la meute, j'emboîtai le pas à ma famille.

9

La mort des louveteaux est un phénomène aussi naturel que la chasse ou la course au clair de lune. Notre meute, longtemps épargnée par la mort, faisait un peu figure d'exception. Et pourtant, je ne pouvais me défendre d'un sentiment de culpabilité face à la disparition de Reel. Si je n'avais pas tenté de faire mes preuves, mettant les autres au défi d'aller voir les chevaux, il aurait sûrement eu la vie sauve. L'image de sa dépouille figée ne cessait de me hanter. Et Borlla n'était plus la même.

C'était elle qui souffrait le plus de la mort de Reel. Grave et silencieuse, elle s'était à peine nourrie pendant la demi-lune qui avait suivi la panique des chevaux. La pluie qui tombait sans interruption rendait le sol glissant sur notre repaire. Tout le monde s'agaçait. Werrna me mordit à deux reprises parce que j'avais pris sa place, et même Yllin accueillait les louveteaux par des grondements. Chacun, en revanche, évitait de malmener Borlla.

On aurait dit qu'elle refusait de croire à la disparition du louveteau. Dès que les adultes relâchaient leur surveillance, elle se sauvait dans la prairie pour le retrouver. Contre toute attente, ni Rissa ni Ruuqo ne la réprimandèrent pour s'être éloignée si souvent sans leur permission. Quand elle partait, ils envoyaient à sa recherche Trevegg, Werrna ou Minn. Ils étaient parfois obligés de la ramener de force, ce qui, à présent qu'elle avait grandi, n'était sûrement pas une tâche aisée.

Trevegg, qui venait de la traîner jusqu'à nous pour la troisième fois, lui dit gentiment :

« Il n'est plus là, petite. »

C'était la vérité. Azzuen et moi avions suivi Borlla la première fois qu'elle était retournée sur la plaine, et le corps de Reel avait disparu. Son odeur était toujours puissante, mais il s'y mêlait les remugles d'une hyène. Il était facile d'imaginer ce qui était advenu. Les charognards l'avaient emporté, craignant sans doute de nous voir revenir. L'idée que l'un de nous pouvait si aisément se transformer en nourriture en vint à m'obséder. Borlla, elle, refusait tout simplement de le croire.

Je pensais qu'elle allait me haïr et que ses yeux exprimeraient autant de rancœur que ceux d'Unnan, mais quand je rencontrais son regard, je n'y lisais que le chagrin et la confusion. J'aurais encore préféré la colère. Je l'observais, assise patiemment sous la pluie, guettant la prochaine occasion de s'éclipser, et la culpabilité m'accablait plus lourdement que ma fourrure détrempée. Lorsque je voulus manger la viande de cerf que Werrna avait tirée d'une de nos caches, je ne pus en avaler une seule bouchée. Je surveillai Borlla sans relâche, espérant déceler une amélioration. Le museau posé sur les pattes, je frissonnai malgré la tiédeur de la pluie.

« Tu t'es assez morfondue comme cela, petite, me reprocha Trevegg en s'approchant de moi dans la boue. Les plus forts survivent, et les faibles disparaissent. Nous avons tous de la peine que Reel soit mort, mais le gibier ne nous saute pas dans la gueule simplement parce que nous sommes tristes. Est-ce que Rissa reste là à s'apitoyer sur son sort ? Elle sait bien qu'il faut continuer à chasser. Le jour où nous cessons de traquer nos proies, nous cessons aussi d'être des loups.

– Je le sais, répondis-je, clignant des paupières sous la pluie qui semblait sourdre de la terre pour mouiller mes yeux. Je sais qu'il n'aurait pas forcément survécu, mais je me sens quand même coupable.

– Je suis ravi de l'entendre, fit Trevegg en léchant la boue séchée collée à son épaule. Sans cela, tu ne serais pas digne de la meute. Pourtant tu dois arrêter de broyer du noir. Reel aurait-il passé l'hiver si tu ne t'étais pas approchée des chevaux ? Peut-être. Azzuen et Unnan seraient-ils morts si tu n'avais pas réagi aussi vivement ? Sans aucun doute »

Le ton de Trevegg se radoucit légèrement.

« Certains louveteaux ne résistent pas jusqu'à la fin de l'hiver. Il doit en être ainsi pour que les loups conservent leurs forces. Sais-tu que les Mangeurs de Campagnols ne peuvent garder qu'un ou deux petits chaque année, parce que ces loups ne sont pas assez grands pour attraper du gros gibier ? Quant à ceux de l'Aiguille de Pierre, ils empêchent les plus chétifs de la portée de s'approcher de la viande. Ils les condamnent à mourir de faim sans leur laisser la moindre chance de faire leurs preuves. Dans toute la vallée, Rissa est connue pour préserver la plupart des ses petits. Si les esprits nous enlèvent un louve-teau, nous devons les remercier quand même d'en épargner tant d'autres. »

Azzuen nous rejoignit en trottinant.

« Mais où sont tous les autres ? demanda-t-il. Les petits que Rissa a eus l'année passée, et celle encore avant ? »

Azzuen m'observait depuis plusieurs jours, mais il n'osait pas venir vers moi. Je me rappelais bien m'être mise à gronder quand il avait essayé de me consoler.

« La plupart quittent la vallée, répondit Trevegg. Il n'y a pas assez de place ici pour des meutes trop nombreuses, et toutes ne sont pas adaptées aux lois de la vallée. »

Il secoua sa fourrure gorgée de pluie.

« Le moment est venu de pendre une décision, petite. Est-ce tu restes parmi nous, ou est-ce que tu comptes suivre Reel ? Personne ne peut décider à ta place. »

Il me lécha la tête avant d'aller parler à Borlla. Elle com-mença par se détourner, puis s'éloigna sur ses pattes tremblan-tes. Les épaules de Trevegg se voûtèrent un peu, mais il se ressaisit bientôt pour se diriger vers Unnan.

Tout à coup, un grondement et un bruit d'éclaboussures retentirent derrière moi. Yllin venait de pousser Minn dans une flaque de boue. Les deux jeunes loups se lancèrent dans une bagarre, roulant dans la fange et se mordant plus férocement que nécessaire. Rissa se chargea de les séparer.

« J'ai horreur des orages d'été, fit-elle en leur jetant un regard furieux. J'attends impatiemment les neiges d'hiver, où la course est moins pénible et l'humeur plus clémente. Petits, vous avez maintenant l'âge de partir en exploration de votre côté. Restez cependant à une demi-heure de course de l'Arbre Tombé, et rentrez dès qu'on vous appelle. »

Je n'en revenais pas. Depuis l'épisode des chevaux, ils nous gardaient sous étroite surveillance et ne nous perdaient jamais de vue. Trevegg se moqua de Rissa avec un petit coup de patte affectueux.

« Tu ne les trouves pas un peu jeunes ? D'ordinaire, tu attends encore la moitié d'une lune pour les laisser partir seuls.

– Je voudrais un peu de tranquillité sur notre repaire, afin de préparer correctement la chasse », répliqua Rissa. Les yeux plissés, elle regarda Werrna qui s'entretenait avec Ruuqo. « Allez-y, les petits. Ceux qui n'ont pas envie de faire un somme peuvent partir à l'aventure.

– Ce n'est pas nous qui faisons des histoires », protesta Marra en pataugeant dans la boue vers Azzuen et moi. Elle s'assit pour lécher sa patte salie. « Mais ça ne me dérange pas d'aller explorer les environs. On tombera peut-être sur du petit gibier. »

Azzuen dressa les oreilles. La dernière chasse avait été infructueuse, et la faim commençait à nous tourmenter. Les adultes avaient tiré quelques restes de leurs caches, mais ça ne suffisait pas.

« En route ! » s'exclama Azzuen.

Je me mis à rire, retrouvant un peu de mon allant, et je m'enfonçai dans les bois avec Azzuen et Marra.

Ce fut Azzuen qui découvrit le gîte des souris, un coin d'herbe caillouteux situé précisément à une demi-heure de l'Arbre Tombé. La pluie qui inondait les galeries avait chassé les souris à l'extérieur. Il nous fallut à peine une heure pour apprendre à les capturer, mais dans le même temps elles avaient compris qu'elles n'étaient plus en sûreté. Les rescapées se faufilèrent dans un trou que nous n'avions pas remarqué, et nous perdîmes leur trace. Satisfaits de nous-mêmes sans être rassasiés par ce maigre repas, nous allions nous installer pour dormir quand l'esprit de la jeune louve vint de nouveau à ma rencontre.

Je ne l'avais pas oubliée, et elle avait souvent occupé mes pensées depuis qu'elle m'avait parlé près du campement des humains. Cependant je ne savais pas comment en apprendre plus long à son sujet, et je n'osais même pas questionner Trevegg ou Rissa de peur d'être prise pour une insensée, indigne de rester dans la meute. Un loup ne se matérialise pas comme par enchantement. Quand je ne pensais pas à Reel, je la cherchais dans l'ombre et derrière les arbres, mais ce fut en songe que je la revis.

Alors que Marra et Azzuen, fatigués d'avoir chassé les souris, dormaient profondément, je plongeai dans un sommeil agité. Sitôt que mon esprit voulait m'emporter dans des rêves de courses et de chasse avec Azzuen et Marra, la jeune louve apparaissait devant mes yeux. Elle se détournait alors, comme pour se lancer en avant, attendant que je la suive. Pourtant le sommeil me retenait prisonnière, et je n'arrivais qu'à m'agiter et à gratter le sol humide. Enfin elle aboya assez fort pour m'arracher à mes rêves.

Je m'éveillai et bondis sur mes pattes, tirant Azzuen et Marra de leurs propres rêves. J'aperçus dans la forêt l'éclair d'une queue et captai une bouffée de cette âcre odeur de genièvre dont je me souvenais si bien. Je m'ébrouai, chassant d'un seul coup le sommeil et la pluie, et suivis sa piste vers le cœur de la forêt. Marra se rendormit en grognant, mais Azzuen préféra venir avec moi.

« Où est-ce qu'on va ? » s'enquit-il, grincheux et ensommeillé.

Je continuai à courir sans lui répondre. Il était libre de m'accompagner ou pas. L'odeur s'affirmait à mesure que nous nous enfoncions dans les bois, et nous menait vers une partie spécialement touffue de la forêt, où les adultes nous avaient défendu d'aller seuls. Rissa nous avait recommandé de rester à une demi-heure de route de l'Arbre Tombé, et nous ne devions pas nous éloigner de plus d'un quart d'heure des confins de notre territoire, au cas où une meute rivale aurait rôdé dans les parages. Bientôt nous trouvâmes une marque laissée par Ruuqo et Rissa : elle nous invitait à ne pas nous écarter outre mesure, tout en avertissant l'ennemi qu'il s'était introduit sur notre territoire. Je m'arrêtai, consciente qu'il ne fallait pas aller plus loin. De violentes rafales soufflaient autour de nous, chargées de cette odeur piquante de genièvre, chassant la pluie qui me fouettait méchamment. Lorsque je fus au-delà de la marque, la pluie perdit un peu de sa virulence. Azzuen aussi hésita un moment, puis poursuivit son chemin en secouant légèrement la tête. Parvenus au plus profond de la forêt, nous débouchâmes sur un sentier que les hommes empruntaient pour traverser les bois, et l'odeur de l'esprit de la jeune louve se fondit à celle des hommes et de leur feu.

Je fis de nouveau halte, déroutée, et promenai mon regard alentour. Le bruit de l'eau et un parfum de boue et de feuilles humides m'indiquaient que la rivière était proche. Toutefois nous nous trouvions très en aval du point où nous avions traversé à la nage et de l'arbre mort qui enjambait le cours d'eau. Je compris avec une pointe de mauvaise conscience que nous étions beaucoup trop près du campement humain. Si l'on pénétrait un peu plus avant dans les bois et qu'on franchissait la rivière, on aboutissait à deux pas de leur repaire. Je n'avais pas besoin des gémissements apeurés d'Azzuen pour me rappeler que nous étions sur le point d'enfreindre les lois de la meute.

« Allons-nous-en », dis-je à Azzuen.

Mais j'entendis alors un cri venu de la rivière. Ce n'était pas l'appel de détresse d'un de nos semblables, mais cette créature ne demandait pas moins du secours. Je savais d'instinct qu'il ne s'agissait pas d'une proie, et je risquai quelques pas vers la rive, attirée par cet appel à l'aide. J'aurais mieux fait de m'éloigner sur-le-champ. Entre Ruuqo qui me tenait à l'œil et le souvenir de Reel aussi présent pour nous tous, ce n'était pas le moment de chercher les ennuis. Azzuen était manifestement de mon avis.

« Kaala, me pressa-t-il, on ferait mieux de partir. Peu importe ce qui se passe, ce ne sont pas nos affaires. »

Sachant qu'il avait raison, je commençai par reculer sur la piste tracée par les hommes, m'éloignant de la rivière et des cris d'effroi. Brusquement, une forte bourrasque au parfum de genièvre m'entraîna de nouveau vers la rive. Azzuen me suivit avec un petit jappement de surprise.

La forêt s'arrêtait sur une paroi perfidement abrupte qui descendait au bord de l'eau.

« Pas étonnant qu'on ne traverse jamais ici », marmonnai-je. C'est alors que je le vis. Un enfant humain agrippé à un rocher, au milieu des eaux tumultueuses. Je le reconnus comme tel, car nous les avions vus jouer et crier sur le campement. L'enfant luttait contre les flots bouillonnants, gonflés par les pluies récentes. Il arrivait tout juste à maintenir la tête hors de l'eau et criait tant qu'il pouvait.

J'eus tellement l'impression de voir un loup en détresse et d'entendre le cri de mort de mes frères et sœurs, que je ne pus m'empêcher de lui porter secours. Après tous les déboires que j'avais récoltés en voulant m'approcher des humains, je m'étais bien juré de les ignorer complètement. Dès que je pensais à eux, la marque sur ma poitrine devenait douloureuse, et j'étais résolue à ne plus avoir de démêlés avec Ruuqo. Cependant il m'était impossible de passer outre ce cri de désarroi et d'impuissance. Je regardai quelques instants l'enfant se débattre, puis j'entrepris de descendre la pente raide.

Azzuen essaya bien de me retenir en me mordillant le flanc, mais je n'en tins pas compte. Je dévalai la berge, dérapant sur les dernières foulées pour atterrir rudement au bord de l'eau en me cognant la hanche. Couverte de fange, je me jetai maladroitement à l'eau. À cet endroit, elle était si profonde que je dus me mettre aussitôt à nager, avançant de toutes mes forces en direction de l'enfant. Son regard sombre croisa le mien au moment où il se détachait du rocher et commençait à sombrer. Quand je me rapprochai, il se cramponna farouchement à ma fourrure et noua ses maigres pattes de devant autour de mon cou, m'entraînant sous l'eau avec lui. De l'eau plein le nez et la gorge, je réussis à remonter à la surface, mais à peine avais-je repris mon souffle que les pattes de l'enfant m'attiraient de nouveau vers le fond. Son poids allait me faire couler à pic, et je craignais de ne pas avoir la force de regagner la berge. Mais l'enfant s'accrochait si désespérément à moi que je n'aurais pas pu me dégager si je l'avais voulu. Il sembla brusquement comprendre mes intentions et se mit à battre des pattes pour m'aider à flotter. Comme son long pelage noir retombait sur mes yeux et sur mon museau, je saisis la douce fourrure entre mes dents pour orienter l'enfant dans la direction voulue. Sa fourrure n'avait pas le même goût que celle du loup. Elle n'avait pas la saveur d'une chair tiède et évoquait plutôt le poil que le loup abandonne sur un arbre ou un buisson.

Je rassemblai toutes mes forces pour me remettre à nager. Parvenue près du bord opposé, je hissai l'enfant sur une étroite bande de terre plate et m'ébrouai assez vigoureusement pour qu'il lâche prise et glisse au sol. Ses cris reprirent de plus belle dès qu'il fut capable de respirer. Il s'arrêta toutefois en me voyant penchée sur lui. J'entendis un bruit d'éclaboussures : Azzuen avait sauté à l'eau pour me rejoindre à la nage. Je m'étonnai de lui découvrir une telle aisance alors qu'il avait tant peiné un peu plus tôt, mais mon attention se reporta aussitôt sur l'enfant humain.

C'était une fillette déjà un peu grande – un des enfants que nous avions vus folâtrer sur le campement. Pendant quelques instants, elle fixa sur moi un regard effrayé. Nombreuses sont les créatures qui n'hésitent pas à dévorer un enfant humain, et la petite fille ne pouvait pas deviner que le loup était différent. Je rabattis un peu les oreilles pour paraître moins menaçante, et au bout d'un moment la peur s'envola de ses yeux. Elle tendit les pattes avant, qui d'après Yllin portaient le nom de « bras ».

« Kaala ! appela Azzuen d'un ton pressant, humant l'atmosphère avec inquiétude. Partons ! Avec tout le vacarme qu'elle a fait, quelqu'un va forcément accourir. »

En effet, pensai-je, un ours ou un lion ne tardera pas à l'emporter. Ou un charognard trop paresseux pour s'attaquer à une véritable proie. Je ne voulais pas qu'elle serve de gibier à quiconque, mais je ne pouvais pas non plus m'attarder ici au risque d'être bannie. Je contemplai l'enfant quelques instants de plus, ses grands yeux noirs et sa peau douce et sombre, puis je touchai sa joue du bout de la truffe avant de me diriger vers la rivière. La petite tenta de se relever, mais elle s'effondra dans la boue en pleurant. Le pelage des humains n'était pas assez épais pour lui tenir chaud, et l'eau était froide malgré les pluies d'été. De ce côté-ci, la berge était presque aussi glissante et escarpée que sur la rive opposée. La fillette grelottait sous l'averse qui tombait sans répit. Si je l'abandonnais ainsi, elle ne survivrait pas. Même si un animal ne la mangeait pas, elle allait périr de froid et finir dans la gueule des charognards. Il y avait tant de confiance dans son regard que l'émotion me remua le cœur. Sur ma poitrine le croissant de lune était tiède, mais cette fois la sensation n'avait rien de déplaisant.

Je rebroussai chemin avant d'avoir eu le temps de changer d'avis et attrapai délicatement l'épaule de l'enfant entre mes dents, en prenant soin de ne pas lui faire mal. Cependant elle piaula de frayeur au contact de mes crocs et se débattit vigoureusement. Je la libérai, craignant de lui faire mal si elle continuait de gesticuler. Je m'accordai un moment de réflexion.

Comment faire pour la transporter sans l'effrayer ou la blesser ? Elle n'avait pas de peau sur le cou par où la saisir, et je lui ferais sans doute mal si je la traînais par la longue fourrure qui couvrait sa tête. Je me rappelai alors comment elle s'était agrippée à moi tandis que je nageais, et je revis en même temps les enfants humains accrochés aux adultes, suspendus à leur cou pendant qu'ils marchaient.

Je me baissai juste au-dessus de l'enfant, qui après une brève hésitation noua ses pattes antérieures autour de mon cou, tandis que ses pattes de derrière enserraient mon dos. J'essayai tant bien que mal de me redresser, mais son poids me faisait chanceler. J'avais eu moins de peine à la soutenir quand nous étions dans l'eau. Azzuen me regardait, désorienté.

« Au nom de la Lune, qu'est-ce que tu fabriques ?

– Aide-moi à la porter ! »

Je savais qu'Azzuen pouvait se conduire en froussard s'il était dérouté ou impressionné, et je n'avais pas le temps de discuter.

« Mais comment ?

– Je n'en sais rien ! répliquai-je, irritée. Trouve donc un moyen. »

La fillette s'était détachée de mon dos quand je m'étais affaissée au sol, mais ses bras enlaçaient toujours mon cou. Après avoir réfléchi, Azzuen se coucha près de moi, souleva les pattes arrière de la fillette de manière à ce qu'elles reposent à la fois sur son dos et à terre. Soulagée d'une partie du fardeau, je me relevai en même temps que lui. Le poids de l'enfant était maintenant réparti entre nous deux, et ses grandes pattes traînaient par terre du côté d'Azzuen.

« Tu crois vraiment que ça va aller ? haletai-je.

– Tu as peut-être une meilleure idée ? »

Cette fois, je ne trouvais rien à répondre. Azzuen et moi tremblions tous les deux d'angoisse. Si j'avais su à ce moment-là dans quoi je m'engageais, je ne lui aurais jamais demandé de l'aide, mais j'avais besoin de son concours pour grimper le raidillon glissant.

À coup sûr, aucun loup avant nous n'avait jamais transporté une charge de cette manière, mais le besoin engendre l'ingéniosité, et il nous fallait déplacer cette enfant de façon rapide et discrète. Ses pattes avant, longues et repliées, m'étreignaient avec une vigueur surprenante. Je m'étais trompée en croyant ses membres grêles et sans force. Je sentais son souffle tiède qui m'effleurait le cou, et les battements de son cœur contre mon dos. La pente gravie, nous nous mîmes à courir de front, non sans gaucherie, et Azzuen s'esclaffa :

« On doit avoir l'air grotesques, comme ça ! »

En outre, nous étions en train de transgresser une autre des lois de la meute : il est imprudent de marcher de front sur un territoire ennemi, et en franchissant la rivière nous étions entrés sur le domaine des loups de l'Aiguille de Pierre. Dans ces cas-là, il est plus avisé d'avancer un par un, afin de cacher notre nombre. Cependant il était trop tard pour y songer, et nous continuâmes à courir. Azzuen et moi avions gardé en mémoire la direction du campement humain, même si nous n'arrivions pas du même côté que la fois précédente. L'odeur des hommes, de plus en plus prégnante, m'indiquait que nous étions proches du but. Comme la fillette grelottait, je la reposai à terre avec inquiétude. Ses lèvres étaient toutes pâles et sa figure plus pâle encore, tandis que de violents tremblements agitaient son corps.

Je léchai sa peau froide et humide et me lovai autour de son corps, au mépris des plaintes anxieuses d'Azzuen. À nous deux, nous aurions pu lui tenir plus chaud, mais je ne voulais pas de son secours. C'était moi qui l'avais découverte, et elle était à moi. S'il n'avait tenu qu'à lui, Azzuen l'aurait livrée aux flots ou aux dents des bêtes féroces. Je perçus de nouveau les battements de son cœur, régulier et résolu, et ses pattes s'enroulèrent autour de moi. Son riche parfum m'enivra. Je n'avais pas réalisé jusque-là à quel point leur odeur était agréable, un mélange de viande cuite, de fleurs et de feuilles aux douces senteurs. Puisqu'il nous était interdit de les approcher, je n'avais jamais eu l'occasion de distinguer une odeur humaine d'une autre. Maintenant que j'avais inspiré le parfum unique de cette enfant, je la connaissais aussi bien qu'un membre de la meute.

À cause de ma fourrure mouillée et de la pluie tenace, je n'arrivais pas à la réchauffer correctement, et Azzuen s'engageait déjà sur le chemin du retour. Je tentai donc de la reprendre sur mon dos sans son assistance, mais les membres de l'enfant retombaient lourdement à terre, et je m'écroulais tous les deux pas. Je n'avais pas la force de la porter toute seule. La fillette m'aida alors de son mieux, comme elle l'avait fait dans la rivière, et prit appui sur moi tout en avançant de son propre chef. L'enfant chancelant près de moi, cramponnée à ma fourrure, je me dirigeai en titubant vers le campement humain, espérant que mes forces ne me trahiraient pas. Azzuen marqua une hésitation puis se décida à me suivre.

« Tu peux rentrer, tu sais », lui assurai-je.

Sans trop savoir pourquoi, je n'avais plus envie qu'il reste auprès de moi.

« Il faut bien que quelqu'un veille sur toi », fit-il d'une voix relativement ferme.

J'entendis un bruissement au-dessus de nous et reconnus l'odeur d'un corbeau aux plumes mouillées. Je jetai un coup d'œil suspicieux vers la gauche, d'où provenait l'odeur. Tlitoo essayait de se dissimuler dans les branches.

« Il tombe à point nommé, soufflai-je. Moi qui ai besoin d'aide... »

Renonçant à se cacher, Tlitoo me précéda en caquetant vers le campement des hommes.

« ...histoire de continuer à avoir des ennuis », acheva-t-il par-dessus son aile, avant de s'enfoncer dans la brume.

Aux approches du campement, je cherchai des yeux un endroit sûr où déposer l'enfant. J'aurais voulu la prendre avec moi, ne jamais me séparer d'elle. Même si j'avais réussi à me faire accepter par une partie de la meute, je me sentais encore une intruse. Ce sentiment s'estomperait si j'emmenais avec moi la petite fille. Je rêvais de la ramener à l'Arbre Tombé et de la garder avec nous pendant nos pérégrinations sur notre territoire d'hiver. Mais les règles de la Grande Vallée étaient formelles. Je n'aurais même pas dû sauver l'enfant de la noyade, et si jamais l'incident revenait aux oreilles de Ruuqo, il n'aurait pas à chercher plus loin pour se défaire de moi. Peut-être pouvais-je tout de même la cacher quelque part, pas trop loin de moi.

Tlitoo me ramena à la raison en me tirant violemment par l'oreille.

« Laisse-la, petit loup, dit-il en penchant la tête de côté, il te faut encore traverser l'hiver. »

Azzuen, resté un peu en arrière, annonça en nous rattrapant : « Les Grands Loups ne sont pas loin. »

J'étais si absorbée par l'enfant que je n'avais même pas remarqué leur odeur. Je m'étonnai de la reconnaître si facilement, alors que je ne les avais pas revus depuis le jour où ils m'avaient sauvé la vie. Mon cœur bondit dans ma poitrine. Comment réagiraient-ils s'ils nous surprenaient ici ? J'étais reconnaissante envers Azzuen de m'avoir prévenue et d'être resté près de moi. Puisant dans mes dernières forces, j'aidai l'enfant à atteindre la bordure du campement. Je mourais d'envie de m'aventurer plus avant, d'observer le repaire de plus près, mais j'avais commis suffisamment d'infractions ce jour-là, et je préférais éviter une confrontation avec les Grands Loups. J'aidai l'enfant à s'asseoir par terre et posai une patte sur sa poitrine. Elle se redressa tant bien que mal et me rendit mon geste. Je la poussai gentiment du museau, aboyant doucement pour la convaincre de s'éloigner.

« Merci, loup. »

Et elle s'en alla, se dirigeant d'un pas fatigué vers la chaleur du foyer. Je la regardai partir, tandis qu'Azzuen nous observait tour à tour, l'enfant et moi.

« Elle a parlé ! dit-il. Et j'ai compris ce qu'elle disait. Je pensais que non. »

Je hochai la tête. Certaines créatures ont un langage si étrange qu'il nous est impossible de le comprendre, et je me réjouissais que les humains ne soient pas de celles-là.

« Ils ne sont pas tellement différents de nous. Ils ne sont pas Autres.

– On bavarde moins et on court plus vite, me conseilla Tlitoo en secouant ses plumes gorgées d'eau.

– Pour une fois, convint Azzuen, je suis d'accord avec lui. On y va.

– Oups, fit Tlitoo en regardant à droite et à gauche. C'est trop tard. »

Dans un bruit de brindilles cassées et de boue piétinée, Frandra et Jandru surgirent d'un hallier de nerprun et nous coupèrent toute retraite.

« Que fais-tu en compagnie des humains ? demanda Frandra avec une colère non dissimulée. Ignores-tu que cela peut te valoir l'exil ? Crois-tu que je t'ai sauvée pour que tu fasses fi de ta vie ? »

J'aurais voulu répondre, mais seul un halètement de frayeur sourdait de ma gorge.

« Nous venons de secourir un enfant humain, réussit à expliquer Azzuen.

– Je sais très bien ce que vous avez fait, gronda Frandra. Vous vous imaginez qu'il y a des choses qui m'échappent sur ces territoires ? Toi, me dit-elle, tu as été épargnée pour une raison bien précise. Quant à toi, ajouta-t-elle à l'intention d'Azzuen, tu ferais mieux de l'aider, au lieu d'encourager ses méfaits. »

Tant d'arrogance me mettait hors de moi. Une colère longtemps bridée était en train de dominer la frayeur que m'inspirait Frandra. Cette même colère qui m'avait permis de vaincre trois louveteaux quand j'étais toute petite, et contre laquelle

Tlitoo et Yllin m'avaient mise en garde. Pourtant c'était un sentiment agréable, largement préférable à la peur. J'articulai lentement, avec tout le calme dont j'étais capable :

« Si tu sais tout ce qui se passe dans la vallée, pourquoi as-tu livré mes frères et sœurs à Ruuqo ? Pourquoi as-tu permis qu'il proscrive ma mère ? »

Et j'aurais aimé demander aussi : *Pour quelle raison ne m'as-tu rien dit au sujet des humains ?*

Azzuen fixait sur moi un regard abasourdi, tandis que Tlitoo était près de me renverser à force de tirer sur ma queue, mais je persistai à les ignorer. Peu m'importait que les Grands Loups soient les descendants des Anciens en personne. En serrant l'enfant contre moi j'avais éprouvé un sentiment d'intégrité pour la première fois depuis le départ de ma mère, et à présent son absence me faisait souffrir au plus profond de ma chair, comme une morsure, et ma mère me manquait comme jamais depuis le jour de notre séparation. Revoir les Grands Loups alors que je me croyais abandonnée ravivait le chagrin de la perte. Dans la meute, j'étais la seule à devoir endurer cela. Les Grands Loups savaient qui j'étais, ils savaient pourquoi j'éprouvais ces sentiments envers la petite fille. J'exigeais qu'ils m'apportent des réponses.

Frandra retroussa les babines en me regardant froidement.

« Ne me provoque pas », fit-elle en avançant d'un pas, dénudant ses crocs pointus.

On entendit aussitôt un battement d'ailes mouillées, et Tlitoo vint se percher sur sa tête, sautant sur sa croupe dès qu'elle fit mine de le mordre. Quand elle se tourna pour l'attraper dans sa gueule, il sauta et lui tira l'oreille, puis se réfugia sur une branche basse.

Plus ils sont grands,
Plus ils sont lents,
Les Loups-Grincheux.
Aussi gros qu'ils sont bêtes.

Je constatai non sans surprise que la voix de Tlitoo chevrotait légèrement. Frandra détourna vivement la tête pour lui adresser un grondement comminatoire. Quand elle fit un pas vers lui, il s'envola avec un croassement mal assuré. Alertés par un bruit étouffé sur notre droite, nous découvrîmes Jandru qui riait.

« Compagne, dit-il à Frandra, c'est peine perdue d'affronter les corbeaux. Tu es sûre de perdre la partie, assura-t-il en lui chatouillant les côtes. Et pour ce qui est de cette petite, à quoi t'attendais-tu, Frandra ? Tu es fâchée que les choses ne se déroulent pas selon tes plans, voilà tout. »

Pendant un moment, je me demandai s'ils n'allaient pas se battre, mais elle finit par pencher la tête en pouffant de rire, sa colère retombant aussi vite qu'elle avait éclaté. Chez moi, en revanche, la rage continuait de bouillonner. Toutefois j'avais recouvré mes esprits, intimidée par la fureur de Frandra. Je me garderais bien de la défier de nouveau. Ou du moins, pas avant d'avoir considérablement grandi.

« C'est possible, concéda-t-elle, mais ça complique la situation. » Son regard se posa sur nous. « Et je ne peux pas aider ces deux-là dans leurs relations avec la meute. Écoute-moi, Kaala Petites-Dents, la voie que tu dois suivre n'est pas la plus facile. Il faut que tu résistes à la tentation des humains. Tu dois être acceptée par la meute, et obtenir de Ruuqo la marque de la romma. Sans cela, aucun loup ne consentira à te suivre, et tu ne seras jamais pleinement admise au sein d'une meute. Est-ce que tu es au courant ?

– Je pense que oui, s'empressa de répondre Azzuen, qui redoutait probablement ce que je pourrais dire. Nous avons déjà réussi la première épreuve, quand nous avons atteint le lieu de rassemblement depuis la tanière. Maintenant, nous devons prendre part à notre première chasse et suivre la meute pendant tout l'hiver. Ensuite, Ruuqo nous octroiera la marque du Fleuve Tumultueux. J'ignore ce qui se passe quand on n'obtient pas la romma. Et je ne suis pas certain de savoir en quoi consiste cette marque.

– Il s'agit d'une marque olfactive que seul un chef est en mesure d'accorder, expliqua Jandru, et faute de l'acquérir, vous ne pourrez jamais entrer dans une meute, et vous serez condamnés à errer dans la solitude. À moins de former vous-mêmes une meute, ce qui est spécialement ardu quand on ne porte pas la romma.

– Il est vital pour nous que ta meute t'accepte, petite, reprit Frandra, et que tu saches te prémunir des ennuis. Il est absolument nécessaire que tu te tiennes à distance des humains. »

Jandru abaissa vers moi sa tête à la fourrure hirsute.

« Même nous, nous ne sommes pas capables de tout maîtriser. Nous faisons notre possible, mais ce n'est pas grand-chose. Tu dois te faire accepter par ta meute, fuir les humains et camoufler ta différence. Si tu y parviens, tu gagneras la marque de la romma, et nous t'aiderons à retrouver ta mère quand tu seras grande. Je t'en fais la promesse. »

Je déglutis péniblement. J'hésitais à lui faire confiance, même s'il en savait sûrement plus long que moi.

« Au cours des prochaines lunes, m'avertit Frandra sans attendre mon approbation, nous nous trouverons rarement sur les territoires. Tâche d'éviter les problèmes pendant notre absence. »

Sur ces mots, Frandra et Jandru repartirent à travers bois d'un pas majestueux.

Je les regardai s'éloigner avec une colère teintée de perplexité et de frustration. J'étais encore plus chamboulée qu'avant de les revoir. J'esquissai un pas pour les suivre, curieuse d'en apprendre davantage. J'aurais aimé leur demander si je représentais un danger pour ma meute, et si je faisais partie de ces sang-mêlé qui, au dire de Trevegg, étaient parfois pris de folie.

« Kaala, me rappela Azzuen, il faut que nous rentrions.

– Ils ne te révèleront rien de plus, ajouta Tlitoo en s'envolant de son rocher. Je peux toujours les suivre, et essayer de savoir s'ils parlent de toi. »

Il tira gentiment sur la fourrure de ma patte. Je poussai un soupir. Azzuen et Tlitoo avaient beau dire vrai, je n'en désirais pas moins rattraper les Grands Loups. Cependant c'était moi qui avais impliqué Azzuen dans cette aventure, et il m'appartenait de le reconduire chez nous. Et puis les Grands Loups ne se trompaient pas : il fallait que je me débrouille pour passer l'hiver.

« Bon, d'accord, fis-je d'un ton las, on s'en va. »

Werna leva le nez en nous voyant réapparaître.

« Vous portez l'odeur des humains ! s'écria-t-elle. D'où venez-vous ? »

Rissa et Ruuqo, qui avaient entendu sa question, s'approchèrent de nous. Je me mis à grogner, furieuse contre moi-même. Comment avais-je pu oublier d'effacer l'odeur des hommes ? Bouleversée par ma rencontre avec les Grands Loups, je n'y avais plus pensé, et je ne voyais pas quel prétexte invoquer. Mon esprit était comme vidé de son énergie.

« Chefs-loups, répondit Azzuen d'un ton égal, nous sommes tombés à l'eau en glissant dans la boue, et quand nous avons réussi à sortir, nous étions près du campement humain. Nous sommes revenus aussi vite que possible. »

Épatée par la vivacité d'Azzuen, je le lorgnai du coin de l'œil : l'innocence même. Pourtant Ruuqo nous regarda longuement, et je me demandai si cette excuse l'avait convaincu.

« Ne vous éloignez pas autant, finit-il par dire. Et montrez-vous plus prudents à l'avenir. La rivière peut être dangereuse par temps de pluie. »

L'air soupçonneux, il plongea son regard dans le mien. J'étais sûre que l'odeur des hommes était plus forte sur moi que sur Azzuen. Par chance, la pluie et la boue avaient dû masquer le parfum particulier de la fillette.

« Bien joué », commentai-je dès que je fus seule avec Azzuen.

Avec un sourire éclatant, il dressa les oreilles en entendant le compliment.

« On a eu de la veine.

– Non, c'est toi qui es malin », insistai-je en frottant le museau contre sa joue.

Il s'avança à la rencontre de Marra, qui regagnait notre repaire en trottinant. Moi je ne bougeai pas, épiant Rissa et Ruuqo qui conversaient à voix basse. Pendant qu'Azzuen et Marra chuchotaient ensemble, je mâchonnai un brin de la fourrure de l'enfant, que j'avais réussi à garder dans ma bouche. J'avais l'impression d'y retrouver le goût de ma famille.

DEUXIÈME PARTIE

LES HUMAINS

Prologue

IL Y A 40 000 ANS

D epuis que la meute de Lydda chassait avec les humains, elle mangeait à sa faim et reprenait des forces. Aucune autre meute ne capturait davantage de gibier et n'avait des louveteaux aussi gras et aussi bien portants. Même le vieux Olaan, l'aîné de la horde, repu de bonne viande, devait reconnaître les avantages de la chasse avec les humains.

Un jour, cependant, les loups et les hommes attrapèrent un mammouth, et rien ne fut plus comme avant.

Jamais la chasse n'avait été aussi fructueuse. Incommodés par la fonte des neiges et la disparition des glaces, les mammouths cherchaient à migrer vers des contrées plus froides. L'un d'eux boitait légèrement, et tous les chasseurs à portée de narines ou d'oreilles étaient au courant. En flairant l'animal blessé, la meute de Lydda était accourue depuis son repaire. On racontait que certaines meutes avaient déjà tué des mammouths, mais Lydda hésitait à le croire. Même blessé, un mammouth restait une proie intelligente et dangereuse, d'autant plus que le reste du troupeau était souvent disposé à le soutenir.

Mais ce mammouth-là était seul. Trois lions à dent de sabre et une meute de dholes suivaient déjà sa piste, pendant qu'un ours solitaire se tenait patiemment à l'affût.

La meute de Lydda aurait pu combattre un seul lion à dent de sabre ou une petite meute de dholes, mais elle prendrait forcément des risques en affrontant des concurrents aussi nombreux. Dépités, Lydda et les siens s'apprêtaient à quitter la plaine quand la louve entendit retentir des cris familiers.

Les humains ont dû emmener l'ensemble de leur meute, pensa Lydda, interloquée. Jamais encore elle n'avait vu leurs petits, qui étaient parvenus à des étapes diverses de leur croissance. Les jeunes humains lançaient des pierres avec férocité et avec une effrayante précision, éloignant les chasseurs rivaux. Quant aux adultes, ils faisaient fuir les lions à dent de sabre et les dholes avec leurs bâtons taillés en pointe.

Le garçon de Lydda accrocha son regard. Il leva la main pour lui faire signe, et elle inclina la tête. Elle s'élança alors vers le mammouth, la meute derrière elle. La chasse venait de commencer. Grâce au lion et aux dholes, l'animal était déjà affaibli, malgré cela Lydda doutait fort qu'une horde de loups suffise à le terrasser. Les loups couraient aux côtés des hommes, encerclant le mammouth. Chaque fois qu'il cherchait une issue pour s'enfuir, il se trouvait arrêté par le bâton d'un homme ou par les crocs d'un loup. Au bout d'un temps infini, ils réussirent à entailler la peau épaisse du mammouth, et le sang ruissela de ses flancs. Quand enfin il s'écrasa au sol dans un fracas de tonnerre, Lydda contempla avec une crainte respectueuse ce qu'ils avaient réussi à accomplir. Avec l'aide des humains, pensa-t-elle, aucune proie ne serait désormais hors d'atteinte.

D'ordinaire, un loup commence à déchiqueter sa proie dès qu'elle est tombée à terre, ou même avant. Cette fois, la meute de Lydda prit le temps de bondir de joie et de fêter avec les humains la capture de la proie dont ils allaient tous se repaître.

Quand les hommes les plus vigoureux se penchèrent vers la bête pour la découper avec des pierres aiguisées, le vieux Olaan, un brin offusqué, fit mine de s'avancer.

« Attends », lui commanda Tachiim.

Olaan obéit à son chef de mauvaise grâce. Les humains s'échinaient vaillamment, incisant la peau épaisse. Il leur fallut une éternité pour retirer les organes bons à manger et découper des lanières de viande sur la panse charnue.

« Maintenant ! » aboya Tachiim.

La meute de Lydda se précipita pour saisir les plus beaux morceaux. Ils durent se mettre à trois, rien que pour emporter le foie. Les humains poussaient des cris de colère, mais les corbeaux fondaient sur eux pendant que les loups s'emparaient en riant de la meilleure part. Quoiqu'un peu honteuse de l'indélicatesse des siens, Lydda ne put s'empêcher de sourire. Elle chercha des yeux son ami afin de partager avec lui son amusement. Lui, cependant, n'avait pas la moindre envie de rire. Tête basse, il se faisait sermonner par un homme plus âgé – sûrement le chef du groupe – qui gesticulait en désignant Lydda et sa meute. Pour la première fois depuis bien des lunes, Lydda se sentit envahie par le froid. Cette fois, pourtant, ce n'était pas au-dehors que ce froid régnait, mais au fond de son propre cœur.

Le lendemain, assis près d'elle sur leur rocher, le garçon embarrassé lui adressa ce reproche :

« Vous avez pris une trop grosse part ! Mon père prétend qu'on ne récolte que des ennuis à côtoyer les loups.

– Sans notre aide, vous pouviez dire adieu au mammouth, argua Lydda avec colère. On aurait pu vous laisser le disputer aux lions. »

Le jeune homme plissa le front sans comprendre. Au début, quand ils chassaient ensemble, elle pouvait lui parler comme à un membre de sa meute, mais depuis quelque temps, il avait plus de mal à saisir ce qu'elle disait.

« C'est bon, finit-il par lui répondre. Je vais leur dire que vous ne recommencerez pas. »

Quatre nuits plus tard, Kinnin, un des jeunes loups de la meute, revint sur le repaire avec une balafre à la tête et une expression mortifiée dans le regard.

« J'étais en train de prélever ma part sur le cerf que j'avais tué avec AnRa, expliqua-t-il, parlant de la femelle humaine avec qui il chassait. Mais son mâle me l'a confisquée. Il a tout gardé pour lui, et quand j'ai voulu reprendre ma part, il m'a frappé à coups de bâton. J'avais envie de le mordre, mais ça aurait contrarié AnRa. Je me demande si je retournerai chasser avec elle.

– Selon moi, déclara le vieil Olaan, nous devrions renoncer à chasser avec les humains.

– À partir d'aujourd'hui, approuva Kinnin, un loup qui chasse à leurs côtés sera considéré comme un traître. »

Tachiim ne partageait pas leur avis.

« Grâce à eux, nous nous procurons plus de viande que nous n'en avons jamais eu. Avec leur aide, nous pourrons vivre à notre aise. Il faut simplement leur faire comprendre que nous ne nous soumettrons pas. À la prochaine chasse, nous leur montrerons que nous ne sommes pas leurs larbins.

– Qu'ils ne s'amusent pas à me voler ma nourriture, annonça Olaan, ou ils comprendront ce qu'est un loup. »

Lorsque les humains tentèrent de nouveau d'accaparer une proie, les loups se rebellèrent. Un renne bien gras gisait à terre. Il y avait de quoi manger pour tout le monde, mais les humains essayèrent tout de même d'évincer les loups.

« On vous cédera votre part en temps voulu, décréta l'un d'eux.

– Ce renne est à nous, gronda un second, et vous aurez les restes dont nous ne faisons rien.

– Vous n'avez qu'à obéir, renchérit un troisième, c'est à nous de décider si nous acceptons ou pas de vous nourrir. »

Là-dessus, ils se penchèrent sur la bête pour la découper avec leurs pierres aiguisées.

Le premier à attaquer ne fut ni Olaan ni Kinnin, mais la sœur de ce dernier, Nolla. L'initiative qu'elle prit alors n'était guère surprenante de la part d'un loup. Tous les loups savent bien que si un membre de la meute essaie de vous éloigner de la proie, il faut s'imposer à tout prix, faute de quoi on sera toujours le dernier à manger. Et la jeune Nolla n'avait pas encore fait ses preuves. Elle se jeta sur un des humains, mais sans le mordre, ni même le malmener. Elle se contenta de le bousculer pour aller arracher une portion du renne.

Levant sa pique, l'homme la planta dans le cou de Nolla. La jeune louve hoqueta et expira dans un râle.

Pendant un moment, hommes et loups contemplèrent le spectacle bouche bée. Quand les humains se mirent à brandir leurs bâtons, Kinnin montra les dents et se rua sur celui qui avait tué Nolla pour lui ouvrir la gorge. Les loups prirent la fuite en courant.

Le temps d'un quartier de lune, rien ne se passa entre les hommes et les loups. Un jour, cependant, on retrouva les dépouilles des trois survivants de la meute de Colline de Poussière, massacrés à coups de lance. Au cours de la nuit qui suivit, quatre hommes furent tués par les loups dans leur sommeil. Aucun ne voulut reconnaître le meurtre, mais l'on vit Olaan et Kinnin rentrer sur leur repaire avec du sang aux babines.

C'est ainsi que la guerre commença.

Dans toute la vallée, les hommes tuaient les loups, et les loups tuaient les hommes. Ceux parmi les humains qui avaient fréquenté les loups en savaient long sur la chasse et sur les façons de donner la mort. Quand il s'agissait d'éliminer un loup, personne ne les égalait. La guerre se propagea comme une traînée de poudre : à présent les hommes s'en prenaient aussi aux hommes, et les loups se battaient entre eux.

L'ami de Lydda, venu la retrouver en secret sur leur rocher ensoleillé, se lamenta un jour :

« Les gens de mon peuple s'entre-déchirent. Ceux qui veulent détruire les loups et les autres chasseurs essaient d'écraser ma tribu. Ils tuent tous les hommes qui prennent la défense des loups. Mon père et mon frère sont de ceux-là, et j'ai peur que ma tribu ne soit dispersée. »

Lydda savait que le garçon avait cessé de la comprendre, elle lui répondit malgré tout :

« Moi aussi, j'ai peur. Pas plus tard que ce matin, Olaan a défié Tachiim en lui demandant si la meute devait massacrer une tribu humaine. »

Le garçon serrait bien fort son bâton et s'en frappait la cuisse. Pendant une horrible minute, Lydda craignit qu'il ne s'en serve contre elle, et l'idée d'attaquer le garçon lui passa fugitivement par l'esprit. Elle secoua la tête pour repousser cette image. Le garçon tendit la main vers elle.

« Il faut faire quelque chose », dit-il avec des larmes dans la gorge.

Lydda se blottit contre lui. Dans le ciel, elle entendit la voix rocailleuse d'un corbeau. Levant les yeux, elle vit s'avancer devant elle, au milieu des herbes, deux loups parmi les plus grands qu'elle eût jamais vus.

10

L a petite fille ne quittait pas mes pensées. Et j'en avais l'esprit à ce point obsédé que je ne remarquai pas tout de suite l'arrivée de Trevegg dans la clairière, ni son air préoccupé. Derrière lui venait Minn, perplexe et vaguement apeuré.

« Je ne la trouve nulle part », dit Trevegg à Rissa, qui s'était assoupie près de l'épicéa tombé.

Elle leva vers lui un regard ensommeillé. La pluie s'était enfin calmée, et trois jours de chaleur avaient quasiment tout asséché, sinon les recoins les plus détrempés de notre repaire. Tout le monde rêvait d'une sieste au soleil avant la chasse nocturne.

Le vieux loup secoua la tête.

« J'ai suivi sa piste jusqu'à l'Orée du Bois, ensuite j'ai traversé une partie de la prairie, et là sa trace s'est brusquement évanouie. C'est à n'y rien comprendre. »

Rissa se leva, complètement réveillée à présent.

« Il se peut qu'elle ait fait une halte pour prendre du repos, suggéra-t-elle, et qu'elle soit encore endormie.

– Borlla a disparu », m'apprit Marra en bondissant vers moi.

Quand Trevegg et Minn étaient revenus de la plaine aux Grandes Herbes, elle s'était précipitée à leur rencontre. Azzuen quitta le rocher qui servait de poste d'observation pour trottiner vers nous, les oreilles dressées afin de mieux entendre.

« Elle disparaît tout le temps », répliquai-je avec une pointe de mauvaise conscience.

Ma fascination pour l'enfant des hommes m'avait fait quelque peu oublier Borlla.

« Oui, mais cette fois elle demeure introuvable. Trevegg est bouleversé, fit-elle avec un signe vers le vieux loup. Écoute.

– Sa piste semble s'évaporer d'une seconde à l'autre, Rissa. »

C'était bien la première fois que je le voyais effrayé et désemparé de la sorte. Ruuqo, Werrna et Yllin traversèrent la clairière pour le rejoindre.

« Ce n'est pas possible, décréta Werrna avec humeur. Même si un chasseur l'avait emportée, il devrait subsister une odeur. » Elle s'adressa à Rissa, qui s'était mise à gronder à la mention du chasseur : « Je regrette, Rissa, mais elle ne cesse de s'éloigner toute seule, trop obnubilée pour avoir conscience du danger, et si affaiblie par le manque de nourriture qu'elle ne pourrait ni s'enfuir ni se battre. Quelque chose devait lui arriver un jour ou l'autre.

– Je ne suis pas encore assez vieux, rétorqua Trevegg, pour ne pas m'apercevoir que quelqu'un l'a capturée. Elle a disparu, un point c'est tout.

– D'une seconde à l'autre son odeur s'est évanouie, renchérit Minn d'un ton craintif. Trevegg dit la vérité. Rien n'indique qu'un chasseur soit passé par là récemment. La piste s'interrompt, tout simplement.

– Non, ça ne se peut pas », s'obstina Werrna.

J'eus en choc en réalisant que Werrna aussi était gagnée par la peur. Jamais je n'aurais pensé que quelque chose puisse l'impressionner.

Ruuqo intervint, le regard flamboyant de colère :

« Si les dieux nous en veulent, il faut en comprendre la raison.

– Il convient tout d'abord de vérifier, répondit Rissa dans un faible murmure. Tu as toute ma confiance, Vieux Loup, mais nous devons être certains.

– Je serais soulagé que les autres la cherchent aussi », avoua Trevegg.

Rissa effleura sa joue de son museau, puis, négligeant les habituelles cérémonies du départ, elle entraîna sans un mot la meute hors de notre repaire.

Alors que nous courions sur la piste des cerfs, un peu essoufflés par la vitesse que l'on nous imposait, Azzuen interrogea Yllin :

« Pourquoi se conduisent-ils aussi bizarrement ? Borlla a déjà disparu des dizaines de fois. »

Yllin fit halte près d'un buisson de bourrache et attendit que nous arrivions à sa hauteur, puis elle jeta un coup d'œil sur le sentier pour s'assurer que personne ne pouvait l'entendre.

« Il est tout à fait normal que des loups viennent à mourir – pris par les chasseurs, blessés par une proie ou emportés par une maladie. Tous les loups sont appelés à mourir. Par contre, il n'est pas naturel du tout qu'un loup disparaisse. C'est un signe de mauvais augure. Il n'en existe guère de plus funeste. À en croire les légendes, les Anciens envoient le malheur sur les loups quand ils ont enfreint les règles du pacte. Deux générations en arrière, trois loups de l'Aiguille de Pierre ont disparu après que leur chef eut blessé un humain. »

J'échangeai avec Azzuen un regard coupable, essayant de me persuader qu'il était moins grave de tirer un humain des flots que de lui causer du mal.

Yllin ajouta, le regard rivé à la marque que je portais sur la poitrine :

« J'ai entendu dire également que les loups des Cimes avaient perdu un des leurs après qu'ils eurent épargné une portée de sang-mêlé. »

Je la regardai, interdite. Pourquoi ne m'avait-on jamais informée de cette histoire ?

« Il y a encore une chose que tu dois savoir, Kaala, fit-elle d'un ton précipité. Rissa et Ruuqo ont passé certaines choses sous silence quand ils vous ont raconté les légendes, à vous les petits. Les sang-mêlé ne se contentent pas d'être sujets à la folie, ni d'adopter une conduite déplacée vis-à-vis des humains. Ils passent aussi pour porter malheur à la meute. » Elle précisa un peu plus bas : « Un loup porteur du signe de la lune peut avoir une influence bénéfique ou néfaste sur sa meute, et nul ne peut prévoir ce qu'il en sera avant qu'il ait atteint l'âge adulte. »

Un aboiement furieux de Ruuqo l'empêcha d'en dévoiler davantage.

« Ne traînez pas en arrière ! s'écria-t-il. On ne vous attendra pas !

– Nous ne devons pas en parler, chuchota Yllin, mais je trouvais injuste que tu restes dans l'ignorance.

– On ne dira rien à personne », promis-je.

Tête baissée, Yllin s'élança pour rattraper la troupe. L'esprit en ébullition, je demandai à Azzuen tout en courant derrière Yllin :

« Qu'est-ce que je dois faire, si la meute pense que j'apporte la malchance ? »

Mais Azzuen courait trop vite pour pouvoir parler.

Au début, la piste de Borlla était tout à fait nette. Elle avait emprunté le sentier que nous avions suivi la première fois, pour aller voir les chevaux sur la plaine, et qu'elle n'avait cessé de reprendre tout au long d'un cycle de la lune, depuis la mort de Reel. L'odeur la plus fraîche datait des premières heures du jour, avant que la rosée ne se soit évaporée, ce qui signifiait sans doute qu'elle était passée par là peu avant l'aurore. Nous suivîmes sa trace de l'Orée du Bois à la limite entre les arbres et la plaine. Huit foulées plus loin, comme l'avait annoncé Trevegg, nous découvrîmes que la piste s'interrompait brusquement. Je constatai avec soulagement que les chevaux aussi avaient disparu.

« Écartez-vous, les petits », nous intima Rissa.

Werrna, qui pouvait se prévaloir du flair le plus aiguisé, prit la tête des recherches. Son museau couturé au ras du sol, elle décrivit tout d'abord un petit cercle, en partant de l'endroit où Borlla semblait s'être volatilisée. Une fois assurée qu'aucun caillou, brin d'herbe ou motte de terre n'avait échappé à son inspection, elle se détourna du premier cercle et en dessina un nouveau dans la direction opposée. Ruuqo et Rissa la suivirent, formant des cercles qui chevauchaient les siens. Pendant ce temps, Yllin et Minn répétaient l'opération près de l'endroit où avait reposé la dépouille de Reel.

« Ils veulent être sûrs de ne pas manquer la plus légère bouffée de son odeur, nous expliqua Trevegg d'un ton las, s'acquittant de ses devoirs de professeur malgré la fatigue et l'angoisse. Werrna trace les premiers cercles, puis Rissa et Ruuqo décrivent successivement des cercles plus petits à l'intérieur des siens. Tous les autres se tiennent en retrait pour ne pas les perturber par leur odeur. »

Les recherches se poursuivirent pendant les chaleurs de l'après-midi et durèrent jusqu'au retour de la fraîcheur vespérale. Trevegg et les autres finirent par y apporter leur contribution tandis qu'elles s'étendaient à toute la plaine. Les louveteaux avaient ordre de garder leurs distances, autorisés seulement à fouiller une petite étendue d'herbes sèches, assez loin de l'endroit où s'étaient tenus les chevaux. En nous envoyant de ce côté-là, je suppose que les adultes cherchaient à se débarrasser de nous, mais il était agréable d'avoir une occupation. Marra, Azzuen et moi faisions notre possible pour repérer une odeur, un indice sur le lieu où Borlla s'en était allée, mais nous commencions à abandonner tout espoir. Sans se mêler à nous, Unnan observait Werrna qui flairait le dernier endroit où Borrla était passée.

« Je vais parler à Unnan, dis-je à Azzuen et Marra.

– Tu as perdu la tête ? répliqua Azzuen. Tu n'y gagneras qu'une bagarre.

– Mais il est tout seul, et ce n'est pas sûr qu'il en ait envie. »

Prudemment, je me dirigeai vers lui. Peut-être m'avait-il entendue, mais il ne tourna pas la tête.

« Tu peux te joindre à nous si tu veux, lui proposai-je. C'est mieux que de rester tout seul. »

Pour toute réponse, Unnan retroussa les babines en grondant, les dents serrées.

« À quoi bon ? Pour que tu puisses me tuer, moi aussi ? C'est ce que tu fais le mieux, non ? Provoquer la mort des autres louveteaux. Ils auraient mieux fait de t'éliminer à la naissance. Tu n'apportes que le malheur. » Il se pencha vers moi. « Je te jure que si elle est morte, je me débrouillerai pour te tuer. »

Ces paroles eurent raison de ma bonne volonté.

« Peut-être que si tu étais plus futé, tes amis ne mourraient pas. » Alors même que ces mots jaillissaient de ma bouche, je savais que j'avais tort de les prononcer. « Il y a peut-être une raison pour que ce soit justement tes amis qui meurent ou disparaissent. À ma connaissance, tu n'as secouru personne quand les chevaux se sont emballés. »

Unnan se jeta sur moi en aboyant. Contrairement à Borlla, il n'avait pas cessé de se nourrir après la mort de Reel, et il était grand et robuste. Beaucoup plus que moi, en tout cas. Pourtant la rage folle qui m'animait compensait notre différence de taille. Je n'eus aucun mal à le repousser et à l'immobiliser à terre. La vision brouillée par la fureur, je me penchai sur sa gorge.

« Kaala ! »

Azzuen hurlait pour couvrir mes grondements.

Quand Unnan m'avait attaquée, Azzuen et Marra étaient accourus à la rescousse, et ils tentaient maintenant de m'arrêter, voyant que je risquais de le blesser pour de bon. Je réussis à me maîtriser et à m'écarter de lui, envahie par la honte. Alors que ma première intention avait été de le consoler, je n'étais parvenue qu'à aggraver la situation. Et une fois de plus, je m'étais laissé emporter par la colère.

« *Ilshik !* » me cria Unnan.

Ce mot me fit reculer. Il signifiait « tueur de loups », et un ilshik, indigne de la compagnie de ses semblables, était condamné à une solitude perpétuelle. Sans me retourner vers lui, je rejoignis Azzuen et Marra pour reprendre les recherches. Gagnés bientôt par la fatigue, nous nous laissâmes mollement tomber dans l'herbe.

J'étais près de m'assoupir lorsque les chuchotements pressants d'Azzuen me tirèrent du sommeil.

« Les Grands Loups ! » souffla-t-il.

En effet, Frandra et Jandru traversaient la prairie d'un bon pas, émergeant des bois comme par magie. Les adultes de la meute avaient poussé les recherches jusqu'à la limite du territoire des humains, et ils menaient à voix basse un conciliabule passionné, serrés les uns contre les autres. Je me demandais ce qu'ils avaient pu trouver. Ruuqo et Rissa vinrent tous les deux saluer les Grands Loups. Je fus étonnée de les voir là alors qu'ils avaient annoncé leur départ, et plus surprise encore de l'air furieux de Ruuqo lorsqu'il s'approcha d'eux. Je me trouvais trop loin pour entendre ce qu'il leur dit, mais je vis Jandru lui sauter dessus et le renverser à terre. Une âpre querelle les opposa pendant quelques minutes. Je redoutais qu'ils ne soient venus me reprocher à nouveau mon contact avec la fillette, mais ils ne daignèrent même pas poser les yeux sur moi. Ruuqo, en revanche, se tourna dans ma direction avec une animosité qui me fit reculer. D'un aboiement, il ordonna à la meute de quitter la prairie.

Ruuqo nous reconduisit à l'Arbre Tombé, et ni lui ni Rissa ne tolérèrent la moindre question à propos de Borlla et de sa disparition. Ils ne permirent pas non plus à Minn d'écumer les territoires pour la chercher et ne nous dirent pas un mot de ce qu'ils avaient découvert à l'autre extrémité de la prairie.

« La chasse continue, se bornèrent-ils à déclarer. La discussion est close. »

Dès que la meute fut endormie, je partis discrètement pour la plaine aux Grandes Herbes. Si la meute avait la conviction que la mauvaise fortune s'abattait sur elle et que j'en étais la source, il fallait que j'en apprenne aussi long que possible. Pour commencer, je tenais à savoir pourquoi ils avaient écarté les louveteaux du lieu qui leur avait livré un indice. Azzuen m'accompagna, et je ne l'en empêchai pas.

La journée et la soirée avaient été fort longues, aussi me sentais-je déjà fourbue en atteignant le point où s'étaient achevées les recherches. Après l'arrivée des Grands Loups, Ruuqo avait tellement précipité notre départ que je n'avais pas eu l'occasion de l'examiner. Je posai ma truffe au ras du sol.

Je repérai l'odeur de la meute, naturellement, et par-dessus, celle de Frandra et Jandru. Cependant, je fus arrêtée par une légère odeur qui fit battre mon cœur à coups redoublés, si ténue que je faillis ne pas la déceler. Je vérifiai encore une fois pour m'assurer que je ne me trompais pas. Une odeur de viande et de sueur, âcre et salée. Azzuen aussi l'avait flairée.

« Les Grands Loups nous ont interdit d'approcher les humains, observai-je, et pourtant leur odeur est là, mêlée à la leur. Qu'est-ce qu'ils peuvent bien faire ?

– Je n'en sais rien, Kaala, mais je pense que tu aurais tort de vouloir le découvrir.

– Mais il le faut, Azzuen. Les Grands Loups m'ont sauvé la vie, et puis ils ne se sont plus manifestés pendant quatre lunes.

Et voilà qu'ils viennent plusieurs fois à notre rencontre en quelques jours à peine. Ruuqo en a de nouveau après moi, et selon Yllin, la meute risque de me soupçonner d'attirer le malheur. Tout semble converger vers les humains. Il faut que j'en comprenne la cause. »

Il m'écouta d'un air inquiet.

« Dans ce cas, va trouver les Grands Loups et interroge-les. Mais ne t'approche pas des humains. Je sais que tu envisages de le faire. »

J'étais passablement contrariée qu'il déchiffre si aisément mes pensées. Il se rapprocha un peu, son souffle tiède tout près de moi.

« Tu as entendu ce qu'a dit Yllin. Tu ne peux pas t'exposer à un tel risque.

– Je sais, murmurai-je, tout en prenant entre mes dents ces herbes où se mélangeaient les odeurs de Borlla, des Grands Loups et des humains. Je n'y retournerai pas, je t'en fais la promesse. »

Je n'aimais pas mentir à Azzuen, mais j'étais néanmoins résolue à découvrir ce qui se tramait. Je devais apprendre la vérité sur les agissements des Grands Loups, percer le mystère de leurs liens avec la disparition de Borlla et ma propre place dans la meute. Et je dois avouer qu'en plus de tout cela, j'avais hâte de revoir la fillette.

Son peuple lui donnait le nom de TaLi, mais pour moi elle était toujours Petite Fille. Pendant que je l'observais, j'eus maintes occasions d'entendre les femelles de sa meute la héler par son nom. Les adultes s'appelaient des « femmes » et les mâles des « hommes ». Ils désignaient par « mains » les extrémités de leurs membres antérieurs, tandis que celles de leurs pattes de derrière s'appelaient des « pieds » et leur fourrure des « cheveux ». Leur meute portait le nom de « tribu ». Leur activité était plus importante de jour que de nuit, et dès les premiers froids, ils se couvraient de la peau des proies ou des chasseurs. Je ne les avais pas encore vus enveloppés d'une fourrure de loup, et je me demandais si cela se produisait quelquefois. Cette seule idée me faisait passer un frisson dans le corps.

Un souffle de vent balaya mes oreilles et mon pelage de plus en plus fourni. Les chaleurs de l'été avaient cédé la place à un temps plus frais, qui rendait moins inconfortables mes longues heures de guet près du campement des humains. Je m'installai dans la terre meuble de mon poste d'observation. Près de moi, Tlitoo agitait les ailes avec impatience.

« Jusqu'à quand penses-tu prolonger ta surveillance ? me demanda-t-il. Depuis une lune entière que tu viens ici, tu n'as rien fait de plus que regarder. Froussarde. »

J'ignorai sa remarque, mon nez et mes oreilles tendus dans l'effort de retrouver la fillette. Il me fallait toujours un certain temps pour démêler son odeur de celles des autres. Il faisait grand jour, et le camp fourmillait d'activité. Plusieurs humains, hommes et femmes, grattaient des peaux de bêtes à l'aide de pierres aiguisées, pendant que d'autres fixaient ce qui ressemblait à des os au bout de bâtons courts et larges. Des humains d'âges variés s'étaient rassemblés autour du feu. Dans un premier temps, je m'étais demandé pourquoi leur feu restait allumé malgré la tiédeur et la clarté de midi, mais je compris mieux en humant l'odeur caractéristique de la viande brûlée. Ils étaient en train de faire cuire leur gibier. Deux mâles tenaient une pièce de viande de cerf au-dessus des flammes, enfilée sur de longues tiges. L'eau me monta bientôt à la bouche. Un grand vacarme me fit alors sursauter, et je vis quatre jeunes mâles détaler à travers le campement, brandissant des piques qu'ils dirigeaient vers des cibles invisibles. Comprenant qu'ils s'amusaient, j'eus envie de me joindre à eux.

Tlitoo, de son côté, faisait semblant de chercher des insectes, le bec plongé dans un fouillis de feuilles, de brindilles et de crottes de renard, qu'il ne tarda pas à m'envoyer à la figure.

« Tu n'apprendras rien de plus en restant là à regarder, imbécile. Le temps est venu d'aller plus loin. Ce seront bientôt les voyages d'hiver, et il te sera plus malaisé de t'échapper en douce. »

Je me mis à éternuer, de la terre plein le nez, et secouai la tête pour détacher la feuille et la crotte de renard collées à mon oreille. À part Tlitoo, personne ne savait que je venais épier les humains. Et je ne lui aurais rien dit à lui non plus si j'avais pu me soustraire à sa vigilance. J'avais déjà grand mal à semer Azzuen et Marra, qui me suivaient partout depuis l'épisode des chevaux. Mais se dérober à l'attention d'un corbeau est aussi infaisable que chasser de son poil l'odeur d'un putois. Ça ne valait même pas la peine d'essayer.

« Ce n'est pas à toi que s'en prendront les Grands Loups, rétorquai-je. Ni toi qui seras envoyé en exil. »

Au cours du cycle de la lune qui avait suivi le sauvetage de la fillette et la disparition de Borlla, j'avais été tentée bien des fois de me rendre sur le campement humain. Pourtant, même si j'étais incapable de me tenir complètement à distance des hommes, je n'avais pas tout à fait perdu la raison. Je n'aurais jamais eu l'idée de m'aventurer en plein jour sur leur repaire, pas plus que je n'avais l'intention de me faire exclure de la vallée avant de devenir un loup à part entière.

« Petite, me dit Tlitoo avec une solennité inhabituelle, il y a quelque chose que les Grands Loups te cachent. » En le regardant, je lus de l'inquiétude dans ses yeux. « Ils ont des secrets, et ces secrets concernent les humains.

– Je n'irai pas trouver les hommes avant d'être une chasseuse accomplie et d'avoir été admise au sein de la meute. »

Tlitoo pouffa d'un air sceptique. Il doutait fort, pour sa part, que Ruuqo m'accepte un jour, même si je participais à la chasse et aux voyages de l'hiver. Moi je refusais tout simplement d'envisager cette hypothèse. Si je montrais des dons pour la chasse et réussissais à passer l'hiver, Ruuqo serait bien obligé de m'accorder la romma, même s'il ne voulait pas de moi dans la meute du Fleuve Tumultueux. La loi des loups exigeait qu'il en soit ainsi.

Je finis par isoler l'odeur de la fillette au milieu des autres. Elle était installée avec plusieurs femelles à l'ombre d'un petit abri et avait posé devant elle une demi-pierre creuse, en forme de calebasse. Dans l'autre main, elle tenait un caillou plus mince, dont elle se servait pour broyer quelque chose à l'intérieur du premier. Chaque fois que les pierres cognaient l'une contre l'autre, flottait jusqu'à moi un parfum d'achillée, allié à quelque chose que je ne connaissais pas. Une expression sereine et concentrée sur le visage, elle fredonnait tout bas en travaillant. Je désirais plus que tout aller vers elle, mais je ne pouvais me résoudre à violer les lois de la meute. Sous mon ventre, la terre se mit à dégager une chaleur désagréable, et la peau commença à me démanger.

Une chaleur familière s'était diffusée dans mon corps. Je tournai la tête, m'attendant à voir l'esprit-loup, mais il n'y avait personne. *Formidable*, pensai-je, *voilà que je perds la boule pour de bon.* Cependant, un parfum âcre et puissant de genièvre s'affirma dans l'air ambiant, balayé par une forte bourrasque en direction du campement des hommes.

Petite Fille. Tout en sachant qu'elle ne pouvait pas m'apercevoir, j'eus l'impression qu'elle me fixait du regard, comme le font nos proies quand elles nous devinent embusqués tout près d'elles. De l'endroit où j'étais couchée, je ne distinguais pas l'expression de son visage, mais je vis que son corps se tendait vers moi et qu'elle se penchait en avant. Elle leva la tête, comme pour humer l'atmosphère, puis elle se leva.

Je me mis debout à mon tour, comme entraînée par la marque sur ma poitrine, et toute ma volonté ne put m'empêcher de ramper dans sa direction. Je ne sentais plus les plantes qui poussaient autour de moi, et même mes oreilles avaient cessé d'entendre les battements d'ailes impatientés de Tlitoo. Quant aux humains, ils se confondaient tous en une seule et unique odeur, en un brouhaha de voix indistinctes. Seule Petite Fille conservait sa particularité. J'entendis au loin retentir un hurlement – la voix de Ruuqo – qui appelait la meute à se rassembler, mais je l'écartai de mon esprit. Arc-boutée sur mes pattes, je me préparai à dévaler d'un bond le versant de la colline.

Le bec de Tlitoo se planta cruellement dans ma croupe. Je le foudroyai du regard, ravalant un aboiement.

« Réveille-toi, petite. Le moment est mal choisi. Tes chefs t'appellent pour partir à la chasse. »

La voix de Rissa fit chorus avec celle de Ruuqo. Je ne pouvais pas négliger leur appel. Je repris mon souffle et me fis violence pour m'éloigner de la clairière où vivaient les humains.

« Petite idiote », me dit gentiment Tlitoo.

J'avais bien envie de mordre dans les plumes de sa queue, mais il se serait enfui bien avant.

Affranchie de l'emprise qu'exerçaient sur moi les humains, je regagnai en courant le bord de la rivière, où je m'empressai de plonger pour traverser à la nage. Après m'être roulée dans la boue pour camoufler l'odeur des hommes, je pataugeai encore un moment, puis sortis m'ébrouer sur la berge. Avant même que j'aie pu faire un pas vers notre repaire, je perçus un froissement de feuilles et reconnus l'odeur d'Azzuen. Sa tête apparut entre les buissons de mûres qui bordaient la rive.

« Heureusement que les loups ont l'oreille fine », ricana Tlitoo au-dessus de moi. Quand j'avais secoué ma fourrure, il s'était réfugié sur une branche de saule pour éviter les éclaboussures. « La nuit tombe », ajouta-t-il, ponctuant ces mots de son rire caverneux.

> *Le loup s'est fait attraper.*
> *Le corbeau pourrait l'aider*
> *S'il n'aimait mieux rentrer se coucher.*

Il fit une pause avant de rouvrir son bec.

> *Il n'est plus l'heure de chercher ici.*
> *À présent le loup a compris :*
> *Écoute le corbeau.*

Là-dessus, Tlitoo s'envola et me laissa me débrouiller avec Azzuen. Moi qui croyais l'avoir découragé de me suivre, je m'étais manifestement trompée. Je lui lançai un regard courroucé, et il m'accusa sans même un mot de salut :

« Tu es allée voir les humains. Tu n'as pas cessé de te rendre auprès d'eux, tout au long de cette lune. »

Mon nez me signala que Marra aussi était dans les parages. Cherchant à la situer avec plus de précision, j'eus l'impression qu'elle se cachait à ma droite, dans les buissons.

« Tu ne peux pas te mêler de tes affaires ? répondis-je à Azzuen.

— Non, parce que tu avais promis que tu n'irais pas. Et parce que tu ne m'as rien dit. Ce n'est pas normal. Je pensais qu'on était amis. »

J'éprouvais, en même temps qu'une légère culpabilité, une certaine surprise. Jusque-là, Azzuen ne m'avait jamais cherché querelle. D'habitude, il se contentait d'obtempérer quand je lui disais quelque chose.

« Je ne voulais pas t'attirer d'ennuis, arguai-je sans conviction. Et tu m'avais dit que tu ne voulais pas que j'y aille. » Je me tournai vers la droite, face aux buissons qui dissimulaient vraisemblablement Marra. « Tu peux te montrer, tu sais. »

Un petit trottinement se fit entendre sur ma gauche, et Marra vint vers moi. Après m'avoir saluée d'un coup de langue sur le museau, elle se pencha pour s'abreuver à la rivière.

« Je me débrouille très bien tout seul, bougonna Azzuen, et si tu dois vraiment aller là-bas, il vaudrait mieux que quelqu'un t'accompagne.

— Elle veut garder les humains pour elle seule, dit Marra lorsqu'elle se fut désaltérée. Tu ferais bien de nous laisser venir avec toi, ça t'évitera de faire des sottises.

— Comment avez-vous deviné où j'allais ?

— Nous t'avons suivie, admit Azzuen. Et le corbeau fait un de ces tapages ! »

Marra s'assit et me considéra avec attention.

« On était curieux de savoir où tu disparaissais si souvent.

– Eh bien, dans ce cas, arrêtez de me suivre, répliquai-je hargneusement, fâchée d'avoir dû me séparer brusquement des humains. Vous n'avez donc rien à faire de votre côté ? »

En les voyant baisser légèrement la queue et les oreilles, je me sentis un peu honteuse. Après l'accident avec les chevaux, ils avaient pris tous les deux ma défense, et sans leur aide, Unnan et Borlla m'auraient sûrement tuée quand je n'étais qu'un louveteau sans défense. Ils ne méritaient pas que je les traite ainsi. Je poussai un soupir et promis de mauvais gré :

« Si je retourne là-bas, je vous tiendrai au courant. »

Leurs oreilles et leur queue se redressèrent instantanément, et je leur suggérai, entendant Ruuqo lancer un nouvel appel :

« On ferait bien d'aller regarder les adultes chasser.

– Cette fois, ils nous permettront peut-être de participer, risqua Azzuen avec espoir.

– Oui, se moqua Marra, quand les corbeaux auront de la fourrure et tueront des aurochs. »

Je ris bien malgré moi et touchai du museau les visages d'Azzuen et de Marra. Mes derniers vestiges de rancœur s'envolèrent avec ce geste, et je poussai un hurlement pour répondre à Ruuqo. Azzuen et Marra se joignirent à moi, et j'entraînai mes compagnons vers notre repaire.

11

Cette nuit-là la meute rentra bredouille, mais un quartier de lune plus tard, le beuglement d'un elkryn nous tira du sommeil. C'était un cri étrange qui transperçait la nuit, à mi-chemin entre le hurlement du loup et le râle d'un élan à l'agonie.

Rissa leva la tête pour humer l'atmosphère.

« Il est temps que les louveteaux prennent part à la chasse », déclara-t-elle.

Mes oreilles se dressèrent aussitôt, tandis que les battements de mon cœur s'accéléraient. Près de moi, Marra jappait d'enthousiasme. Depuis le temps que Rissa nous interdisait la chasse, j'avais fini par me dire que nous n'en ferions pas l'expérience avant d'atteindre l'âge de un an. Azzuen et les autres avaient maintenant six mois, et moi-même presque autant, mais depuis que les chevaux s'étaient emballés, Rissa nous avait formellement défendu d'approcher les proies de grande taille.

Marra fut la première à rejoindre Rissa, talonnée par Azzuen et moi. Nous bondissions d'impatience, imitant la danse du chasseur que les adultes avaient si souvent exécutée sous nos yeux. Unnan fut plus lent à s'approcher et se montra moins expansif. Rissa nous embrassa du regard. Nous avions presque atteint sa taille, et nos forces ne cessaient de croître. J'eus l'impression que c'était son premier sourire depuis la mort de Reel.

« Il est temps, dit-elle, moins à notre intention que pour elle-même. Je ne peux pas vous confiner indéfiniment dans la tanière. Nous allons dans la Grande Plaine pour chasser l'elkryn. »

Ruuqo s'approcha d'elle et frotta la truffe contre sa joue.

« Ils sont prêts, confirma-t-il. Nous veillerons attentivement sur eux. » Il nous mit en garde avec un regard farouche : « L'elkryn est une proie redoutable. Autrefois nous traquions leur cousin plus petit, l'élan, mais les humains l'ont chassé de la vallée. Les elkryn sont agressifs et dangereux. Vous devez rester sur vos gardes. »

D'un regard circulaire, il s'assura que tous les louveteaux l'écoutaient. Après un dernier hurlement, il nous guida vers notre première proie. Même ses regards féroces ne parvenaient pas à atténuer l'euphorie de ce moment, et nous quittâmes la clairière en nous bousculant.

Nous traversâmes les bois sur un doux tapis de feuilles tout juste tombées. Je fis de mon mieux pour me remémorer les leçons de chasse reçues au cours des lunes passées, mais mon attention était ailleurs. Il me semblait attendre depuis toujours cette première chasse. C'est à travers elle que se définit un loup. Jadis, le monde fut divisé en chasseurs et en proies, et c'est au loup que revint le titre de meilleur chasseur. Nos poumons nous donnent le souffle nécessaire à une course rapide et prolongée. Nos dents, taillées dans des fragments d'étoiles de la constellation du Loup, sont solides et acérées. Nos oreilles furent créées assez grandes pour que nous débusquions jusqu'aux pensées de nos proies, et nos yeux sont faits pour suivre leur mouvement lorsqu'elles fuient, nos narines destinées à capter le plus léger effluve de leur fumet, nos pattes à parcourir le monde entier. Pourtant, tout cela compterait bien peu sans l'habileté et le courage indispensables à la chasse. Cette nuit-là, on nous offrait notre première occasion de manifester ces qualités. Se distinguer à la chasse figurait parmi les ultimes épreuves que l'on nous réservait. Si nous chassions avec succès et survivions aux voyages de l'hiver, nous deviendrions des loups à part entière, et Rissa et Ruuqo accompliraient la cérémonie qui devait imprimer en nous l'odeur des adultes de la meute. Par la suite, partout où nous irions, nous serions reconnus comme des loups du Fleuve Tumultueux et d'habiles chasseurs. Nous n'étions pas censés tuer du gibier dès notre première chasse, je le savais bien, mais si j'y parvenais quand même, si je pouvais prouver à Rissa et Ruuqo que j'étais une bonne chasseuse, j'aurais le sentiment de progresser sur le chemin de l'appartenance à la meute et de la quête de la romma. Personne, alors, ne serait en mesure de contester la légitimité de mon identité de loup.

Nous atteignîmes la Grande Plaine avec une confondante rapidité. Autrefois, je n'aurais jamais cru pouvoir couvrir pareille distance. Mes pattes se posèrent l'une après l'autre dans l'herbe. Il y avait bien des lunes que je n'étais pas retournée ici, depuis que nous avions quitté la tanière, et je craignis d'être engloutie par la plaine, ou de me sentir aussi démunie et accablée que pendant mon premier voyage. Mais rien de tel ne se produisit. Les marques laissées par Rissa et Ruuqo exhalaient une odeur puissante, indiquant aux autres loups alentour que la plaine nous appartenait. Les parfums n'étaient pas très différents de ceux de la plaine aux Grandes Herbes et des autres terrains de chasse familiers. Ce n'était qu'une des parties de notre territoire. Mais à présent elle était peuplée d'elkryn.

Découpées par la clarté limpide de la lune, leurs silhouettes se dressaient de toutes parts devant nous, hautes et fières. Leur chair dégageait un fumet si riche qu'il suffisait presque à me cacher l'odeur des herbes sous nos pieds et celle des cafards et des fourmis qui grouillaient au-dessous de nous. La chaleur qui émanait de leur épais pelage attiédissait l'air de la nuit. Ils étaient gigantesques, bien plus grands que des chevaux, de la taille de quatre loups adultes. Bâtis en force, ils avaient le mufle écrasé et arrondi et de longues pattes qui semblaient les prédisposer à la course. Mais rien n'était plus incroyable – ni plus effrayant – que les immenses bois qui couronnaient la tête des mâles. Ils dépassaient en envergure la hauteur de l'animal. Je mesurais la force que devait posséder leur cou pour soutenir des andouillers de cette taille. Et je préférais ne pas imaginer le sort que pouvaient réserver ces cornes au loup qui se mettait en travers de leur chemin.

Sur notre gauche, près d'un rocher en forme de demi-lune, un grand mâle avait rassemblé une centaine de femelles. De l'autre côté de la plaine, un deuxième en avait réuni la moitié. Partout où se portait mon flair, je devinais des troupes d'elkryn formés d'un unique mâle et d'une multitude de femelles. Des mâles plus jeunes évoluaient en lisière des groupes. De partout, arrivait à nos oreilles le brame aigu et nasal poussé par les mâles. Je m'aperçus alors que Werrna, Yllin et Minn nous avaient devancés et couraient déjà sur la plaine, au milieu des elkryn. Ruuqo détala pour les rejoindre.

« C'est l'heure de chasser l'elkryn plantureux », déclara Rissa en nous faisant contourner la zone des troupeaux.

Nous courions en bordure de la plaine à un rythme mesuré. C'était l'allure propre à la chasse, une foulée souple et bondissante qu'un loup en quête de sa proie peut maintenir une grande partie de la journée.

« La nourriture de l'été a rendu l'elkryn robuste et résistant, continua d'expliquer Rissa, regardant par-dessus son épaule sans cesser de courir, mais leur esprit est tout à l'accouplement, ce qui est un avantage pour nous. »

Comme pour lui donner raison, le mâle le plus proche leva la tête en bramant, clamant à la ronde que les femelles lui appartenaient. Je sursautai, paniquée. C'était une chose d'observer ces bêtes à distance respectable, c'en était une autre de courir près d'elles.

« Ils rassemblent les femelles avec lesquelles ils désirent s'accoupler », indiqua Trevegg, que l'effort n'avait guère essoufflé. Il avait beau répéter qu'il n'était qu'un vieux loup, il se maintenait sans peine à la hauteur de Rissa. « À cette époque de l'année, les mâles sont spécialement vigilants, et il est plus sage de ne pas s'en approcher. Ils ne sont pas naturellement des proies, et ils n'hésiteront pas à attaquer les chasseurs. En général, le gros gibier riposte quand il n'a plus le choix, tandis que l'elkryn mâle a *plaisir* à nous affronter. À cette saison ce sont les femelles que nous traquons. Elles sont massées toutes ensemble, et il est impossible que toutes soient vigoureuses. Nous pouvons également chasser les mâles les plus jeunes et les plus âgés, qui se sont exténués à essayer d'arracher une femelle aux autres. Ce sont eux les plus faibles.

– Aucun ne me paraît tellement fatigué, observa Marra avec une pointe d'inquiétude.

– Et ils m'ont l'air tout prêts à se rebiffer, renchérit Azzuen.

– En effet, c'est une des choses auxquelles vous devez faire attention. Regardez comment s'y prennent les autres pour les évaluer. »

Nous nous arrêtâmes en même temps que Rissa, les flancs palpitant sous l'effet de l'excitation et de la nervosité plus que de la fatigue. Azzuen et Marra se serrèrent contre moi. Je vis que Ruuqo, Werrna et les jeunes loups évoluaient sans peine au milieu des proies. Les elkryn ne semblaient guère s'en soucier.

« On dirait qu'ils savent que la chasse n'est pas encore vraiment sérieuse, fit remarquer Azzuen.

– C'est exact, confirma Rissa. Une proie qui se met à courir alors que la chasse ne fait que débuter trahit aussitôt sa vulnérabilité. Petits, ils apprennent à reconnaître le moment où un loup chasse pour de bon.

– Sinon, précisa Trevegg, ils gaspilleraient leurs forces à courir sans cesse. »

Soudain, Yllin bifurqua à l'improviste du côté d'une femelle, non pour charger mais pour se positionner dans sa direction. L'animal leva la tête, un sabot en l'air. Yllin modifia légèrement son angle et passa près de la proie sans s'arrêter, comme si c'était son intention depuis le début.

« L'elkryn nous fait savoir qu'il ne sera pas facile de la saisir à la gorge, nous avertit Trevegg. Yllin est un peu naïve. Cette bête est bien résolue à rester en vie. Apprenez, louveteaux, poursuivit-il doctement, que la sélection d'une proie constitue l'élément capital de la chasse. Si vous ne savez pas y faire, vous courrez jusqu'à mourir de faim sans avoir capturé quoi que ce soit. Peu importe que vos pattes soient rapides et vos dents acérées, vous échouerez quand même si vous ne savez pas vous servir de votre tête. C'est notre intelligence qui nous assure une place à part, qui fait de nous des chasseurs hors pair. »

Je poussai un soupir. Ces paroles, je les avais déjà entendues à maintes reprises, chaque fois que les adultes nous emmenaient à la chasse pour que nous les observions.

« Écoutez, les petits », fit Rissa d'un ton brusque que démentait une note d'amusement. Je n'étais pas la seule à trépigner d'impatience. Marra grondait assez haut pour être entendue sur toute la plaine, pendant qu'Unnan grattait le sol de ses griffes. « Observer une chasse et y participer directement sont deux choses bien différentes. Quand vous serez en train de courir avec les elkryn, la chasse vous absorbera tellement que vous serez prêts à poursuivre tout ce qui bouge, à moins d'avoir soigneusement choisi votre proie. »

Je repensai aux erreurs que j'avais commises le jour où j'avais voulu chasser les chevaux. J'étais bien décidée à ne pas les reproduire. Les oreilles relevées, je me dressai de toute ma hauteur, prêtant l'oreille au souffle d'une femelle qui courait près de nous. Il était régulier et ne trahissait aucun signe de fatigue. Je cherchai alors à croiser les regards d'un groupe d'elkryn placé non loin de là, afin de déterminer s'ils étaient forts ou affaiblis. Je ne pus m'empêcher de ramper sur le ventre pour me rapprocher, étouffant la plainte que m'arrachaient mes pattes, douloureuses d'être restées repliées pendant tout le temps où j'observais les humains. Une des femelles remarqua mon manège et planta son regard dans le mien. Mon cœur remonta dans ma gorge et refusa d'en bouger.

Qui es-tu donc pour me considérer comme une proie ? semblait-elle demander, me transperçant de son regard hautain. *J'ai devant moi bon nombre d'années à courir et à engendrer de nouvelles portées. Évite de provoquer ma colère. J'ai piétiné des loups pour moins que cela.*

Un frisson me parcourut l'échine. Elle me rappelait les chevaux, juste avant qu'ils ne s'emballent.

« Celle-ci ne fera pas une proie, petite, me signala Rissa en riant. Sois vigilante. Quelquefois, on peut flairer sur certains d'entre eux la présence de vers dans leur corps, ce qui les affaiblit et ralentit leurs mouvements. Quant aux plus âgés, beaucoup sont atteints d'une maladie qui raidit leurs articulations. Ton nez et tes oreilles peuvent la déceler. »

Et Ruuqo s'approcha pour ajouter :

« Parfois, il suffit d'observer pour savoir quand une proie est résignée à la mort. Elle baisse la tête, ou tressaille lorsqu'on s'avance vers elle. Si elle vous craint, c'est qu'elle a de bonnes raisons. Et si elle n'a pas peur, à l'inverse, ce n'est pas non plus un hasard.

– Rien qu'à sa façon de se tenir, on peut juger de la force de celle-ci, souffla Azzuen en désignant d'un signe de tête la femelle que j'avais provoquée. On peut constater aussi que son poil est épais et lustré.

– C'est tout à fait juste, petit, approuva Ruuqo, étonné. C'est à ce genre de choses que vous devez prêter attention, louveteaux. »

En signe d'approbation, Ruuqo abaissa la truffe vers la joue du louveteau. Je me sentais fière d'Azzuen, tout en me réjouissant que pour une fois, Ruuqo prenne en considération ses ressources. À mon avis, il n'avait jamais remarqué jusque-là à quel point Azzuen était éveillé. Il se mit debout et lécha Ruuqo pour le remercier. Il se tourna ensuite vers moi, et quand j'eus frotté mon nez contre sa figure, il me remercia aussi d'un coup de langue. Marra vint s'asseoir près de moi. L'un et l'autre gardaient la queue et les oreilles un peu plus basses que moi. Unnan baissa légèrement la queue en nous foudroyant du regard.

Ruuqo me toisa d'un air si courroucé que je redoutai une morsure. Cependant, son regard embrassa l'ensemble des louveteaux avant de se reporter sur la plaine, où les autres loups couraient toujours parmi les elkryn. Minn et Yllin, quand nos yeux se croisèrent, accoururent aussitôt et s'effondrèrent près de nous, pantelants. Werrna, elle, poursuivait sa course déterminée au milieu du troupeau.

« Ce ne sont pas des proies faciles, fit Minn. Il va falloir leur courir après. »

Cette perspective l'enchantait visiblement.

« Lorsque aucune proie ne semble prenable, nous sommes obligés d'éprouver les elkryn à la course, fit Trevegg en gobant la mouche posée sur son museau gris pâle. Face à un troupeau de cette importance, c'est souvent la meilleure solution. C'est une des raisons pour lesquelles les jeunes de l'âge d'Yllin et de

Minn jouent un rôle essentiel dans une meute. » Il posa un regard sévère sur les deux intéressés, qui en retour frappèrent le sol de la queue. « Leur maîtrise de la stratégie ne vaut pas celle d'un loup plus âgé, mais ils sont capables de courir à vive allure et d'éprouver plusieurs proies sans s'épuiser. Si tu restes au sein de la meute l'année prochaine, cela deviendra ta fonction. »

Ruuqo se leva et étira ses membres.

« Yllin et Minn vont courir après les elkryn. Dès qu'ils auront choisi une proie potentielle, vous vous joindrez à eux. Vous pouvez chasser en bande, ou bien seuls avec un adulte. Les deux méthodes ont leurs avantages, et de toute manière vous serez amenés à pratiquer les deux.

– Moi je veux chasser seul, s'empressa de déclarer Unnan. Ça ne me fait pas peur. »

De mon côté, je marquai un temps d'hésitation. J'aurais préféré chasser seule, mais ma conscience me reprochait encore d'être allée trouver les humains sans avertir Azzuen et Marra. Je leur jetai un regard, qu'ils me rendirent en silence.

« Alors, les petits, insista Ruuqo, qu'est-ce que vous attendez ? »

Azzuen et Marra ne me quittaient pas des yeux, dans l'expectative, alors que j'attendais qu'ils répondent les premiers. Marra pencha la tête, Azzuen remua une oreille.

« Nous chasserons tous les trois », dis-je d'une petite voix.

Marra allongea les pattes avant en agitant la queue, et Azzuen poussa un jappement joyeux. Pour la deuxième fois Ruuqo me dévisagea, partagé entre la colère et la perplexité. Trevegg prit la parole avant qu'il ait pu dire quoi que ce soit :

« C'est elle, le louveteau dominant, Ruuqo, tu ne t'en es pas aperçu ? »

Il semblait se délecter de l'embarras dans lequel il voyait Ruuqo.

« Il en est ainsi depuis que les chevaux se sont emballés. Les deux autres ne font que la suivre. »

Le grondement de Ruuqo montait de si loin que c'étaient mes pattes, plus que mes oreilles, qui le percevaient.

« Très bien, dit-il enfin, je m'occupe de ces trois-là. Unnan, tu restes avec Trevegg. »

Les yeux de Trevegg se plissèrent de contrariété, mais il obéit tout de même à Ruuqo, entraînant Unnan parmi les elkryn.

Ruuqo nous emmena si près du troupeau que nous aurions pu le toucher. Mon cœur battait à tout rompre. Enfin, nous étions en train de chasser. À travers cette forêt de chair d'elkryn, je vis Yllin et Minn éprouver les proies. Minn commença par charger un vieil elkryn efflanqué, mais celui-ci résista à l'attaque. Minn consulta Yllin du regard, puis les deux jeunes loups foncèrent de concert au cœur du troupeau, comme ils l'avaient fait précédemment. Cependant ils avaient changé d'attitude, abandonnant leur allure folâtre pour le sérieux et la concentration du chasseur. Le troupeau, devinant aussitôt ce revirement, commença à s'agiter nerveusement. Sans que je puisse déceler le moindre signe annonciateur, Yllin et Minn se ruèrent sur une petite troupe d'elkryn et se lancèrent à leurs trousses quand ils prirent la fuite, s'égaillant en tous sens. Ils se désintéressèrent du groupe le plus véloce pour s'attacher aux plus lents, et quand ce groupe-là se scinda à son tour, ils suivirent de nouveau les moins rapides. À plusieurs reprises ils les obligèrent à se séparer, jusqu'à ce qu'il ne reste plus devant eux que deux elkryn. L'un des deux bifurqua vers la droite, pourchassé par Yllin, pendant que l'autre partait à gauche, traqué par Minn. Alors qu'Yllin gagnait du terrain sur sa proie, je vis du coin de l'œil le reste de la meute converger à toute allure dans sa direction. Rissa et Werrna arrivèrent les premières, et Yllin interrompit sa poursuite pour se joindre à elles. Avec un jappement d'allégresse, Marra se précipita aux trousses de l'elkryn, le contour de ses pattes brouillé par la vitesse à mesure qu'elle se rapprochait de ses aînés. Au même moment, Trevegg et Unnan se mirent à courir pour participer à la chasse, quoiqu'un peu plus lentement.

« Viens, on y va ! » criai-je à Azzuen.

À peine avions-nous pris notre élan que Ruuqo me barrait brusquement la route. Alarmée, je m'immobilisai et levai les yeux vers lui.

« Où vas-tu comme ça, petite ?

– À la chasse, répliquai-je, en faisant mon possible pour modérer mon impatience et lui témoigner le respect qui convenait.

– Pas toi, me dit-il. Pas aujourd'hui.

– Pourquoi donc ?

– Tu oses contester la décision d'un chef de meute ? Je ne souhaite pas que tu chasses aujourd'hui. Si tu n'es pas capable d'obéir, tu n'as pas ta place dans la meute. Ne bouge pas d'ici. »

Sur ces mots, Ruuqo rejoignit les autres en courant. Dans l'intervalle l'elkryn s'était sauvé, ce qui se produisait fréquemment. Neuf fois sur dix, une chasse se solde par un échec. Je n'en étais pas moins sous le choc.

La meute tenta encore sa chance sur trois elkryn différents avant d'abandonner pour cette nuit et, à chaque fois, je fus la seule à qui l'on interdît de participer. Au bout du compte, la meute fourbue se décida à retourner vers la lisière du bois.

« Pourquoi ne t'es-tu pas jointe à la chasse, Kaala ? s'étonna Rissa. C'est pourtant nécessaire si tu veux devenir un loup. »

Je préférai ne rien dire, craignant les représailles de Ruuqo si je racontais quoi que ce soit. Rissa n'attendit pas ma réponse, mais elle poussa un soupir en s'allongeant pour se reposer.

« Nous allons rester sur la Grande Plaine, fit-elle d'une voix ensommeillée. Ce soir la chasse sera meilleure. »

L'aube pointait déjà lorsque le reste de la meute s'endormit sous les arbres, installée sur la sauge qui poussait en bordure de la plaine. Azzuen et Marra recherchèrent ma compagnie, mais je les éconduisis l'un et l'autre. Dès que je fus certaine que tout le monde dormait, je m'éloignai discrètement. Tlitoo, qui m'attendait, voleta au-dessus de ma tête pendant que je me dirigeais vers le repaire des humains. C'était à cause d'eux que je ne ressemblais pas aux autres loups, à cause d'eux que Ruuqo me haïssait. Ils détenaient le secret de mon identité véritable, et ils savaient si j'apportais vraiment le malheur et si je pourrais un jour appartenir à la meute du Fleuve Tumultueux. L'attente avait assez duré.

12

Je trouvai Petite Fille assise toute seule, toujours occupée à écraser des plantes dans son caillou creux, à l'aide d'une pierre allongée en forme de branche. J'ignorais tout à fait comment entrer en contact avec elle, mais je ne retournerais pas auprès des miens avant d'avoir réussi. Me rappelant que la meute tout entière savait que je n'avais pas chassé, je fus envahie par un mélange de honte et de colère.

Au bout d'une heure environ, Petite Fille se leva pour gagner un des édifices de la tribu, fait de pierres et de glaise. Celui-ci avait tout spécialement attiré mon attention, car il ne dégageait pas une odeur humaine aussi prononcée que ses voisins. Il évoquait plutôt une tanière tissée de plantes et de feuillage, et il se dressait à la limite du gîte des hommes, non loin de mon poste d'observation.

Émergeant du buisson qui me dissimulait, je rampai subrepticement vers les abords du campement. Gardant en mémoire les informations de Rissa et Trevegg – la vue des humains était excellente en plein jour – j'étais bien décidée à me montrer prudente. Je détectai la piste ouverte par la meute deux lunes auparavant, quand elle avait volé la viande, et je la suivis.

« Loup, que fais-tu donc ? s'enquit Tlitoo.

– Je vais la voir. Ne fais pas de bruit.

– Enfin ! cria-t-il, assez fort pour m'arracher une grimace. Je vais t'aider. Les corbeaux, ils sont habitués à les voir près de chez eux.

– Non, protestai-je, affolée. Toi, tu restes ici. »

Mais il était trop tard. Tlitoo se propulsa au beau milieu de la clairière et clama à pleine voix :

> *Regardez, regardez tous !*
> *Le corbeau vole au-dessus de vous.*
> *Le loup est loin d'ici.*

Je tiquai de nouveau. Les humains, absorbés jusque-là par leur ouvrage, levèrent les yeux vers Tlitoo et les bois environnants. L'un d'eux, un mâle d'âge mûr, lança sur l'oiseau un noyau de fruit, tandis qu'un second tirait du feu une pierre noircie pour la jeter sur lui. Esquivant l'un et l'autre, Tlitoo descendit en piqué et saisit un morceau de viande cuite qui séchait sur un rocher. Alors, les deux humains qui l'avaient déjà visé, aidés d'un des hommes qui se tenaient près du feu, se mirent à le poursuivre dans une grêle de cailloux et de bouts de bois, lui envoyant tout ce qui leur tombait sous la main. Les deux humains restés près du foyer les suivirent des yeux. Tlitoo, ravi, s'égosillait :

Fi des pierres et des bâtons,
C'est de la viande que nous voulons.
Le corbeau ne la manquera pas.

Je secouai la tête. Et moi qui avais prévu une entrée *discrète* !
Cependant, je profitai de ce que Tlitoo accaparait l'attention
des humains pour franchir prestement l'espace dégagé et me
tapir derrière un petit appentis, proche de l'édifice aux parfums
d'herbes.

Petite Fille avait disparu à l'intérieur du repaire des hommes,
et j'avais perdu des moments précieux pendant que Tlitoo causait tout ce tohu-bohu. J'avançai en tapinois, forcée pour cela
de me remettre à découvert, sans arbres ni buissons pour me
dissimuler. Inspirant profondément, je me risquai hors de mon
abri à l'instant précis où Tlitoo plongeait de nouveau vers un
morceau de viande. Les humains se dressèrent en vociférant, et
je demeurai pétrifiée sur place, priant pour être invisible.

« Quel tapage il fait, ce stupide volatile », marmonnai-je
entre mes dents.

Je me ruai vers la tanière à l'odeur de plantes et me cachai
derrière. Elle était faite de pierres empilées sur une hauteur
égale à deux loups adultes, et surmontée d'un ensemble de
glaise, de joncs et de larges pieux en bois qui semblaient soutenir le sommet composé de boue et d'herbes séchées. Mon nez
m'indiqua que Petite Fille était seule à l'intérieur. Sachant que
je risquais fort d'être repérée, et espérant que Tlitoo saurait fermer son bec, je m'aplatis au sol pour me diriger, lentement et
prudemment, vers l'ouverture qu'avait empruntée Petite Fille
pour s'introduire dans l'édifice.

Devant l'entrée étaient suspendues plusieurs peaux d'anti-lope, assemblées selon une méthode inconnue de moi. Petite Fille les avait écartées sur son passage. Je glissai la tête au-des-sous, puis, me faisant aussi petite que possible, je fis suivre le reste de mon corps. L'édifice circulaire était vaste, huit foulées de large pour une dizaine de long, et voûté comme une grotte ou comme une tanière aménagée sous les racines d'un arbre. Ses parois en terre étaient garnies de corniches qui suppor-taient d'autres objets arrondis. On trouvait parmi eux de sim-ples gourdes séchées et durcies, et des objets en pierre et en peau rigide. Je remarquai aussi des morceaux de peaux de cerf repliées, larges et douces. Les peaux, les gourdes et les pierres diffusaient chacune les senteurs d'un végétal particulier – feuille ou racine – et il y en avait beaucoup que je n'arrivai pas à identifier. J'aurais bien voulu avoir le temps de les reconnaî-tre toutes, mais l'odeur de Petite Fille les recouvrait.

De ses petites mains adroites, Petite Fille triait minutieuse-ment ce que mon nez reconnut pour de l'écorce de saule. Pour la première fois, je notai qu'elle avait un nez très aplati et que sa bouche ne formait quasiment pas de saillie. Ses yeux parais-saient grands en comparaison, et ses cheveux lisses lui descen-daient dans le dos. Elle ne m'entendit pas venir. Je demeurai assez près de l'entrée pour me ménager une issue si nécessaire, mais suffisamment loin pour ne pas être visible de l'extérieur. Rassemblant tout mon courage, j'émis le plus doux des aboie-ments.

Petite Fille se retourna en sursautant, et la peau de cerf repliée qu'elle tenait échappa à ses doigts. Des fragments d'écorce de saule s'éparpillèrent au sol. Je constatai que l'écorce était sèche comme en plein été, alors que les pluies avaient déjà commencé. Le souffle court, Petite Fille recula avec effroi vers le fond de sa tanière. Tout en sachant que les chasseurs tuaient souvent des humains, j'en fus légèrement peinée. C'était le cas des ours et des lions à dent de sabre, et une meute de loups pouvait facilement en faire autant si l'occasion se présentait. Cependant, je jugeai excessives les craintes de Petite Fille. Je n'avais pas la moindre envie de lui faire peur.

J'entendis des battements d'ailes, et Tlitoo se fraya un passage par un trou dans les peaux d'antilope. Il vint vers moi en sautillant, penchant la tête d'un air intrigué, puis il s'arrêta aux pieds de Petite Fille et picora des bouts d'écorce qu'il recracha aussitôt.

« Ça engourdit la langue, se plaignit-il avec dégoût, adressant à Petite Fille un regard lourd de reproches. Ce n'est pas bon à manger.

– Ouste ! » fit-elle en le repoussant du pied, les yeux toujours braqués sur moi.

Tlitoo s'éloigna un peu avant de se percher sur une des tablettes, fouinant de son gros bec dans les peaux de cerf repliées.

« Arrête ! lui commandai-je. Tu ne me rends pas service.

– Mais j'ai faim, moi, me répliqua-t-il en reprenant son inspection. Il y a ici toutes les plantes de la forêt. Tâche de l'occuper pendant que je cherche des graines pour nous. »

Petite Fille s'empara alors d'un bouquet d'épis attachés par un roseau et le brandit vers Tlitoo.

« Dehors, l'oiseau ! ordonna-t-elle en tapant du pied. Tu n'as pas le droit de manger ça ! »

L'air courroucé, Tlitoo s'envola vers l'ouverture et nous fixa de ses petits yeux ronds, un gargouillis montant des profondeurs de son gosier. Avec une espèce de jappement saugrenu, Petite Fille tendit le bras vers une haute corniche et ôta le dessus d'une pierre creuse pour en tirer des grains de mil. Elle en répandit une poignée à terre à l'intention de Tlitoo, qui les engloutit avec un croassement satisfait.

Lorsque Petite Fille se tourna de nouveau vers moi, elle semblait moins tendue que tout à l'heure. Une vague de chaleur inonda la lune sur ma poitrine, mais ce n'était pas une sensation déplaisante. Tlitoo gratta du bec la marque qu'il avait sous l'aile gauche. Il faisait frais dans cet édifice de pierre et de glaise, aussi bon que dans une tanière. Je comprenais à présent ce qui poussait les hommes à les bâtir et à ne plus bouger une fois qu'ils possédaient une retraite aussi sûre. J'en voyais toutefois les inconvénients. Quand les chevaux quitteraient la plaine et que les elkryn auraient fini de s'accoupler, nous partirions nous aussi pour suivre nos proies. Je me demandais ce que feraient alors les humains.

Je m'efforçai de rester immobile, et Petite Fille s'accroupit avec autant de respect qu'en aurait témoigné un loup. Elle tendit une main vers moi. Nous restâmes ainsi un moment, séparées de deux foulées. Lorsque je sentis que sa peur se dissipait, je me rapprochai de quelques pas à peine. Sans se redresser, la fillette en fit autant. Petit à petit nous nous rapprochâmes l'une de l'autre, jusqu'à ce que sa main douce puisse toucher mon épaule. Alors seulement, je songeai à reprendre ma respiration, et mon souffle ébouriffa ses cheveux. Quand je posai la truffe contre sa paume, elle me sourit en émettant un petit aboiement, juste un peu plus fort que son jappement de tout à l'heure. *Elle rit,* me dis-je avec joie.

Avant de l'aborder, j'avais réfléchi à ce que je voulais lui dire. Je pensais l'inviter à chasser avec moi et lui proposer de l'emmener à l'écart des autres hommes. Pourtant, je me trouvai brusquement à court de mots, sans pouvoir rien faire d'autre que la regarder. Elle avait des yeux sombres qui absorbaient la lumière, différents de ceux du loup. Ils s'apparentaient plutôt à ceux du corbeau, mais sans les secondes paupières. Elle me regarda plusieurs fois en clignant les yeux, et Tlitoo croassa pour me mettre en garde.

J'entendis un bruit de pas et perçus l'odeur d'un mâle. Devant l'édifice, s'éleva une voix forte et rude. Petite Fille se leva d'un bond, la respiration suspendue, et ramassa la peau de cerf repliée pour y ranger les fragments d'écorce. Avant que le mâle n'ait pu entrer, elle s'était précipitée au-dehors. Le cœur battant à coups précipités, je me faufilai au fond de l'édifice et me collai contre les pierres de la paroi. J'entendis le pas léger de l'enfant s'éloigner rapidement de l'abri, accompagné d'un martèlement pesant et furieux. Je restai dissimulée un long moment, à l'affût du moindre bruit. J'aurais voulu attendre le retour de Petite Fille, mais la faim me tenaillait et je savais aussi que d'ici peu, un autre humain ferait son apparition. Il fallait que je parte sans tarder.

Je passai le nez à l'extérieur, guidée par un Tlitoo débordant d'assurance.

« La voie est libre, me dit-il, tu peux sortir. »

À plat ventre, je me glissai par l'ouverture et m'élançai aussitôt en direction des bois. J'entendis des cris et dépassai en

trombe deux humains ahuris. Comprenant que j'avais eu tort
de me fier aux conseils de Tlitoo, je m'enfonçai dans les bois
en lui décochant un regard furieux.

Je ressentais une euphorie comparable à celle qui avait pré-
cédé la chasse, envahie par la même chaleur que lorsque je
dormais contre Azzuen et Marra. Je n'avais obtenu aucune
réponse concernant Ruuqo ou Borlla, et je n'étais guère plus
avancée pour m'intégrer à la meute. Et pourtant, si j'avais eu
des ailes, je me serais envolée avec Tlitoo au-dessus des
cimes.

Lors de la chasse suivante, Ruuqo signifia encore plus clairement son refus de ma présence. Alors que c'était moi, ce
soir-là, qui avais trouvé la meilleure proie et procuré à manger à l'ensemble de la meute, il s'obstina à m'interdire de
chasser.

Cette fois-là, Rissa nous emmena les uns après les autres pour
que nous nous couchions au milieu des elkryn. Nous nous
trouvions tous les quatre à un endroit différent.

« Chacun de vous doit sélectionner une proie et la prendre
en chasse, avait-elle expliqué. C'est la tâche qui vous revient.
N'allez pas vous lancer aux trousses du premier elkryn venu.
Choisissez avec soin, et sachez reconnaître une véritable proie.
Si vous faites le bon choix, toute la meute vous suivra pour
chasser. »

Ruuqo se trouvait au moins à vingt foulées de moi.
Comme nous étions séparés par un grand nombre d'elkryn
et qu'il parlait avec Unnan, je me permettais d'espérer qu'il

ne penserait plus à moi. Les autres adultes prirent leur poste au milieu du troupeau. Je ne les voyais pas tous, mais je les devinais à leur odeur, qui me rassurait et fortifiait ma confiance en moi. Je me sentais capable de choisir correctement ma proie.

Tout d'abord, je m'employai à démêler les odeurs des elkryn. Les plus proches de moi me paraissant tous sains et robustes, je me levai pour circuler à travers le troupeau. Non loin de moi, je vis qu'Azzuen se livrait à la même opération. En me concentrant, je parvins à découvrir ceux qui, parmi les forts, étaient les moins solides, ceux qui commençaient à se fatiguer. Je devinai la présence d'un elkryn affaibli dans le groupe agglutiné un peu plus loin, et je me rapprochai d'un pas nonchalant pour éviter de donner l'alerte. C'était pour cette raison qu'Yllin et Minn avaient affiché une telle désinvolture pendant leur première tentative, la veille. Nous faisions en sorte de prendre le gibier au dépourvu.

Un brusque mouvement se fit sur ma droite, et un groupe d'elkryn s'enfuit au galop. Unnan avait jeté son dévolu sur une bête parfaitement saine, et l'elkryn et ses compagnons eurent tôt fait de le distancer. Je poussai un soupir excédé. Unnan avait agi sans discernement et n'avait réussi qu'à éveiller la méfiance des proies. Pourtant, Ruuqo le félicita d'un coup de langue, et Unnan dressa la queue et les oreilles.

« Flagorneur », commenta Tlitoo en se posant près de moi, un reste de viande cuite serré dans son bec.

Remarquant que je l'observais, il la lança en l'air et la rattrapa pour l'engloutir en une bouchée.

« Va-t'en, lui demandai-je. Tu effraies les elkryn.

– Alors je vais t'attendre au bord de la rivière », convint Tli-too en prenant son envol.

Les elkryn n'avaient interrompu leur course que depuis quelques minutes lorsque Unnan reprit le même groupe en chasse. Rissa accrocha le regard de Ruuqo, et ce qu'il chuchota alors à Unnan incita ce dernier à se coucher dans l'herbe, les oreilles en arrière. Enfin, il se tenait tranquille.

L'obscurité se fit de plus en plus épaisse. Dans la plaine éclairée par une demi-lune, les elkryn rayonnaient à la fois de la clarté lunaire et de la tiède vapeur qui montait de leur corps. Je ne ressentais pas la moindre fatigue. L'état de transe propre à la chasse prenait possession de moi. S'il le fallait, je me sentais prête à rester là une nuit entière. Une heure environ s'était écoulée quand le galop des elkryn martela le sol dans un tourbillon de poussière. Azzuen avait dispersé le troupeau et porté son choix sur une femelle qui boitait légèrement. Ruuqo semblait trop absorbé pour se rendre compte que j'étais tout près. À voir l'elkryn courir, on devinait aisément combien elle souffrait. Trevegg et Marra, qui se trouvaient à proximité, furent les premiers à l'approcher, en même temps que Ruuqo. Le reste de la meute courut pour les rattraper. La chasse s'annonçait plutôt bien. Cependant l'elkryn fit soudain volte-face et donna une ruade, manquant de peu la tête de Trevegg. Quand elle eut réussi à s'associer à un autre groupe de femelles, nous continuâmes à la suivre pour l'isoler de nouveau.

C'est à ce moment-là que retentit un beuglement assourdissant et qu'un mâle imposant se détacha du troupeau. Il beugla encore et menaça de charger, la tête baissée. Trevegg, Ruuqo et

Marra, les plus proches de lui, s'arrêtèrent net. Trevegg vint se placer devant Marra afin de la protéger du mâle qui s'avançait. Abaissant ses immenses andouillers, l'elkryn nous observa, les yeux mi-clos.

Yllin s'immobilisa près de moi, pantelante, et me dit :

« Il s'agit de Ranor. » Elle s'était éloignée jusqu'à la limite est de la plaine, à la suite de l'elkryn d'Azzuen, et venait de refaire à toute allure le trajet inverse. « C'est l'elkryn le plus puissant de toute la vallée. Lui et Ruuqo se détestent.

– Mais ce n'est qu'une proie ! protestai-je. Je sais bien que l'elkryn se bat quand il y est acculé, mais pourquoi prendrait-il le risque de provoquer un loup ?

– C'est un mâle robuste, et nous sommes à la saison de l'accouplement. Rien ne lui plairait autant que de tuer un loup pour illustrer sa puissance. C'est pour cela qu'il faut faire attention lorsqu'on choisit une proie.

– Dans ce cas, qu'est-ce qui empêche Ruuqo de reculer ? »

On nous avait appris qu'il valait mieux battre en retraite face à une proie dangereuse.

« La même raison qui pousse Ranor à le provoquer, répondit sèchement Yllin. Il arrive qu'un loup choisisse la proie la plus coriace qu'il puisse trouver. Pour lui, c'est un moyen de faire étalage de sa force. »

Tout cela me déconcertait et s'opposait radicalement à ce que l'on nous avait enseigné. Chaque fois que je pensais avoir pris la mesure de ce qu'un loup devait savoir, un nouvel élément surgissait.

« C'est là un aspect de la chasse qu'on se dispense de vous révéler tant que vous êtes très jeunes, fit Yllin en observant attentivement la scène. Pourtant il a son importance. Ces deux-là se sentent obligés de se prouver mutuellement leur puissance. Ranor a déjà blessé mortellement plusieurs loups. Il prend plaisir à tuer. »

Ranor prit alors la parole. Je m'aperçus que je le comprenais, tout comme j'avais compris la femelle qui m'avait provoquée. Manifestement, les elkryn faisaient partie des créatures dont le langage nous était intelligible.

Tu m'as l'air bien maigre, loup, dit-il à Ruuqo. *Tu as dans l'idée de tenter de m'attraper ?*

Ruuqo le détrompa avec condescendance :

« Je ne risque pas de m'écorcher les pattes pour te donner l'occasion d'éblouir les femelles, Ranor. Je ne suis pas si empressé de faire mes preuves. »

Toutefois, Ruuqo avait le poil hérissé et tout son corps était tendu.

« Un loup ne peut pas s'accorder le luxe de faire de l'esbroufe, intervint Rissa en s'avançant auprès de son compagnon. Contrairement à toi, nous prenons au sérieux nos responsabilités envers notre meute. Nous aurons capturé une de tes femelles avant que le jour ne soit levé. »

Ranor l'ignora et continua de fixer Ruuqo du regard. Un deuxième elkryn, de stature presque égale à la sienne, vint se placer près de lui.

« Yonor », souffla Yllin, le frère de Ranor.

Torell et les loups de l'Aiguille de Pierre n'hésiteraient pas à relever le défi, railla le nouveau venu. *Ils ne sont pas aussi timorés que toi, petit loup. Eux ce sont d'authentiques loups, pas des lapereaux.*

Le poil de Ruuqo se dressa, et je vis que Werrna le guettait d'un œil circonspect. Près de moi, Yllin avait le souffle court et saccadé. Ruuqo fit quatre pas en direction de Ranor. L'elkryn avança d'autant, mais s'arrêta en constatant que Ruuqo ne se mettait pas à courir. Ruuqo baissa la tête, et Ranor fit de même. Pendant plusieurs minutes, ils conservèrent cette posture.

Une autre fois, petit loup, fit Ranor avant de rejoindre ses femelles, escorté de Yonor.

Ruuqo s'ébroua et inspecta sa meute. Quand il tomba sur moi, ses yeux se plissèrent avec une expression hostile.

« La chasse continue », dit-il.

Sans se presser, il s'éloigna de Ranor et de ses femelles et nous conduisit vers un autre groupe d'elkryn, à cinq minutes de distance.

Une fois de plus, nous nous déployâmes au milieu du troupeau. Ruuqo était maintenant plus près de moi, en train d'aider Unnan. Je me déplaçai parmi les bêtes sans trouver de proie convenable, et l'aube approchait déjà lorsque je décelai une odeur insolite. Même si je n'arrivais pas à définir ce qui la distinguait des autres, je m'approchai pour essayer de comprendre de quoi souffrait l'elkryn en question. Je lui trouvai l'air plutôt robuste, mais je me rappelai alors que selon Rissa, une articulation malade pouvait se détecter à l'odeur. Il s'agissait bien de cela. L'elkryn avait en effet des mouvements raides, qui, conjugués à son odeur inhabituelle, la désignaient comme une proie.

À pas feutrés, je m'approchai par-derrière, mon cœur battant si fort qu'il semblait s'être réfugié dans mes tympans. Fermant brièvement les yeux, je me vis exécuter un bond et saisir l'elk-ryn au flanc et à la gorge, jusqu'à ce que je l'aie terrassée. Je bandai mes muscles et m'élançai en courant, atteignant une vitesse dont je fus la première surprise. La bête chancela et voulut se sauver. Je flairais sur elle l'odeur de la peur. Elle reconnaissait en moi le chasseur et le loup. Mes muscles étaient souples comme une eau qui coule et ils avaient la puissance du tonnerre. Il me semblait déjà que la chair succulente emplissait ma bouche. *Une proie !* criai-je à la meute. *Une proie qui s'enfuit !* Des hurlements retentirent au plus profond de mon cœur. Du coin de l'œil, j'aperçus les silhouettes de mes compagnons. Ils avaient approuvé mon choix et se lançaient à la poursuite de ma proie. J'étais bel et bien une chasseuse. J'accélérai l'allure, et quand j'estimai le gibier à ma portée, je me propulsai d'un bond.

Tout à coup, j'eus l'impression qu'un arbre venait de s'abattre sur moi et me renversait à terre. Je levai les yeux et rencontrai le visage de Ruuqo. J'avais suffisamment de force pour me relever, mais il me refit tomber dès que je fus debout. Mon dos était plaqué contre le sol dur, et un caillou pointu s'enfonçait douloureusement dans ma hanche.

« Je croyais t'avoir dit que tu ne chassais pas.

– Mais Rissa nous a demandé à tous d'y aller. Et j'ai découvert une bonne proie.

– Ne discute pas, trancha Ruuqo, inflexible. Contente-toi de regarder. »

Je fis ce qu'il me demandait. Sous mes yeux, mes compagnons s'emparèrent de mon elkryn. Ma première proie. Ce fut Unnan qui s'appropria la gloire de l'avoir découverte, et Ruuqo n'apporta aucun démenti. Ce jour-là, je ne tentai même pas de prendre ma part. Je pensais que Ruuqo me repousserait, et je préférais ne pas en avoir confirmation. Je m'en allai, trop furieuse et trop mortifiée pour me demander si quelqu'un me voyait partir. La queue basse, je m'enfuis en courant.

13

Je ralentis en entendant Trevegg m'appeler. Je n'en avais pas envie, mais Trevegg était un ancien et il ne m'avait jamais témoigné que de la gentillesse. Je lui devais le respect. À ma grande surprise, il respirait laborieusement lorsqu'il parvint à ma hauteur. Pourtant tout allait bien un peu plus tôt, pendant la chasse, et il n'avait pas eu à me poursuivre bien loin.

« Vous les jeunes, vous courez beaucoup trop vite », se plaignit-il d'un ton débonnaire.

Je ressentis un pincement de tristesse au spectacle de sa fourrure blanchie et de ses dents émoussées. Je serais tout à fait perdue s'il venait à disparaître de la meute.

« Il fallait que je parte, lui expliquai-je. Je ne supportais pas de rester là pendant qu'ils mangeaient mon elkryn.

— Je sais, dit-il avec douceur. C'est pour cela que je suis venu te chercher. Il est probable que Ruuqo ne t'autorise jamais à chasser, et tu dois pouvoir parer à cette éventualité.

— Mais pour quelle raison ? » Ma colère s'évanouit, balayée

par le désespoir. « Est-ce qu'il me rend responsable de la disparition de Borlla ? Pense-t-il que ma présence porte malheur ? »

Même si je répugnais à trahir la confiance d'Yllin, je devais
absolument découvrir la vérité.

« Il n'a aucune certitude », répondit Trevegg d'un air étonné.
Je me réjouis qu'il ne me demande pas comment j'étais moi-
même au courant. « Mais il ne veut pas prendre un tel risque.

– Je ne compte pas qu'il me garde au sein de la meute une
fois l'hiver passé, mais pourquoi veut-il m'empêcher de chasser ? Pourquoi refuse-t-il de me laisser une chance de devenir
un loup ?

– Si tu te montres bonne chasseuse, il n'aura pas d'autre
choix que de t'accorder la romma. À supposer qu'il le fasse et
que tu portes réellement malheur, tu répandras l'odeur de la
meute du Fleuve Tumultueux en même temps que l'infor-
tune. Ce qui rejaillira de manière fâcheuse sur lui-même et
sur sa meute. Il préfère que tu t'en ailles sans la marque du
Fleuve Tumultueux. » Trevegg poussa un soupir. « De plus, tu
as pris énormément de forces. C'est toi le louveteau le plus
vigoureux de la meute, et Azzuen et Marra t'obéissent. Les
autres risquent d'exercer des pressions sur Ruuqo pour qu'il
te garde parmi nous après les voyages d'hiver, et c'est justement ce qu'il cherche à éviter. Ta force ne fait que te desservir. »

Il frotta sa truffe contre ma joue.

« Il faut que je retourne auprès de la meute. Tu as eu raison
de t'éloigner provisoirement. Je te conseille de réfléchir aux
moyens de survivre si mes prévisions se vérifiaient.

– Je te remercie. »

Quand je sus que Trevegg était bien en route vers la plaine, je m'acheminai vers le campement des humains.

Je m'arrêtai tout près de la rivière, sur le rocher qui servait de poste d'observation. L'odeur d'un dhole passé avant moi s'y attardait encore. Juchée au sommet, je camouflai son odeur sous la mienne et restai assise un moment, à méditer les paroles de Trevegg. Comment pouvais-je espérer devenir un loup sans l'assentiment de Ruuqo ? Je respirai profondément, inhalant des parfums de bouleau et de prunellier. Les paupières à demi closes, j'écoutai le lézard qui filait le long du rocher, les moineaux qui se chamaillaient derrière moi, le murmure du vent dans les arbres. Je perçus bientôt une odeur familière et de plus en plus proche, tandis qu'un bruissement se faisait entendre du côté de la Grande Plaine. Ma colère se raviva sur-le-champ. Azzuen m'avait suivie. Je me dressai en haut du rocher pour l'attendre, surveillant les buissons d'où il finirait forcément par surgir. J'entendis d'abord une course rapide, puis Azzuen ralentit quand il fut plus près de moi et marqua une hésitation en comprenant que je m'étais arrêtée. Il accéléra de nouveau l'allure, et j'attendis sans bouger que la rangée de buissons bas se fende pour livrer passage à sa tête et au reste de sa personne. Il décréta avant que j'aie pu le rabrouer :

« Je t'accompagne.

– Mais je ne vais nulle part.

– Si, tu vas voir les humains. Et moi je viens avec toi. »

La rage flambait en moi. Emportée par la colère et la douleur d'avoir été exclue de la chasse, je montrai les crocs à Azzuen. Je trouvais vraiment injuste qu'il lui suffise de suivre péniblement le mouvement pour faire partie de la meute.

« Retourne plutôt dévorer l'elkryn avec les autres, rétorquai-je méchamment. Tu as bien besoin de grossir un peu. »

Je pensais qu'il allait s'aplatir et coucher les oreilles, contrit et malheureux, et une part de moi-même en éprouvait de la honte. Azzuen m'accordait sa confiance, il me suivait toujours, et rien n'était plus facile que lui faire de la peine. Pourtant je ne voulais pas de lui ce jour-là. Toutefois, je constatai avec surprise qu'au lieu de courber humblement l'échine, Azzuen restait assis et me regardait fixement.

« Les humains sont à moi, Azzuen, affirmai-je d'une voix que l'irritation rendait aiguë. Toi, tu aurais abandonné l'enfant à son sort. Tu ne trouves donc rien à faire de ton côté ? Laisse-moi tranquille ! »

D'un bond, il fut près de moi sur le rocher. Sans chercher ouvertement à me défier, il refusait tout de même de capituler, affichant une sereine assurance que je ne lui connaissais pas.

« Je viens avec toi, Kaala. Sinon tu n'iras nulle part. Il suffit que je pousse un hurlement, et Ruuqo accourra pour t'empêcher de partir. J'ai vu comment il se comportait, et je reconnais que c'était injuste. Moi je veux t'aider. Il n'est pas question que tu t'en ailles toute seule. »

Abasourdie, je ne trouvai rien d'autre à faire que le regarder bouche bée. Enfin, la colère reprit le dessus et monta en moi en une vague brûlante et purificatrice. Je me jetai sur Azzuen pour le faire tomber et tentai de le plaquer au sol. Alors que j'escomptais qu'il se rende docilement, couché sur le dos, il riposta par un grondement sourd, et ce fut *moi* qui me retrouvai à terre, immobilisée par les pattes qu'il appuyait sur ma poitrine.

« Tu es entêtée et stupide, fit Azzuen en me regardant. Tu sais, tu as le droit de réclamer de l'aide. »

Furieuse, je me débattis et voulus le mordre au visage, bandant mes muscles pour me libérer de sa prise. Je le repoussai avec tant de violence qu'il heurta le rocher et rebondit sur la paroi. Toutefois il fut vite debout, et nous nous campâmes à une foulée l'un de l'autre, le poil hérissé sur l'échine, les babines retroussées sur un grondement menaçant. En état de choc, j'observai Azzuen avec une attention inhabituelle. Il n'avait plus rien du fragile louveteau de naguère. Il avait à peu près la même stature que moi, et sa poitrine commençait à s'élargir comme celle d'un adulte. Pendant tout le temps où je m'éclipsais pour aller voir les humains, il n'avait fait que gagner en force et en assurance. La honte me fit baisser les oreilles. À mes yeux, Azzuen était toujours le frêle et piteux louveteau que j'avais connu plusieurs lunes auparavant. Pourtant je me trompais. Il était devenu un jeune loup robuste et sûr de lui. Et c'était mon ami. Depuis mes bagarres avec Unnan et Borlla, je n'avais jamais participé à un véritable combat de domination. À présent, les choses ne se passeraient pas de la même manière. Les affrontements entre bébés loups ne signifient pas grand-chose, et leur issue n'a pas de conséquences durables. Or cette règle cesse de s'appliquer lorsqu'on a dépassé les six mois, et je ne voulais surtout pas que mon premier vrai combat de domination m'oppose à Azzuen. Il partageait visiblement mon sentiment, et ce fut avec douceur qu'il reprit la parole :

« Je n'ai pas l'intention de me battre contre toi, Kaala. Mais je ne te laisserai pas partir seule pour autant. » Il me sourit, et ses poils se plaquèrent à nouveau sur son dos. « Pourquoi tu garderais les humains pour toi ? »

Sous l'effet du soulagement, ma fourrure se rabattit sur mon dos. Je n'étais pas prête à perdre Azzuen, mais je comprenais que le moment de définir notre position au sein de la meute se profilait plus rapidement que je ne l'escomptais. Par la suite, rien ne serait plus pareil entre nous. Pour moi, il était acquis qu'Azzuen serait toujours soumis à mon autorité, et j'avais même caressé le rêve de devenir chef d'une meute et de lui offrir noblement un rôle de second. Fidèle à mes devoirs de chef, je le défendrais des provocations des loups plus forts que lui. Rien n'empêchait un chef de prendre pour second un loup médiocre par la force, pourvu qu'il soit intelligent. Jamais il ne m'était venu à l'esprit qu'Azzuen pourrait s'imposer par lui-même. En regardant ses yeux brillants, sa fourrure lisse et ses épaules solides, je me sentis honteuse de l'avoir cantonné à un rôle d'éternel louveteau. J'avais eu tort de le traiter comme le faible de la bande.

Azzuen fixait sur moi un regard plein d'espoir.

« D'accord, lui dis-je, si tu peux tenir le rythme, je veux bien que tu viennes avec moi. »

Azzuen releva le défi avec un jappement sonore. Nous partîmes en trombe, de toute la vitesse de nos pattes, et plongeâmes dans la rivière que nous franchîmes en un rien de temps. Je devançai Azzuen d'une petite demi-tête. Nous fîmes une halte pour nous ébrouer, et je le vis qui me regardait d'un œil jovial. Cette fois nous avions transformé notre combat en jeu, nous étions conscients néanmoins qu'un changement s'amorçait. Je le poussai affectueusement de l'épaule en lui léchant la joue, comme j'avais vu Rissa le faire à Ruuqo. Azzuen resta figé sur place. Le laissant à son embarras, je repris mon chemin vers les hommes. Au bout d'un moment il m'emboîta le pas. Tlitoo, qui nous surveillait sûrement du haut des arbres, voleta au-dessus de nous.

« Dites donc, les petits, ce n'est pas encore la saison des amours. »

Je fis la moue, mais Azzuen lui sourit. Tlitoo me regarda, la tête inclinée de côté.

« Bien. Si tu as fini d'essayer de changer ce qu'on ne peut pas changer, nous avons fort à faire. »

J'aurais bien aimé répliquer, mais Azzuen forçait déjà l'allure pour me défier de le suivre. Oubliant ma fatigue et ma colère, j'allongeai au maximum ma foulée pour l'affronter à la course.

Cette fois, je trouvai immédiatement Petite Fille. Lors de ma visite précédente, j'avais observé que les hommes divisaient leur repaire en plusieurs parties, chacune dévolue à une activité particulière. Il y avait un emplacement réservé à la préparation de la nourriture, un autre où l'on travaillait les peaux, un autre encore où l'on fabriquait des piques. Petite Fille était souvent à l'endroit où l'on s'occupait des plantes. C'est là que je la découvris. Ce jour-là elle était assise toute seule et liait habilement un bouquet de joncs posé sur ses genoux. La truffe frémissante, Azzuen aspirait toutes les odeurs du campement humain, et ses oreilles se tendaient en avant comme si elles voulaient se détacher de sa tête. Tlitoo, lui, paraissait assez tenté d'en pincer une dans son bec. Devant mon regard sévère, il cligna les yeux d'un air candide.

J'avais espéré qu'Azzuen s'ennuierait rapidement et nous fausserait compagnie, mais en réalité, sa fascination pour les humains était égale à la mienne. Brusquement, je me sentis heureuse qu'il soit à mes côtés, heureuse de pouvoir partager cette expérience avec quelqu'un d'autre que Tlitoo. Je me tournai vers Azzuen pour lui caresser la joue, et il me lança un regard surpris avant de faire de même. Tlitoo gloussa de rire, mais je préférai l'ignorer. En regardant la fillette, je me sentais comblée, réchauffée jusqu'au cœur.

« Reste ici, dis-je à Azzuen. Et toi aussi », ordonnai-je à Tlitoo qui battait déjà des ailes pour m'accompagner.

Il protesta légèrement mais accepta de rester en arrière.

À pas comptés, je gagnai la bordure du campement, du côté de l'emplacement de Petite Fille, et gémis doucement pour attirer son attention. Malgré le bruit ambiant et une ouïe beaucoup moins fine que celle du loup, l'enfant m'entendit et leva les yeux de son bouquet de joncs. En me voyant, elle abandonna son ouvrage, frotta ses mains sur la peau dont sa taille était ceinte et se porta à ma rencontre. Je n'en croyais pas mes yeux. Parvenue à la limite de son repaire, elle jeta un regard par-dessus son épaule et pénétra sous le couvert des arbres.

« Bonjour, Loup, fit-elle à voix basse. Tu es revenu. »

Quand je fis mine de sauter pour la saluer comme un membre de la meute, elle eut un mouvement de recul, reprise par la peur. Puis elle s'avança vers moi, hésitante et circonspecte, tel un loup s'approchant d'un loup inconnu. Les narines dilatées, elle gardait les bras noués contre son corps. Je continuai de la regarder. Puisque j'avais compris ce qu'elle me disait, il était possible qu'elle aussi saisisse mes paroles.

« Voudrais-tu que nous chassions ensemble ? »

Je n'étais pas très sûre de pouvoir attraper autre chose que du petit gibier, mais ça ne la gênait peut-être pas. Sa figure se plissa, et elle porta une main à sa tête, comme si elle avait mal. Je fis une nouvelle tentative.

« Il y a abondance de souris sur l'autre rive, aimerais-tu m'accompagner ? » lui demandai-je, avant de songer qu'elle redoutait peut-être de traverser la rivière où elle avait failli se noyer. « On peut aller ailleurs, si tu préfères. »

Pendant un moment elle me regarda sans rien dire, puis elle tendit la main et effleura mon épaule.

« Qu'est-ce que tu veux, Loup ? »

Ainsi elle ne comprenait pas mon langage. Je ne m'en expliquais pas la raison, dans la mesure où ses paroles à elle m'étaient parfaitement intelligibles. Chaque espèce possède une langue spécifique, mais ces langues ont suffisamment en commun pour qu'un peu d'ouverture d'esprit nous permette de communiquer avec la plupart des créatures. Bien sûr, il est plus facile de converser avec celles qui nous ressemblent d'une manière ou d'une autre. Le loup et le corbeau, habitués à chasser ensemble, n'ont aucune peine à se comprendre. Nous parlons aussi sans effort aux autres chasseurs, encore que certains, comme le dhole ou la hyène, usent d'un langage si mal articulé qu'il en devient obscur. Si nous nous entretenons avec une proie ou un concurrent, chacun emploie sa propre langue, et nous nous arrangeons pour transmettre le principal. Pourquoi, alors, n'étais-je pas comprise de Petite Fille ? La frustration me tira une plainte.

« Tu as faim ? » s'enquit la fillette, plongeant la main dans un sac de peau pendu à sa ceinture.

Elle en retira un morceau de viande que je dévorai en une bouchée. De la viande cuite. Contrairement à celle qu'Yllin avait volée, elle était sèche et coriace, comme celle que mangeait Tlitoo. La viande était vieille, mais n'avait pas ce goût douceâtre de décomposition d'une chair accrochée depuis plusieurs jours à la carcasse. Un jour, j'avais mangé une grenouille morte que le soleil avait desséchée pendant quelques jours. Le goût en était le même, sinon que cette viande avait la saveur du feu. Jamais je n'avais eu en bouche quelque chose d'aussi délicieux. Près de moi, un gémissement indigné fusa des buissons. Comprenant qu'Azzuen m'avait suivie depuis le poste d'observation, je lançai un regard furieux vers l'endroit où il était tapi avant de revenir à la fillette, salivant de gourmandise après avoir goûté à la viande. Je désirais manger encore. J'aurais volontiers plongé le museau dans le sac pour m'approprier le reste, si je n'avais pas craint de faire mauvaise impression. L'enfant semblait un peu rassurée, mais je n'avais toujours pas réussi à me faire comprendre.

Jouant mon va-tout, je saisis son poignet dans ma gueule et tirai doucement, tout en l'interrogeant du regard. Ses yeux s'agrandirent quand mes dents rencontrèrent sa peau, puis elle se laissa entraîner dans les bois.

« Attends », dit-elle au bout d'un instant.

Elle retourna en courant sur le repaire des humains et revint avec une peau de daim aplatie et repliée qu'elle portait sur l'épaule, et à ma grande surprise, avec un de ces bâtons pointus dont étaient munis les hommes. En l'observant de plus près, je m'aperçus que ce n'était pas le bâton lui-même qui se terminait en pointe, mais une pierre noire attachée au bout. Étincelante sous le soleil, elle paraissait aussi acérée que les crocs d'un loup.

L'enfant la tenait avec assurance, comme si elle en avait l'habitude.

Cette fois, lorsque je m'enfonçai dans les bois, Petite Fille me suivit en posant sa paume tiède sur mon dos. Dès que nous fûmes à quelques foulées du campement, Azzuen se montra prudemment.

Les doigts de Petite Fille se crispèrent sur ma fourrure, et je l'entendis déglutir précipitamment. Je m'écartai d'elle pour aller saluer Azzuen, afin de lui montrer qu'il s'agissait d'un ami.

« N'oublie pas qu'elle a peur de nous, rappelai-je à Azzuen. Ne t'approche pas trop pour l'instant. »

Il pencha la tête sans détacher le regard de Petite Fille, tandis que Tlitoo se posait devant nous.

« Je me souviens de toi, lui dit la fillette. Tu es le corbeau ami de Loup. »

Tlitoo se lissa les plumes, et Petite Fille, rassérénée, se remit à observer Azzuen.

« On pourrait l'emmener au gîte des souris », suggéra celui-ci.

Je fus enchantée que la proposition vienne de lui. C'était Azzuen qui avait déniché ce coin, et on ne partage pas un bon territoire de chasse avec n'importe qui. J'étais touchée qu'il ait fait cette offre sans que je le sollicite. Je réfléchis quelques instants. Si l'enfant avait peur de franchir la rivière, je pourrais toujours l'aider. Je hochai la tête et ouvris la marche. À l'endroit où je la conduisis, le fleuve était large mais paisible. J'avais pensé la faire passer sur le Pont de l'Arbre, mais je doutais qu'elle puisse marcher aussi longtemps.

« Attends, Loup, dit Petite Fille, quand elle comprit où nous allions. Par ici. »

Elle tira sur ma fourrure, et je la laissai me guider à son tour. Je m'inquiétai de la voir se diriger vers l'aval, car le courant devenait plus fort. Elle s'arrêta à un endroit où les eaux étaient peu profondes, mais néanmoins rapides. Je comprenais pourquoi elle préférait traverser là. La berge était large et plate, et il n'y avait pas de pente escarpée à descendre, même si les flots étaient impétueux. Quand la fillette sauta sur une pierre, je poussai un gémissement anxieux. Elle me jeta un regard par-dessus son épaule.

« Je ne tombe pas à tous les coups, je ne suis pas maladroite à ce point », me dit-elle.

Étonnée qu'elle ait deviné le motif de mon inquiétude, je baissai légèrement les oreilles en guise d'excuses. Elle émit encore son petit jappement de rire, puis entama la traversée.

« Je suis habituée, affirma-t-elle, en équilibre sur un pied. Ma grand-mère habite de l'autre côté, alors je traverse souvent. Elle dit que je devrais apprendre à nager, mais je ne suis pas sûre d'y arriver. »

Petite Fille se déplaça d'une pierre à l'autre, avant de sauter sur un tronc à demi immergé. Elle finit par atteindre l'autre bord, prenant appui sur des pierres que je ne distinguais pas toujours. La dernière se trouvait à une bonne foulée du rivage, mais elle sauta sans effort sur la berge boueuse. En dépit de sa relative assurance, sa manière de traverser me remplissait d'angoisse. Après l'avoir rejointe sur la rive, Azzuen et moi la conduisîmes sur le gîte des souris.

Les souris sont loin d'être bêtes. Quand on les poursuit en courant, comme on le fait avec le gros gibier, elles ont vite fait de se mettre à l'abri. Aussi vaut-il mieux les attaquer du dessus, à la façon d'un oiseau, afin de les prendre par surprise. Je m'assurai que Petite Fille regardait attentivement, au cas où elle n'aurait pas su comment capturer une souris, puis j'en choisis une blottie dans l'herbe, le nez au vent. Je commençai par ramper vers elle, puis je m'accroupis, les muscles tendus. La souris était nerveuse, devinant ma présence sans parvenir à me situer. Elle conservait une immobilité parfaite, sachant qu'elle risquait de foncer tout droit vers moi si elle tentait une esquive. C'est précisément pour cela que les souris se font prendre : elles sont conscientes que nous sommes là, mais ne savent pas toujours comment réagir. Finalement, la souris relâcha sa vigilance, se croyant hors de danger. C'est le moment que je choisis pour me dresser sur mes pattes et faire un grand bond en l'air. Quand j'atterris au sol, la souris était prisonnière entre mes pattes de devant, et je la gobai avant qu'elle ait pu se débattre.

Petite Fille produisit alors un son étrange. Je crus tout d'abord qu'elle était contrariée, ou même blessée, car elle ululait à en perdre le souffle. Le bruit ne fit que s'amplifier quand j'accourus pour voir ce qui n'allait pas. Je consultai Azzuen du regard et le trouvai aussi dérouté que moi.

« Elle se moque de toi, bécasse, m'expliqua Tlitoo. Elle te trouve drôle. »

Il avait raison, en effet. Mais Petite Fille, à la place du jappement bref et discret que je connaissais déjà, était partie d'un grand éclat de rire qui n'en finissait plus. Assise par terre, elle ululait de plus belle, si bien que je finis par repartir à la chasse, agacée. Manifestement, il me restait beaucoup à apprendre concernant les humains.

Azzuen et moi ne remportâmes qu'un succès mitigé. À un moment, alors que je m'apprêtais à fondre sur une souris, Tlitoo plongea sur ma proie pour la subtiliser. Indifférent à mes grondements, il l'emporta dans les airs en croassant joyeusement. J'espérais toujours que Petite Fille allait se joindre à nous, mais elle demeurait paisiblement assise, à observer nos manœuvres. De temps à autre, elle laissait échapper un jappement amusé.

« Elle va se mettre à chasser, oui ou non ? s'enquit Azzuen.

– Je n'en sais rien. Elle n'a pas l'air d'en avoir envie.

– Pourquoi a-t-elle emporté ce bâton, dans ce cas ? »

Un bruit se fit entendre, et un lapin bien gras surgit des touffes d'hélianthème pour se figer à quatre foulées de nous. Nous non plus nous ne bougions plus. Un lapin est bien meilleur à manger qu'une souris. Du coin de l'œil, je constatai que Petite Fille était debout et se dressait le bâton à la main. Personne n'esquissa le moindre mouvement. Un lapin ne s'attrape pas aussi aisément qu'une souris. Sur une courte distance, il court plus vite qu'un loup, et sa capture demande de l'intelligence. Le premier bond est toujours décisif, car c'est lui qui vous donne l'avantage. L'animal se tenait à égale distance d'Azzuen et de moi. Mon compagnon cligna les paupières, me cédant l'initiative. Je fléchis les pattes pour prendre mon élan, mais un infime frémissement suffit à faire détaler le lapin. Furieuse contre moi-même, je me déplaçai pour modifier la direction de mon saut. Mais avant que j'aie pu bouger, Petite Fille s'était élancée dans l'herbe, son bâton bien tendu pour porter plus loin, et elle en planta la pointe dans le corps du lapin à l'instant où il sautait vers elle. Alors qu'il se tortillait au bout du bâton, elle lui tordit le cou et le lui rompit.

Je contemplai Petite Fille avec crainte et respect. Elle était très belle quand elle chassait.

« Merci pour ton aide, Loup », fit-elle, montrant largement ses dents dans le plus grand sourire que je lui aie jamais vu.

Stupéfaite, je me rendis compte qu'elle disait la vérité. Nous avions pris le lapin ensemble, et puisque nous avions réussi à l'attraper, nous pouvions peut-être capturer d'autres proies. S'il m'était interdit d'apprendre les règles de la chasse avec ma famille, je pourrais éventuellement le faire avec Petite Fille. La chose se dessina très clairement dans mon esprit. Je poussais la proie vers Petite Fille, et nous conjuguions nos efforts pour la tuer. Ainsi, je pourrais prouver à la meute que je savais chasser, et ils seraient obligés de faire de moi un loup. L'enthousiasme et le soulagement me faisaient tourner la tête. J'étais certaine d'arriver à mes fins. Lorsque je me dressai pour poser les pattes sur les épaules de Petite Fille et lui lécher le visage, le son que je produisis n'était guère qu'un couinement.

« Arrête, Loup ! fit-elle en s'esclaffant. Ce lapin va m'échapper des mains !

– Oui, oui, fais-le tomber, m'encouragea Azzuen en riant à son tour. J'ai encore faim. »

Ses yeux n'avaient pas quitté le lapin depuis que Petite Fille l'avait tué.

Je me posai de nouveau sur mes quatre pattes en haletant de bonheur, puis Azzuen et moi nous tournâmes vers la fillette, espérant recevoir notre part. Au lieu de cela, elle tira du sac pendu à sa taille plusieurs grosses lanières d'antilope séchée. Mes oreilles se dressèrent si vite que j'en eus mal au crâne.

« Je veux rapporter ce lapin à ma grand-mère, dit-elle timidement. Elle a besoin de viande fraîche et ne peut plus chasser toute seule. »

Elle nous distribua à chacun un bon morceau de viande, et nos dents se plantèrent dans la chair coriace au goût de feu, dont nous savourions l'arôme et la consistance. Les lapins pouvaient attendre. La viande cuite suffisait à mon contentement.

« Il n'y a rien de meilleur au monde », fit Azzuen en reniflant le sac de Petite Fille, fortement impressionné.

Je pensais que l'enfant mangerait au moins une partie du lapin, mais elle n'en fit rien. Elle avait vraiment l'intention de l'apporter tout entier à sa grand-mère. Elle le fourra dans la peau de cerf repliée qu'elle portait sur l'épaule, et je m'étonnai qu'il reste à l'intérieur sans tomber. Je flairai la peau en essayant de comprendre comment elle s'y prenait.

« Ce lapin est à moi, protesta-t-elle en riant. Ne touche pas à ma sacoche. Tu as déjà eu de la viande séchée et une belle ration de souris.

– Je n'irais pas te voler quoi que ce soit, protestai-je, froissée, oubliant momentanément qu'elle ne me comprenait pas.

– Moi, si », fit Tlitoo en emportant un petit bout de viande qui avait échappé à Azzuen.

Celui-ci se mit à gronder pendant que je levais les yeux vers Petite Fille, toujours vexée par sa remarque. Je vis alors que le coin de ses yeux se plissait, comme lorsqu'elle riait. Elle ne croyait pas sérieusement que j'essayais de lui voler quelque chose. C'était un jeu ! Avec un aboiement joyeux, je détalai derrière elle. Refermant les dents sur la sacoche, comme elle l'appelait, je tirai dessus et faillis renverser l'enfant. Après un hoquet de surprise, elle fit volte-face et la ramena vers elle en riant. Puis elle s'arc-bouta pour tirer de toutes ses forces, me déplaçant en même temps. Azzuen jappa de surprise, et Tlitoo piqua en direction de ma queue. Je tirai brutalement sur la sacoche. Je la voulais absolument, même si je n'avais aucune intention de faire mal à la fillette. Ni elle ni moi n'avions atteint notre taille adulte, mais j'étais la plus musclée des deux. Je tirai de nouveau, contrôlant ma force, et l'entraînai de mon côté. Soudain, elle se mit à ululer comme un hibou et lâcha la sacoche. Je basculai en avant et manquai m'écraser face contre terre. Tandis que je la contemplais d'un œil ahuri, elle se dépêcha de récupérer la sacoche, qu'elle éleva bien haut au-dessus de sa tête. Puis, sans cesser de ululer, elle s'en fut à toutes jambes en direction de la rivière.

Je me lançai à sa poursuite, Azzuen dans mon sillage. Petite Fille emprunta un chemin large et dégagé qui ne me disait rien qui vaille, mais je la suivis malgré tout. Arrivée au bord de l'eau, elle s'immobilisa brusquement. Je m'arrêtai net pour ne pas la heurter, et derrière moi, Azzuen s'affala dans la boue. Tlitoo, qui évoluait dans les hauteurs, se rapprocha pour mieux voir, intrigué.

Décelant l'odeur d'un humain inconnu, je marquai une hésitation avant de me réfugier sous un buisson de genièvre touffu. Azzuen, de son côté, se faufila derrière un bouleau. Avec un cri de joie, Petite Fille se mit à courir et se jeta dans les bras d'un mâle dégingandé, qui la souleva de terre.

« Je te cherchais ! lui dit-elle.

– Je suis heureux que tu m'aies trouvé », répondit-il en caressant la fourrure qu'elle avait sur la tête.

S'il avait la taille d'un adulte, sa maigreur évoquait celle d'un loup de un an. Sa fourrure était plus claire que celle de Petite Fille, sans être aussi pâle que le pelage de Rissa. Ils se saluèrent comme deux loups d'une même meute auraient pu le faire après une longue séparation. Je réalisai avec surprise qu'ils se conduisaient comme un couple, en dépit du jeune âge de Petite Fille. Un soupçon de jalousie s'éveilla en moi.

« J'ai eu du mal à m'échapper, expliqua-t-elle au garçon. Maintenant, mon père me surveille en permanence. » Sa figure se plissa. « Il ne veut plus que je m'éloigne toute seule. »

D'un seul coup, le garçon se figea sur place et me regarda fixement.

« TaLi, chuchota-t-il, qu'est-ce qu'il y a dans les buissons ? »

Elle se retourna pour m'adresser un sourire.

« C'est Loup, répondit-elle. Viens par ici, Loup. »

Prudemment, je m'avançai pour saluer le jeune mâle. Lorsqu'il me découvrit, il écarquilla les yeux et éleva légèrement son bâton pointu. Voyant bien que c'était la peur, et non l'agressivité, qui lui dictait sa réaction, je me retins de gronder et fis en sorte de ne pas l'inquiéter. Petite Fille, plus entreprenante que moi, lui arracha tout bonnement sa pique.

« BreLan ! Qu'est-ce que tu fais ? Elle est mon amie !

– Tu sais bien que tu ne dois pas les approcher, TaLi. Rappelle-toi ce qu'a dit HuLin. »

Tlitoo se posa près de nous sans que les humains s'en aperçoivent. Pour rien au monde je n'aurais renoncé à être un loup, mais il m'arrivait quand même d'envier la discrétion du corbeau.

Petite Fille redressa les épaules d'un air entêté.

« HuLin n'est qu'un imbécile. Tous les loups ne sont pas dangereux. Tu ne peux pas nier ce que je suis, BreLan. »

Alors que je m'interrogeais sur le sens de ses paroles, Azzuen décida de sortir de derrière son bouleau. Il n'aurait pas pu tomber plus mal, et seule la crainte d'affoler les humains m'empêcha de grogner.

Le garçon déglutit rapidement, pétrifié sur place. Azzuen, lui, s'accroupit comme pour jouer, la langue pendant mollement hors de sa gueule. Le jeune homme ouvrit de grands yeux stupéfaits, mais laissa toutefois tomber son bâton. Azzuen savait se rendre irrésistible quand il le voulait. Petite Fille vint se placer près de moi, pendant que son ami, qu'elle appelait BreLan, tendait sa large main vers la tête d'Azzuen. Ce dernier la lécha, et l'équivalent humain du sourire se dessina sur ses traits.

« C'est vrai qu'il n'a pas l'air dangereux », convint le garçon ébahi, ses doigts courant le long de l'échine d'Azzuen.

Azzuen se renversa alors sur le dos en lui offrant son ventre, comme il l'aurait fait en présence d'un loup dominant.

« Qu'est-ce qui te prend ? chuchotai-je. Ce n'est pas un chef de meute.

– Mais je dois faire comme s'il l'était, afin qu'il ne me déteste pas, répliqua Azzuen, extasié.

– Il a raison, approuva Tlitoo. Un loup ne doit jamais adopter une attitude de domination s'il espère calmer les appréhensions d'un humain. »

La respiration suspendue, je regardai Azzuen se concilier les bonnes grâces du jeune homme. Très vite, ils se retrouvèrent accroupis face à face, à échanger des caresses.

« Tu peux sortir, maintenant », signala Tlitoo.

Et Marra se glissa aussitôt hors des buissons. Ça n'allait pas du tout : j'étais tellement captivée par les humains que je ne décelais même plus l'odeur des miens. Une famille entière d'ours aurait pu m'attaquer par surprise sans que j'aie détecté quoi que ce soit.

« Comme ils ressemblent aux loups ! s'émerveilla Marra. Ils ne sont pas Autres.

– Non, en effet. Et cependant ils nous sont interdits. »

J'hésitais à confier à Marra et Azzuen mon projet d'aller chasser avec Petite Fille.

« Oui, fit-elle. C'est bien le problème, non ? Moi, pourtant, je voudrais bien en avoir un à moi. Si nous les suivons, ils nous conduiront peut-être auprès d'autres humains qui nous aimeront aussi.

– Je crois qu'il est déjà suffisant que deux d'entre eux nous connaissent, dis-je d'un ton nerveux. La prochaine fois, éventuellement.

– D'accord, se résigna Marra, dépitée. La prochaine fois. »

Je lui jetai un regard, surprise qu'elle accepte sans rechigner.

« Il faut partir, TaLi, dit le garçon en s'écartant à contrecœur d'Azzuen. Si on s'attarde trop, on s'apercevra de notre absence, et j'ai envie de passer du temps avec toi. »

Petite Fille acquiesça.

« Au revoir, Loup », me dit-elle.

BreLan enveloppa ma fillette de son long bras et l'attira contre lui. Ils marchèrent ensemble au bord de la rivière. Tout en s'éloignant, BreLan guettait Azzuen par-dessus son épaule. Celui-ci avait les yeux qui brillaient, tandis que le regard de

Marra était plein d'envie. Je compris qu'ils ne me laisseraient pas chasser toute seule avec Petite Fille et qu'ils éprouvaient une fascination semblable à la mienne. Je ressentis un pincement de jalousie inquiétant. Observant mes compagnons qui ne détachaient pas les yeux des humains, je commençai à me demander dans quelle situation impossible je venais de nous embarquer.

14

Bientôt, la technique de la chasse au lapin n'eut plus de secrets pour nous. Nos nouvelles méthodes s'appliquaient avec succès aux dindes et aux hérissons, et je suppose qu'elle aurait marché tout aussi bien avec un castor si nous avions pu trouver dans la rivière un appui assez stable pour Petite Fille. Et puisqu'elle était efficace pour le petit gibier, elle finirait par l'être aussi pour des proies plus importantes. Je n'en doutais pas un instant. Toute seule, Petite Fille n'était pas de taille à maîtriser un gros animal, mais avec notre concours et celui de BreLan, la réussite était assurée. Il le fallait absolument, d'ailleurs, car Trevegg avait vu juste : la moitié d'une lune s'était écoulée, et Ruuqo persistait à m'interdire la chasse. Il ne m'accorderait sûrement pas une chance de faire mes preuves avant le début des voyages d'hiver. Petit à petit, l'exclusion dont je faisais l'objet en venait à m'indifférer. J'étais en train d'apprendre à chasser par mes propres moyens.

Au bout de quelque temps, je n'empêchai plus Azzuen et Marra de partager mes escapades chez les humains. Comme la meute avait l'habitude de nous voir ensemble, je m'éclipsais plus facilement s'ils étaient avec moi. Il est normal que des loups de cet âge partent à la découverte, et personne ne s'étonnait que nous poussions nos expéditions de plus en plus loin. Les chevaux avaient disparu, alors que les rennes et les elkryn s'étaient éparpillés sur nos territoires, signalant l'imminence de nos voyages d'hiver. Rissa et Ruuqo souhaitaient que nous nous accoutumions progressivement aux longs déplacements. Unnan nous épiait sans relâche, mais nous n'avions pas trop de mal à le circonvenir. Même si sa rage semblait accrue chaque fois que je le voyais, nous étions trois contre lui, et il nous craignait.

À l'approche de l'hiver, il commença à neiger. La première chute suscita une telle euphorie parmi les louveteaux que les adultes ne purent nous imposer aucune occupation sérieuse. Nous ne cessions de sauter en l'air pour happer les flocons, et même les plus modestes tas de neige nous donnaient envie de nous rouler dedans. Les adultes adoraient ce temps presque autant que nous. D'ailleurs, Ruuqo et Rissa finirent par batifoler avec nous au milieu des bourrasques glacées. Même après avoir connu plusieurs tempêtes de neige, je ne réussis jamais à me concentrer sur quoi que ce soit pendant que les flocons descendaient du ciel.

La neige tombait le jour où Petite Fille apparut de notre côté de la rivière. Azzuen, Marra et moi, en route vers le campement des humains, nous laissions distraire au moindre prétexte, essayant de gober des flocons ou nous vautrant dans les congères. Nous étions d'accord pour traverser très en aval du repaire, espérant traquer un cerf dont Marra avait déjà décelé le fumet.

Cependant je m'arrêtai avant d'être au bord de l'eau, déroutée. L'odeur de Petite Fille, encore toute fraîche, flottait sur notre rive. Je flairai la berge et la partie du bois que nous venions de parcourir, puis je perdis sa piste. Azzuen et Marra, aussi désorientés que moi, reniflèrent la boue en bordure du fleuve, décrivant des cercles puis rebroussant chemin pour rechercher la trace de Petite Fille.

« Elle est allée voir la vieille femme dont elle t'a parlé. »

C'était la voix de Tlitoo, perché dans un pin dont le feuillage pointu n'était pas tombé. À l'inverse des bouleaux et de la plupart des chênes, les pins avaient conservé leurs feuilles malgré la venue de l'hiver, et ils procuraient aux corbeaux des cachettes commodes. Tlitoo descendit et inclina la tête de-ci de-là, tout à fait content de lui.

« Je l'ai suivie pendant que vous étiez avec la meute, à taquiner les elkryn. Avec vos truffes mouillées, vous arriverez plus vite si je vous montre le chemin. Venez, petits loups ! »

Le corbeau prit son essor avec un gargouillis d'autosatisfaction et se fondit au milieu des cimes.

« Comment veux-tu qu'on te suive si on ne te voit pas ! » m'emportai-je, mais il était déjà loin.

Moi je vais te conduire, petite sœur.

Je tournai la tête en sursautant et me trouvai face à l'esprit de la jeune louve. Azzuen et Marra continuaient de scruter le faîte des arbres, à la recherche de Tlitoo. Ni leurs yeux, ni leurs nez, ni leurs oreilles ne percevaient la louve.

L'odeur âcre de genièvre, de plus en plus marquée, me tira un éternuement.

« Qui es-tu ? demandai-je tout doucement, pour que Marra et Azzuen ne me prennent pas pour une folle. Pourquoi viens-tu à ma rencontre ? »

Suis-moi. Il y a des choses que je souhaite te montrer aujourd'hui. Un éclair malicieux s'alluma dans son regard. *Je ne suis pas censée être ici, mais ce n'est pas tout de suite qu'on remarquera mon absence. C'est parfois un avantage d'occuper un rang inférieur dans le monde des esprits.*

La louve partit d'un bon trot, et je la suivis.

Quelquefois, les esprits supérieurs m'autorisent à passer dans ton monde, mais ce n'est pas toujours le cas. Aujourd'hui, je me suis éclipsée à leur insu. Et elle ajouta sur un ton de défi : *Ils peuvent toujours essayer de m'arrêter, rien ne m'empêchera de t'aider si je le désire.*

Elle se déplaçait rapidement et sans effort, ne dérangeant ni la neige ni les feuilles, et je dus allonger ma foulée pour demeurer à sa hauteur. Derrière moi, j'entendais la course éperdue d'Azzuen et de Marra, qui s'efforçaient de me suivre.

« Est-ce que tu sais où tu vas ? s'enquit Azzuen. Je ne sens rien du tout. »

J'étais trop essoufflée pour répondre, mais l'odeur de Petite Fille ne tarda pas à s'affirmer. Je me mis à trotter résolument dans sa direction, mais la louve-esprit s'immobilisa.

Je ne vais pas plus loin. Je reviendrai par ici aussi souvent que possible. Elle baissa la tête. *Ma plus grande erreur a été un excès d'obéissance. Tu sais, petite sœur, ceux qui détiennent le pouvoir peuvent aussi se tromper lorsqu'ils croient quelque chose.*

Je m'arrêtai aussi, interdite, et murmurai :

« Qu'est-ce que ça signifie ? »

À ce moment-là, Marra me cria dans l'oreille sans prévenir :

« J'ai retrouvé la piste ! Comment as-tu réussi à la suivre ? »

La louve-esprit hocha la tête et s'enfonça dans les buissons.

Marra et Azzuen me regardant d'un œil impatienté, je me hâtai de leur montrer la voie. Petite Fille nous attendait à la frontière entre les eaux et les bois, à une demi-heure de distance de la Grande Plaine.

« J'espérais que vous viendriez, fit-elle en guise de salut. Ma grand-mère m'a demandé de vous amener auprès d'elle. »

Tlitoo se posa à ses pieds, aussi couvert de neige que s'il s'était roulé dedans, et se rengorgea :

« Je t'avais bien dit que je saurais la trouver. »

Marra fit mine de lui attraper la queue, le forçant à battre en retraite. Sans répondre, je tâchai de comprendre ce qui n'allait pas chez Petite Fille. Son agitation était visible. Elle tenait la dépouille d'un oiseau-marcheur par ses pattes arquées qu'elle menaçait d'arracher à force de les tordre. Azzuen renifla l'oiseau, plein d'espoir, pendant que Marra observait successivement l'animal et Petite Fille. Se méprenant sur son expression, Petite Fille se justifia, sur la défensive :

« Si je le rapporte à ma tribu, je suis sûre qu'ils me le confisqueront. Et grand-mère n'a pas suffisamment à manger. Elle a besoin de cette viande. »

Je pensai avec une pointe de mauvaise conscience que j'aurais pu puiser dans nos réserves pour lui en offrir un peu. La prochaine fois je n'oublierais pas. Petite Fille nous entraîna un peu plus loin vers l'aval, jusqu'à la limite extrême de notre territoire. Elle s'arrêta devant un épais buisson de *slasti* dont elle toucha les feuilles odorantes.

« Grâce à lui, dit-elle, je sais quand je dois bifurquer pour prendre le sentier qui mène chez grand-mère. »

Le chemin qu'elle nous fit emprunter était aussi large et bien aplani qu'une piste de cerfs, même si je n'y décelais pas leur fumet, flairant seulement du petit gibier, un renard de temps à autre, et de fortes odeurs humaines. Le parfum de Petite Fille imprégnait tout, et une nette bouffée de celui de BreLan me parvint également. Je remarquai aussi une troisième odeur humaine, la plus prononcée des trois, qui n'était pas sans rappeler celle de Petite Fille. Toutefois, j'eus la surprise d'en enregistrer une autre encore, spécialement puissante.

« Les Grands Loups ! s'exclama Azzuen.

– Leur odeur est partout, fit remarquer Marra avec inquiétude. Il n'y a pas que Frandra et Jandru, ils sont plus nombreux. J'ignorais qu'il y en avait d'autres sur notre territoire.

– Moi aussi.

– Les Grands Loups sont plus nombreux que d'ordinaire dans la vallée, nous indiqua Tlitoo. Je les ai vus. »

Je ne savais pas ce que signifiait leur présence, mais j'aurais parié qu'elle n'annonçait rien de bon. Depuis le jour où nous avions quitté le repaire de l'Arbre Tombé pour la première fois, les odeurs n'avaient plus fait naître en moi une telle confusion. Elles captaient toute mon attention, si bien que je ne m'aperçus pas tout de suite que Petite Fille ralentissait le pas. Elle expliqua, un peu gênée :

« C'est ici qu'habite ma grand-mère. »

Il me fallut un moment pour distinguer des bois qui l'entouraient l'abri humain qu'elle nous désignait. Contrairement à ceux que j'avais déjà observés, celui-ci ne se dressait même pas dans une clairière, mais semblait plutôt surgir de la forêt elle-même, pareil à une véritable tanière. Il avait une base en pierre et en glaise, comme le repaire de Petite Fille, mais sur le sommet, la boue était plus épaisse et les cailloux plus petits. Au centre, on avait pratiqué un grand trou par où s'échappait de la fumée. Le refuge avait l'air confortable – plus petit que ceux du camp de Petite Fille, mais assez vaste pour accueillir plusieurs loups adultes.

Petite Fille se pencha pour entrer. Tout d'abord, nous restâmes tous les trois sous le couvert des buissons touffus, protégés des regards humains, puis quelque chose m'incita à sortir.

« Attendez-moi ici, dis-je à Azzuen et Marra tout en rampant vers l'abri.

– Mais BreLan est à l'intérieur », protesta Azzuen.

C'était la vérité. Son odeur s'ajoutait à celles de Petite Fille et de l'inconnu. Elle était même si violente qu'il était forcément là.

« Attends quand même, insistai-je avec fermeté. Nous devons rester sur nos gardes. Je vous préviendrai quand tout danger sera écarté. »

Malgré quelques grognements, Azzuen et Marra m'obéirent, et je me dirigeai vers l'abri. Tlitoo sautillait devant moi ou à mes côtés, puis il se perchait sur le toit et redescendait aussitôt. Réticente à m'introduire dans le gîte d'un humain étranger, je m'assis pour attendre que Petite Fille ressorte. Je me redressai en entendant une voix à l'intérieur :

« Fais entrer ton amie, TaLi. Il est temps que nous soyons présentées. »

C'était une voix très, très âgée, aux accents riches et profonds.

Petite Fille passa la tête par l'ouverture. C'était amusant de ne voir jaillir que sa figure, mais son expression était grave. J'eus une hésitation lorsqu'elle me fit signe d'approcher. C'était une chose d'emmener Azzuen et Marra passer du temps auprès de Petite Fille et de BreLan, mais c'était franchir un pas de plus que d'entrer dans le refuge de la vieille personne. Elle semblait appartenir à un autre monde. Je savais qu'en faisant cela, je bafouais toutes les règles établies parmi les loups.

Ma plus grande erreur a été un excès d'obéissance.

J'inspirai profondément et m'avançai lentement vers Petite Fille. Pour commencer, je risquai seulement le bout de la truffe à l'intérieur, afin d'explorer les odeurs : Petite Fille, BreLan, la vieille personne, et un parfum de plantes séchées, comme dans l'édifice garni de végétaux sur le repaire de la fillette. Des peaux d'ours. De la viande. J'introduisis le reste de ma tête et constatai que la fumée du foyer sortait par un orifice percé en hauteur. Les humains n'avaient peut-être pas plus de flair qu'un tronc d'arbre, mais ils se montraient habiles pour fabriquer des choses.

« Entre, louve de la lune, proféra la voix vénérable. Sois la bienvenue dans ma maison. »

Tout doucement, je me faufilai à l'intérieur. La vieille femme se trouvait tout au fond. L'odeur qu'elle dégageait était celle des articulations ankylosés et des os fatigués. Si elle était un elkryn ou un cerf, elle ferait partie des proies, pensai-je, aussitôt honteuse d'avoir songé en ces termes à une parente de Petite Fille. La vieille femme ne me craignait pas, et je sentis que la chaleur de son accueil émanait du plus profond d'elle-même. Elle paraissait encore plus menue que la fillette, et comme elle se tenait assise sur des peaux d'ours entassées, elle évoquait une créature mi-ourse, mi-être humain. En sa présence, je me sentais toute jeune, sotte et maladroite.

Je tournai le regard vers BreLan. Il eût été incorrect de l'approcher avant de saluer la vieille femme, qui de toute évidence jouissait d'un statut dominant dans le groupe, mais je voulais néanmoins lui adresser un signe. Je m'étonnai de le voir aussi tendu, le bâton en main, comme si nous n'avions jamais chassé ensemble. Cela me donna de l'inquiétude.

Petite Fille posa affectueusement la main sur l'épaule de la vieille femme.

« Voici Loup, grand-mère. »

Celle-ci se mit à rire.

« Tu devrais lui donner un autre prénom. Elle porte la marque du loup de la lune, comme celle qui m'apparaît en rêve.

– Quand je pense à elle, je l'appelle Lune Argentée, avoua timidement Petite Fille.

– Très bien. N'aie pas peur, Lune Argentée, me dit la vieille femme avec douceur. Viens donc me dire bonjour. J'aimerais connaître l'amie de TaLi. »

Malgré mon appréhension, je dus faire honneur à ce discours de bienvenue. Je m'avançai et m'inclinai devant elle, puis je léchai sa figure pour la saluer et reconnaître sa

position d'aînée. Je remarquai combien BreLan était crispé
tandis que je m'approchais d'elle. Petite Fille lui lança un
regard furieux.

« On dirait que tu n'as jamais vu Loup, siffla-t-elle. Qu'est-ce
qui se passe ?

– Je n'aime pas qu'un chasseur, quel qu'il soit, vienne si près
de la krianan quand elle ne peut pas s'échapper. Je suis son gar-
dien. »

C'était la première fois que j'entendais le mot *krianan*, mais
BreLan le prononçait sur le ton de déférence que nous réservions aux Grands Loups, si bien que je m'interrogeai sur le rôle
que jouait cette aïeule auprès des humains.

La vieille femme me rendit mon salut en posant délicatement la paume de sa main au sommet de ma tête. Je léchai sa
main pour la remercier avant de reculer. Je me tournai ensuite
vers BreLan. Ses airs soupçonneux étaient loin de me plaire.
J'entendais Azzuen renifler au-dehors, impatient de le retrouver. Il n'aurait plus manqué qu'il fasse irruption ici. Mes narines m'apprirent que Marra était avec lui.

« Voilà ce qui attend le loup dominant », grommelai-je entre
mes dents.

Je me fis toute petite, regardant BreLan d'un air aussi doux et
inoffensif que possible, pourtant il restait nerveux et maussade.
Je m'assis pour l'inviter à jouer, mais il brandit son bâton
quand j'esquissai un mouvement vers lui.

« BreLan, demanda Petite Fille, qu'est-ce qui ne va pas ?

– C'est une amie, mon garçon, le reprit durement la vieille
femme, et c'est moi qui l'ai invitée. Quand j'aurai besoin de ta
protection, je te le ferai savoir. »

BreLan accepta de baisser son bâton, sans se détendre pour autant. Excédée, je finis par marcher vers lui et je me dressai pour lui appuyer les pattes contre le ventre. Il recula en titubant sous les rires de Petite Fille et de sa grand-mère.

« Que ça te serve de leçon, mon garçon, lui dit la vieille femme.

– Il faut que tu me fasses confiance, BreLan, déclara Petite Fille. C'est une partie de mon identité. »

Devant la tanière de la vieille femme, les reniflements d'Azzuen se faisaient plus insistants. J'espérais que personne ne les avait remarqués. Un autre bruit me parvint de plus haut. Tlitoo s'était agrippé au rebord du trou dans le toit, et il avait quasiment la tête en bas. Je poussai un soupir. J'aurais bien aimé que pour une fois, il n'y ait personne pour observer mes moindres faits et gestes.

« Viens vers moi, jeune louve élue », dit la vieille femme.

Je retournai lentement vers les peaux d'ours empilées et me couchai sur le ventre pour me mettre à sa hauteur.

« Je suppose que tu t'es demandé à quoi tenait ta différence et ce qui t'attirait chez nous, fit la vieille krianan. Ma petite-fille partage cette attirance, tu sais. »

Mon regard se porta sur Petite Fille, qui gardait les yeux baissés sur ses pieds sans pelage, enveloppés de peaux de bêtes en prévision du froid. Ainsi c'était *TaLi*, pas seulement Petite Fille. Si elle essayait de m'appeler par mon nom, je pouvais en faire autant.

« Il y a une raison pour que tu sois appelée. Ne veux-tu pas que tes amis nous rejoignent ? »

Marra et Azzuen n'attendirent pas ma permission. Ils se trouvaient certainement tout près de l'entrée, car ils s'engouffrèrent à l'intérieur dès que la vieille femme eut formulé son invitation. Azzuen me jeta un regard de défi, et ils la saluèrent avec le plus grand respect. Marra s'allongea ensuite près du feu, le museau posé sur les pattes, pendant qu'Azzuen disait bonjour à BreLan. Celui-ci relâcha enfin sa vigilance et baissa son bâton afin de caresser le dos d'Azzuen. Dénudant ses dents dans ce sourire propre aux humains, il s'assit avec lui, oubliant son trouble et ses menaces de tout à l'heure. Azzuen posa la tête sur ses pieds.

« Toi, tu dois être l'ami de BreLan », lui dit la vieille femme. Et elle ajouta à l'intention de Marra : « Et toi, tu es leur amie à tous les deux. Soyez les bienvenus dans ma maison. »

Tous les deux fixaient la grand-mère de TaLi d'un œil subjugué. Marra se leva et s'approcha respectueusement pour s'asseoir aux pieds de la vieille femme. TaLi et moi, installées à une foulée de là, laissâmes Marra respirer son odeur. Tlitoo quitta son perchoir et se posa sur les peaux d'ours. La vieille femme tira alors d'un sac en peau une poignée de graines qu'elle lui offrit.

L'aïeule nous contempla si longtemps que j'en éprouvai de l'embarras. Enfin elle prit la parole, mais le ton était hésitant :

« Il est peut-être trop tôt pour cette révélation, mais je crois que je n'ai pas le choix. Je ne vivrai pas éternellement, et il faut que quelque chose soit fait. Très bientôt. »

Elle reprit son souffle et poursuivit d'une voix plus ferme :

« Écoutez donc ceci, jeunes loups. Ce n'est pas par hasard que vous avez rencontré ma petite-fille et BreLan. Le destin des loups et des hommes est de se trouver réunis. »

Je ne pus réprimer un jappement stupéfait. On nous avait si souvent recommandé de fuir les hommes, et répété qu'il s'agissait d'une de nos trois règles les plus inviolables, que je reçus un choc en entendant la vieille femme affirmer le contraire avec tant d'assurance.

« Beaucoup, au sein de mon peuple, ont cessé de le croire, et je ne serais pas étonnée que vos semblables aient fait de même. C'est toutefois la vérité, et vous n'imaginez pas à quel point c'est important. Si les humains n'entrent plus en relation avec les loups, gardiens du monde sauvage, ils oublient qu'ils font partie de l'univers qui les entoure. Cela s'est produit par le passé, et quand cela arrive, les hommes répandent la mort et la destruction, et ils ne voient pas qu'en dévastant le monde, c'est à eux-mêmes qu'ils nuisent. La seule et unique façon d'empêcher les humains de tuer encore une multitude de créatures, c'est d'éviter qu'ils rompent leur lien avec les loups, car eux seuls peuvent leur faire comprendre qu'ils ne sont ni différents ni à part. Ce lien existe depuis que les loups et les humains habitent sur ces terres. »

Azzuen gronda, tandis que Marra se levait, prête à protester. Un bourdonnement confus emplissait ma tête. Ces paroles allaient à l'encontre de tout ce qu'on nous avait enseigné jusqu'alors, et de toutes les croyances de la meute. Elles niaient même ce qui justifiait l'existence des loups de la Grande Vallée. *Vous ne devrez plus jamais les approcher*, avait commandé Ciel à Indru. *Vous fuirez toujours leur compagnie*. Et lorsque les loups avaient manqué à leur promesse, les Anciens avaient failli nous tuer.

J'observai longuement la vieille femme. J'avais cru nourrir

envers TaLi des sentiments coupables et contre nature, et voilà que cette aïeule pleine de sagesse m'apprenait qu'il n'en était rien et que tout ce que l'on nous avait raconté sur les humains et notre propre histoire n'était que mensonges. Comment pouvais-je me fier à elle ? Cependant, je désirais plus que tout au monde croire en chacun de ses mots.

« Toutefois ce n'est pas aussi simple, poursuivit-elle. Car il nous est impossible d'être ensemble. »

Elle reprit péniblement sa respiration, comme si ses propos l'avaient épuisée. TaLi alla s'asseoir près d'elle, et la vieille femme lui passa la main dans les cheveux.

« Quand les loups et les humains s'associent, des choses terribles peuvent advenir. Mon peuple a tenté de réduire le vôtre en esclavage, et vous avez tué des membres de notre espèce. Il *faut* que nous soyons ensemble, et pourtant nous ne le pouvons pas, car chaque fois que nous avons essayé, une guerre nous a opposés. Tel est le défi et le paradoxe, la suprême épreuve pour les loups et l'humanité. »

Je secouai vigoureusement la tête. Je ne comprenais pas comment les loups devaient en même temps être avec les hommes et les éviter. Je poussai un petit gémissement.

« Les loups s'égarent, fit Azzuen, citant les mots que Rissa nous avaient adressés plusieurs lunes auparavant. Ils cessent d'être des loups et tuent des humains, ou trouvent la mort de leur main. »

Il posait sur la vieille femme un regard songeur, un peu comme si on lui confirmait une chose qu'il savait déjà.

« Oui, approuva la krianan, ignorant notre étonnement d'avoir été compris d'elle. Et nombreux sont les humains qui ne peuvent voir une autre créature sans jalouser sa liberté et aspirer à la soumettre. »

Elle tendit la main devant TaLi pour toucher la poitrine de Marra, qui palpitait d'excitation et d'anxiété.

« Pendant un temps nous avions trouvé une solution, qui permettait aux humains et aux loups de rester ensemble sans déclencher de conflit. Parmi les hommes, certains sont plus aptes que d'autres à vivre avec les loups. La puissance sauvage qui est en vous nous apparaît moins comme une menace, et nous n'avons aucun désir de vous maîtriser ; pour cette raison, nous sommes en mesure de rester ouverts à ce que vous avez à nous appendre. Les loups krianan viennent à nous – ceux parmi les hommes qui sommes destinés à communiquer avec les loups – lorsque nous sommes très jeunes. Voilà pourquoi je sais tout cela. Je n'avais pas encore l'âge de TaLi quand le mien s'est manifesté. Vous connaissez ces krianan. Ce sont les loups qui veillent sur vous. »

Je me rappelai alors l'odeur des Grands Loups autour de l'abri de la vieille femme. C'était sûrement à eux qu'elle faisait allusion.

« Ça voudrait dire qu'on n'est pas obligés de renoncer aux humains, fit Marra dans un murmure à peine audible.

– Je vous avais bien dit que les Loups-Grincheux avaient des secrets, croassa Tlitoo.

– Nous rencontrons les loups krianan à chaque pleine lune, lors de cérémonies qu'on appelle Conseils, expliqua la vieille femme, et ils nous rappellent que nous faisons partie de ce monde. Nous, en retour, communiquons à notre peuple ce que nous ont enseigné les loups. Telle est l'histoire qui s'est transmise parmi nous au fil des générations. Chaque krianan humain inculque son savoir au suivant, comme je l'ai fait pour TaLi. »

Elle se tut un instant, puis ajouta tout doucement, la main contre la joue de sa petite-fille :

« Mais les Conseils ont cessé de remplir leur rôle, et il y a bien des choses que les loups krianan refusent de partager avec nous. Nous ignorons l'origine de cette mise à l'épreuve, de ce paradoxe. Nous ne savons pas comment il s'est fait que les loups doivent vivre avec les humains et que les hommes ne soient capables ni d'être avec eux ni de se passer d'eux. Nous ignorons tout autant ce qui perturbe les Conseils. Les loups krianan le savent, mais ils jugent les humains trop stupides pour le comprendre. Je vois bien cependant que nous courons à l'échec. Il y a de longues années qu'aucun loup krianan n'est venu trouver un humain, et je n'ai pas connaissance qu'il en soit né de nouveaux au cours de ma propre existence. À présent les derniers loups krianan avancent en âge, mon peuple ne veut plus les écouter, et moi je ne sais que faire. »

La voix usée chevrotait sur ces derniers mots, et TaLi serra entre les siens les doigts de la vieille femme. Celle-ci tendit une main vers moi.

« Lune Argentée, quand j'ai appris que tu étais allée vers TaLi, j'ai su qu'un changement était en train de se produire. Tu représentes peut-être ce qui doit succéder aux krianan, et TaLi et toi remplirez ensemble votre rôle de gardienne. »

J'aurais voulu m'approcher d'elle, mais quelque chose me retenait. Je ne pouvais pas balayer d'un seul coup tout ce que m'avaient enseigné la meute et ses chefs. Rissa et Trevegg m'avaient tout appris sur ce que signifiait être un loup, ils ne m'avaient jamais menti. Et la vieille krianan avait beau appartenir à la famille de TaLi, elle restait avant tout une humaine. Elle n'était pas membre de la meute. Je ne pus ravaler un grognement mécontent.

La vieille femme tendit derechef la main vers moi, et cette fois je m'approchai. Marra s'écarta pour me céder la place.

« Je vois bien que tu ne me crois pas. Et d'ailleurs, pourquoi en serait-il autrement ? » Elle réfléchit quelques instants en silence. « Il faut que tu assistes au Conseil quand la lune sera pleine, d'ici deux nuits. TaLi t'accompagnera. Toi seule, Lune Argentée, sans tes amis. Vous dissimuler tous les trois serait trop difficile. »

Elle me fit un sourire empreint de lassitude, et je lui léchai la main pour dire que j'avais compris.

« Bien, fit-elle, je compte sur toi. »

Son sourire s'épanouit lorsqu'elle nous embrassa tous du regard.

« Je ne peux pas me résoudre à abandonner tout espoir. À vous voir ensemble, je sais que quelque chose peut encore être accompli. » Elle poussa un profond soupir. « Je me sens fatiguée, jeunes gens, il faut que vous partiez. Mais nous nous reverrons. »

La vieille femme baissa les paupières en respirant profondément et parut se fondre dans les peaux d'ours, prête à s'assoupir. TaLi et BreLan posèrent les lèvres contre sa joue et sortirent discrètement. Azzuen, Marra et moi suivîmes sans bruit nos humains après avoir frotté la truffe contre la main de la vieille femme.

La neige avait cessé de tomber pendant notre visite chez la krianan, et le soleil réchauffait la terre. TaLi et BreLan nous entraînèrent jusqu'à une prairie située à quelque distance de là, non de loin de la frontière entre notre territoire et celui des Grands Arbres.

« Tu la crois, toi ? me demanda Marra, alors que nous marchions quelques pas derrière les humains. C'est à l'opposé de ce que Rissa et Trevegg nous ont raconté.

– Je ne sais pas quoi en penser. Je ne vois pas ce qui pousserait Rissa et Trevegg à nous mentir, mais je ne comprends pas davantage pourquoi la vieille femme le ferait. »

J'espérais de tout cœur qu'elle ne nous avait pas trompés. Je désirais tellement que ma présence auprès de TaLi ait une justification !

« Elle est peut-être dans l'erreur, suggéra Marra. Elle ne savait rien de la promesse d'Indru, ni des Anciens et du long hiver.

– Mais tu ne vois donc rien ? » intervint Azzuen, tout excité.

Il s'arrêta pour nous faire face, et nous restâmes tous les trois en arrière des humains.

« Elle a forcément raison, affirma Azzuen. C'est pour cela que les légendes nous ont toujours semblé un peu absurdes. Il n'était pas raisonnable que notre seul devoir consiste à nous tenir loin des humains. Pourquoi isoler toute une vallée dans ce seul but ? Et pourquoi Ciel n'a-t-il pas anéanti les loups et les hommes, comme il avait menacé de le faire si les loups se rapprochaient des humains ? Et vous n'avez pas remarqué la colère de Rissa quand je lui ai posé la question ? »

Il était si ému qu'il tremblait comme une feuille.

« Il y a toujours eu quelque chose qui m'échappait, mais à présent je comprends pourquoi. Les Grands Loups veulent nous cacher un fait, à nous et à tous les loups de la Vallée. Je crois que la vieille femme nous dit la vérité. » Par-dessus son épaule, il jeta un regard à BreLan qui s'éloignait. « J'en suis sûr. »

Aucun de nous trois ne parla pendant un moment, tandis que nous méditions les paroles de la vieille femme en surveillant les humains qui marchaient devant nous. Nous prenions la mesure de ce qui arriverait si jamais elle avait dit vrai.

« Il vaut mieux ne rien révéler à la meute, fit Marra. Nous n'en savons pas encore assez.

– Tu as raison, opinai-je. Nous ne dirons rien.

– Nous t'aiderons à t'échapper pour te rendre au Conseil, proposa Azzuen.

– Et tu nous raconteras ce que tu auras appris, ajouta Marra. Ensuite nous prendrons une décision.

– D'accord, je veux bien. »

J'étais embarrassée de les entraîner plus avant dans une aventure qui s'annonçait aussi délicate.

TaLi et BreLan avaient déniché un coin d'herbe sans neige et à peu près sec, et nous les rejoignîmes sans nous presser. TaLi s'assit et me tendit les bras. Chassant de mon mieux mes inquiétudes, je m'étendis auprès d'elle, soudain assoiffée de son contact. Elle posa sa paume sur mon échine tandis que Bre-Lan et Azzuen se délassaient côte à côte, Marra roulée en boule entre nous. Tlitoo, qui s'était attardé dans l'abri de la vieille femme, traversa la prairie d'un vol rapide pour se poser près de moi.

« Je m'en vais, annonça-t-il. Je serai de retour dès que possible. Il faudra que tu m'attendes.

– Mais où vas-tu ? m'alarmai-je, habituée que j'étais à ce qu'il me suive partout.

– Je pars. Je quitte la vallée. Ne fais pas de sottises en mon absence.

– Attends un peu, protestai-je en le voyant soulever les ailes.

– Ce n'est pas parce que tu es collée au sol que je dois l'être aussi, petit loup, rétorqua-t-il avec humeur. Peu m'importe que tu sois dépourvue d'ailes. Je dois m'en aller. »

Là-dessus, Tlitoo prit son essor et s'envola par-dessus les montagnes. Bientôt il ne demeura plus de lui qu'un petit point à l'horizon, puis il disparut complètement. Je poussai un soupir. Inutile d'essayer de débrouiller ce qui se passait dans sa cervelle de corbeau. TaLi se serra contre moi. Les côtes me démangeaient, mais je craignais de la déranger si je bougeais. J'aimais sentir sa chaleur tout contre moi, ainsi que son souffle et les battements de son cœur.

« Voilà pourquoi je franchis la rivière, Loup. Lune Argentée », fit-elle timidement, essayant mon nouveau nom.

J'appréciais le nom qu'elle me donnait, car il était assez proche de celui que je portais vraiment.

« Quelquefois j'ai très peur de traverser, admit-elle, mais je le dois. Ma grand-mère est trop âgée pour venir me rejoindre. Elle est la krianan, le guide spirituel de notre tribu, et ce sera à moi de la remplacer quand je serai adulte. »

Je lui donnai un coup de museau compatissant. Nous étions nombreux à redouter la rivière, mais un chasseur doit suivre les proies sur leur terrain. J'admirais TaLi de savoir dominer ses frayeurs pour accomplir son devoir.

« Je devrais habiter avec elle, désormais, avoua TaLi, mais le chef de notre tribu, HuLin, ne le permet pas. Il prétend que c'est une idiote, incapable de s'accommoder de la nouvelle vie qui doit être la nôtre. Autrefois, les krianan partageaient l'existence de la tribu, mais les chefs ne souhaitent plus les voir alentour. Ils les accusent de les empêcher de chasser à leur guise. »

BreLan s'était levé pendant que TaLi parlait, et il marchait nerveusement de long en large, appuyé sur son bâton comme sur une troisième patte. D'un geste furieux, il plantait dans le sol le bout qui n'était pas taillé.

« Elle menace la puissance de HuLin, dit-il. Mon père me l'a confié après le dernier conseil tribal. »

Je me souvins alors que BreLan appartenait à une autre tribu, établie sur la partie occidentale de nos territoires. Un humain devait marcher la moitié d'un jour pour y retourner, mais BreLan faisait le voyage dès qu'il le pouvait. Il voulait TaLi pour compagne, pourtant elle m'avait raconté que le chef de sa tribu désirait la donner à son propre fils. C'était sûrement pour cela que BreLan s'agitait de la sorte. TaLi allongea le bras quand il passa à sa hauteur et l'obligea à se reposer auprès d'elle. Le jeune humain se mit à caresser Azzuen qui s'était blotti contre ses jambes, et je sentis que ce geste apaisait son cœur. Ce fut le tour de Marra de se lever et de tourner fébrilement en rond, jalouse de notre intimité avec les humains.

« Ce n'est pas par hasard qu'il l'a envoyée vivre sur l'autre rive, TaLi, avança BreLan. Il ne veut pas qu'elle te transmette son savoir, ni que tu t'entretiennes comme elle avec les loups krianan.

– Je sais tout ça, mais j'ignore ce que je dois faire. Le vieux KanLin l'acceptait au sein de la tribu.

– Elle était plus jeune en ce temps-là, et moins puissante. Et KanLin était plus confiant que HuLin.

– HuLin est notre nouveau chef, Lune Argentée, m'expliqua TaLi. Il ne tolère pas que ma grand-mère lui dicte sa conduite, surtout quand elle veut le dissuader de tuer une telle quantité de gibier. Lorsqu'elle lui a dit qu'il devait respecter les autres créatures, il a décrété qu'elle nuisait à la tribu et l'a obligée à se retirer de l'autre côté du fleuve. Il a déclaré que puisqu'elle aimait tellement la compagnie des loups, elle n'avait qu'à aller vivre avec eux. »

TaLi parlait à toute allure, sans reprendre son souffle, comme si les mots jaillissaient en cascade de sa bouche.

« Et que feras-tu lorsqu'il t'interdira de la voir et de participer au Conseil ? » demanda BreLan.

J'aurais voulu en apprendre plus sur le Conseil, et mon incapacité à parler aux humains me tira un gémissement exaspéré.

« Je n'en sais rien, reconnut TaLi d'un ton anxieux. Il veut que son fils devienne le krianan à ma place. » BreLan se raidit à la mention du fils du chef de la tribu. « Je lui mens, je lui fais croire que je vais ramasser des herbes ou des peaux de petits animaux. Et j'en profite pour me rendre chez grand-mère. »

Je m'agitais sans répit, cherchant un moyen de communiquer mes questions à TaLi.

« Lune Argentée, me dit-elle, on nous apprend que toutes les créatures, à l'exception des humains, sont ou stupides, ou mauvaises. Les bêtes telles que toi, l'ours ou bien le lion sont jugées malfaisantes. Autrefois on leur témoignait respect et admiration. Quant à celles qui broutent l'herbe de la prairie ou se nourrissent des plantes de la forêt, c'est tout juste si on leur reconnaît une existence. On nous dit que les hommes devraient étendre leur empire sur toute chose, car aucune autre créature n'est capable de faire du feu, de fabriquer des outils ou de bâtir des édifices importants. Pourtant les choses n'ont pas toujours été ainsi. En tant que krianan, ma grand-mère conserve la mémoire des anciennes traditions. Il lui incombe de s'assurer que nous nous accordons à la marche de la nature et du monde. Mais aujourd'hui, les chefs de notre peuple ne supportent pas qu'on leur reproche de s'emparer de tout ce qu'ils désirent.

– Et ils sont nombreux, aussi, continua BreLan en caressant distraitement l'épaisse fourrure d'hiver d'Azzuen, à ne plus vouloir se déplacer au rythme des saisons. Ainsi, mon oncle rechigne à quitter des abris qu'ils ont mis tant de temps à bâtir. Il soutient que si les krianan les laissaient chasser à leur gré, ils n'auraient pas à voyager si souvent et pourraient séjourner plus longtemps au même endroit, ériger d'autres abris et dominer toutes les tribus. Et alors toutes les proies, dans la vallée et même au-delà, seraient à nous. »

Ces paroles jetèrent le trouble en moi. Je ne comprenais toujours pas ce qui persuadait les humains qu'ils étaient si différents du reste des créatures. Je ne prétends pas que nous soyons soucieux outre mesure de la vie de nos proies, et je pensais comme l'oncle de Brelan que le gibier appartenait à qui se débrouillait pour le prendre. Cependant nous savions que la vie était en elles. Et si nous avions besoin de tanières pour protéger nos petits, aucun de nous n'aurait voulu y passer toute sa vie. Pourquoi aurions-nous eu de la fourrure et des forces, si ce n'était pas pour voyager ?

« Peut-être les humains cherchent-ils à compenser l'absence de fourrure et la petitesse de leurs dents », suggéra Marra, qui partageait ma perplexité.

Elle avait cessé de marcher de long en large pour se coucher sur un morceau de terre plus ou moins sec.

« Ils en veulent toujours plus, dit Azzuen, mais je ne vois pas ce qui les empêche d'écouter leur krianan. Ruuqo n'est pas toujours d'accord avec les Grands Loups, mais il leur obéit tout de même. »

J'étais aussi incapable de répondre à mes compagnons que de consoler TaLi, qui avait enfoui son visage dans la fourrure de mon dos. Ce que je savais, c'était qu'il fallait se battre pour affirmer sa position dans la meute, et honorer la Lune, le Soleil et la vie dont la Terre nous fait don. Je savais que l'on devait se plier aux règles de la chasse, veiller sur les membres de sa meute et défendre son territoire. Mais je ne savais que faire pour aider TaLi, je ne savais pas comment réagir au défi dont avait parlé sa grand-mère. Tout ce que je pouvais faire, c'était me pelotonner contre elle et la réconforter de mon mieux.

Comme la brise apportait une nouvelle odeur humaine,

Marra émit un grondement sourd, et nous levâmes tous les trois la tête, nous préparant à l'éventualité d'un combat.

« Que se passe-t-il, Lune Argentée ? » s'enquit TaLi, qui se redressa en sentant mon corps se tendre.

L'humain qui approchait avait un peu la même odeur que BreLan. Ce devait être un de ses parents, mais après ce qu'il avait raconté au sujet de sa tribu, cela ne suffisait pas à en faire un ami. Nous nous dressâmes sur nos pattes, mes compagnons et moi, dans l'expectative.

Un jeune mâle marchait dans l'herbe pour nous rejoindre. BreLan se leva, la main crispée sur son bâton. L'autre était encore à bonne distance quand il se détendit et agita la main pour lui adresser le salut des humains.

« MikLan, s'exclama-t-il, tu as été long à nous trouver !

– Pas étonnant, lui retourna MikLan, si tu te couches dans l'herbe comme un lapin. »

Le garçon s'immobilisa en nous découvrant, Azzuen, Marra et moi, mais il ne brandit pas son bâton.

« Ce sont les loups ? » demanda-t-il quand il fut près de nous. BreLan avait dû lui parler de nous. « J'avais du mal à te croire, frère, mais c'est bien la vérité. Ils t'obéissent ?

– À moins que ce ne soit l'inverse, répliqua TaLi avec un sourire.

– Et vous chassez ensemble ?

– Seulement du petit gibier jusqu'à présent. Mais puisque nous sommes trois, fit BreLan avec enthousiasme, on peut peut-être traquer de plus grosses proies. »

Je fus surprise de l'entendre faire écho à mes propres pensées. J'observai attentivement le jeune humain, et il ne me parut pas de taille à se distinguer à la chasse. TaLi s'aperçut que je le jaugeais.

« MikLan est le jeune frère de BreLan, m'expliqua-t-elle. Je te présente Lune Argentée », dit-elle au garçon.

Mais MikLan ne détachait pas les yeux de Marra qui s'approchait doucement de lui, comme attirée par le fumet d'une proie. Ayant observé comment Azzuen et moi nous comportions avec nos humains, elle s'accroupit dans une posture de soumission. Absorbée par le garçon, elle en oubliait presque de respirer. Plus jeune que BreLan et TaLi, c'était encore un enfant, et il se montrait moins méfiant que son frère. Un sourire fendit son visage, et il toucha Marra sur le sommet de la tête. Je grimaçai légèrement, car ce geste est un signe de domination parmi nous, mais Marra ne parut pas s'en soucier. Une minute plus tard ils luttaient tous les deux dans la poussière, Marra grognait gentiment et MikLan riait à en perdre le souffle.

Quand ils eurent fini de jouer, ils se reposèrent côte à côte. Marra appuya la tête contre les jambes étendues de MikLan, fouettant le sol de la queue, et me lança un regard supérieur. Non loin d'eux, Azzuen s'était lové près de BreLan. TaLi entortilla ma fourrure autour de ses doigts. Nous étions tous épuisés par notre rencontre avec la vieille femme et la complexité de ce qu'elle avait dit, mais il était bien agréable de rester assis là tous les six, pendant que tombait le crépuscule. Pourtant l'inquiétude ne me quittait pas. Comment croire, en effet, que dans un même temps j'avais découvert mon vrai foyer et que mon monde allait sur sa fin ? Que je trouvais enfin une complétude, et que mon être était déchiré ? Et comment ferions-nous pour résoudre le paradoxe évoqué par la vieille krianan, alors que nous devions rester avec la meute et nous échapper pour pouvoir voir les humains ? Tout cela me dépassait, et je tentai d'écarter ces questions de mon esprit pour profiter de mon mieux de la tiédeur réconfortante de la chair de ma petite humaine.

15

La meute dormit pendant les chaleurs de l'après-midi. Azzuen et Marra s'étaient placés près de Trevegg et Rissa, qui avaient le sommeil particulièrement léger, afin de m'avertir s'ils venaient à s'éveiller. L'après-midi s'achevait, et j'avais promis à TaLi et à sa grand-mère de les retrouver le soir même pour le Conseil. J'allais enfin en apprendre un peu plus sur les Grands Loups et leurs liens avec les hommes. En temps normal, il m'était assez facile de m'esquiver, mais un troupeau d'antilopes était en train de traverser les territoires, et Rissa voulait nous apprendre à les chasser. Elle nous avait donné ordre de rester sur notre repaire, d'où nous partirions tous ensemble en temps voulu.

Vagabondant de-ci de-là comme si je cherchais un endroit où dormir, je me dirigeai vers les chênes qui semblaient monter la garde. Après un dernier regard en arrière, je franchis les limites de notre retraite.

« Et où crois-tu aller ? »

Unnan me barrait le passage. Il avait fait semblant d'être

assoupi et s'était faufilé dans les bois pour me surprendre. Je grondai, trop pressée pour me soucier des politesses :

« Pousse-toi de là ! »

Il me lança un regard matois et me fit un sourire mauvais, les dents serrées.

« Tu sais que c'est moi la plus forte. »

J'avais remporté sans peine notre dernier combat, et je me savais capable de le vaincre à nouveau.

« Peut-être bien, ricana-t-il, mais ça risque de faire beaucoup de bruit. Tu ne pourras pas aller voir ta *streck* humaine. »

On appelle « streck » les proies de la catégorie la plus méprisable, qui se laissent tuer sans que l'on ait à dépenser notre souffle.

Je le regardai, abasourdie. Je ne voulais pas nier quoi que ce soit, et j'ignorais jusqu'à quel point il était renseigné.

« Azzuen et Marra non plus ne pourraient pas rejoindre les leurs. Tu te croyais bien futée ? Tu files retrouver les humains à la première occasion, et ensuite tu mens à nos chefs. Tu vas à la chasse, et tu ne rapportes rien à la meute.

– Si tu en sais aussi long, pourquoi ne m'as-tu pas dénoncée à Rissa et Ruuqo ? »

J'avais les entrailles nouées, mais je tâchais de garder un ton désinvolte.

« Je le ferai peut-être. Ou pas. Mais pour le moment tu n'iras nulle part. »

Avant que j'aie pu l'arrêter, Unnan aboya très fort, réveillant les autres loups qui nous décochèrent des regards furieux.

« Petits ! nous rabroua Rissa. Vous savez bien que vous ne devez pas quitter le repaire aujourd'hui. Qu'est-ce que vous faites ?

– J'ai surpris Kaala en train de se sauver, se vanta méchamment Unnan, et je l'en ai empêchée.

– Très bien. » Rissa semblait plus contrariée par les façons rapporteuses d'Unnan que par ma désobéissance. « Kaala, le moment est mal choisi pour aller faire un tour. Va dormir près d'Azzuen et Trevegg jusqu'à l'heure de la chasse.

– Oui, chef-loup. »

Je saluai distraitement Trevegg, tout en me demandant comment je pourrais m'échapper. Je n'avais pas remarqué que le vieux loup me surveillait d'aussi près. Il commença à parler, puis reposa la tête par terre en voyant que Rissa nous observait.

« Dors, jeune louve. Nous discuterons plus tard. »

Je posai la tête sur mes pattes. Nerveuse comme je l'étais, je n'imaginais pas dormir un seul instant, mais j'étais sans doute plus fatiguée que je ne le pensais. Sitôt que j'eus fermé les yeux, je sombrai dans le sommeil.

Je fus réveillée par la sensation d'une main sur mon dos. J'ouvris aussitôt les yeux et découvris TaLi près de moi. Je clignai plusieurs fois les paupières, et l'épouvante me pétrifia. Nous n'étions qu'à quelques foulées du reste de la meute, qui ne tarderait pas à se réveiller pour la chasse.

Je n'avais pas pensé que TaLi pourrait s'aventurer sur notre repaire, et j'avais eu tort de ne pas le prévoir. À présent qu'elle était là, je redoutais les réactions de la meute si jamais elle la découvrait. J'aurais voulu lui commander de fuir, mais la plus légère plainte aurait suffi à alerter les autres. Quand elle ouvrit la bouche pour parler, je me levai en pressant désespérément la truffe contre sa joue. L'oreille de Trevegg frémit dans son sommeil. De l'autre côté de la clairière, Minn se retourna en gémissant. Je poussai doucement TaLi de la tête, et elle se cramponna à ma fourrure. Pourvu que nous nous éloignions, j'étais prête à me laisser conduire où elle voudrait. Je craignais à chaque instant d'entendre derrière moi les bruits de la meute. L'odeur des humains est si forte et si particulière qu'un loup est capable de la repérer de très loin. J'étais stupéfaite que personne n'ait flairé la présence de TaLi.

Je me rendis compte, cependant, que je ne la sentais pas moi-même, bien que la fillette fût tout près de moi. Je reniflai encore et encore, et ne décelai qu'un parfum de forêt dominé par une suave senteur de résine et composé de tous les arômes de plantes rassemblés dans l'abri où je l'avais abordée la première fois. J'aurais voulu lui demander comment elle camouflait si efficacement son odeur, mais nous étions encore trop près de l'Arbre Tombé.

Elle tira doucement sur ma fourrure, et je me laissai guider à travers bois. Quand nous fûmes suffisamment éloignées de la meute, je m'arrêtai pour réclamer des explications et recommençai à flairer sa peau.

« C'est de l'uijin, Lune Argentée, chuchota-t-elle, ma grand-mère le fabrique à partir de la résine de l'arbre-aux-hautes-branches, qu'elle mélange à de l'aronie rouge et une douzaine d'herbes différentes. Elle ne m'a pas encore appris à le faire – il faut beaucoup de temps pour cela – mais elle m'a assuré que ça empêcherait les loups de sentir mon odeur. » TaLi se frotta les mains en fronçant les narines. « C'est poisseux. »

Je lui léchai le bras pour connaître le goût de l'uijin, curieuse d'en apprendre davantage. S'il était capable de me masquer son odeur, il pourrait s'avérer utile pour la chasse. On approcherait les proies en tapinois, et elles ne sentiraient rien avant que nous leur sautions dessus. Cependant le mélange comprenait un grand nombre de plantes, ainsi que de la terre et des insectes, et je doutais de savoir le reproduire en me roulant dans tout ce qui le composait. Toutefois, je ne pus me retenir d'y goûter encore.

« Arrête, Loup, protesta TaLi en me repoussant, un peu fâchée. J'ai encore besoin de dissimuler mon odeur. C'est la nuit du Conseil, et grand-mère m'a envoyée te chercher. Elle dit que c'est important. »

Réalisant que j'avais enlevé tout l'uijin sur une partie de son bras, je m'excusai d'un petit coup de museau. Je posai sur la fillette un regard admiratif. Elle était beaucoup plus courageuse que moi. Alors que je n'avais même pas réussi à fausser compagnie à la meute pour aller la rejoindre, elle s'était arrangée pour entrer sur notre repaire et avait eu l'audace de se risquer au milieu d'une horde de loups pour me retrouver.

« Je ne sais pas grand-chose au sujet du Conseil, me confia TaLi en se remettant en route. Je n'ai pas vraiment l'âge d'y assister, puisque je ne suis pas encore une femme, mais grand-mère soutient que notre présence à toutes les deux est nécessaire. J'étais très contente qu'elle me demande d'aller te chercher. »

J'eus l'impression qu'elle se sentait seule, et j'effleurai de la truffe le dos de sa main.

Deux lunes étaient passées depuis que j'avais tiré TaLi de la rivière, et ses jambes avaient eu le temps de s'allonger. Elle progressait à bonne allure – pas à la vitesse d'un loup, naturellement, mais je m'étonnai tout de même que nous nous déplacions si rapidement à travers bois. Nous marchâmes en silence jusqu'à ce que le ciel s'obscurcisse, et TaLi ralentit le pas. La meute devait être en train de se réveiller, se demandant où j'étais partie, mais je ne pouvais plus revenir en arrière. Mon amie humaine m'avait demandé mon aide, et j'étais bien décidée à la lui donner.

« Nous sommes bientôt arrivées. Ah, j'ai failli oublier », dit TaLi en s'arrêtant net.

Elle sortit de sa sacoche une petite calebasse qu'elle déboucha. Il s'en échappa un parfum d'uijin. TaLi recueillit dans le creux de sa paume un peu de la substance résineuse et en enduisit ma fourrure. Quand elle eut terminé, je me rendis compte qu'elle n'en avait pas étalé sur le dessous de mes pattes, ignorant sans doute que leurs glandes produisent une odeur spécialement persistante. Je passai mes pattes de devant sur mon museau, où elle avait déposé un peu d'uijin, et frottai mes pattes arrière dans ce qui s'était répandu au sol. J'éternuai par deux fois et regardai TaLi, qui éclata de rire en refermant la calebasse. Elle la rangea dans la sacoche, et nous repartîmes.

Près d'une heure s'était écoulée lorsque TaLi s'arrêta sur une banale étendue d'herbes et de terre parsemée de gros rochers. Par une brèche entre les arbres, je distinguais les hautes montagnes de l'est miroitant au clair de lune. Cet endroit aurait fait un repaire parfait. TaLi attendit, assise par terre, et je fis comme elle.

Je ne tardai pas à détecter leur odeur. Malgré tout ce que m'avait dit la vieille femme, j'avais peine à croire le témoignage de mes narines. Une foule de Grands Loups venaient dans notre direction. Frandra et Jandru se trouvaient parmi eux, mêlés à beaucoup d'autres que je ne connaissais pas. Je ne me doutais pas que la vallée en abritait un si grand nombre. Poussant une plainte à l'intention de TaLi, je commençai à reculer, puis, voyant qu'elle ne me suivait pas, je la tirai doucement par le poignet.

« Est-ce qu'ils arrivent, Lune Argentée ? Nous devons nous cacher avant qu'ils soient là. »

La fillette promena un regard alentour et repéra un gros bloc de pierre vers lequel elle voulut m'entraîner. Mais il était mal placé par rapport au vent, et je craignais de trahir ma présence malgré l'uijin. J'attirai donc TaLi à l'autre bout du terrain caillouteux, afin de choisir une cachette plus fiable. J'avisai deux rochers de bonne taille, dressés côte à côte, dont l'un, brisé en son milieu, formait une espèce de corniche. À l'endroit où ils se rencontraient s'ouvrait une large fente qui pouvait nous accueillir toutes les deux. J'y emmenai TaLi et bondis sur la corniche tandis qu'elle grimpait derrière moi, s'accrochant de ses mains vigoureuses. Nous nous faufilâmes ensemble dans la crevasse. C'était assez inconfortable d'être coincée entre deux rochers, avec TaLi serrée contre moi, mais je ne bougeai pas, inspirant lentement pour remplir mes poumons.

Les Grands Loups apparurent sans se soucier aucunement du bruit qu'ils faisaient. Il y avait là six couples, parmi lesquels Frandra et Jandru, ainsi qu'un très vieux mâle solitaire. Rassemblés sur l'herbe baignée de lune, ils commencèrent par échanger quelques paroles, trop bas pour que je puisse les entendre, puis chaque couple se dirigea vers un rocher. Jandru et Frandra, immobiles près du leur, regardèrent droit vers nous. N'osant plus bouger un muscle, je m'aperçus que près de moi, TaLi retenait sa respiration. Les deux Grands Loups regardèrent longtemps dans notre direction avant de se détourner.

TaLi reprit son souffle et murmura tout doucement :

« Je les ai déjà surpris à m'observer, ces deux loups krianan. Je les reconnais. Ce sont eux qui viennent visiter ma grand-mère. »

Je n'eus guère le temps de réfléchir à ses paroles, car une odeur humaine venait d'entrer dans mes narines. Seuls ou par deux, les hommes s'avancèrent d'un pas solennel. Je réprimai de justesse un petit hoquet scandalisé. Comment était-il possible que des loups et des humains se rencontrent de la sorte ? La vieille femme m'en avait déjà parlé, et pourtant je doutais du témoignage de mes sens. N'étaient-ce pas aux Grands Loups de veiller à ce qu'il n'y ait aucun contact avec les hommes, comme la loi le prescrivait ? Frandra et Jandru m'avaient même menacée parce que j'avais sauvé la vie de TaLi ! J'aurais refusé de croire à ce qui se passait si je ne l'avais pas contemplé de mes propres yeux.

Les humains saluèrent les Grands Loups à la façon des membres de notre espèce. La grand-mère de TaLi était la plus âgée, mais tous avaient la même attitude, et il se dégageait d'eux une odeur commune de puissance et de sagesse. La jeune louve-esprit marchait en silence auprès des humains.

Lorsque chaque humain alla se placer près d'un couple de Grands Loups, la grand-mère de TaLi rejoignit Frandra et

Jandru. Je m'aperçus alors que les rochers n'étaient pas dispersés au hasard dans l'herbe, mais qu'ils étaient disposés en rond, de telle sorte que les Grands Loups et les hommes formaient un cercle et faisaient face au centre de la couronne de pierres.

La jeune louve-esprit effleura de la truffe la main de la vieille femme et passa au petit trot par le centre du cercle. Ni les humains ni les loups ne semblaient la voir. Elle se dirigea d'un pas résolu vers notre rocher et bondit dessus. Après m'avoir léché rapidement le dessus de la tête, elle s'installa au sommet du bloc de pierre tronqué. Je m'abstins de lui parler, de peur d'attirer l'attention, et me contentai d'étirer le cou pour croiser son regard. La louve-esprit m'adressa un sourire.

Regarde bien, et ne fais pas de bruit, Kaala Petites-Dents.

N'osant pas lui répondre, je me tournai vers l'étendue d'herbe ceinte de rochers. Les loups comme les humains tenaient les yeux braqués sur la vieille krianan, qui avait revêtu la fourrure d'une créature inconnue, épaisse et opulente. La lame qu'elle tira de sous ses plis n'était pas en pierre, comme la pointe du bâton de TaLi, mais faite d'une matière plus légère et de forme incurvée. Je compris avec un coup au cœur qu'il s'agissait d'un croc de lion à dent de sabre. Un frisson me parcourut. Jamais je n'aurais envisagé de m'approcher d'un lion au point de lui voler une dent. Elle était fixée à l'extrémité d'une branche de sorbier. L'élevant bien haut, la vieille krianan gagna le milieu du cercle et se tourna vers l'orient. Sa silhouette au clair de lune prenait un éclat flamboyant, et la dent de lion semblait projeter un flot de lumière vers les cieux.

Elle avait la voix claire et pure du loup en pleine force qui appelle la meute à chasser. Ses paroles coulaient selon un rythme que je n'avais jamais entendu chez les hommes, et sa voix, tour à tour grave et aiguë, rappelait les hurlements des loups qui se rassemblent pour une chasse ou une cérémonie. Cela évoquait un peu, quoique en plus ample et plus puissant, le petit bourdonnement que produisait TaLi quand nous marchions ensemble :

> *Soleil, j'en appelle à Toi,*
> *J'invoque ta chaleur, source de vie,*
> *L'esprit de la flamme,*
> *Du feu et de la puissance,*
> *La lumière et la chaleur*
> *Qui insufflent aux plantes et aux créatures*
> *La force de s'élever*
> *Vers le Ciel.*

Je ne compris pas immédiatement le sens de ses mots. Elle employait l'Ancien Parler, la plus antique et la plus élémentaire de toutes les langues de la terre. Toutes les autres en découlent, si bien que Rissa et Ruuqo avaient exigé que nous en apprenions les rudiments pour pouvoir communiquer avec le plus grand nombre de créatures. J'ignorais cependant qu'elle était connue des humains. Peut-être pourrais-je l'utiliser pour me faire comprendre de TaLi.

Le plus vieux des Grands Loups alla rejoindre la vieille femme au centre du cercle. Il se mouvait avec lenteur, comme si chaque pas le faisait souffrir, et il porta le regard vers l'occident. Lorsqu'il prit la parole, sa voix ressemblait à un craquement de brindilles sèches que l'on écrase sous le pied :

J'en appelle à la Lune,
Amie de la nuit
Et compagne des étoiles,
Douceur cachant puissance vraie
S'effaçant pour croître en force,
Fraîche clarté, guide de nos yeux
Vers le Ciel.

« Voilà à quoi sert le Conseil, Lune Argentée, dit TaLi en se pelotonnant contre moi. Pour le moment je ne comprends pas grand-chose, admit-elle d'un air songeur, mais cela viendra. »

La vieille femme reprit la parole pour invoquer la Terre, pourvoyeuse de vie et d'asiles où se réfugier. Je comprenais un peu mieux, à présent. Le Conseil était un rituel, au même titre que l'accueil des louveteaux ou les cérémonies de chasse chez les loups. Je découvris avec étonnement que les humains y attachaient la même importance que nous. TaLi se pencha sur moi, se reposant contre mon dos pendant que la vieille femme brandissait sa lame vers le nord.

Ce fut de nouveau le tour du vieux loup :

Ciel, qui souffles les vents de ta bouche
Et tiens en ton pouvoir tout ce qui existe en ce monde.
Père primitif, Mère originelle,
Tout ce qui est t'appartient,
Tu apportes la lumière et les ténèbres,
La Vie et la Mort
À la Terre, au Soleil et à la Lune.

Abaissant sa lame, la vieille femme prit appui sur le large dos du Grand Loup. Il se serra contre elle, et l'espace d'un instant, ils semblèrent se fondre en une seule créature.

« Gardiens loups ! appela la vieille femme. Nous renouvelons notre promesse, que vous firent jadis les ancêtres de nos ancêtres. Nous promettons d'éloigner notre peuple de l'orgueil, de la destruction et de l'avidité, et de l'empêcher de répandre la mort à l'excès. Nous prenons ce que vous nous enseignez cette nuit afin de le partager avec notre peuple. »

Le Grand Loup inclina la tête et déclara :

« À votre promesse nous répondons par la nôtre, en mémoire de celle que prononça Indru, notre premier père. Nous promettons d'interdire à notre peuple de faire du mal au vôtre. Nous nous engageons à vous instruire et à vous aider à respecter l'Équilibre. Au nom d'Indru, nous en faisons la promesse. »

Chaque humain s'allongea au sol près d'un couple de Grands Loups. L'énergie émanant du Conseil était palpable dans l'atmosphère, et la lune brillait avec une intensité extraordinaire. Même le Grand Loup et la vieille femme semblaient rayonner d'une faible lueur. La lumière s'amplifia jusqu'à embrasser l'ensemble des Grands Loups et des hommes. J'avais l'impression de sentir la puissance qui faisait vibrer l'air alourdi.

Viens. Il est temps que je parte.

Je posai fermement la patte sur la poitrine de TaLi pour l'inviter à attendre sans bouger, puis je m'extirpai de la crevasse et, m'assurant que les Grands Loups ne me voyaient pas, je rampai pour contourner le rocher. La paroi arrière étant plus abrupte que l'autre, j'atterris brutalement sur mon arrière-train en me laissant glisser au sol. M'efforçant de retrouver ma dignité, je frottai ma truffe contre celle de la louve-esprit.

Il faut que je m'en aille, ou on s'apercevra de mon absence. Cependant, les choses évoluent plus rapidement que je ne l'escomptais. J'espérais que tu aurais au moins achevé ta première année avant que tout cela ne se produise et que tu serais capable de subvenir seule à tes besoins.

« Que va-t-il se passer ? »

Tais-toi. Moi ils ne m'entendent pas, mais ce n'est pas la même chose pour toi. Tu sais que les loups doivent rester proches des humains, faute de quoi les hommes deviendront trop destructeurs.

« C'est ce que nous a expliqué la vieille femme, chuchotai-je. Elle nous a dit que nous devions vivre avec les humains, mais que cela ne se pouvait pas, car une guerre éclatait dès que nous nous rapprochions. Ce n'est pas ce que racontent les légendes ! »

Vos légendes ne sont que mensonges. Ce sont les krianan humains qui disent vrai.

Mon souffle se figea avant de monter jusqu'à ma gorge. Malgré mon désir de justifier mes liens avec TaLi, je n'avais jamais vraiment cru que cela fût possible. Je ne concevais pas que l'enseignement que j'avais reçu ne contienne pas une once de vérité, que Rissa, Ruuqo et le sagace Trevegg aient pu se tromper à ce point. Et pourtant, j'entendais nettement les humains et les Grands Loups converser. Mes oreilles ne pouvaient pas m'abuser.

J'ignorais tout cela lorsque ma meute côtoyait les hommes. J'étais comme toi – j'ai rencontré un humain et nous avons chassé ensemble. La viande que nous prenions avec eux a permis à ma meute d'accroître ses forces. Mais bientôt une guerre nous a opposés – les hommes et les loups. Les Gardiens ont déclaré que j'étais la coupable, que je m'étais imprudemment mêlée aux humains sans en prévoir les conséquences et que les Anciens nous châtieraient pour cette guerre. Ils dirent qu'ils savaient comment s'y prendre avec les humains et que mon seul moyen de sauver ma meute était de partir à jamais. Ils m'exilèrent loin de chez moi. L'amertume perçait dans sa voix. *Des années durant, leur décision parut être la bonne, et je crus qu'ils avaient eu raison de m'imputer l'origine du désaccord, que j'étais bien la responsable de la guerre entre les loups et les hommes. Mais voilà que l'échec les menace, et j'en arrive à me dire que j'ai eu tort d'obéir aux Gardiens. C'est pour cela que je suis venue vers toi.*

Je la regardai sans comprendre le moins du monde ce qu'elle attendait de moi.

Bientôt, la guerre va reprendre entre les hommes et les loups, et cette fois il ne leur sera pas accordé d'autre chance.

« Pourquoi les loups se battraient-ils ? murmurai-je. Nos lois nous l'interdisent. »

Les lois peuvent être transgressées. Et on peut rejeter les légendes dans l'oubli. Depuis toujours, la paix est fragile dans la vallée. Les Gardiens nous ont caché bien des choses, et ce sont tous ces secrets qui ont engendré le désordre.

Je me tournai pour lui faire face, en proie à une subite colère. Elle était très mal placée pour parler de secrets. Pendant des jours et des jours, je m'étais rongé les sangs en croyant éprouver pour TaLi des sentiments dangereux et contre nature. Et pendant tout ce temps, la louve-esprit était venue à moi sans rien me révéler de ces mensonges.

« Pourquoi ne m'avoir rien dit jusqu'à présent ? Pour quelle raison t'es-tu contentée d'apparaître et de disparaître, au lieu de me dire tout simplement la vérité ? »

Un grondement retroussa ses babines.

Tu n'imagines pas ce qu'il me coûte de seulement « apparaître », comme tu dis. Il m'est impossible de dévoiler ce que l'on apprend dans le monde des esprits. Tout ce que je peux faire, c'est te montrer la voie que tu dois emprunter par toi-même. Tu en sais plus long que moi autrefois. J'étais dans la plus complète ignorance !

Encore une fois, la louve-esprit jeta un regard par-dessus son épaule.

Je me suis déjà trop attardée, et je t'en ai trop raconté. Tu dois écouter ce que disent les Grands Loups ce soir. Il faut que tu saches à quel point la guerre est proche, et que tu trouves le moyen de l'arrêter.

« Mais de quelle manière ? »

C'est à toi et à ta fillette humaine d'agir pour le mieux. Vous devrez découvrir la solution que je n'ai pas réussi à trouver. Avant qu'une guerre ne se déclare entre les hommes et les loups. Si jamais ils entrent en conflit, tout est perdu.

J'étais stupéfaite qu'elle attende de moi une réponse.

« Mais comment faire ? Comment le saurais-je ? »

Il est grand temps que je parte, à présent. Tu sais ce que moi, je n'ai pas fait. Mets ce savoir à profit.

Avant que j'aie pu soulever les questions qui se pressaient dans ma tête, la louve s'était enfoncée silencieusement dans la forêt. J'avais envie de me rouler en boule sans plus de façons, et de m'endormir pour ne plus penser à ce que je venais de voir et d'entendre. Mais TaLi m'attendait, et si une guerre se préparait effectivement dans la vallée, je devais écouter les paroles des Grands Loups.

Toute tremblante, je m'immisçai de nouveau dans la crevasse et m'abandonnai contre TaLi, regrettant plus que jamais de ne pas pouvoir communiquer avec elle. J'aurais voulu lui rapporter le message de la louve-esprit, mais je me bornai à me blottir dans ses bras tandis qu'elle m'attirait contre sa poitrine.

Les humains et les loups s'étaient remis debout. Deux hommes aidèrent la vieille femme à se jucher sur un rocher élevé. Ferme sur ses jambes malgré son grand âge, elle se tourna vers les Grands Loups, les bras levés, et attendit en silence que chacun des loups et des humains formant le cercle pose le regard sur elle.

« Vous savez presque tous que le Conseil n'est plus suffisant. La discorde règne sur la vallée. Il faut que nous sachions ce que vous avez entendu. »

Le plus vieux des Grands Loups s'avança, et même s'il ne se percha pas sur un rocher, tous les regards s'attachèrent à lui.

« Nous savons tout cela, fit-il de sa voix de branches sèches. À chaque Conseil il semble que les choses ont empiré. Certains loups, avons-nous appris, ont cessé de croire aux légendes. Et parmi les humains, nombreux sont ceux qui désirent supprimer les loups. NiaLi, dit-il à la vieille femme, nous comprenons bien que ton peuple n'a plus pour les krianan le même respect que jadis et que tu ne possèdes plus le pouvoir d'influer sur leurs décisions.

– C'est la vérité, Zorindru, convint la vieille femme d'une voix légèrement tendue. Notre influence est en train de décliner. Mais il en va de même pour toi, qui ne parviens plus à contrôler tes loups. »

Une femme s'avança, beaucoup plus jeune que la grand-mère de TaLi, mais nettement plus âgée que la fillette. Si elle avait été un loup, elle aurait eu l'âge idéal pour devenir chef de meute, alliant la vigueur de la jeunesse à l'assurance de l'adulte. Elle parla avec colère, et si elle en avait eu, sa fourrure se serait dressée sur son dos :

« NiaLi a raison. J'ai entendu dire que les loups avaient tué deux humains. Un jeune homme de la tribu de Lin et un enfant des Aln. Le peuple des Aln, qui me considère comme sa krianan, me réclame la dépouille du loup. Ils comptent déclencher des représailles et éliminer tous les loups. Jusqu'à présent, j'ai réussi à les en dissuader, mais si tu ne peux pas maîtriser tes loups, je ne serai plus en mesure de répondre de mon peuple.

– Je suis d'accord avec toi, lui dit Zorindru. Si vraiment c'est un loup qui a tué ces humains, et non un ours ou un lion, et s'il a attaqué sans provocation, nous découvrirons qui il est et nous le détruirons en même temps que sa meute. »

Les battements de mon cœur palpitaient dans ma gorge. J'étais horrifiée d'apprendre qu'un loup avait probablement tué des hommes et que le châtiment allait être infligé. TaLi serra très fort ma fourrure. Je me demandai si elle comprenait l'Ancien Parler.

« Et ce n'est pas tout. »

Le mâle qui venait d'intervenir, à peine plus âgé que TaLi, s'exprimait avec maladresse, comme s'il n'avait pas l'habitude de pratiquer l'Ancien Parler.

« HaWen est le nouveau chef de la tribu de Wen, et il a juré de débarrasser la vallée des loups. Sa compagne a perdu l'enfant qu'elle portait dans son ventre, et il soutient que c'est parce qu'elle a vu un loup en allant ramasser des graines. »

La grand-mère de TaLi opina de la tête.

« JiLin prétend pour sa part que son fils benjamin s'est cassé la jambe parce qu'il avait pris un sentier que les loups empruntaient autrefois. Il dit que nous avons tort de prêter attention aux besoins de la terre et des cieux. Et que la nourriture de la vallée, et de la terre tout entière, est destinée aux humains, si bien qu'il faut mettre à mort les créatures qui la leur dérobent. Quelqu'un d'autre a-t-il ouï de semblables propos ?

– Oui », s'empressa de répondre le jeune mâle, baissant la tête quand les krianan plus âgés tournèrent leurs regards vers lui. Il déglutit plusieurs fois avant de poursuivre : « HaWen prétend que pour nos tribus, le seul moyen de prospérer est de tuer tous les loups et tous les lions à dent de sabre.

– C'est la même chose dans ma tribu », déclara une jeune femme, d'une voix douce mais claire. Elle posa la main sur l'épaule du garçon. « J'ai fait tout mon possible pour dissuader les autres, mais en pure perte.

– Nous avons tous fait en sorte d'empêcher notre peuple de croire en de pareilles inepties, répliqua la grand-mère de TaLi, mais si le bruit court à nouveau que des loups ont tué des hommes, je crains que rien ne retienne ma tribu de terrasser tous les loups qui croiseront sa route. »

Dans le silence prolongé qui suivit, j'entendis le cœur de TaLi cogner follement contre mon flanc. Le mien aussi battait à tout rompre. La louve-esprit ne s'était pas trompée. La guerre était imminente, et je ne savais que faire pour y remédier.

« Nous t'avons entendue, dit Zorindru, et nous comprenons. Chaque fois qu'un loup s'en prendra sans raison à un humain, nous le détruirons avec toute sa lignée. Et nous rappellerons à ceux qui nous obéissent quelles sont leurs responsabilités. Allez en paix », fit-il avec un signe de tête à l'intention des hommes.

Je pensais que la vieille femme n'en resterait pas là. Assurément, elle attendait davantage du vieux loup, et la colère raidissait ses épaules. Toutefois, elle se contenta de tendre les bras afin qu'on l'aide à redescendre.

« Allez en paix, Gardiens. »

Et la vieille krianan sortit du cirque de pierres, escortée par les autres humains.

« Je dois raccompagner grand-mère chez elle », souffla TaLi.

Avant que j'aie pu protester, elle s'était faufilée hors du trou et s'enfonçait dans les bois. Alors que je m'apprêtais à la suivre, j'avisai Frandra et Jandru qui venaient dans ma direction. Je ne pouvais courir le risque qu'ils me surprennent en ces lieux. Je descendis du rocher par l'arrière et pris le chemin du retour, méditant ce que j'avais appris et me demandant ce que je pouvais bien faire.

En arrivant sur notre repaire, je trouvai Trevegg en train de m'attendre.

« Tu as manqué la chasse à l'antilope, me reprocha-t-il. Ruuqo est mécontent.

– J'étais partie capturer du petit gibier, me défendis-je en évitant son regard. Avez-vous attrapé quelque chose ? »

Azzuen vint se placer près de moi.

« Non », avoua Trevegg en m'observant avec insistance. Il me dit alors d'une voix douce : « Je n'ai parlé à personne de tes incursions chez les hommes. »

Je le dévisageai en sursautant violemment, tandis qu'Azzuen jappait de stupéfaction.

« Quand je me suis aperçu que tes amis et toi alliez les retrouver, j'aurais peut-être dû vous arrêter tout de suite. Mais il y a quelque chose que les Grands Loups ont omis de nous révéler, et qui bouleverse tout. J'espérais que vous pourriez découvrir de quoi il s'agit. Dès l'instant où tu as résisté à Ruuqo, prête à combattre alors que tu n'avais pas plus d'une lune, j'ai su que tu serais différente.

– Mais je ne le suis pas tant que ça. Et je ne tiens pas à changer quoi que ce soit. Tout ce que je désire, c'est passer du temps auprès des humains.

– Justement, cela revient à changer les choses, objecta gentiment Trevegg. Tu connais les légendes. Sais-tu que le frère de Ruuqo a été banni parce qu'il côtoyait les humains ?

– Oui, je le sais.

– Bien. En ce temps-là, c'était mon frère qui menait la meute du Fleuve Tumultueux. Hiiln avait été désigné pour lui succéder. Rissa et lui s'étaient mutuellement choisis, et je n'aurais pu rêver d'un meilleur couple pour perpétuer le sang du Fleuve Tumultueux. » Une note de tristesse s'insinua dans la voix de Trevegg. « Mais le jour où Hiiln refusa de renoncer à la compagnie des humains, je sus que je devais m'acquitter de mes devoirs envers la vallée. Je conseillai à mon frère de le condamner à l'exil, et il accepta de le faire, bien que cela lui brisât le cœur. Avec le recul, je ne suis plus si sûr d'avoir pris la bonne décision. Voilà pourquoi j'ai préféré fermer les yeux sur tes propres visites chez les hommes. »

Il poursuivit lentement :

« Il existe une légende que l'on raconte seulement aux loups dominants. On m'en a fait part à l'époque où j'étais pressenti pour prendre la tête du Fleuve Tumultueux, et elle explique pourquoi Ruuqo te redoute autant, Kaala. J'aurais dû t'en parler la première fois où il t'a exclue de la chasse. D'après la légende, un loup viendra au monde et rompra le pacte, scellant la disparition de notre espèce telle que nous la connaissons. Et l'on dit que le loup en question portera la marque du croissant de lune et provoquera des troubles violents qui sauveront sa meute ou causeront sa perte. Ta mère n'a voulu dévoiler à personne le nom de ton père, mais s'il était attiré par les humains, il se peut que tu sois le loup dont parle la légende.

– Je ne suis pas une légende », articulai-je péniblement.

Trevegg me considéra un long moment et me dit tendrement :

« Peut-être pas, en effet. D'autres loups portent aussi cette marque. Mais Ruuqo nourrit des soupçons, et la vallée traverse une période d'agitation. Tu dois te montrer prudente, Kaala. »

Je laissai échapper une légère plainte, accablée par la complexité de ces révélations.

« Tu n'as pas à trouver la solution aujourd'hui, me dit brusquement Trevegg. Il se peut que tout cela ne signifie rien et que tu ne sois qu'un louveteau indocile parmi d'autres. » Il me donna un coup de langue sur la tête. « Va vite présenter tes excuses à Ruuqo. Et ne t'avise plus de manquer la chasse. »

Je remerciai le vieux loup en lui léchant le museau, puis je pénétrai sur notre repaire pour faire amende honorable auprès de Ruuqo.

16

Azzuen, Marra et moi gravissions la Colline du Tueur de Loups, chacun portant dans la gueule un morceau de viande de cerf. Certes, notre première proie était un animal âgé et blessé, mais sa chair avait un goût tout à fait délicieux. J'avais mal jugé MikLan, qui se révélait vigoureux pour un garçon de sa taille et avait porté le premier coup. Les humains étaient munis de bâtons spéciaux qui leur permettaient de propulser leurs piques au loin, et MikLan les maniait avec une remarquable habileté. À nous six, nous capturâmes le cerf si facilement que j'eus envie de rire. Il tombait à point nommé, qui plus est. Les elkryn avaient quitté la grande plaine deux jours plus tôt, et Ruuqo nous avait avertis que si nous rentrions bredouilles au cours des nuits suivantes, ce serait le début des voyages d'hiver. Le temps était venu. La neige tombait presque sans discontinuer, et notre fourrure était devenue plus fournie. Je réfléchissais intensément aux moyens de voir Petite Fille pendant la période qui s'ouvrait. Il allait devenir difficile de chasser avec les humains, si bien que je me réjouissais d'avoir déjà réussi à prendre du gros gibier avec eux. J'étais heureuse, aussi, que chasser en leur compagnie m'aide à oublier les événements du Conseil. Même Azzuen n'avait aucune idée de ce qu'il convenait d'entreprendre à ce propos, et j'espérais simplement qu'aucun incident ne se produirait avant que nous ayons trouvé une solution.

Tous les trois, nous discutâmes de ce qu'il fallait faire du cerf. Nous en avions enfoui une partie, mais il nous faudrait quand même nous justifier auprès de la meute.

« Ils le sentiront dans notre haleine, argua Marra. Tant qu'il s'agit d'un lapin ou d'un hérisson, ce n'est pas bien grave. Nous sommes capables de les capturer tout seuls. Mais un cerf, c'est autre chose. S'ils apprennent qu'on en a attrapé un, ils voudront connaître les détails. »

Marra était la plus douée d'entre nous pour saisir la dynamique de la meute. Il semblait judicieux d'écouter son avis.

« Et si nous faisions croire qu'il était déjà mort, proposai-je.

– La viande est trop fraîche, objecta Azzuen. Et nous portons l'odeur de la chasse. Ils sauront que nous leur mentons. »

Contrairement à l'odeur des humains, qui n'adhérait que superficiellement à notre peau et à notre fourrure, celle d'une chasse au gros gibier nous imprégnait en profondeur et on ne pouvait ni l'effacer en se lavant ni la camoufler aisément.

« Que doit-on leur raconter, dans ce cas ? demandai-je avec agacement. Est-ce qu'il vaut mieux l'abandonner ?

– Non, impossible, fit lentement Marra. Ils sauront que nous avons chassé une grosse proie et se demanderont pourquoi on ne rapporte rien à la meute.

– Il faudra bien leur dire quelque chose. »

Azzuen semblait convaincu qu'une idée ne tarderait pas à lui venir. Je lui enviais son intelligence. Pendant que je patientais avec Marra, il me semblait entendre fonctionner son esprit. Il baissa à demi les paupières, ses oreilles frémirent, et il ne fallut pas longtemps pour qu'une lueur éclaire son regard.

Une heure plus tard, nous grimpions avec précaution vers le haut de la colline. Relativement basse mais néanmoins escarpée, elle se dressait curieusement au beau milieu de la forêt, à une vingtaine de minutes de l'Arbre Tombé. On racontait qu'en des temps reculés, la Colline du Tueur de Loups était l'emplacement d'un immense volcan, dont ce petit promontoire déchiqueté était le seul vestige. Selon d'autres sources, il s'agissait d'un ouvrage des hommes, ou de l'astre-loup en personne. On le surnommait ainsi parce que des loups imprudents s'aventuraient sur ses versants abrupts et dégringolaient sur les rochers pointus. L'idée d'Azzuen était très simple. Nous leur ferions croire que nous avions forcé un cerf jusque sur les hauteurs de la colline et qu'il avait chuté au bas d'un à-pic avant que nous ayons pu le dépecer complètement. Il nous suffirait de nous frotter à l'écorce des ifs centenaires qui ne poussaient qu'au sommet de la colline. Ils n'auraient aucune raison de mettre notre parole en doute – du moins l'espérions-nous. Arrivée à mi-versant, je suggérai à mes compagnons :

« Et si on laissait la viande sur place, pour le moment ? »

La pente était si raide qu'il était pénible d'escalader avec la viande dans la gueule.

« Mais il faut que nous portions l'odeur du sommet, souffla Azzuen. Ce n'est pas si loin que ça.

– Vous avez besoin de vous entraîner à la course, persifla Marra sans lâcher sa part. Vous êtes en train de vous ramollir. »

Alors que je m'arrêtais pour reprendre haleine et trouver une repartie satisfaisante, je perçus l'odeur des loups de l'Aiguille de Pierre. Azzuen et Marra la décelèrent presque au même instant que moi. Un brouhaha de voix nous parvint, mais les paroles demeuraient indistinctes.

« Que font-ils sur notre territoire ? s'étonna Azzuen en posant sa viande au sol.

– Et surtout, renchérit Marra en promenant son regard alentour, où sont-ils exactement ?

– Certainement de l'autre côté de la colline, fit Azzuen. Leurs voix doivent porter depuis là-bas.

– Ils sont au moins quatre, observa Marra en humant l'atmosphère, avant de baisser la truffe à ras de terre. Je dirais que Torell est parmi eux. Pour les autres, je ne suis pas certaine. »

J'avais moi aussi reconnu l'odeur particulière de Torell, avec ses relents de maladie. Ma frayeur se teinta d'indignation quand je réalisai qu'ils devaient se trouver sur nos terres depuis deux jours au moins. Comme la colline faisait obstacle aux souffles du vent, personne dans la meute n'avait flairé leur présence.

« Il nous faut prévenir Rissa et Ruuqo, dit Azzuen d'un ton dubitatif.

– Et leur dire quoi ? protesta Marra. Qu'on montait par hasard sur la Colline du Tueur de Loups en portant de la viande de cerf ? Ils viendront trouver les loups de l'Aiguille de Pierre, et là ils verront bien qu'on a menti. Ils n'auront plus qu'à se fier à leur flair pour découvrir qu'on a côtoyé les humains. Nous n'aurons pas le temps de camoufler notre odeur. »

Marra avait raison, mais nos devoirs envers la meute exigeaient que nous avertissions nos chefs de cette intrusion.

« On pourrait essayer de savoir ce qu'ils cherchent, proposai-je. S'ils sont sur le point de partir et n'ont pas de mauvaises intentions, on n'est peut-être pas obligés d'en parler. Dans le cas contraire, nous aurons des informations plus précises à donner à Ruuqo et Rissa. »

Marra réfléchit tout haut :

« Ce seraient des renseignements précieux pour la meute.

– Et ils poseraient moins de questions au sujet du cerf », acheva Azzuen.

Je savais que par ces raisonnements, nous cherchions surtout à éviter une sanction, mais tout de même, j'étais sincèrement curieuse de savoir ce que préparaient les loups de l'Aiguille de Pierre. Azzuen et Marra me regardaient tous les deux, comme si la décision m'appartenait. Bizarrement, je regrettais l'absence de Tlitoo. La moitié d'une lune était passée depuis notre dernière rencontre, près de l'abri de la vieille femme. Ses commentaires assommants étaient certes superflus, mais au moins, il ne semblait jamais vouloir se reposer sur mes initiatives.

Je finis tout de même par prendre une décision.

« Il ne faut surtout pas que Ruuqo sache que nous mentons. » C'était moi qui avais entraîné Azzuen et Marra dans cette aventure, et j'avais le devoir de m'assurer qu'ils ne seraient pas bannis par ma faute. « Nous allons apprendre ce que ces loups sont venus faire ici. »

Azzuen et Marra acquiescèrent d'un hochement de tête. Nous creusâmes un trou peu profond pour enterrer la viande, afin de pouvoir la récupérer sans peine un peu plus tard.

« Marra, c'est toi qui nous guides. Toi, Azzuen, tu te tiens à l'affût des éventuels dangers. »

C'était Marra qui possédait le meilleur flair, et Azzuen l'ouïe la plus fine. À eux deux, ils étaient capables de suivre n'importe quelle trace. Je prenais bien soin de ne rien laisser au hasard.

Les loups de l'Aiguille de Pierre se trouvaient bien sur l'autre face de la colline, cachés sous un surplomb rocheux. La saillie leur procurait un refuge commode pour se reposer et contribuait certainement à estomper leur odeur. Si le vent n'avait pas tourné pendant notre ascension, nous ne les aurions sûrement pas remarqués. En nous maintenant à l'abri pour que notre odeur ne se propage pas, Marra nous conduisit près des loups de l'Aiguille de Pierre. Il nous fallut nous contorsionner pour nous coucher sur des éclats de pierre au-dessus de leur retraite, légèrement sur leur droite. Hantée par toutes les histoires de loups tombés de la colline, je plantai les griffes dans les rochers. Mon cœur cognait si fort que j'aurais parié que les loups de l'Aiguille de Pierre l'entendaient aussi. Je tordis légèrement le cou pour mieux voir leur cachette.

Il y avait là Torell, le loup féroce aux terribles cicatrices, qui nous avait défiés près du Pont de l'Arbre, ainsi que deux autres mâles et une femelle. Cette dernière n'était autre que Ceela, sa compagne, mais les mâles m'étaient inconnus.

« C'est maintenant ou jamais, déclara l'un des deux, un jeune, mince mais en pleine force. Notre territoire ne nous apporte quasiment plus rien. Il ne reste rien de bon à chasser, nul endroit sûr où prendre du repos. Si nous ne les mettons pas à mort, c'est notre lignée qui va s'éteindre.

– Nous devons nous montrer prudents, répondit Torell, une expression lugubre sur sa figure dévastée. Et faire preuve d'habileté. Ce n'est pas la même chose qu'arracher leurs terres aux Mangeurs de Campagnols. Nous leurs sommes inférieurs par le nombre, et par la force.

– C'est de nous qu'il est question ? » murmura Azzuen.

Je le foudroyai du regard sans oser répliquer à voix haute, retroussant les babines pour le réduire au silence. Il s'excusa en couchant les oreilles.

« Les mauviettes ne me font pas peur, décréta la grande femelle.

– Ne sois pas idiote, Ceela. Si nous ne prenons pas de précautions, nous sommes sûrs de tout perdre. Nous n'aurons pas de deuxième chance. En outre, les Grands Loups nous tueront si nous ne sommes pas assez adroits. Nous ne pouvons pas escompter que leurs propres conflits les détournent de nous. Il faut voir si les meutes des Grands Arbres et du Lac Venteux sont prêtes à nous soutenir. Sans leur aide, nous sommes vaincus d'avance. »

J'avais beau les écouter, je ne comprenais pas ce qui se tramait. Que recouvrait leur allusion aux « conflits » des Grands Loups ? Et pourquoi recherchaient-ils le secours des meutes des Grands Arbres et du Lac Venteux ? Je savais déjà que les loups de l'Aiguille de Pierre convoitaient notre territoire, et c'était probablement nous qu'ils projetaient d'attaquer. Je me penchai pour mieux entendre, sans prendre garde aux pierrailles qui roulaient sous ma patte. Il en dégringola plusieurs à la suite, qui donnèrent l'alerte à ceux que nous observions.

Le vent tourna à ce moment précis, portant notre odeur dans leur direction. Torell leva le nez et, avec une étonnante célérité, bondit vers notre abri. Marra, la plus proche de lui, s'était aplatie au sol pour flairer les marques laissées par sa meute, et elle fut la dernière à se redresser. Avant qu'elle ait pu se mettre debout, Torell l'avait renversée à terre. Elle commença par se débattre farouchement, puis s'immobilisa, écrasée sous le poids de l'adversaire.

« La meute du Fleuve Tumultueux ne doit guère se soucier de ses petits, pour les laisser vagabonder ainsi sur les territoires », insinua-t-il.

Azzuen et moi dévalions déjà le versant, mais nous entendions les compagnons de Torell venir à la rescousse. Je rebroussai chemin à vive allure, suivie d'Azzuen, et nous nous jetâmes tous les deux sur Torell. Nous réussîmes à l'écarter de Marra à l'instant où les autres se ruaient au sommet de la colline.

Nous prîmes la fuite en courant, dérapant le long de la pente, tâchant de contrôler notre descente. J'envisageai un instant de reprendre la viande de cerf, mais ce n'était vraiment pas une bonne idée. Parvenus sains et saufs au pied de la colline, nous filâmes aussitôt vers l'Orée du Bois, l'endroit où se trouvaient autrefois les chevaux. Nous savions que notre meute s'y était rendue, afin de s'entraîner pour les chasses d'hiver. C'était un vrai soulagement de courir enfin sur un terrain plat. Je pensais que les loups de l'Aiguille de Pierre renonceraient rapidement, puisqu'ils étaient sur notre territoire, mais ils s'acharnaient à nous poursuivre.

« Mais pourquoi ne s'arrêtent-ils pas ? haletai-je.

– Ils veulent nous empêcher de rapporter à Ruuqo ce que nous avons entendu », répondit Marra d'un air sombre.

Une onde glacée envahit mes entrailles. Si Marra avait vu juste, nos poursuivants nous tueraient s'ils arrivaient à nous rattraper. Jamais de notre vie nous n'avions couru aussi vite, pas même quand nous avions encerclé le cerf. Marra était en tête, à plusieurs foulées de nous. Les loups de l'Aiguille de Pierre sont grands et robustes, pourvus d'une solide ossature qui leur permet de prendre du gros gibier, mais ceux du Fleuve Tumultueux les supplantent à la course. Même des loups encore enfants, comme nous l'étions alors, sont capables de l'emporter sur de faibles distances. De plus nous nous trouvions sur notre territoire, dont nous connaissions le moindre fourré et les moindres buissons de ronces. Toutefois, un des loups de l'Aiguille de Pierre ne s'était pas laissé distancer. Il s'agissait du mâle au corps mince qui avait poussé Torell à agir. Son odeur m'indiquait qu'il était jeune, guère plus de deux ans. Je me plaçai délibérément derrière Azzuen. Même s'il avait progressé en rapidité, il courait moins vite que Marra et moi, et je ne voulais pas qu'il reste en arrière. Les bois devinrent plus denses, effaçant la piste des cerfs que nous avions suivie jusque-là. Sans elle nous peinions à maintenir notre allure, et nous étions séparés les uns des autres par des arbres, des pierres et des buissons. Le jeune mâle, bondissant sans effort par-dessus les rochers et les branchages, gagnait du terrain.

Bientôt, j'entendis qu'il prenait son élan, et il s'abattit sur moi, me renversant en entravant mes pattes de derrière. Il pesait presque le double de mon poids, mais je n'eus pas un instant d'hésitation : je lui infligeai une brutale morsure tout en haut de la cuisse, touchant un point spécialement sensible, tendre et peu musclé. La surprise et la douleur lui arrachèrent un hurlement tandis que je me redressais. Les piétinements d'une course résonnaient autour de moi, mais je ne savais situer ni les loups de l'Aiguille de Pierre, ni Azzuen et Marra. Gagnée par une rage brûlante, je me campai face au jeune mâle, heureuse de renouer avec ces sentiments de colère.

« C'est notre territoire ! grondai-je. Tu n'as rien à faire ici. »

Le jeune loup me regarda d'un air étonné, puis éclata de rire.

« Pourquoi ne te joins-tu pas à nous, petite louve ? me dit-il. La meute du Fleuve Tumultueux ne te mérite pas. Ruuqo ne sait pas t'apprécier, c'est ton ami corbeau qui me l'a dit. Et moi je voudrais pour compagne une femelle pleine de force. Mon nom est Pell. Tu t'en souviendras ? »

Décontenancée, je le contemplai sans bouger, alors même que j'entendais le tumulte des autres loups autour de nous. Brusquement, Azzuen jaillit d'entre les arbres et se jeta sur Pell, les crocs découverts. Il était revenu me chercher. L'assaut avait pris Pell au dépourvu, si bien qu'Azzuen réussit à le déséquilibrer.

« Viens vite, Kaala ! » cria-t-il sans cesser de gronder.

Sa férocité me choquait un peu. Flairant l'odeur de Ceela juste derrière Azzuen, je détalai sans tarder et nous retrouvâmes la piste de Marra. Elle imposait à Torell et à ses compagnons une âpre poursuite. Prenant un raccourci à travers les arbres, Azzuen et moi réussîmes à la rejoindre. Elle avait déjà pris une confortable avance sur les deux loups les plus grands, et nous continuâmes tous les trois vers la plaine aux Grandes Herbes, pour retrouver notre famille.

Je puisai jusqu'à la dernière goutte dans mes réserves d'énergie. La fatigue commençait à se faire sentir, et même si les loups de l'Aiguille de Pierre étaient plus lents que nous, ils avaient davantage d'endurance. Je me réjouissais d'arriver bientôt à destination. Mon odorat me signala que la meute s'était déployée le long de la lisière du bois. En débouchant en bordure de la plaine, je faillis buter contre Unnan, qui attendait notre retour. Il s'apprêtait à nous dire quelque chose, mais préféra battre en retraite dès qu'il aperçut l'ennemi. Je n'avais même pas la force de hurler pour avertir la meute. Même Marra suffoquait, mais elle parvint à émettre un aboiement épuisé.

Minn et Yllin accoururent les premiers, à l'instant où nous surgissions de derrière les arbres. Ils s'employaient à cerner quelques elkryn dispersés, qui s'étaient éloignés de la grande plaine. J'ignore si Torell et les autres n'avaient pas daigné guetter la présence de la meute, ou s'ils s'en moquaient, tout simplement, mais ils s'esclaffèrent en voyant les deux jeunes loups frêles se précipiter sur eux. Torell ricana et fit basculer Yllin et Minn avec l'aide de Pell. Les voyant en difficulté, nous bondîmes pour leur porter secours. À peine avions-nous eu le temps de souffler que Ruuqo, Rissa, Werrna et Trevegg s'élançaient vers nous. Au même instant, Ceela et le quatrième loup entraient dans la plaine. Après une brève échauffourée, les deux clans se séparèrent. Ceux de l'Aiguille de Pierre ne reculaient pas, mais ils se tenaient prêts à fuir, dominés par les six loups adultes du Fleuve Tumultueux.

Azzuen, Marra et moi étions couverts de terre, de brindilles et de feuilles, le poil emmêlé après notre confrontation avec la meute de l'Aiguille de Pierre, mais je ne m'en étais même pas aperçue, trop occupée à sauver ma peau. S'avisant de notre allure dépenaillée, Ruuqo montra les dents. La lumière de l'après-midi finissant semblait sourdre de son corps comme une vapeur. Près de lui Rissa grondait furieusement, sa fourrure blanche dressée sur son dos.

« Que faites-vous donc sur le territoire du Fleuve Tumultueux, à menacer nos louveteaux ?

– Si vous tenez tant à eux, grogna Ceela, pourquoi les laissez-vous se balader tout seuls ? »

Ruuqo et Rissa l'ignorèrent, attendant une réponse de Torell. Pendant un moment, les trois loups continuèrent de se jauger en silence. Ceela, Pell et le quatrième membre de la meute se tenaient derrière Torell, les muscles bandés en prévision du combat. Enfin, sous le regard vigilant de ses compagnons, le chef rabattit légèrement sa fourrure contre son dos.

« Nous ne voulions pas leur faire de mal, se défendit-il. Nous devons nous entretenir avec vous de sujets importants. Nous étions en chemin, quand nous les avons surpris en train de nous épier.

– Il ment », murmura Azzuen, si bas que je fus la seule à l'entendre.

Marra me consulta du regard. Moi aussi j'étais terrifiée par les loups de l'Aiguille de Pierre, mais je ne pouvais pas continuer à me taire.

« Il ment, répétai-je bien fort, baissant les oreilles quand les regards convergèrent vers moi. Ils ont prévu de nous attaquer, et ils ont pénétré sur notre territoire. Ils espèrent que les loups des Grands Arbres et du Lac Venteux se ligueront contre nous. Nous l'avons entendu nous-mêmes. »

Je me trémoussai sur place, embarrassée par tous ces regards.

« Elle dit la vérité, confirma Azzuen d'un air impassible, debout à côté de moi. Nous les avons bien entendus. »

Marra approuva d'un grognement, et Ruuqo fixa Torell d'un œil glacial. Pell essayait de croiser mon regard.

« Nous avons de bonnes raisons de te tuer, Torell. Je devrais te laisser la vie sauve, pour que tu puisses nous agresser dans notre sommeil ? Nous ferions mieux de te terrasser sur place.

– Essaie toujours, avorton », lança le plus imposant des loups de l'Aiguille de Pierre, hérissant sa fourrure brune.

Je le soupçonnais d'être particulièrement idiot, ce qui expliquait qu'un loup de sa stature ne soit pas devenu chef de meute.

« Silence, Arrun, lui commanda Torell. Ruuqo, tes louveteaux se sont mépris sur le sens de nos paroles. Ce n'est pas vous que nous comptons éliminer. » Il fit une pause avant d'ajouter : « Ce sont les humains. »

Un silence si complet s'abattit sur nous que j'entendis les elkryn mastiquer l'herbe de la plaine, à vingt foulées de distance. Torell n'aurait pas causé un plus grand choc en annonçant qu'il voulait arracher des cieux la constellation du Loup et la massacrer comme une simple proie. Je n'en revenais pas de ma propre sottise. Malgré ce que j'avais entendu les Grands Loups et la louve-esprit dire au cours du Conseil, je n'avais jamais envisagé que les loups puissent réellement s'attaquer aux hommes. Autant imaginer que des crocs pousseraient à nos proies et qu'elles se transformeraient en chasseurs.

Rissa, la première, recouvra l'usage de la parole.

« As-tu perdu la raison, Torell ? demanda-t-elle doucement. Tu connais le châtiment réservé à celui qui ôte la vie à un humain. Les Grands Loups détruiront l'ensemble de ta meute et tous les loups de ton sang. Ta lignée tout entière sera anéantie. L'Aiguille de Pierre cessera à jamais d'exister.

– La force et la volonté des Grands Loups ne sont plus ce qu'elles étaient, allégua Torell. S'ils savent ce qui se passe dans la vallée, ils ne s'en soucient guère. Sais-tu, Ruuqo, que les hommes ont déclaré la guerre à toute notre espèce ? »

Sans un mot, Ruuqo consulta Rissa du regard.

« Ça ne m'étonne pas. Tu ne sais même pas ce qui se passe sur tes propres terres. Sur notre rive, les hommes ne cessent de tuer des loups. Ils s'en prennent aussi aux lions, aux ours, aux renards et aux dholes – à toutes les créatures qu'ils tiennent pour leurs concurrentes à la chasse. Si nous ne nous décidons pas à les tuer, ce sont eux qui nous tueront.

– J'en avais entendu parler, fit Werrna, qui ne s'était pas exprimée jusque-là, mais je m'étais refusée à le croire. Es-tu certain que tes envoyés n'ont pas exagéré, Torell ? »

Elle traitait avec respect le chef de l'Aiguille de Pierre.

« C'est la pure vérité, dit-il en lui adressant un signe de la tête. Je l'ai vu de mes propres yeux. Les hommes nous haïssent. Tous autant qu'ils sont. »

Je vis qu'Azzuen cherchait mon regard. Il voulait que j'informe la meute de l'existence de nos humains, qui étaient bien loin de souhaiter notre mort. Toutefois je ne pus m'y résoudre, car un tel aveu revenait à admettre notre violation des lois de la meute. Mon cœur affolé semblait près de faire éclater ma poitrine.

« Les meutes des Grands Arbres et du Lac Venteux accepteront de se joindre à nous, poursuivit Torell. Les Mangeurs de Campagnols refuseront peut-être, mais ils sont si faibles qu'ils ne comptent guère. Contrairement à toi, Ruuqo. Nous avons besoin que tu t'allies avec nous. Vous devez vous ranger dans notre camp.

– Je ne peux pas me soustraire si facilement au pacte, répliqua Ruuqo, marchant nerveusement de long en large. Vous êtes insensés d'agir ainsi. Cependant, si ce que tu avances est exact, nous devons faire quelque chose. Je consulterai les loups des Grands Arbres et du Lac Venteux. Ainsi que les membres de ma meute. Je te ferai savoir ce que j'ai décidé.

– Le choix ne t'appartient plus, Ruuqo, dit Ceela. Quand elles sauront ce qui se passe, toutes les meutes de la vallée seront du même avis. Ou tu fais alliance avec nous dans cette guerre, ou tu deviens notre ennemi. Il n'y a pas de position intermédiaire.

– Rien ne t'autorise à prendre une décision au nom de la vallée entière, Ceela, intervint Rissa. Et tu as tort de proférer des menaces avec tant d'insouciance. Torell ne se trompe pas – nous sommes des alliés précieux. Mais tu ne gagnerais rien à nous avoir comme adversaires. »

Ruuqo inspira profondément avant de réitérer son refus :

« Jamais je ne romprai le pacte, à moins d'y être contraint. Quitte nos terres en paix, Torell, mais abstiens-toi à l'avenir d'importuner les miens. »

Torell gardait la queue dressée et luttait manifestement pour réprimer un grondement.

« Il te reste une nuit pour prendre ta décision, Ruuqo, conclut-il, sa figure ravagée empreinte d'une expression farouche. Demain soir la lune entame son déclin, et les deux tribus les plus proches de nous se rassembleront sur la plaine aux Grandes Herbes. Là se tiendra un rituel de chasse, au cours duquel les plus jeunes défieront un elkryn pour prouver leur valeur. Absorbés comme ils le seront, il sera facile de les piéger. Nous choisirons ce moment pour passer à l'attaque. Si tu ne luttes pas à nos côtés, nous considérerons que tu prends leur parti. »

Là-dessus, Torell adressa un signe à ses compagnons, et ils s'élancèrent à travers bois. Seul Pell s'attarda un peu en arrière, dans le but d'attirer mon attention, mais je m'obstinai à garder les yeux baissés. Azzuen grogna sourdement, et Pell lança un aboiement assourdi et inquiet avant de suivre sa meute.

17

Q uand les loups de l'Aiguille de Pierre furent trop loin
pour l'entendre, Werrna donna libre cours à sa rage :

« Il n'est pas question que je reste sans rien faire pendant
qu'une autre créature est en train de tuer des loups ! Peu
importe le pacte.

– Silence ! » lui intima Ruuqo. Puis il ajouta en soupirant :
« Je ne voulais prendre aucun engagement en présence de
Torell, mais tu as raison : nous ne pouvons pas tolérer que les
humains mettent les loups à mort, et je ne laisserai pas
l'Aiguille de Pierre assumer le combat à notre place. »

Je poussai un jappement de surprise, sidérée que la meute
envisage un affrontement. D'habitude, Ruuqo refusait même
de dérober de la viande aux hommes.

Trevegg s'avança en déclarant :

« Ce n'est pas un bon choix, et les autres possibilités qui
s'offrent à nous ne valent guère mieux. Pourtant, si cette solution
est à peine moins mauvaise que les autres, il convient de l'adopter quand même. Je n'attendrai pas qu'ils frappent les premiers.

– Torell se gargarise de ses propres paroles, fit Rissa avec dédain. Je ne compte pas obéir docilement à ses ordres. Nous irons consulter les chefs des Grands Arbres et du Lac Venteux, afin de découvrir ce qu'ils savent. Ensuite nous prendrons une décision.

– S'il existe un autre moyen, nous y aurons recours, répondit Ruuqo. Mais le pacte ne nous commande en aucun cas de nous laisser massacrer sans nous rebiffer. Je doute que les Grands Loups aient vraiment à cœur de servir au mieux nos intérêts. Je ne suis même pas certain qu'ils veillent toujours sur nous, ni qu'ils nous tueront si jamais nous nous défendons. Si nous n'avons pas le choix, nous nous battrons. J'ai besoin du soutien de la meute », conclut-il en regardant Trevegg et Rissa.

Ses deux compagnons acquiescèrent à regret.

« S'il y a une alternative, dit Trevegg, nous n'hésiterons pas à la saisir. Dans la mesure où nous nous accordons là-dessus, je veux bien appuyer ta décision.

– Oui, renchérit Rissa, nous ferons notre possible pour éviter le combat, mais nous lutterons si nous y sommes forcés. »

Les mots fusèrent malgré moi de ma bouche :

« Non, c'est impossible ! On ne peut pas se battre contre eux ! »

Toutes les têtes se tournèrent vers moi, et le poids de tous ces regards m'ôta un instant la parole. Je quêtai du secours auprès d'Azzuen, qui se serra contre moi.

« Et pour quelle raison ? » s'enquit Ruuqo.

Dans ma tête, la voix de la raison m'invitait à me taire et à chercher un moyen d'infléchir l'avis de la meute sans m'attirer d'ennuis. Cependant, le rituel de chasse des humains devait se dérouler le lendemain, et Torell était bien résolu à déclencher les hostilités. Je devais absolument l'en empêcher. TaLi ferait partie de ses victimes, et malgré son adresse à manier sa pique, elle n'était pas de taille à résister à un loup. Elle trouverait sans doute la mort, et ma meute s'éteindrait aussi. Les Grands Loups l'avaient annoncé.

« J'ai surpris ce que disaient les Grands Loups, avouai-je. Ils tiennent conseil loin d'ici, sur un cirque de pierres. Avec les humains. Ils n'ignorent rien de ce qui se prépare, de la guerre qui menace entre les loups et les hommes. Et ils sont prêts à tuer toute meute qui y participera.

– Quand as-tu appris cela ? demanda Rissa.

– La nuit de la pleine lune.

– La nuit où tu as manqué la chasse à l'antilope, compléta Ruuqo avec un calme inquiétant. Par quel hasard as-tu entendu les humains ? Et pour commencer, pourquoi te trouvais-tu à cet endroit ? »

Je ne répondis pas tout de suite, cherchant un mensonge convaincant. Je regardai Azzuen, plus habile que moi à concocter des histoires, mais Unnan se manifesta avant qu'il ait pu réagir :

« C'est parce qu'elle se rend sans cesse chez les humains. Elle le fait depuis le jour où les chevaux se sont emballés et où elle a causé la mort de Reel. Elle n'arrête pas d'aller les retrouver, et elle joue et chasse avec une fille des hommes. Elle emmène avec elle Azzuen et Marra. »

Ruuqo plissa les yeux, bouche bée, tandis que Rissa poussait un gémissement angoissé.

« Unnan, je ne te conseille pas de me mentir. »

– Je ne mens pas, affirma-t-il, je l'ai vue partir très souvent. Je ne vous ai pas prévenus parce que j'avais peur que Kaala me fasse du mal. »

Il baissa les oreilles et la queue afin de paraître vulnérable et démuni.

Quel larbin stupide, pensai-je.

« En effet, rappela Werrna, elle a tenté de s'approcher des humains la première fois où nous les avons montrés aux louveteaux. Je t'en aurais volontiers fait part, mais Rissa me l'a interdit. »

Rissa se justifia en la foudroyant du regard :

« Ruuqo, tu étais prévenu contre cette petite, et j'ai préféré passer l'incident sous silence. Mais à présent, Kaala, tu dois nous dire la vérité. As-tu été auprès des humains ? »

Je réfléchissais à toute vitesse. Si je disais oui, ils risquaient de m'exclure. Mais si je niais, ils n'accorderaient aucun crédit à ce que je leur rapporterais au sujet des Grands Loups. Torell donnerait l'assaut contre les humains, et TaLi y perdrait la vie. Et si jamais Ruuqo le secondait, tous mes compagnons seraient condamnés à mort. Mon regard se promena d'Azzuen à Marra, de Trevegg à Yllin. Je ne voulais surtout pas qu'ils meurent. Je ne voulais pas non plus que TaLi, BreLan ou son frère périssent au cours de l'affrontement. De plus, la louve-esprit avait formellement interdit le combat. Près de moi, Azzuen gémissait faiblement. Marra et lui m'observaient avec insistance. Il fallait que je parle. Tous les regards étaient rivés sur moi, toutes les narines à l'affût de la véracité de mes dires. J'étais remplie de terreur, mais je savais que seule la vérité pourrait empêcher le désastre.

J'inspirai profondément, la gorge serrée.

« Oui, admis-je. J'ai sauvé une petite humaine de la noyade, et j'ai passé du temps avec elle. » Je ne mentionnai ni Azzuen ni Marra. « C'est ainsi que j'ai su que bon nombre d'humains ne nous détestaient pas, et qu'ils nous estimaient, au contraire. Nous pouvons même chasser ensemble, précisai-je, pensant que ma famille les apprécierait davantage si je soulignais leur utilité. Ils présentent des ressemblances avec le loup. »

Un long silence accueillit mes aveux. Ce fut Ruuqo qui le brisa, avec une colère froide et maîtrisée :

« J'ai vu une enfant humaine sur nos territoires. De plus en plus fréquemment ces temps derniers.

– Elle ramassait des plantes, ajouta Rissa, et transportait du petit gibier.

– As-tu entraîné avec toi tes compagnons ? » questionna Ruuqo.

Je m'abstins de répondre, afin de prémunir Azzuen et Marra des ennuis. Pourtant Azzuen parla de son plein gré :

« Nous y sommes allés aussi, nous avons chassé ensemble. C'est ce qui nous a permis d'attraper autant de lapins et de blai-reaux. On a même pris un cerf, se rengorgea-t-il, qu'on a caché sur la Colline du Tueur de Loups. Ce qui explique qu'on ait surpris la meute de l'Aiguille de Pierre. »

Marra le bouscula en grimaçant, et il se tourna vers elle d'un air perplexe.

« Ainsi, dit Ruuqo, tu ne te contentes pas d'enfreindre les lois de la vallée, tu incites aussi les autres à désobéir. » Il s'ébroua violemment. « Je savais bien que j'aurais dû te tuer quand tu étais toute petite. J'ai eu tort de m'incliner devant les Grands

Loups. Les légendes l'avaient annoncé. Le sang de celui qui aime les humains coule dans tes veines, et moi je t'ai laissé la vie sauve. Tu es la cause de ces troubles, de ce conflit.

– Mais je n'ai fait que chasser avec eux.

– *Que* chasser ? Tu as transgressé les lois de la vallée et bouleversé l'équilibre des créatures qui vivent en ces lieux. Sans cela, les humains ne seraient pas devenus si hardis, et cette guerre n'aurait jamais eu lieu. »

Du regard, je sollicitai l'aide de Rissa.

« On a seulement chassé, insistai-je. Et uniquement avec les plus jeunes. Ils ne sont pas dangereux. Nous ne voulions rien faire de mal.

– Je suis désolée, Kaala, répondit Rissa en secouant la tête. Les règles de la vallée sont sans équivoque. » Et elle demanda à Ruuqo : « Faut-il vraiment sacrifier les trois louveteaux ? Les deux autres n'ont fait que la suivre. »

Lorsque Azzuen fit mine de protester, je lui décochai un coup d'œil furieux.

« Nous verrons, fit Ruuqo en se tournant lentement vers moi, une lueur de triomphe mêlée à la colère qui animait son regard. Je te bannis de la meute, déclara-t-il. Ton intimité avec les humains nous a conduits à la catastrophe. Quitte l'Arbre Tombé et sors de la vallée, et ne reviens jamais plus sur nos terres. À présent que tu as rapproché les humains de nous, nous allons peut-être devoir les combattre.

– Je ne veux pas ! m'écriai-je, surprise de ma propre réaction. Je ne permettrai pas que vous vous battiez contre eux. J'avertirai les Grands Loups que vous êtes en train de tuer des hommes, et ils vous arrêteront. »

Je restais moi-même ébahie d'avoir pu prononcer ces mots.
Avec un grondement, Ruuqo me poussa brutalement et me plaqua au sol. Il fallut que je me mette à gémir pour qu'il me
libère.

« C'est moi le chef de cette meute. Les Grands Loups ignorent ce qui se passe en ce moment. Leur temps est peut-être
révolu. »

Le blasphème de Ruuqo parut troubler Rissa et Trevegg.

« Si j'apprends que tu es retournée près d'eux, continua-t-il,
je retrouverai ton humaine, et je la tuerai. Je l'approcherai dans
son sommeil, et je l'égorgerai moi-même. »

Mon corps gagnant mon esprit de vitesse, je me jetai sur
Ruuqo. Marra et Azzuen se mirent à japper, abasourdis, et Rissa
gronda avec inquiétude. Si je n'avais pas eu les idées si confu-
ses, jamais je n'aurais provoqué Ruuqo : il était plus fort que
moi, plus expérimenté, et en proie à la colère. Cependant
l'effet de surprise joua pour moi, et mon premier assaut le fit
culbuter sur le dos.

Un corps à corps furieux nous envoya rouler au sol, les crocs
découverts. Cette lutte sauvage, acharnée, n'avait rien de commun avec les bagarres qui m'opposaient autrefois à Unnan et
Borlla. C'était pour moi une expérience toute neuve. Et cette
fois, personne n'allait intervenir en ma faveur. Puisque j'avais
osé défier le chef légitime de la meute, je n'avais qu'à me
débrouiller toute seule. Je n'avais pas encore atteint l'âge
adulte, et je me battais avec l'énergie du désespoir, mordant
Ruuqo, le frappant des quatre pattes. Je concentrais toutes les
ressources qui étaient en moi rien que pour éviter de me faire
broyer. J'avais beau commander à mes pattes d'être plus

promptes, à mon cou de pivoter plus vivement, Ruuqo se dérobait et me heurtait de la tête dès que j'essayais de mordre.
Quand je voulus l'immobiliser au sol, ce fut moi qui me retrouvai sur le dos. Mes muscles refusaient d'exécuter assez vite les
ordres que leur donnait mon esprit. J'avais l'impression d'avoir
pris des forces, mais elles étaient bien négligeables face à la
puissance de Ruuqo. Chaque fois que j'étais près de capituler,
je pensais aux menaces proférées au sujet de TaLi, et je persé-
vérais. Toutefois, le combat était si inégal qu'il ne dura pas bien
longtemps. Alors que l'épuisement me gagnait, Ruuqo avait
encore de l'énergie en réserve. Lorsque ses dents aiguisées me
déchirèrent l'épaule, je reculai avec un jappement de douleur.
Il me bloqua de nouveau à terre sans me laisser le temps de
fuir, et ses mâchoires emprisonnèrent ma gorge.

« Je pourrais te tuer, souffla-t-il, et nul ne m'en ferait grief. »

Tremblante, je tentai en vain de parler, incapable du moindre mouvement, revoyant la dernière fois où Ruuqo avait
refermé la gueule pour me tuer.

« Pars, ordonna-t-il en s'écartant de moi. Ne reviens jamais
sur le territoire du Fleuve Tumultueux, ou c'est la mort qui
t'attendra. Tu n'appartiens plus au Fleuve Tumultueux, tu ne
fais plus partie de la meute. »

À ce moment-là seulement, je mesurai pleinement l'impact de
ce que je venais de faire. Baissant les oreilles et la queue, la tête
penchée, je retournai vers Ruuqo en rampant, mais il ne fit que
gronder et me montrer les dents. Le souvenir de ses brutales
morsures m'incita à reculer. Je me fis encore plus petite et tentai
de nouveau ma chance. J'étais à peine plus qu'un louveteau, et
il m'autoriserait sans doute à rester. Pourtant il assena derechef :

« Tu ne fais plus partie de la meute. »

Quand je cherchai Rissa des yeux, elle se contenta de détourner la tête. Mon regard se porta alors sur Werrna, qui poussa un grondement rageur, puis sur Unnan, dont le sourire débordait de morgue. Je regardai aussi Azzuen et Marra, qui gémissaient d'angoisse, et la figure affreusement triste de Trevegg. Aucun d'eux ne m'aiderait – ils ne le pouvaient pas. Yllin parut sur le point d'intervenir, mais Ruuqo l'obligea à reculer d'un coup d'œil furieux.

Je demeurai là quelques instants, l'échine courbée, jusqu'à ce que Ruuqo revienne me chasser.

« Va-t'en ! » gronda-t-il, avant de me poursuivre sur le sentier.

N'osant pas retourner en arrière, je m'enfuis à travers bois.

18

J e ne vis pas qu'Azzuen et Marra essayaient de me suivre, arrêtés par Werrna et Minn qui les plaquèrent au sol. Je n'entendis pas non plus Trevegg se quereller avec Ruuqo, ni Yllin parler doucement à Rissa. J'avais l'impression que ma tête était bourrée de terre et de feuilles sèches, tandis que dans ma gueule, ma langue me semblait si épaisse que je ne pouvais plus respirer. Le bourdonnement d'un millier de mouches emplissait mes oreilles, et je ne sentais même pas la terre que foulaient mes pattes, ni les massifs touffus qui étreignaient mes flancs lorsque je sortis du sentier. Je savais qu'il me fallait réfléchir au moyen d'aider TaLi, de lui procurer un asile sûr – ainsi qu'à Azzuen et Marra, si Ruuqo décidait vraiment de se joindre au combat. Mais pour l'heure, j'étais tout juste capable de continuer à avancer. Lutter contre Ruuqo m'avait à ce point exténuée que j'atteignis à peine la rivière avant que mes pattes se dérobent sous moi et que je m'effondre de fatigue.

J'ignore combien de temps je restai là, à écouter le bruit de l'eau, pendant que des souffles d'air frais et humide s'insinuaient dans ma fourrure pour effleurer ma peau. Je savais que si je m'attardais sur le territoire, Ruuqo me tuerait probablement. Mais ça m'était égal. Je crois que si personne n'était passé par là, je ne me serais jamais relevée, je serais demeurée là jusqu'à ce que l'Équilibre m'accueille au sein de la terre douce.

Ce ne fut qu'en entendant le pas pesant des Grands Loups et en flairant leur odeur d'humus, que je levai la tête.

« Allons, viens », me dit Jandru.

Toujours incapable de bouger, je les regardai en clignant les yeux, couchée dans la boue.

« Tu abandonnes bien facilement. »

J'avais espéré de la compassion, mais c'était le mépris qu'exsudait la voix de Frandra :

« Un seul combat, et tu restes affalée à terre comme une proie morte. Je t'aurais crue plus tenace. »

Ne trouvant rien à répliquer, je continuai de me tenir coite, le museau posé sur les pattes.

« À quoi t'attendais-tu, lorsque tu as défié ton chef ? demanda Jandru sans plus d'aménité que Frandra. Qu'est-ce que tu escomptais ? »

Lorsque je répondis, ma voix me sembla venir de très loin :

« Il a menacé TaLi, il a dit qu'il la tuerait. Il fallait bien que je fasse quelque chose.

– Et tu n'y as pas manqué, acheva Jandru en étirant ses larges épaules. Maintenant, tu dois en accepter les conséquences. Tu n'appartiens plus à la meute du Fleuve Tumultueux. Qui es-tu, alors ? Pourquoi t'es-tu battue pour survivre quand tu étais un louveteau ? Et aujourd'hui, qu'est-ce qui t'a poussée à courir quand Ruuqo voulait te tuer ?

– Si je ne fais plus partie du Fleuve Tumultueux, m'emportai-je, j'ignore ce que je suis ! Comment le saurais-je ?

– Bien, rétorqua Frandra. Ce n'est sûrement pas en restant assise à te morfondre que tu le découvriras. Quand tu en auras terminé, préviens-moi. »

Piquée au vif, je me dressai face à elle. Jandru et Frandra se détournèrent et se hâtèrent de pénétrer dans les bois. Je leur emboîtai le pas, comme si mes pattes se mouvaient de leur propre chef.

« Où allez-vous ? »

Ils ne daignèrent pas me répondre. Comme leurs membres étaient bien plus longs que les miens, je devais courir pour les suivre, et le souffle me manqua pour leur reposer la question. Cette nuit interminable m'avait éreintée. Mon esprit était perturbé, comme si une boue épaisse noyait le mouvement de mes pensées. Tout d'abord, Frandra et Jandru ne semblèrent pas s'aviser de mes difficultés, puis ils finirent par ralentir, et je progressai un peu moins laborieusement derrière eux. Au bout d'un moment, ils s'arrêtèrent près d'un terrier de renard abandonné. Je m'aperçus alors que nous n'étions pas très loin du cirque de pierres où ils avaient rencontré les humains pour tenir le Conseil.

« Nous nous reposerons ici jusqu'à la tombée de la nuit, annonça Jandru, jetant un regard à mon corps tremblant et fourbu.

– Il faut que j'aille trouver TaLi, répondis-je d'une voix faible. Je dois rebrousser chemin. »

La fatigue me permettait à peine de parler, mais j'avais l'impression de laisser derrière moi une partie de moi-même.

« Nous devons quitter la vallée, dit Jandru. Aussi vite que possible. »

Cela paraissait raisonnable, dans la mesure où Ruuqo avait l'intention de me tuer. Questions et inquiétudes tourbillonnaient dans ma tête. J'avais envie de revenir chercher TaLi, envie aussi de savoir où m'emmenaient les Grands Loups. Mais après avoir échappé aux loups de l'Aiguille de Pierre, m'être battue avec Ruuqo et fait exclure de la meute, j'étais accablée par une lassitude et un désespoir qui engourdissaient ma volonté. À peine m'étais-je couchée que je sombrais dans le sommeil.

Lorsque je m'éveillai, Frandra et Jandru m'observaient avec inquiétude.

« Debout, lança brièvement Frandra. En route. Nous partons d'ici.

– Et en silence, ajouta Jandru. Il y a d'autres Grands Loups dans les environs, et s'ils nous surprennent, nous serons en danger. »

Je dus faire un effort pour me réveiller complètement. La nuit tombait déjà, et j'avais dormi tout au long du jour sans mesurer le passage des heures.

Je me remis debout, et les muscles de mes cuisses et de mes épaules protestèrent quand je voulus m'étirer. Même les plis de la peau sous mes pattes étaient douloureux. Cependant, mon repos prolongé et la fraîcheur du soir m'avaient ramenée à la raison, tandis que les inquiétudes que je nourrissais à l'égard de mes amis avaient vaincu la confusion de mon esprit. J'étais redevenue moi-même. Celle que j'étais la veille ressemblait à un double inférieur de moi-même, lent et hagard. Je m'en voulais terriblement d'avoir accepté de suivre les Grands Loups et d'avoir laissé passer tout un jour sans retourner vers TaLi, ni vérifier que Ruuqo comptait se battre. Je fus effrayée de découvrir que je pouvais me perdre aussi facilement, que la peur et la fatigue m'avaient presque amenée à trahir tout ce qui m'importait et les êtres auxquels je tenais le plus. Je m'ébrouai vivement.

Frandra et Jandru, qui s'étaient déjà mis en marche, s'arrêtèrent en constatant que je ne suivais pas.

« Dépêche-toi donc, m'enjoignit Jandru.

– Je ne viens pas. Je vais retrouver TaLi. »

Les deux Grands Loups me fixèrent du regard, incrédules devant cette provocation.

« Non », coupa Frandra en se remettant en route.

Pourtant je ne bougeai pas, et Jandru me rejoignit en grondant. Il me poussa du museau, mais je plantai mes griffes dans la terre. Je savais qu'ils pouvaient me traîner derrière eux s'ils en avaient envie. Eh bien, qu'ils le fassent, pensais-je sombrement, de toute façon ils n'auraient pas d'autre moyen de me faire avancer. Je m'aperçus alors que les Grands Loups ne faisaient aucun bruit, comme s'ils se cachaient. Jandru, en effet, avait signalé qu'il craignait d'être repéré par d'autres Grands Loups. Je m'arc-boutai obstinément sur place.

« Jamais je ne partirai sans mon humaine. Ni sans Azzuen et Marra. »

Si Ruuqo se mêlait au combat, me disais-je, eux aussi seraient obligés de quitter la vallée.

Jandru poussa un aboiement irrité.

« Nous n'avons pas le temps de discuter, rétorqua-t-il, pour eux il est trop tard. Autant dire qu'ils sont déjà morts. »

À ces mots, il me sembla qu'on aspirait l'air de mes poumons.

« Qu'est-ce que ça signifie ? » demandai-je, toute discrétion oubliée.

Les Grands Loups me montrèrent les dents. Je m'excusai en couchant les oreilles, mais sans fuir le regard de Jandru.

« Pourquoi dis-tu qu'ils sont déjà morts ?

– Il n'est plus temps de parlementer, gronda Frandra. Il nous faut sans tarder sortir de la vallée. Si jamais d'autres Grands Loups nous découvrent ici, nous ne pourrons rien faire pour toi.

– Mais pour quelle raison ? »

Avec un grognement d'impatience, Jandru fit un pas de plus dans ma direction, les crocs dénudés dans un grondement terrifiant. Je reculai, certaine qu'il allait me saisir dans sa gueule et m'entraîner de force.

« PETIT LOUP ! »

Cet appel nous fit tous sursauter. Tlitoo, quasiment invisible au milieu des cimes, arrivait du côté de l'Arbre Tombé, battant vaillamment des ailes. Il piqua si brusquement vers le sol que je craignis de le voir s'écraser. Il ralentit in extremis et se posa à mes pieds avec un petit bruit sourd.

« Tu as eu tort de t'enfuir, petit loup, me dit-il, pantelant. J'ai eu du mal à te retrouver.

– Où étais-tu passé ?

– Parti, dit-il dans un souffle. Je cherchais des réponses. »

J'étais si heureuse de son retour que je faillis hurler de joie.

Je savais qu'il ne me protégeait pas vraiment des Grands Loups, mais tant pis. Il s'était mis à ma recherche, et à présent je n'étais plus seule. Je me tournai vers Frandra et Jandru.

« Pourquoi sont-ils condamnés par avance ? » insistai-je.

Ce fut Tlitoo qui donna la réponse :

« Si un conflit, quel qu'il soit, vient à éclater, tous les loups et tous les humains de la vallée sont promis à la mort. » Ses petits yeux ronds se posèrent avec colère sur les Grands Loups. « Vous ne lui avez pas tout révélé », accusa-t-il en agitant les ailes. Je remarquai combien le vol rapide qu'il venait d'accomplir l'avait fatigué et énervé. « Vous avez caché des choses aux petits loups et aux krianan humains. Le sort de ces loups vous indiffère, peu vous importe qu'ils meurent ou pas. Il existe d'autres lieux que celui-ci, loup, fit-il à mon intention.

– Que veux-tu dire ? lui demandai-je, déroutée. Bien sûr qu'il existe d'autres lieux.

– D'autres lieux comme celui-ci ! s'impatienta Tlitoo. Avec d'autres loups, et d'autres Grands Loups que ceux-ci. Mon périple m'a conduit loin de la vallée, au-delà de la prairie. C'est la vieille femme qui m'y a envoyé. Petit loup, il importe peu aux gros loups que tu survives ou non. Écoute-moi bien. Il y a d'autres loups, ailleurs, dans d'autres vallées. » C'était manifestement une notion capitale, mais je n'en comprenais pas le sens. « Ils tueront ta famille et tes humains comme de vulgaires proies, puis ils les remplaceront par d'autres. » D'un air de défi, il souleva les ailes au nez des Grands Loups. « C'est la vérité. Je l'ai vu moi-même. Mes frères et sœurs qui vivent au loin me l'ont raconté. »

Alors que j'essayais toujours d'élucider les propos de Tlitoo, la voix de Jandru me fit tressaillir.

« C'est vrai, reconnut-il en jetant un regard froid à mon ami. C'est une expérience que nous avons tentée ici, afin de savoir si les loups et les hommes de cette vallée étaient capables de vivre côte à côte. Et ce n'est pas le seul endroit où elle a été mise en œuvre. Ce sont des choses trop complexes pour que vous les appréhendiez. Elles reposent sur un profond paradoxe qui concerne les loups autant que les hommes, et si vous n'en saisissez pas la nature, vous ne comprendrez pas non plus le sens de nos actes. »

Je m'empressai de lancer, horripilée par son arrogance :

« Les humains et les loups doivent vivre ensemble, mais ils en sont incapables, tel est le paradoxe. » Me jugeait-il trop bête pour comprendre cela ? « Les hommes ont besoin de nous garder auprès d'eux, afin de demeurer assez proches de la nature pour ne pas semer la destruction. Mais ils nous craignent trop pour accepter notre présence, et nous finissons par nous affronter. Voilà le paradoxe. C'est pour cela, aussi, que vous rencontrez les krianan humains au moment de la pleine lune – afin de vous rapprocher de certains hommes sans provoquer de guerre. La vieille krianan nous l'a raconté. Et puis je vous ai vus. »

Je passai sous silence l'apparition de la louve-esprit. Après tout, si les Grands Loups cultivaient leurs secrets, j'avais le droit d'en faire autant.

« Tu n'aurais pas dû assister au Conseil, me reprocha Frandra en plissant les yeux. Ce n'est pas sans raisons que nous conservons le secret des légendes. »

Pendant un bref instant de terreur, je crus qu'elle allait m'attaquer, mais elle se borna à soupirer.

« Tu comprends moins de choses que tu ne l'imagines. Et il en va de même pour cette vieille femme. Voici la véritable signification du paradoxe : si nous nous éloignons des humains, les Anciens nous mettront à mort. Et si nous sommes avec eux mais nous battons contre eux, les Anciens nous tueront également. Pour éviter ces deux écueils, nous n'avons pas trouvé de meilleure solution que le Conseil. Nous, les Grands Loups, nous nous débattons entre les Conseils, les humains et le paradoxe depuis plus longtemps que ne peut le concevoir ta misérable cervelle de louveteau.

– Mais vos Conseils ne servent plus à rien, lui retourna Tlitoo en agitant les ailes. Les Gros Loups sont en train de s'éteindre.

– Cela se peut, gronda Jandru, mais ce n'est pas certain. Toutefois, nous devons trouver des loups qui puissent se substituer à nous si nous venons à disparaître. C'est pour cette raison que tu dois quitter la vallée, Kaala. Depuis le jour de ta naissance, nous voyions en toi celle qui nous succéderait. Mais l'assemblée des Grands Loups n'est pas d'accord. Si tu t'étais intégrée à la meute, comme nous te l'avions demandé, ils t'auraient peut-être acceptée. À présent ils ne le voudront pas. Ils favoriseront quelqu'un d'autre. »

Je me souvenais de ce qu'avait dit la vieille femme lors de notre première rencontre.

« Vous voulez que je me concerte avec les humains, comme vous, dis-je dans un murmure à peine audible, et que TaLi soit ma krianan. »

Je promenai un regard alentour, m'attendant presque à ce qu'ils aient caché la fillette à proximité.

Frandra et Jandru échangèrent des regards embarrassés. Tlitoo s'approcha d'eux hardiment et produisit un sifflement tel que je n'en avais jamais entendu chez un corbeau.

« Non, me détrompa Jandru. Il est trop tard pour cela. Le sang de la fillette a été corrompu par la violence de sa tribu. Nous ne pouvons pas la sauver. Même toi, nous ne devrions pas te porter secours. Il a été établi lors de l'assemblée des Grands Loups que les loups et les humains de la Grande Vallée avaient failli à leur mission. S'il survient le moindre combat entre des hommes et des loups, comme cela arrivera fatalement, tous ceux qui vivent dans la vallée devront mourir. L'assemblée les fera tous périr. Sinon la guerre s'étendra, et notre espèce disparaîtra. Kaala, tu es trop proche des humains pour devenir toi-même gardienne, mais les descendants de tes enfants seront peut-être ceux qui nous remplaceront en cas de besoin. À présent tu dois nous suivre, ou tu succomberas sitôt qu'un loup attaquera un humain.

— Et ma meute, alors ? Et TaLi et sa tribu ?

— Peu importe, répondit Frandra avec désinvolture. L'avenir de notre espèce compte plus que n'importe quel loup en particulier, plus qu'une meute ou une tribu. Nous recommencerons tout dans un lieu différent. »

Je restai abasourdie devant l'insensibilité des Grands Loups.

« Je t'avais prévenue, petit loup, me dit Tlitoo.

— Je ne veux pas, m'entêtai-je. Je refuse de venir.

— Alors nous te tirerons par la queue », riposta Jandru, exaspéré, en s'avançant vers moi.

Je reculai aussitôt. Je savais que je ne pourrais pas le distancer, mais j'avais quand même l'intention d'essayer. Tlitoo remua les ailes, et je me demandai s'il voulait s'envoler ou se battre.

« Ce n'est pas juste ! protestai-je, sans me gêner pour crier. Vous m'avez raconté des mensonges, vous nous avez menti à tous. Vous avez exigé que nous nous tenions loin des humains sans nous donner d'explication. Et sans nous dire que notre véritable destin était de partager leur existence. » Le regard des Grands Loups flambait de colère, mais je m'en moquais éperdument. « Les légendes ne font même pas allusion au paradoxe, alors que c'est la chose essentielle. À présent vous êtes prêts à tuer tous les loups et tous les hommes de la vallée, alors que nous n'avons fait que respecter l'enseignement des légendes ! Des légendes qui ne propagent que des mensonges ! »

Une voix usée s'éleva alors, une voix qui faisait penser à un nuage de poussière et à des branches sèches.

Frandra et Jandru se retournèrent vivement. Zorindru, le chef des Grands Loups qui avait présidé le Conseil, se tenait assis près d'un gros rocher. J'ignorais depuis quand il se trouvait là. À côté de lui, une main posée sur son dos, il y avait la grand-mère de TaLi.

« Pensiez-vous vraiment, demanda le loup vénérable, qu'elle s'en irait docilement avec vous ? Et que je ne m'apercevrais de rien ? »

Il parlait calmement, et sa fourrure s'était à peine hérissée, mais cela suffit pour que Frandra et Jandru rejettent les oreilles en arrière. Ils ressemblaient tant à des louveteaux pris en faute que j'eus envie de rire.

J'aurais aimé saluer la vieille femme, mais son compagnon m'impressionnait beaucoup trop pour que j'ose m'approcher. Tlitoo, lui, eut moins d'hésitations. Il prit son envol pour aller se percher sur son épaule, puis il descendit se poser sur le dos du Grand Loup. Là il se remit à siffler d'un air furieux à l'intention de Jandru et Frandra.

« NiaLi et moi nous sommes entretenus, dit Zorindru en désignant la vieille femme. Il me semble que l'heure est venue de révéler aux petits loups de la vallée, ainsi qu'aux humains, ce qui justifie notre conduite. »

Un sourire écarta ses puissantes mâchoires, et il s'ébroua pour chasser Tlitoo. Le corbeau se réfugia sur un rocher voisin, sans détacher ses yeux ronds de Frandra et de Jandru.

« Mais ce sont les secrets des Grands Loups ! objecta Frandra.

– Et il est temps que vous les partagiez », lui retourna hargneusement la vieille femme, impavide devant ces loups gigantesques. Je me souvins alors qu'elle maîtrisait aussi bien notre langage ordinaire que l'Ancien Parler. « Il y a trop longtemps que vous nous dissimulez des choses. Zorindru m'a instruite que vous projetiez de nous faire tous mourir, et j'exige d'en connaître la raison.

– Ni les petits loups ni les humains ne sont en mesure de la comprendre, lui dit Frandra avec hauteur. Nous avons supporté le fardeau du pacte parce que vous étiez trop faibles pour le faire. Nous n'avons pas à vous dévoiler quoi que ce soit.

– Ce n'est pas mon avis », fit Zorindru d'un ton égal.

Frandra allait le contredire, mais il la réduisit au silence en montrant à peine les crocs.

« C'est toujours moi le chef de l'assemblée des Grands Loups, et si Kaala doit quitter la vallée, elle est en droit d'en connaître la cause. Jeune louve, j'occulterai certaines choses – il y a des secrets que les Grands Loups doivent encore garder –, mais je t'en apprendrai aussi long que je le peux. »

La vieille femme tendit la main vers moi. Je la rejoignis et la laissai prendre appui sur moi pour s'installer sur une roche plate. Je m'assis auprès d'elle, dans la terre fraîche, tandis que Zorindru, son vieux corps posé au sol près de nous, faisait entendre sa voix de brindilles cassées :

« À certains égards, vos légendes disent la vérité, mais elles contiennent aussi une part de mensonge. Il est exact qu'Indru et sa meute ont transformé les humains. Il est vrai, aussi, que les Anciens ont failli anéantir les loups et l'humanité, et qu'Indru a fait une promesse pour leur sauver la vie. Cependant, il ne s'est pas engagé à fuir la compagnie des humains. Ce qu'il a juré, c'est que lui-même et ses descendants veilleraient sur eux et qu'ils ne cesseraient jamais de le faire. »

Pendant quelques instants, je le contemplai en silence. Je croyais ce que disait le vieux loup. Quelque chose dans son attitude m'inspirait confiance, et il me paraissait logique qu'Indru ait accepté de veiller sur les humains, que ce soit là la tâche dévolue au loup.

« Mais ça n'a pas marché ? finis-je par demander.

– Non. Les loups et les hommes sont entrés en conflit, et les premiers ont trahi leur promesse », avoua le vieux loup d'un air désolé. Il s'ébroua vigoureusement avant de poursuivre : « Lorsque les loups ont rompu leur serment, les Anciens ont envoyé un hiver qui a duré trois ans. Alors, une jeune louve nommée Lydda les a de nouveau réunis, et le long hiver s'est achevé. »

J'avais compris que Lydda, la jeune louve qu'il venait de mentionner, n'était autre que l'esprit qui m'était apparu.

« D'après nos légendes, dis-je, c'est elle qui a provoqué cet interminable hiver en se liant avec les humains.

– C'est faux. Au contraire, elle y a mis fin en permettant aux loups et aux hommes de se retrouver. C'est ce qui a convaincu les Anciens de nous accorder une nouvelle chance – la dernière – de vivre près des humains sans qu'une guerre éclate.

– Pourtant elle a bien eu lieu, avançai-je, me rappelant ce que m'avait confié la louve-esprit.

– Elle a failli se déclarer, mais nous l'avons arrêtée. Les loups et les hommes ont commencé à s'affronter, et c'est alors que l'assemblée des Grands Loups a été formée. Nous savions que si nous ne mettions pas un terme au conflit, les Anciens feraient de nouveau régner l'hiver. Nous avons compris à ce moment-là que s'il nous incombait de veiller sur les humains, nous devions le faire à distance. Nous avons donc créé les Conseils, afin d'honorer la promesse d'Indru tout en évitant une guerre.

– Et Lydda ? » demandai-je, gagnée par une sensation de nausée. Je ne savais pas si Zorindru me dirait la vérité.

« Nous avons été forcés de la bannir, admit-il, confirmant le récit de la louve-esprit. Si elle était restée ici, elle n'aurait réussi qu'à aggraver les troubles. Elle n'avait pas la force d'agir comme il le fallait. »

Tlitoo croassa ce que je savais être une injure. Zorindru dut déceler sur ma figure un air désapprobateur et scandalisé, car il baissa son museau vers le mien.

« Lydda ne pensait qu'à son humain et à ses intérêts. La décision appartenait à des loups plus sages qu'elle. Nous ne pouvions faire autrement que l'envoyer en exil. Cela valait mieux pour l'ensemble de notre espèce.

– Et aujourd'hui les gros loups sont en train de mourir », insista Tlitoo.

Zorindru inclina la tête.

« Depuis des générations, nous recherchons les loups capables de nous succéder, en décidant qui a le droit ou non de se reproduire. Nous avons fait cela dans des lieux variés, vallées, montagnes ou îles, et partout nous n'avons rencontré que l'échec. C'est ici, dans la Grande Vallée, que nous nous sommes le plus approchés du succès. Tu as été une surprise pour nous, Kaala. D'ordinaire, lorsqu'un louveteau vient au monde sans notre permission, c'est la mort qui l'attend, comme ce fut le cas pour tes frères. Mais quand j'ai entendu parler de ta naissance, et de la marque du croissant de lune sur ta poitrine, certains d'entre nous ont cru voir en toi la louve qui engendrerait les futurs gardiens. C'est ce qui risque de te sauver la vie, et la raison pour laquelle nous voulons te conduire loin de la vallée.

– Vous savez qui est mon père. »

J'en étais aussi certaine que du retour éternel de la lune.

« Je refuse de te le dire, répondit Zorindru, intraitable. Je te dirai seulement que nous pensons avoir trouvé en toi ce à quoi nous aspirions depuis l'époque de Lydda. L'assemblée des Grands Loups n'est pas d'accord. Ils estiment que puisque tu es si attachée aux humains, tes enfants le seront aussi. »

Tlitoo parla alors avec une douceur que je ne lui connaissais pas :

Encore des mensonges. Tout n'a pas été dit.
Les Gros Loups ont d'autres secrets.
À présent, que va-t-il se passer ?

Je pensais que Zorindru serait furieux. Frandra et Jandru l'étaient, assurément. Toutefois, le regard que posa le vieux loup sur le corbeau était pensif et chargé de détresse.

« Ces secrets resteront cachés, corbeau. Si je te révélais tous les mystères de l'assemblée, il ne resterait plus un endroit en ce monde où tu puisses te réfugier.

– Kaala, intervint Frandra, aussi conciliante qu'elle le pouvait, tu dois nous faire confiance quand nous t'affirmons que pour le bien de tous, il faut que tu nous suives hors de la vallée. »

J'évitai de croiser son regard. Lydda, elle, avait quitté la vallée. Elle avait obéi. Je levai les yeux vers le vieux loup.

« Je ne veux pas vous accompagner, déclarai-je tranquillement. Si vous m'y obligez, je cesserai de me nourrir, et je mourrai. » Et j'ajoutai, en espérant leur paraître crédible : « Je parviendrai peut-être à arrêter le conflit. »

Je crus deviner un sourire dans le regard du vieux loup, trop fugace pour que je puisse en être sûre. La réponse qu'il me fit m'étonna beaucoup :

« Je veux bien en informer l'assemblée. »

Je le fixai en clignant des yeux, tandis que Jandru poussait un léger grondement de surprise.

« Tu leur demanderas d'empêcher la guerre ? demandai-je. Et de venir en aide à ma meute ?

– Non, cela n'est pas en mon pouvoir. Sitôt que la dent aura touché la chair, je ne pourrai plus intervenir. Toutefois, il se peut qu'ils épargnent les loups et les humains de la Grande Vallée si le combat n'a pas lieu.

– Il sera trop tard ! protesta Frandra. Il faut qu'elle parte tout de suite, ou bien nous aurons œuvré en pure perte !

– C'est à elle que revient la décision, riposta la grand-mère de TaLi. Cela, vous ne pouvez pas le lui enlever. »

Frandra et Jandru s'approchèrent d'elle en grondant, mais elle demeura impassible.

« En effet, convint Zorindru, nous ne pouvons pas la priver de ce droit. »

Les deux autres loups, devant sa colère, s'écartèrent de la vieille femme en couchant les oreilles.

Zorindru pencha la tête pour plonger son regard dans le mien.

« Écoute, petite louve, je ne peux rien te garantir. J'ai beau être le chef des Grands Loups, je ne peux pas contraindre l'assemblée à agir selon ma volonté. Même s'il n'y a pas de combat, rien ne m'assure qu'ils ne tueront pas les loups de la Grande Vallée. Tout ce que je peux faire, c'est te conduire hors d'ici. Je prendrai aussi tes amis, Azzuen et Marra, afin que tu ne sois pas seule. Et je te mènerai auprès de ta mère, conclut-il en m'observant attentivement. Je peux savoir où elle se trouve, et je te guiderai jusqu'à elle. »

Je le fixai d'un œil effaré, le cœur battant à tout rompre. Il ne s'était pas passé un seul jour sans que je me demande où elle était et que je pense à la rejoindre. Je lui en avais fait la promesse. Si Zorindru me conduisait à elle, je n'aurais à me soucier ni de Ruuqo ni des loups de l'Aiguille de Pierre. Je n'aurais même plus à me préoccuper d'obtenir la romma ou de faire obstacle à la guerre. Je retrouverais ma mère, et peut-être même mon père, et plus jamais je ne connaîtrais la solitude.

Et les membres de ma meute mourraient tous. TaLi aussi mourrait, ainsi que BreLan et MikLan.

« Non, je ne veux pas laisser ma meute et nos humains se faire tuer. J'obligerai Ruuqo à empêcher le combat.

– Bien. Je vais en faire part à l'assemblée », dit Zorindru, se dirigeant d'un pas raide vers le cercle de pierres. Et, s'arrêtant devant Frandra et Jandru, il ordonna : « Vous venez avec moi. »

Ils parurent tentés de se rebeller, et Frandra maugréa entre ses dents, mais ils finirent par le suivre en baissant les oreilles, tout en me jetant des regards rageurs par-dessus leur épaule.

Alors que je les regardais s'éloigner, Tlitoo lança un cri perçant.

« Mais qu'est-ce que tu attends, petit loup ? Tu es trop grasse pour que je te porte sur mon dos. »

J'eus un instant d'hésitation, ennuyée d'abandonner la vieille femme au milieu des bois.

« Va, petite, m'encouragea-t-elle. Je me débrouillais seule dans la forêt quand tes ancêtres n'étaient pas encore de ce monde. Je te rejoindrai dès que possible. »

De nouveau, je la soutins pour qu'elle se lève du rocher. Puis je me lançai dans la longue course qui me ramènerait sur notre territoire.

Au bout de quelques minutes, le bruit d'un pas léger sur les feuilles sèches m'incita à faire halte. Azzuen et Marra surgirent en travers de mon chemin.

« Tu ne croyais quand même pas qu'on te laisserait tomber ? » demanda Azzuen.

Je m'efforçai tout d'abord de les convaincre de partir, de fuir la vallée et d'attendre que je les rejoigne avec nos humains. Je leur parlai de Lydda et leur confiai les projets des Grands Loups, mais ils refusèrent de s'en aller.

« C'est notre avenir à nous aussi, souligna Marra. Nous avons le droit de rester, et d'essayer d'empêcher le combat.

– Et puis, renchérit Azzuen, nous ne laisserions jamais Bre-Lan et MikLan se faire tuer.

– Notre décision est prise, décréta Marra, inutile de perdre du temps à discuter. »

Je respirai bien fort et tentai de les raisonner, mais je compris très vite que je n'avais pas envie d'une querelle. J'appuyai la tête sur le dos d'Azzuen, une patte sur l'épaule de Marra, et mes derniers doutes s'envolèrent.

« Par ici », lança Azzuen.

19

L a nuit touchait à sa fin lorsque nous atteignîmes la plaine
aux Grandes Herbes. Nous nous accroupîmes à l'abri des
arbres, sur la pente d'où nous avions regardé la meute combattre l'ourse des lunes et des lunes plus tôt. Les herbes qui donnaient son nom à la plaine commençaient à se dessécher, mais
les tiges étaient hautes après les pluies abondantes de
l'automne. Les arbres touffus nous dérobaient aux regards de
ceux qui se trouvaient en contrebas. Notre meute s'était
embusquée sur la gauche, et Ruuqo, avec son habituelle cir-
conspection, scrutait les alentours sans bouger. Plus loin, du
côté droit, sur un morceau de terrain dénudé, un groupe de
femmes et d'enfants – TaLi en faisait partie – psalmodiait en
frappant des rondins de bois évidés à coups de bâtons, selon un
rythme complexe et envoûtant. Face à nous, au milieu de la
plaine, une vingtaine de mâles avaient formé deux cercles
autour d'une bande d'elkryn Le cercle intérieur se composait
de six garçons, parmi lesquels je reconnus MikLan. Il n'était
qu'à six ou sept foulées des animaux Dans la ceinture d'hom-

mes adultes qui l'entourait, j'identifiai BreLan et le fils du chef de la tribu de TaLi, qui devait la prendre pour compagne.

« Nous arrivons trop tard », chuchota Marra.

Derrière les humains, les loups de l'Aiguille de Pierre s'étaient tapis dans les herbes, en compagnie d'une meute qui, d'après son odeur prononcée de pin, était celle des Grands Arbres. Ils guettaient les humains comme s'il s'était s'agi d'un gibier.

Manifestement, les hommes n'étaient pas conscients de leur présence. Il s'agissait bien d'une cérémonie, comme l'avait indiqué Torell. Huit hommes tenaient des calebasses creusées, et quand ils les agitaient, quelque chose à l'intérieur se mettait à sonnailler bruyamment, soulignant la cadence des bâtons martelant les rondins. Ces deux bruits conjugués semblaient hypnotiser les elkryn et les retenir sur place. Captivée, moi aussi, par le son, je dus me secouer pour ne pas piquer du nez.

« C'est une épreuve de passage à l'âge adulte, m'apprit Azzuen. Trevegg nous l'a expliqué avant que nous partions.

– Tu as interrogé Trevegg ? » m'alarmai-je, craignant qu'il nous ait trahis. Un soupir m'échappa. De toute manière, il était trop tard pour s'en soucier. « Quel est le rapport avec les elk-ryn ? »

Me rendant compte qu'ils n'avaient cerné que des femelles, je me demandai où étaient passés les mâles.

« Les jeunes humains doivent faire la démonstration de leur force, me répondit Azzuen. C'est l'équivalent de notre première chasse. On attend de chaque garçon qu'il tue tout seul un elk-ryn et prouve ainsi qu'il est prêt à devenir adulte. Personne ne quittera la plaine avant qu'ils aient tous terrassé une bête. C'est pour cela que Torell a choisi cette cérémonie. Toute leur attention se concentre sur les proies.

– C'est le moins que l'on puisse dire, répliqua Marra. Comment font-ils pour ne pas remarquer notre meute, ou celle de l'Aiguille de Pierre ? »

Je me posais exactement la même question. Certes, la végétation nous assurait de nombreuses cachettes, mais avec un peu de vigilance, les humains auraient pu observer les ondoiements des herbes pendant que les loups se déployaient pour se placer en demi-cercle juste derrière eux. Pourtant ils ne s'apercevaient de rien.

Le tintamarre des calebasses et des rondins frappés en rythme se fit plus sonore, regagnant son emprise sur moi.

« Je suppose que ça vient de la cadence des gourdes et des bâtons, dis-je, gardant espoir d'arriver jusqu'à Ruuqo pour qu'il arrête Torell. Ils sont tout aussi absorbés que les elkryn. Pourquoi leurs femelles ne chassent-elles pas ? demandai-je en regardant TaLi.

– Trevegg prétend que les humains ne veulent plus que leurs femmes aillent à la chasse, fit Marra d'un ton critique. Je ne vois pas pourquoi ils tiennent à se priver de la moitié de leurs effectifs, mais il paraît que c'est ainsi. Il vient par ici, signala-t-elle en levant le nez vers notre meute. J'ai l'impression qu'il savait que nous voulions nous sauver, mais il n'a rien dit à personne. »

M'arrachant à la contemplation des humains qui encerclaient les elkryn, je distinguai vaguement la forme furtive de Trevegg qui se faufilait vers nous à travers les herbes. Rien ne permettait de deviner s'il avait ou non prévenu les autres que nous étions là. Il nous faudrait agir très vite.

« Pour commencer, nous devons éloigner nos humains d'ici. Ensuite, nous essaierons d'obtenir de Ruuqo qu'il empêche l'assaut de l'Aiguille de Pierre.

– Je ne vois pas comment entraîner BreLan et MikLan en lieu sûr, s'inquiéta Marra d'une voix étranglée. Ils sont trop près des loups de l'Aiguille de Pierre. Toi, suggéra-t-elle en me lorgnant du coin de l'œil, tu pourrais t'échapper avec ta petite fille. Elle est toute proche de nous.

– Non, me récriai-je, nous les sauverons tous. »

De l'endroit où nous nous tenions, nous embrassions une grande partie de la plaine, mais la vue n'était pas assez bonne. Je ne discernais même pas le nombre des loups qui approchaient le groupe des hommes. J'avais besoin d'un meilleur poste d'observation.

« Je monte là-dessus, annonçai-je en désignant un bloc de pierre situé un peu plus haut dans les bois, en surplomb.

– Sois prudente, me conseilla Azzuen. Ceux de l'Aiguille de Pierre risquent de te surprendre si tu ne restes pas cachée. Et puis, presse-toi, le temps nous est compté.

– D'accord, je fais attention », promis-je en levant les yeux au ciel – Azzuen était un anxieux né.

Le rocher n'était pas très éloigné, mais je dus ramper sur le ventre sous des fourrés assez bas. J'avais prévu de grimper au sommet et de me tasser près du sol, persuadée que personne ne me remarquerait. Le haut du rocher étant bien plat, il serait pratique pour scruter la plaine.

Je touchais presque au but quand l'obscurité envahit le ciel au-dessus de moi, tandis qu'on me saisissait sans ménagement par la peau du cou. Déséquilibrée, je culbutai au bas du rocher, puis je me sentis renversée sur un tas de terre et d'écorces, trop interloquée pour émettre le plus petit jappement.

Une grosse patte s'abattit sur ma truffe.

« Tais-toi, siffla Frandra. Lève-toi, et viens avec moi. »

Comme je ne faisais pas un mouvement, elle m'agrippa derechef par le cou et entreprit de me traîner dans les cailloux, la terre et les feuilles. J'essayai de me dégager, grattant le sol de mes pattes, mais je m'étais lourdement affalée sur un côté, et Frandra était bien trop forte pour que je puisse me libérer de sa prise. Elle me relâcha à quelques foulées de l'endroit où nous attendait Jandru. Je me relevai, recrachant la terre et les feuilles qui m'obstruaient la gorge, et lui lançai un regard noir. Ma queue et mes oreilles s'abaissèrent spontanément, mais je ne comptais pas me montrer polie pour autant.

« Petite imbécile, chuchota Jandru, hors de lui. Tu aurais mieux fait de venir avec nous sans discuter. Tu as failli tout gâcher. Suis-nous, maintenant. Et pas un bruit.

– Je vous ai déjà dit non, m'obstinai-je en secouant la tête. Zorindru a accepté d'aller parler aux autres Grands Loups.

– En effet, mais il ignore s'ils consentiront à épargner les loups de la vallée, même si tu réussis à les empêcher de se battre. Qu'importe, à présent ? L'affrontement est pour bientôt, et tu n'y changeras rien.

– L'assemblée des Grands Loups est là, dit Frandra. Ceux qui vivent loin d'ici sont venus également. Il y en a bien cinquante qui encerclent la plaine, et dès que le combat débutera, ils mettront à mort tous les loups et les hommes réunis ici. Ensuite, ils iront chercher tous ceux qui habitent dans la vallée. Il n'y a pas un instant à perdre.

– Pour le moment personne ne s'est battu, fis-je d'un ton buté. Comment es-tu sûre qu'ils vont y venir ?

– Mais c'est évident ! rétorqua Jandru sans prendre la peine de chuchoter. Soit tu marches sur tes quatre pattes, soit nous te tirons après nous. Personnellement, ça m'est bien égal. »

Je sentis que mes yeux se plissaient, que mes babines se retroussaient. Mes oreilles se redressèrent, tendant la peau sur ma face, pendant que ma fourrure se hérissait sur mon échine. Sur le moment, le grondement que je poussai décontenança les Grands Loups, puis Jandru éclata de rire.

« Je m'assure que la voie est libre, signala-t-il à Frandra. C'est toi qui l'emmènes, qu'elle en ait envie ou pas. »

Il se détourna de nous et s'éloigna discrètement, d'un pas rapide. Quand je recommençai à gronder, les yeux étincelant de rage, Frandra me dit d'un ton las :

« Allons, viens. Ça ne m'amuse guère de te traîner de force. »

À cet instant, une paire d'ailes noires et des serres crochues s'écrasèrent sur son crâne. Tlitoo pinça la peau délicate entre les deux oreilles de Frandra, qui remua énergiquement la tête en grognant de douleur. Là-dessus, un éclair gris jaillit des buissons, et Azzuen se rua sur le flanc gauche de la louve. Je me joignis aussitôt à la mêlée, et nous parvînmes à la déstabiliser sous le choc. L'opération rappelait assez bien une chasse au gros gibier.

« Je t'avais recommandé d'être prudente », haleta Azzuen avec une grimace, tout en se relevant d'un bond.

J'étais partagée entre l'envie de gronder et celle de lui dire merci

« Dépêchez-vous de filer ! s'écria Tlitoo. Je vais occuper l'autre empotée. »

Marra nous appela alors, d'une voix emplie de panique :

« Kaala ! L'Aiguille de Pierre passe à l'attaque ! »

Je plongeai avec Azzuen dans les profondeurs du sous-bois, afin de compliquer la tâche de Frandra si elle nous poursuivait. Derrière nous, retentirent des grondements exaspérés et des hurlements de victoire. Hors d'haleine, nous nous accroupîmes promptement près de Marra, au moment où Trevegg arrivait en haut de la colline.

« L'Aiguille de Pierre et les Grands Arbres vont donner l'assaut, s'empressa de dire Marra. Il faut que nous éloignions nos humains.

– Non, coupa Trevegg en s'allongeant à côté de nous. C'est impossible, le péril est trop grand. Je sais ce que vous projetez de faire, mais vous devez rester à l'écart du combat. La décision de Ruuqo n'est pas encore prise. Il a été touché par tes paroles, Kaala, même s'il n'a pas voulu l'admettre, alors que tu défiais son autorité. Je lui ai parlé sitôt ton départ. Rissa est opposée à cet affrontement, et s'il peut l'éviter, il n'ira pas contre sa volonté. Je suis venu t'avertir que la meute du Fleuve Tumultueux ne se battrait pas aujourd'hui. Il se peut même que Ruuqo t'accueille de nouveau au sein de la meute.

– Ça n'a pas d'importance, lui dit Azzuen.

– Et pourquoi ?

– Dis-lui tout, petit loup », fit Tlitoo en se posant près de moi.

Je ne pus que remarquer les touffes de poil qui restaient collées à son bec et à ses pattes.

« Me dire quoi ? » s'enquit Trevegg.

Tlitoo répondit plus vite que moi :

« Peu importe que le Fleuve Tumultueux participe ou non au combat. Il suffit qu'un seul loup attaque pour entraîner la mort de tous les autres... Ainsi que de l'ensemble des humains.

– Corbeau, tu parles à tort et à travers, répliqua Trevegg, choqué. Nous n'avons pas de temps à gaspiller.

– Non, il ne raconte pas d'histoires, me hâtai-je de répliquer, sans laisser à Tlitoo le temps de se fâcher et de causer un esclandre. C'est la vérité.

– Tu as de la neige fondue à la place de la cervelle, loup-gâteux, l'insulta néanmoins l'oiseau avant de prendre son envol.

– Le corbeau n'a pas menti, alors ?

– Non. »

Je fis part à Trevegg des décisions de l'assemblée des Grands Loups et lui révélai qu'ils étaient là à nous épier, venus de toute la vallée et au-delà. À présent je les voyais bien, dispersés sur tout le pourtour de la plaine, tâchant de se fondre aux arbres. Ils nous surveillaient patiemment, à l'affût comme des chasseurs. Je parlai d'un ton précipité, gardant un œil sur la plaine où Torell et les siens se dirigeaient tout doucement vers leurs proies. Trevegg m'écouta, et sa figure s'assombrit quand il repéra à son tour les Grands Loups qui avaient circonscrit le terrain, prêts à l'assaut.

« Tous les loups et tous les hommes de la vallée, fit-il, plissant les yeux pour les dénombrer. Même ceux qui s'abstiennent de combattre ? »

Je hochai la tête, et il laissa échapper un grognement inquiet.

« Je vais prévenir Ruuqo, et nous trouverons le moyen de circonvenir Torell. »

Avant que j'aie pu répondre, Trevegg entreprit de redescendre lentement le versant, le ventre au ras du sol pour mieux passer inaperçu.

« Et maintenant ? demanda Marra. Moi je vais chercher MikLan, et tant pis pour le reste. Le terrain est trop dégagé pour qu'on les approche directement.

– Je ne sais pas comment faire », dis-je en regardant Trevegg se glisser vers Ruuqo.

Les loups de l'Aiguille de Pierre, misant sur la surprise, avançaient avec précaution pour conserver leur avantage. Je savais à quel point le temps pressait, redoutant à chaque instant que Frandra et Jandru me rattrapent subrepticement et s'emparent de moi.

« Ta petite fille pourrait parler aux autres humains, proposa Marra. Pourquoi ne t'adresserais-tu pas à elle en Ancien Parler, pour qu'elle emmène BreLan et MikLan loin d'ici ? »

Je doutais que ce soit la bonne solution. À supposer que l'on alerte les humains, ils ne manqueraient pas de riposter.

« Je l'ai ramenée », annonça Tlitoo, dont je ne m'étais plus préoccupée pendant notre conversation avec Trevegg.

Il avait volé jusqu'au groupe des femmes, et voilà qu'il revenait avec une TaLi éberluée et pantelante.

« Loup ! » cria-t-elle en se jetant sur moi, à deux doigts de me broyer les côtes. J'expirai avec un léger aboiement, tandis qu'elle m'expliquait : « Le corbeau m'a harcelée jusqu'à ce que j'accepte de le suivre. Je suis montée jusqu'ici en courant. »

Les cheveux de TaLi, habituellement lisses, étaient tout décoiffés, comme si on les lui avait tirés sans répit. Je devinais très clairement comment Tlitoo s'y était pris pour la convaincre.

« Regarde bien, petite humaine », lui commanda Tlitoo en désignant la prairie.

TaLi, qui ne le comprenait pas, s'assit par terre près de moi.

« Que se passe-t-il, Lune Argentée ? »

Avec un croassement excédé, Tlitoo lui tira de nouveau les cheveux pour la forcer à tourner la tête.

« Ça suffit ! le rabrouai-je. Laisse-la tranquille !

– Je ne lui fais pas mal, loup. Pas beaucoup. Il faut qu'elle voie, elle peut peut-être parler à son peuple. »

TaLi eut le souffle coupé en découvrant les loups qui se rapprochaient peu à peu des hommes. La nuit était assez claire pour qu'elle distingue nettement en contrebas les silhouettes sombres de Torell et de ses compagnons.

« Il faut que j'avertisse HuLin ! s'exclama-t-elle.

– Non, c'est trop dangereux », lui dis-je en Ancien Parler, espérant me faire comprendre.

Azzuen allégua, sans prendre la peine de changer de langue :

« On a besoin de toi pour aller chercher BreLan et MikLan. »

Peine perdue. TaLi avait déjà sauté sur ses pieds.

« Elle ne doit pas partir ! objecta Marra. Qu'arrivera-t-il si elle donne l'alarme aux humains et que ça incite les loups à attaquer ? C'était idiot de la conduire ici », reprocha-t-elle à Tlitoo, oubliant qu'elle aussi avait préconisé cette solution.

Les meutes des Grands Arbres et de l'Aiguille de Pierre avaient maintenant refermé leur cercle et rampaient vers les hommes comme s'il s'était agi de gibier. Contrairement aux humains, les elkryn avaient remarqué leur présence et ils donnaient des signes de nervosité. L'affolement me gagnait. L'assaut des loups semblait imminent. Je renversai TaLi et m'assis sur elle pour qu'elle ne puisse pas se précipiter vers sa tribu.

« Il faut rejoindre Ruuqo, déclara Azzuen. Nous devons aider Trevegg à empêcher le combat.

– On doit aller trouver nos humains, fit Marra avec un aboiement impérieux. On court vers eux, on les isole des autres comme on le fait avec nos proies, pour les écarter du lieu du combat. Nous en sommes capables. Ainsi, quand les loups fonceront, nous nous empresserons d'emmener les garçons. Kaala, ta petite fille n'a qu'à nous attendre pendant que tu nous aides à éloigner BreLan et MikLan. »

Il y avait dans sa voix des accents téméraires qui ne laissaient pas de m'inquiéter.

« Et s'ils refusent de venir ? envisagea Azzuen. Et si les elkryn sont pris de panique ? » Il eut un frisson, se remémorant sans nul doute les chevaux emballés qui avaient failli causer notre perte. « On serait vraiment dépassés. Nous avons besoin du soutien de la meute.

– Je descends, s'obstina Marra, je veux être plus près de MikLan. Et je l'obligerai à quitter la vallée avec moi. Vous deux, faites comme bon vous semble.

– Attends un peu », l'arrêtai-je, remarquant la lueur exaltée qui brillait dans ses yeux.

Marra me regarda, Azzuen aussi. Il venait de me donner une idée.

« Il n'est pas question que j'abandonne MikLan et BreLan, lui assurai-je. Nous avons chassé ensemble, ce qui fait d'eux des membres de notre meute. Cela dit, je ne laisserai pas tomber non plus les loups du Fleuve Tumultueux. Ils nous ont nourris, ils nous ont appris à devenir des loups. Préserver nos humains et nous-mêmes ne sert à rien si c'est aux dépens de la meute et de la tribu des hommes. »

Je repris longuement ma respiration avant de continuer :

« Les elkryn ont commencé à perdre la tête. Si jamais ils s'emballaient, les loups ne pourraient pas mener leur assaut. Ainsi le combat n'aurait pas lieu, et les Grands Loups n'auraient plus de raison de nous tuer.

– On ne peut pas se mêler à des elkryn pris de panique, observa Azzuen d'un ton effarouché.

– Mais ça nous permettrait de gagner du temps, dit Marra, ragaillardie.

– C'est le moment de se décider », acheva Tlitoo.

À cet instant précis, Torell donna ordre d'attaquer. D'une violente poussée, TaLi me fit rouler loin d'elle et se releva pour dévaler la colline et alerter sa tribu. Sans attendre davantage, je lançai un hurlement, imitée par Azzuen et Marra. Torell redressa brusquement la tête, et même à cette distance, je vis le grondement féroce qui retroussait ses babines. Les hommes rassemblés se retournèrent, déconcertés, puis l'un d'eux pointa le doigt vers les loups. Ceux du premier cercle firent volte-face, leur bâton tendu vers les plus proches d'entre eux. J'espérais que ce serait un avertissement suffisant et que les assaillants battraient en retraite. Mais je me trompais. Comme si la réaction des hommes attisait leur colère, ils se préparèrent à bondir.

« Maintenant ! criai-je, m'élançant avec Marra et Azzuen en direction du troupeau d'elkryn.

– Tu es folle, je suppose que tu le sais », souffla Azzuen.

Je grimaçai un sourire, soulagée de prendre enfin une initiative, dût-elle nous coûter la vie. À mesure que nous nous rapprochions, les elkryn paraissaient plus massifs. Je refoulai la peur qui était en train de m'envahir. Même si j'avais voulu rebrousser chemin, il était trop tard. Marra, preste et impavide, se jeta au beau milieu du groupe d'elkryn. Azzuen et moi la suivîmes en courant, croisant au passage deux jeunes loups ahuris des Grands Arbres avant de nous glisser entre les jambes d'un vieil homme. Nous plongeâmes au cœur du troupeau, dispersant les elkryn en même temps que les humains et les loups. Un bref instant, je demeurai figée de terreur, revoyant la panique des chevaux et la mort de Reel. Je me fis violence pour surmonter mon effroi. Depuis, j'avais forcé un cerf avec nos humains, j'avais traqué les elkryn en compagnie de la meute. Je pouvais réussir.

« Ça marche ! se réjouit Marra en passant près de moi. Par ici ! »

Je me demandai si quelque chose pourrait l'effrayer un jour. Repérant une ouverture dans le troupeau lancé au galop, Marra et Azzuen s'y engouffrèrent aussitôt, tandis que je me dérobais à un coup de sabot pour les suivre. Notre célérité nous évita d'être piétinés par les animaux rapides. Haletants, nous fîmes une pause pour considérer le résultat de nos efforts. Les elkryn s'étaient égaillés en tous sens, et les loups et les hommes étaient bien trop occupés à les esquiver pour songer à se battre. J'étais sidérée par notre succès.

« Nous allons chercher BreLan et MikLan, me prévint Marra. Si la meute de l'Aiguille de Pierre persiste à vouloir combattre, nous vous retrouverons au Pont de l'Arbre et nous quitterons la vallée. »

Sans attendre ma réponse, Marra, avec Azzuen dans son sillage, détala vers le dernier endroit où elle avait aperçu MikLan. Voyant que TaLi peinait à descendre la pente, là où je l'avais laissée, je m'élançai vers elle tout en guettant les elkryn par-dessus mon épaule. Quelque chose m'inquiétait dans leur comportement. Aux prises avec des loups furieux et des humains armés de piques, ils auraient dû s'enfuir depuis long-temps. Et pourtant ils étaient encore là, toujours aussi nom-breux.

Je perçus alors un grand tumulte, venu de l'autre extrémité de la plaine. Quasiment à l'endroit où ma meute s'était tapie tout à l'heure, quelque chose était sur le point de surgir des bois. Je levai la tête, m'attendant à un retour des Grands Loups. Mais ce n'était pas eux.

Ce n'est pas possible, pensai-je. *Les elkryn mâles ne se déplacent jamais en bande. Ce ne sont pas des chasseurs.*

Cependant, c'était précisément ce qu'ils étaient en train de faire. Ils étaient sept, menés par Ranor et son frère Yonor, et ils jaillirent du rideau d'arbres tête baissée, semblables à des chas-seurs, la rage dans les yeux. Ils se mirent à beugler, et leur façon de courir exprimait toute leur colère. Ils avaient dû se dissimu-ler non loin de là, guettant le moment propice pour fondre sur ceux qui menaçaient leurs compagnes. J'observai la scène d'un œil horrifié, puis mon regard se reporta sur les femelles, et je compris que je m'étais méprise en les voyant s'emballer. J'avais cru que leur panique serait aussi éphémère que celle des chevaux, et pourtant elles continuaient à courir ; lorsqu'elles avisèrent les mâles qui chargeaient, elles se préparèrent à attaquer.

« Elles ne se conduisent pas comme les chevaux ! constatai-je. Pourquoi font-elles ça ?

– Ce sont des elkryn, répondit Tlitoo en planant au-dessus de moi. Ils ne réagissent jamais comme des proies ordinaires. » Il se posa à terre et inclina la tête d'un côté et de l'autre. « On dirait bien qu'ils ont appris à chasser. »

Les aboiements frénétiques de Rissa arrivèrent jusqu'à moi : deux elkryn mâles menaçaient Trevegg. Les loups du Fleuve Tumultueux s'étaient éparpillés alors qu'ils fonçaient sur eux. Ruuqo aboya un ordre rageur, puis Yllin, Minn et lui-même se lancèrent aux trousses de Ranor et de quatre autres mâles. Rissa et Werrna restèrent en arrière pour attendre Trevegg qui, voulant les rejoindre après nous avoir parlé, se trouvait justement sur le passage de deux elkryn. Ou plutôt, ces derniers venaient de faire volontairement un écart, comme s'ils avaient l'intention de le renverser.

Alerté par Rissa, Trevegg se mit à courir, mais il trébucha et se releva en boitant. Les deux elkryn lui foncèrent dessus.

Werrna se jeta sur l'un des deux, un jeune moins imposant que les autres qui ne tarda pas à se sauver en se voyant assailli par un loup de cette taille. Mais le deuxième n'était autre que Yonor, bien décidé à rester où il était. Baissant la tête, il chargea Trevegg, qui n'avait aucune chance de s'écarter à temps. Je me mis à courir vers lui.

Les crocs découverts, Rissa bondit sans détour sur Yonor. Un loup prenait de grands risques en sautant tout seul à la tête d'un elkryn mâle, mais c'était la seule chance de le détourner de Trevegg. Il salua l'assaut de Rissa d'un mugissement triomphal, puis, tournant brusquement la tête, il la cueillit avec ses immenses andouillers pour la projeter au sol. Rissa jappait de douleur.

Je me précipitai alors vers elle de toute la vitesse de mes pattes. Derrière moi, Ruuqo lança un hurlement rauque et affolé. Werrna accourait, probablement talonnée par le reste de la meute, mais ils n'arriveraient pas à temps. C'était moi la plus proche. Tandis que j'approchais, Yonor me regarda avec un petit grognement de mépris, me jugeant de toute évidence aussi insignifiante qu'inoffensive. Je jurerais l'avoir vu sourire en même temps qu'il se cabrait pour broyer Rissa sous ses sabots. La peur me serra la gorge quand je songeai à la facilité avec laquelle il l'avait jetée à terre. Balayant ma frayeur, je me remémorai les stratégies de mes chasses avec TaLi – le moment adéquat pour sauter, le bon angle d'attaque... Face à un adversaire aussi colossal que Yonor, il me faudrait recourir à la tactique et à la ruse, la force ne suffirait pas. Je doutais de freiner assez son élan en m'agrippant à son flanc. Je déglutis péniblement, sachant que je n'aurais qu'une seule chance. Je me forçai à remplir mes poumons, bandant les muscles de mes cuisses, et d'un bond, je saisis entre mes dents le museau de Yonor. Aussitôt, il donna de violentes ruades pour essayer de se débarrasser de moi, mais je m'accrochais solidement. Il me balançait d'avant en arrière comme si je ne pesais pas plus lourd qu'une feuille, et j'avais l'impression que mon cou était près de se rompre et que mes pattes allaient se détacher de mon corps. Je ne me souvenais pas d'avoir jamais eu aussi mal.

« Lune Argentée ! ›

Le cri de TaLi traversa la plaine. Dans mon inquiétude pour Trevegg et Rissa, je l'avais oubliée. Malgré le mouvement forcé de ma tête, j'entendais le martèlement de ses pieds. *Sans doute les a-t-elle couverts*, me dis-je. Même si j'étais heureuse qu'elle se porte à mon secours, je ne voyais pas comment elle pouvait arriver à temps.

Du coin de l'œil, j'aperçus Werrna, qui était la plus proche, se jeter contre le flanc de Yonor. La rapide Yllin était sur le point de nous rejoindre, suivie de Ruuqo. Ma prise se relâchait, je ne pourrais plus résister bien longtemps. Des ailes noires frappèrent alors la tête de Yonor. Tlitoo cherchait à m'aider en dérangeant l'elkryn, mais il m'empêchait en même temps de me cramponner efficacement.

Soudain, Yonor tituba en suffoquant. Il n'en fallait pas davantage à ma meute. Il s'écroula à terre sous les coups de Werrna, Ruuqo et Yllin. Il m'aurait écrasée de tout son poids si je ne m'étais pas dégagée d'une roulade, juste avant qu'il ne s'effondre. Ma famille ne tarda pas à l'achever.

Je m'écartai en rampant et vis TaLi debout à dix bonnes foulées de là, en train de reprendre son souffle. Sa pique était fichée dans l'encolure de Yonor. Elle avait dû la lancer à distance et y mettre toutes ses forces. Si elle n'avait pas tué le gigantesque animal, elle l'avait suffisamment affaibli pour que la meute puisse le terrasser. Elle serrait dans sa main son deuxième bâton, celui qui servait à propulser l'autre, et la fièvre de la chasse brillait dans ses yeux.

Trevegg s'était redressé, mais Rissa gisait toujours à terre. Ruuqo s'approcha et se mit à lécher sa fourrure. Elle leva alors la tête vers lui, haletant comme si le souffle lui manquait, et je constatai que le sang ruisselait de la blessure infligée par les bois de Yonor. Timidement, TaLi vint s'agenouiller auprès d'elle. Le poil de Ruuqo se dressa sur son échine.

« Je veux seulement l'aider, loup, lui expliqua doucement la fillette d'une voix qui tremblait un peu. Elle va mourir si elle n'arrive pas à respirer. Mon cousin faisait un bruit semblable le jour où il s'est cassé les côtes, et je l'ai aidé à remplir ses poumons jusqu'à ce que ma grand-mère vienne le soigner.

– Laisse-la faire », dit Trevegg.

Tout d'abord Ruuqo hésita, mais comme la respiration de Rissa était sifflante et laborieuse, il hocha la tête en s'écartant.

TaLi prit un sac qu'elle portait sur son dos et un second suspendu à son cou. Elle en tira des plantes qu'elle mélangea au creux de sa paume, puis fit couler de l'eau de sa gourde pour obtenir une pâte qu'elle présenta à Rissa.

« Tu dois l'avaler, lui dit-elle, ça permettra à ton souffle de se frayer un passage.

– Ne crains rien, elle fait partie de la meute », assurai-je à Rissa en poussant vers elle la main de TaLi.

TaLi déposa délicatement la substance dans sa gueule, tressaillant au contact de ses dents pointues. Je me serrai contre elle tandis que Rissa léchait tout ce qu'elle lui donnait. Au bout d'un petit moment, elle respira plus facilement et cessa de s'étouffer.

« Elle a les côtes meurtries ou brisées, indiqua TaLi. Je dois aller chez moi pour pouvoir mieux la soigner, et d'ici là elle doit rester prudente. »

La fillette parlait d'un ton péremptoire, sans cesser de surveiller Rissa. Enfin ses yeux rencontrèrent ceux de Ruuqo, et ils échangèrent un long regard. Je ne pense pas que TaLi ait pris la mesure du danger qu'elle encourait. Ruuqo commença par retrousser les babines, puis il hocha la tête et aida Rissa à se lever.

« Remercie-la pour nous, me demanda-t-il.

— Kaala, s'enquit Rissa d'une voix chancelante, pourquoi as-tu affolé les elkryn ? Je t'ai vue courir au milieu du troupeau.

— Il fallait que j'empêche le combat. »

Je leur fis part en quelques mots du décret des Grands Loups, et la colère assombrit les yeux de Ruuqo.

« Les Grands Loups nous ont donc menti ? Et ils étaient prêts à tous nous supprimer ?

— Nous devons arrêter Torell, déclara Trevegg en léchant sa patte écorchée. Sinon il reviendra à la charge dès que les elkryn seront calmés. »

Le vieux loup me regarda et finit par se mettre à rire.

« Tu as provoqué délibérément la débandade ? Je n'aurais pas pensé à cette solution, mais elle nous a fait gagner du temps.

— Oui, mais rien de plus, murmura faiblement Rissa. Torell n'acceptera jamais de renoncer. Et Ranor non plus », haleta-t-elle en se tournant vers le milieu de la prairie.

Je regardai à mon tour. Même s'ils s'étaient rassemblés pour l'offensive, les elkryn mâles n'obéissaient pas à la même discipline qu'une meute de loups. L'instinct de compétition semblait l'emporter de beaucoup sur leurs rancœurs envers les humains et les loups, et s'ils avaient eu un plan commun, il était maintenant oublié. Ils galopaient de-ci de-là, chacun essayant de regrouper ses femelles, et il y eut même quelques escarmouches. Certains quittaient déjà la plaine en emmenant leurs compagnes. Les loups et les humains se réunirent et s'assurèrent qu'aucun des leurs n'était blessé. Apparemment, nous avions réussi à empêcher l'affrontement, du moins dans l'immédiat.

Pourtant, je compris que j'avais tort en suivant le regard de Rissa.

Ranor se tenait près de la dépouille de son frère, et il la contemplait fixement, avec une attention particulière pour le bâton de TaLi qui saillait de son cou. Ses yeux se promenaient entre lui et la fillette, et il l'observa pendant qu'elle palpait les côtes de Rissa et étalait des plantes sur sa plaie sanguinolente. L'énorme bête abaissa ses andouillers démesurés, tandis qu'une espèce ae rugissement sourd montait de sa gorge, comme s'il provoquait un concurrent de son espèce. Il lança un appel aux autres mâles :

Venez à mes côtés !

Deux seulement levèrent la tête. L'un d'eux était celui qu'avait chassé Werrna, et il s'agissait de deux jeunes elkryn subalternes.

L'enfant des hommes a massacré mon frère, cria Ranor, *ils ne sont pas sortis de l'enfance qu'ils sont déjà des meurtriers. Nous allons tuer les jeunes avant qu'ils ne soient assez forts pour nous détruire.*

Sifflant entre ses dents, il courut vers un groupe de petits humains. Séparés accidentellement de leur famille, ils s'étaient tapis à un endroit où l'herbe était particulièrement haute. Les deux jeunes elkryn escortèrent Ranor, beuglant et remuant la tête.

La respiration de TaLi se bloqua lorsqu'elle vit où ils se dirigeaient. Elle fit quelques pas avant de se retourner vers Rissa
qui avançait lentement, le souffle court.

« Je ne peux pas m'éloigner d'elle. »

Frottant ma truffe contre le dos de sa main, je m'élançai vers
les petits humains. Ou du moins j'essayai de le faire. Mon dos
et mon cou me faisaient trop souffrir pour que j'aille au-delà
d'un petit trot. Les elkryn atteindraient les enfants bien avant
moi. Je promenais un regard autour de moi, en quête d'une
idée, quand je vis Azzuen et Marra près de BreLan et de
MikLan. Ils étaient assez proches des petits humains, mais tour-
naient le dos aux elkryn qui chargeaient, observant Torell et sa
meute qui se disputaient en marchant de long en large.

« Aidez-les ! » m'écriai-je.

Cependant, la lutte contre Yonor m'avait plus ébranlée que
je ne le pensais, et mon souffle affaibli ne porta pas ma voix
assez loin. Mon injonction fut couverte par les cris des loups,
les beuglements des elkryn et les clameurs des hommes. Je
cherchai Tlitoo des yeux pour lui confier le message, mais il
avait disparu.

« Des petits en danger ! »

La voix tonnante de Werrna me surprit tellement que je
faillis trébucher. Elle avait déjà détalé. Tournant vivement la
tête, Azzuen devina ce que préparaient les elkryn et bouscula
BreLan pour attirer son attention. Le garçon lança alors un
appel, et plusieurs hommes traversèrent la plaine à toute allure
pour venir protéger leurs enfants. Je craignais qu'ils n'arrivent
trop tard.

Nous sommes capables de nous battre, vociférait Ranor. *Il est*

temps que nous cessions de redouter les chasseurs et que nous rede-
venions les maîtres des plaines.

Ses deux compagnons allongèrent leur foulée. J'entendis derrière moi une course rapide.

« Dis-moi ce que je dois faire, me demanda Yllin dès qu'elle
m'eut rattrapée. Explique-moi comment on chasse avec les
humains.

– Tu dois t'ouvrir à eux, en trouver un avec qui tu peux communiquer, et chasser avec lui comme avec un membre de ta
meute. Ne le considère pas comme Autre. »

Yllin acquiesça et continua de courir, ses pattes réduites à un
nuage flou de fourrure et de poussière. Werrna aussi était sur le
point de me rejoindre.

« Je chasserai les elkryn comme je l'ai toujours fait, grogna-
t-elle. À coups de dents et de ruses. Mais je ne tolérerai pas
qu'ils s'en prennent à des petits. Pas même à ceux des
humains. »

Redoublant de vitesse, elle talonnait Yllin pendant que je
boitais péniblement derrière elles. Je souffrais trop pour courir,
et je ne pouvais que regarder de loin en gardant espoir.

Marra et Azzuen forcèrent l'allure pour intercepter les deux
mâles qui allaient soutenir Ranor, accompagnés de BreLan et
MikLan. J'étais trop épuisée pour les appeler et leur donner des
conseils, mais ils se débrouilleraient très bien sans moi. Ils se
déplaçaient tous les quatre comme une meute liée par des
années d'intimité, comme une onde coulant sur les galets
d'une rivière. Azzuen et Marra attaquèrent les elkryn par le
flanc et les refoulèrent vers les deux garçons, qui brandissaient
leur bâton en criant. Soufflant et grognant, les deux bêtes firent

un écart pour se dégager. Quand elles s'apprêtèrent à charger de nouveau, les humains et les loups les repoussèrent. Perdant courage, les elkryn s'enfuirent à travers la plaine, et Azzuen et Marra les suivirent pour s'assurer qu'ils ne reviendraient pas.

Ranor, lui, était toujours là. Le gigantesque elkryn poussa un rugissement enragé et fonça de plus belle vers les petits des hommes. Lorsqu'il ne fut plus qu'à une foulée de son but, Werrna et Yllin le heurtèrent de toutes leurs forces. Alors que Werrna lâchait un cri de victoire, un homme – qui avait dû courir quasiment à la vitesse d'un loup pour se trouver déjà là – projeta son bâton pointu, qui écorcha le flanc de Ranor. Celui-ci vacilla, déstabilisé par ce double assaut. Puis il baissa la tête et chargea encore une fois.

Werrna et Yllin se tenaient face au jeune humain. Werrna, après un moment d'observation, se détourna en s'ébrouant, alors qu'Yllin avançait la tête, la gueule entrouverte, pour respirer l'odeur du garçon. Elle lui donna un coup de langue sur la main. Tout s'était passé si vite que j'en croyais à peine mes yeux. Un instant plus tard, ils couraient côte à côte vers Ranor.

Je les avais quasiment rattrapés quand Ranor changea brusquement de direction et esquiva Werrna et Yllin. Il resta immobile une minute, puis jeta un regard en arrière.

Venez avec moi, commanda-t-il derechef aux deux jeunes mâles. *Seriez-vous des lâches ? Vous n'aurez jamais de femelles si vous vous sauvez pour un rien. Reprenez le combat, et je partagerai mes compagnes avec vous.*

Les deux autres grognèrent et vinrent se placer près de lui, puis les trois elkryn s'avancèrent lentement vers les petits humains. Seuls Yllin et le garçon leur barraient la route.

Werrna les rejoignit d'un bond, et Azzuen, Marra, BreLan et MikLan ne tardèrent pas à en faire autant. Les humains élevèrent leur bâton et se munirent de grosses pierres, les loups grondèrent en montrant les dents. Pendant ce temps, Tlitoo planait au-dessus d'eux en compagnie de trois autres corbeaux. Les deux jeunes mâles prirent la fuite.

Ranor, lui, marqua une hésitation, puis, voyant les humains accourir en nombre pour porter secours à leurs enfants, il secoua vigoureusement la tête et siffla entre ses dents.

Je saurai m'en souvenir. Je n'oublierai jamais ce que vous, les loups, vous avez fait.

Sur ces mots, il remua la tête une dernière fois et quitta la plaine à son tour.

20

Sachant combien des humains inquiets peuvent devenir
imprévisibles, les loups du Fleuve Tumultueux se gardè-
rent bien d'attendre qu'ils soient parvenus jusqu'à eux.
Werrna et Yllin s'en allèrent d'un bon trot. Azzuen se pressa
contre la hanche de BreLan, Marra effleura du bout de la
truffe la main de MikLan, puis ils filèrent tous les deux à la
suite des adultes. Je crus un instant que les hommes allaient
les pourchasser, alors même qu'ils avaient sauvé leurs petits,
mais ils se bornèrent à les regarder partir d'un œil circonspect.

Je me rendais compte que la paix n'était pas acquise.

Ruuqo et Minn étaient près de moi, et les autres se regroupèrent autour de nous. Par-dessus mon épaule, je vis que
Rissa progressait lentement vers nous, en même temps que
TaLi, Trevegg et Unnan. Yllin ne détachait pas les yeux de
l'humain aux côtés duquel elle avait lutté. Werrna s'étira
nonchalamment et bâilla d'un air satisfait. Son calme me
laissait pantoise.

« Quel dommage que nous ne puissions pas poursuivre Ranor et lui apprendre à ne pas s'attaquer aux loups du Fleuve Tumultueux », se plaignit-elle en le regardant s'éloigner.

Tlitoo le harcelait toujours, descendant en piqué pour lui tirer la queue.

« Je crois que Torell a quelque chose à nous dire. »

C'était là une manière très adoucie de présenter les choses. En effet, Torell et six loups de l'Aiguille de Pierre étaient en train de se ruer vers nous, bouillonnant de rage. La meute des Grands Arbres les suivait à un rythme moins effréné. Nerveuse, je continuai à surveiller les humains, redoutant qu'ils se sentent menacés par un si grand nombre de loups et décident de passer à l'attaque.

Torell et Ceela arrivèrent les premiers. Je me sentis déçue de ne pas trouver Pell parmi ceux qui les escortaient.

« Ce n'est pas terminé, gronda Torell. Vos louveteaux ont gâté notre chasse, mais nous aurons notre revanche. Et cette fois, vous ne ferez rien contre nous, ou je promets, Ruuqo, de tuer tous les loups de ta meute.

– Et moi je dis que tout est fini, rétorqua Ruuqo. Ça n'aurait même jamais dû commencer. Quitte cette plaine, et évite de provoquer du désordre. Sinon tu auras affaire aux loups du Fleuve Tumultueux. »

Torell semblait dérouté. Sans doute ne s'attendait-il pas à ce que Ruuqo relève le défi.

« À cause de toi, un de mes meilleurs chasseurs a été blessé. Je ne suis pas certain qu'il coure de nouveau un jour. »

Derrière lui, j'avisai la forme de Pell, allongé à terre. Pendant un instant, mon cœur cessa de battre. Il était éveillé et dressait la tête, mais il ne se leva pas.

« Non, c'est seulement ton orgueil et ta sottise qui t'ont coûté un chasseur, corrigea Ruuqo. Et qui ont failli me priver de ma compagne. Je ne permettrai pas que tu mettes les miens en péril. Quitte la plaine tant que c'est encore possible, Torell. Je ne suis pas disposé à la patience. »

Un chœur de grondements s'éleva autour de moi. Par leur attitude, tous les loups du Fleuve Tumultueux appuyaient la sommation de Ruuqo.

« Si tu refuses de partir, intervint Werrna, tu vas finir par trouver à qui parler.

– Et dans ce cas, tu te battras aussi contre la meute des Grands Arbres. »

Sonnen, le chef des Grands Arbres, s'avança.

« Nous n'aurions jamais dû t'écouter, Torell, dit-il. Tu ne nous as attiré que des ennuis et tu as mis en danger les membres de ma meute. Si tu affrontes le Fleuve Tumultueux, c'est aussi nous que tu attaques. La vallée se porterait peut-être mieux sans les loups de l'Aiguille de Pierre. »

Torell laissa échapper un grondement mécontent tandis que Ceela faisait un pas en avant. Werrna se porta à sa rencontre en haletant, obligeant sa meute à reculer, pendant que les loups des Grands Arbres se massaient derrière eux pour leur couper la route. Je crus brièvement que Torell et Ceela seraient assez fous pour accepter un combat qu'ils étaient quasiment sûrs de perdre. Cependant, ils devaient conserver quelques vestiges de bon sens, car ils se dégagèrent et partirent en courant. La piètre opinion que j'avais d'eux ne fit que s'accentuer quand je m'aperçus qu'ils abandonnaient Pell. Sonnen adressa un signe à Ruuqo et entraîna sa meute, afin de veiller à ce que Torell ne revienne pas.

Sitôt le départ des loups de l'Aiguille de Pierre, la grand-mère de TaLi, qui venait enfin d'atteindre la plaine aux Grandes Herbes, s'approcha de Pell d'un pas assuré. Elle fit signe à TaLi, qui s'empressa de la rejoindre, et toutes les deux se penchèrent sur le loup blessé pour le soulager avec leurs plantes. Quand je relevai les yeux, ce fut pour découvrir que les Grands Loups embusqués tout autour de la plaine abandonnaient leur posture de chasseurs et regagnaient discrètement les bois. Je sentis le soulagement dilater ma poitrine. J'avais le dos et le cou si ankylosés que je tenais à peine debout. Une légère plainte m'échappa.

Ruuqo posa tendrement la tête sur mon épaule. Il se contenta de ce geste, sans me dire merci ni reconnaître qu'il avait eu tort de ne pas m'écouter. Gênée, je baissai la tête avant de le lécher pour le remercier. Je le suivis des yeux pendant qu'il retournait près de Rissa, puis, m'efforçant d'ignorer les douleurs qui tourmentaient chaque partie de mon corps, je me dirigeai vers la frontière entre la forêt et la plaine.

Il me restait encore une chose à faire.

J'avais vu que Zorindru nous observait pendant que nous repoussions la meute de l'Aiguille de Pierre. Il surgit des bois avant que j'aie pu parvenir jusqu'à lui, flanqué de Frandra et de Jandru. Nous nous arrêtâmes un peu au-delà de la lisière, sur une étendue de terre plate, et ils m'observèrent tous les trois en silence, attendant que je prenne la parole. Je savais que même si nous avions empêché le combat et expulsé la meute de l'Aiguille de Pierre, ils persisteraient peut-être à vouloir nous détruire. Tlitoo se posa devant moi, me séparant des Grands Loups, et appuya un instant la tête contre ma poitrine. J'aspirai une goulée d'air, chacune de mes côtes produisant un craquement indigné. Baissant respectueusement la tête, j'annonçai à Zorindru :

« Le combat n'a pas eu lieu.

– Et alors ? répliqua-t-il d'un ton indéchiffrable.

– Ils ne se sont pas battus, insistai-je. Tu avais déclaré que s'ils attaquaient, les Grands Loups les tueraient. Qu'ils nous détruiraient jusqu'au dernier. Mais ils ne l'ont pas fait. » Je levai les yeux pour croiser son regard. « Puisqu'il n'y a pas eu d'affrontement, tu n'as pas de raison de t'en prendre aux loups ou aux humains.

– C'est toi qui leur as fait obstacle en provoquant la débandade des elkryn, riposta Frandra. Comment être sûrs qu'ils ne saisiront pas la première occasion pour passer à l'attaque ? »

Tlitoo captura une araignée qu'il expédia à la face de la Grande Louve. Jetant un coup d'œil en arrière, je m'aperçus que les humains et les loups s'étaient éparpillés sur la plaine. La vieille krianan s'était éloignée de Pell pour s'acheminer vers nous pendant que TaLi demeurait à ses côtés et lui administrait des soins complexes. Elle se faisait aider par un petit garçon accroupi auprès d'elle.

Sonnen posait sur elle un regard empreint de déférence, tandis qu'une femelle de sa meute léchait l'enfant sur le sommet du crâne. Celui-ci riait beaucoup. Un peu partout, les loups vérifiaient que leurs compagnons n'avaient pas de mal, pendant que les humains se rassemblaient et s'occupaient des plus petits et des plus âgés avec l'affection et la sollicitude qu'un loup aurait pu témoigner aux siens.

« Vous ne nous avez jamais laissé notre chance, reprochai-je à Zorindru. Tu prétends que les Grands Loups ont banni Lydda. Elle n'a même pas eu l'occasion de s'opposer à la guerre. Tu ne sais même pas si elle aurait réussi ou non à l'empêcher. » La tête haute, je redressai légèrement la queue. « Tu pourrais au moins nous accorder un essai. »

Les trois loups me fixaient sans un mot. La vieille femme, arrivée à notre hauteur, posa la main sur mon dos.

« Eh bien, Zorindru ?

– La décision n'appartient pas qu'à moi seul, NiaLi. Tu le sais bien. L'assemblée est toujours persuadée qu'un combat aura lieu – qu'il ne s'agit que d'une question de temps. Toutefois, ils sont d'accord pour m'offrir une année de plus. » Il poussa un soupir. « Ils pensent que tu vas échouer, Kaala, mais ils veulent bien te donner un an pour que tu t'efforces de maintenir la paix dans la vallée. » Il me regarda alors si longuement, et avec tant d'attention, que je me trémoussai sur place, embarrassée. « Ma proposition tient toujours, jeune louve. Je te conduirai auprès de ta mère. Tes compagnons et vos trois humains peuvent être aussi du voyage. Je crois qu'il est capital que tu restes en vie.

– Ils finissent toujours par se battre, Kaala, fit doucement Jandru. Peu importe ce que tu feras, les loups et les humains entrent en guerre chaque fois qu'ils se rapprochent. Il faut que tu nous accompagnes. Tes descendants deviendront des gardiens, capables de sauver notre espèce.

– Non, coupa brusquement la vieille femme. Vous vous trompez.

– Qu'est-ce que tu racontes ? fulmina Frandra.

– Elle dit que vous vous trompez, traduisit obligeamment Tlitoo, cherchant un nouveau projectile à lui envoyer.

– Regardez autour de vous, insista la vieille femme en désignant la prairie qui s'étendait derrière nous. J'estime que vous avez eu tort de vous tenir à distance des humains, de nous surveiller de la même façon que vous guetteriez une proie. Vous ne pouvez pas remplir votre rôle de gardiens si vous vous dissimulez de la sorte. Écoute-moi, Lune Argentée, dit-elle d'un ton pressant. Je crois que tu as toujours su une chose qui échappe aux Grands Loups : pour veiller réellement sur les humains, les loups ne doivent pas se contenter de demeurer loin d'eux et d'en rencontrer quelques-uns à l'occasion des Conseils de la pleine lune. Il faut qu'ils soient tout près de nous, autant que tu l'es de TaLi, de manière à ce que les deux tribus n'en forment plus qu'une.

– Et alors la guerre éclatera ! explosa Frandra. Une fois de plus, les humains apprendront trop des loups, et ils tueront encore plus efficacement. Leur domination s'étendra, comme cela s'est produit du temps d'Indru et de Lydda.

– Alors, il appartient aux loups de progresser dans leurs relations avec les humains, fit lentement Zorindru en regardant la vieille femme d'un air pensif. Cela vaut la peine d'essayer. Mais si tu désires cela, Kaala, si tu souhaites rester aussi proche des hommes, tu dois trouver le moyen de ne jamais te séparer d'eux. Tu leur enseigneras tant de choses que si tu viens à les quitter, ils détruiront le monde tout entier. Quel que soit le sacrifice consenti par toi-même et par ceux qui décideront de te suivre, tu ne pourras pas revenir en arrière une fois que tu auras commencé. Tu dois rallier d'autres loups à ta cause. Le destin de ta meute sera lié pour toujours à celui de ces humains. »

Je me mis à trembler. Comment pouvaient-ils exiger de moi une chose pareille, quand je n'avais même pas achevé ma première année ? Comment pouvais-je faire un choix qui engagerait tant de mes semblables ? Et pourquoi aurais-je accepté de renoncer à ma mère, peut-être pour toujours ?

« Eh bien, jeune louve, quelle est ta décision ? »

Mon regard se porta vers la plaine, où TaLi soignait les plaies de Pell à côté de BreLan et d'Azzuen. Non loin de là, MikLan s'était accroupi près de Marra et inspectait méticuleusement sa fourrure, craignant qu'elle ne soit blessée. Je vis alors Yllin se diriger hardiment vers le garçon qui l'avait aidée à repousser Ranor, et lui enfoncer la tête au creux du ventre, presque assez fort pour le renverser. Avec beaucoup plus de réserve, Trevegg rampa vers une vieille femme, qui tira un morceau de viande cuite du petit sac accroché à sa taille. Deux petits humains commencèrent à se bagarrer avec un jeune loup des Grands Arbres, sous l'œil amusé de Sonnen. On aurait cru voir une meute ordinaire en train de se détendre après une chasse ou un combat. Et une meute ne se sépare jamais, même au milieu des épreuves.

TaLi se leva pour aider Pell à se remettre debout, et elle nous chercha du regard. La vieille femme se redressa, posant de nouveau une main sur mon dos.

« Je veux rester, déclarai-je. Nous resterons auprès des humains.

– Bien, confirma Zorindru. Nous offrons une nouvelle chance aux loups de la Grande Vallée. »

Après l'avoir léché pour le remercier, je m'inclinai devant chacun des Grands Loups, puis je saluai la vieille femme. M'ébrouant vivement, je m'élançai à travers la plaine, vers la meute des hommes et des loups qui attendait mon retour.

Épilogue

Lydda s'arrêta devant la rangée d'arbres qui marquait la frontière entre l'univers des esprits et le monde des vivants. Elle regarda la jeune louve encore enfant, marquée du signe de la lune, qui s'avançait vers les hommes et les loups rassemblés. Il restait encore tant à accomplir, songeait-elle. Elle lança un bref coup d'œil derrière elle, vers l'univers des esprits. On s'apercevrait très bientôt de son absence, et cela lui vaudrait certainement des ennuis. Malgré tout, elle s'attarda encore un peu. Alors, tandis que le soleil se levait dans le ciel et que les créatures de la Grande Vallée se retrouvaient enfin, elle eut l'impression qu'un poids était retiré de sa poitrine. Et un sourire se dessina sur sa face.

REMERCIEMENTS

Trois femmes sont à l'origine de ce livre, compagnes d'écriture et guides avisées qui ont su me montrer la voie à travers le brouillard. Il s'agit de Pamela Berkman, de Harriet Rohmer et de Jean Hearst, ma mère et mon mentor, qui écrivaient avec moi bien avant que les loups ne pointent leur nez. Elles m'ont permis d'affirmer ma vocation d'écrivain et de franchir tous les obstacles propres à la rédaction d'un premier roman. Mon père, Joe Hearst, m'a dit quand j'étais jeune que rien ne comptait plus dans la vie que trouver un travail que l'on aime, et m'a montré l'exemple en se consacrant à la médecine, à la photographie et à l'étude de la Renaissance. Mes parents m'ont également offert un soutien sans faille et l'image d'une vie admirable, faite de courage et d'intégrité. Mon frère Ed et ma sœur Marti restent les héros de ma petite enfance et m'ont aidée à me dépasser et à me diriger dans ma vie d'adulte. Jamais ils n'ont douté que je pourrais écrire un livre et rencontrer le succès. Mes grands-parents ne sont plus là pour rencontrer les loups, mais l'amour qu'ils m'ont donné a contribué à façonner l'écrivain que je suis.

J'ai eu une chance extraordinaire de rencontrer mon agent d'exception, Mollie Glick. Son enthousiasme pour les loups, ses conseils attentifs, la finesse de son jugement et sa remarquable intelligence ont été pour moi une aubaine et une source de joie. La chance m'a de nouveau souri le jour où les loups ont croisé la route de Kerri Kolen chez Simon et Schuster, qui a enrichi mon travail de ses commentaires perspicaces et de ses judicieuses suggestions. Merci à Victoria Meyer et Leah Wasielewski, brillantes responsables de la publicité et du marketing chez S & S, et à Jessica Regel de l'agence Jean Naggar, qui m'a pilotée dans l'univers des droits audio.

Lorsqu'on est vraiment chanceux, on peut avoir l'opportunité de collaborer avec des gens qui changent notre vie et nous font comprendre que nous avons un véritable but dans l'existence. Je remercie mes complices et amis, Paul Forster, David Greco, Xenia Lisanevich et Johanna Vondeling, ainsi que à ma « dream team » – Jennifer Bendery, Allison Brunner, Lynn Honrado, Ocean Howell, Erin Jow, Tamara Keller, Bruce Lundquist, Mariana Raykov, Jennifer Whitney, Jesse Wiley, Akemi Yamaguchi, Mary Zook – d'avoir fait à mes côtés ce merveilleux voyage. Toute ma gratitude au monde magique de chez Jossey-Bass, pour avoir su ménager un espace ouvert à tous les rêves et à tous les possibles.

Je remercie infiniment les amis qui m'ont prodigué soutien et encouragements et m'ont incitée à quitter de temps en temps mon appartement : Bonnie Akimoto, Bruce Bellingham, Diane Bodiford, Allison Brunner, Laura Coen, Emily Felt, Cheryl Grenway, Lesley Iura, Jane Levikow, Donna Ryan, Mehran Saky, Carl Shapiro, Kathe Sweeney, Starla Sireno, Tigris, Eric Thrasher, Bernadette Walter, Jeff Wyneken. Une pensée particulière et toute l'assurance de mon affection à l'intention d'Allison, Bonnie, Cheryl, Johanna, Pam, et de ma famille, qui ont toujours été présentes dans les moments critiques.

Merci au maître Norman Lin, qui m'a enseigné le courage, la confiance et la persévérance face aux difficultés, et à tous les élèves et amis du cours de Taekwando de San Francisco. Je n'aurais jamais réussi à surmonter l'épreuve du premier roman sans ce que m'ont apporté ces gens extraordinaires.

Merci à Susan Holt pour ses formidables conversations sur les loups et la co-évolution, et pour m'avoir fait découvrir l'art rupestre de la

France, et m'avoir prêté ses huskies. Et mille mercis à Joan Irwin, qui m'a sauvée des huskies.

J'ai eu la grande chance de rencontrer dès le début de ma carrière de fabuleux mentors et de bénéficier d'excellents conseils pendant que je progressais dans la création de mon premier roman. Merci à Alan Shrader, Carol Brown, Debra Hunter, Frances Hesselbein, Murray Dropkin, Debbie Notkin, Sheryl Fullerton et Heather Florence.

J'ai eu le privilège de collaborer avec de grands penseurs et auteurs de la sphère sociale et publique, et je suis heureuse d'avoir pu participer à leur travail. Chaque livre sur lequel il m'a été donné de travailler m'a fourni un exemple ce qui se fait de mieux.

C'est avec un mélange d'émerveillement et d'humilité que j'ai accueilli la générosité des experts des sciences de l'évolution, et plus particulièrement du chien et du loup, qui m'ont aimablement offert leur temps et leurs connaissances. Les spécialistes Norm Bishop, Luigi Boitani et Amy Kay Kerber ont eu la gentillesse de lire une des premières versions du manuscrit et de me soumettre leurs suggestions. Raymond Coppinger, Temple Grandin, Paul Tacon et Elizabeth Marshall Thomas m'ont éclairée sur les thèmes de l'évolution des loups, des chiens et des hommes. Rick McIntyre, Doug Smith, Bob Landis et Jess Edberg m'ont raconté des histoires passionnantes sur les loups et m'ont sagement conseillée. Connie Millar m'a procuré des informations précieuses sur la paléo-écologie et la climatologie. J'ai lu par ailleurs un bon millier d'ouvrages pendant la rédaction de *La Promesse des loups*, et tous ont laissé leur empreinte. J'ai trouvé spécialement utiles les travaux de David Mech, Luigi Boitani, Doug Smith, Raymond et Lorna Coppinger, Bernd Heinrich, Barry Lopez, Stephen Budiansky, Temple Grandin et Elizabeth Marshall Thomas, et les recherches conduites par Robert Wayne et D.K. Belyaev. Merci à l'International Wolf Center, aux Defenders of Wildlife, à la Yellowstone Association, et aux Wolf Haven, Wolf Park et Wild Canid Survival and Research Center, qui ont été une inépuisable source de documentation. Mes remerciements à Jean Clottes et aux formidables équipes des Combarelles, de Font-de-Gaume et du musée des Eyzies. Merci aussi à Bernadette Walter, qui m'a aidée à cartographier la Grande Vallée.

J'adresse tous mes remerciements à Sam Blake et Danielle Johansen du Never Cry Wolf Rescue, et à Dante, Comanche, Lady Cheyenne et Motzy qui ont bien voulu poser avec moi, ainsi qu'à Lori Cheung pour ses magnifiques clichés de loups.

Je trouve toujours incroyable de pouvoir entrer dans une bibliothèque et consulter l'ouvrage de mon choix. Je me réjouis tout spécialement de l'existence de ces fabuleuses ressources mises à notre disposition.

J'ai rédigé une bonne partie de ce livre dans des cafés de San Franciso et de Berkeley. Merci à Michael et toute l'équipe de It's a Grind on Polk, à Alix et Golanz du Royal Ground, à Philip et sa bande de la Crepe House, et à tous les membres de l'Espresso Roma. Et un immense merci à tous les cafetiers qui laissent les écrivains taper pendant des heures sur leur portable. Un conseil à tous ceux d'entre vous qui aiment comme moi écrire dans les cafés : renouvelez vos commandes, partagez votre table et donnez de bons pourboires.

Les premiers chapitres de ce livre ont été rédigés dans l'atelier d'écriture de la Squaw Valley Community of Writers, et la proximité des autres écrivains a été une expérience décisive pour moi. Je dois beaucoup aux conseils de Sands Hall, James Houston et Janet Fitch. Merci à Donna Levin et à mes condisciples de la CWP.

J'en viens enfin à remercier les loups plus ou moins apprivoisés qui ont fait avancer mes recherches – Emmi, Nike, Talisman (dit « petit diable »), Ice, Jude, Kuma, Xöchi, Scooby, Rufus, Senga et Tess, Flash, Fee et Mingus, Shakespeare, Noni, Ginger et Caramel (merci de m'avoir montré comment le loup prend son humain par le poignet) – et surtout aux petits chatons Dominic et Blossom : tous m'ont fait savoir qui apprivoisait l'autre.

Toute ressemblance entre les loups de cette histoire et des personnes de mon entourage est fortuite. Plus ou moins.

Composition Nord Compo
Impression Bussière, septembre 2008
Éditions Albin Michel
22, rue Huyghens, 75014 Paris
www.albin-michel.fr
ISBN 978-2-226-18857-1
N° d'édition : 25776. – N° d'impression : 082550/4.
Dépôt légal : octobre 2008.
Imprimé en France.